KB242251

문학 작품을
어떻게 가르칠 것인가

교과서에 실린

문학 작품을
어떻게 가르칠 것인가

이남호

현대문학

교과서에 실린 문학 작품을 어떻게 가르칠 것인가

초판 1쇄 펴낸날 2001년 3월 30일
초판 17쇄 펴낸날 2019년 3월 29일

지은이 이남호
펴낸이 김영정

펴낸곳 (주)현대문학
등록번호 제1-452호
주소 06532 서울시 서초구 신반포로 321 (잠원동, 미래엔)
전화 02-2017-0280
팩스 02-516-5433
홈페이지 www.hdmh.co.kr

© 2001, 이남호

ISBN 978-89-7275-205-3 03800

* 책값은 뒤표지에 있습니다.

머 리 말

  이 책은 중등학교 문학교육을 실질적으로 개선하려는 목적을 갖는다. 이를 위해, 중등학교 교과서에 실린 26편의 현대시와 현대소설을 어떻게 가르칠 것인가 구체적으로 생각해 본다.

  26편의 작품에 대한 각각의 글은 모두 세 부분으로 이루어진다. 〈배우기에 적절한 작품인가〉라는 첫째 부분에서는 그 작품이 학생들이 배우기에 적절한가를 따져 본다. 효과적인 문학교육이 되기 위해서는 우선 대상 작품이 문학적으로 훌륭하고, 학생들의 수준에 맞고, 또 학생들의 흥미를 끌 만한 내용을 지닌 것이어야 한다. 〈어떻게 가르치고 있는가〉라는 둘째 부분에서는 교과서와 참고서의 해설 및 학습내용을 비판적으로 검토한다. 오늘날 대부분의 국어교사들은 교과서와 참고서의 내용에 전적으로 의존한다. 그러나 그 내용의 많은 부분은 부정확하거나 틀린 해설이며 쓸모 없는 지식이어서 학생들의 이해와 감상을 오히려 방해하기 일쑤다. 그것들은, 루소의 말을 빌면, 〈있는 것을 부정하고 없는 것을 설명한다.〉 여기서 현행 문학교육의 문제점이 얼마나 심각한지 구체적으로 알 수 있을 것이다. 〈어떻게 가르칠 것인가〉라는 셋째 부분에서는 대상 문학작품을 학생들에게 어떻게 가르치고 이해시킬 것인가에 대해서 자세하게 설명한다. 즉, 대상 작품에 대한 충실한 이해를 제공하고자 한다. 문학작품에 대한 교사들의 정확한 이해가 성공적인 문학교육의 전제가 된다는 점에서 이 부분이 이 책의 본령이다.

물론 이 책의 예상 독자는 중등학교에서 문학을 가르치는 국어교사들 및 국어교육 관련 종사자들이다. 국어교사들이 교과서의 작품을 가르치기 전에 그 작품에 대한 이해를 갖추기 위해 참조하는, 일종의 교사용 지도서인 동시에 현행 문학교육 내용에 대한 비판서이다. 국어교사들은, 〈어떻게 가르칠 것인가〉라는 셋째 부분뿐만 아니라 〈배우기에 적절한 작품인가〉라는 첫째 부분과 〈어떻게 가르치고 있는가〉라는 둘째 부분을 통해서 문학교육과 국어교육 전반에 대한 비판적인 안목을 가질 수 있게 될 것이다. 이 책은, 문제를 스스로 찾아 가는 부지런한 교사들에게는 반가움을 주고, 참고서에 의존하는 안일한 교사들에게는 불편함을 주게 될 것 같다.

그러나 중등학교 학생들이나 일반인들도 이 책의 독자가 될 수 있다. 학생들은 이 책 속에서 교과서에 실린 문학작품의 핵심적 이해로 스스로 찾아 갈 수 있는 친절한 안내지도를 얻을 수 있을 것이고, 일반인들은 시와 소설을 깊이 감상하고 즐길 수 있는 기회를 얻을 수 있을 것이다. 단, 학생들이나 일반인들은 〈어떻게 가르칠 것인가〉라는 셋째 부분만을 읽으면 될 것이다. 왜냐하면 대상 작품의 감상과 이해는 셋째 부분의 설명으로 충분하기 때문이다.

　이 책에 실린 글들은 지난 2년 동안 『현대문학』에 연재되었던 것이다. 중등학교 교과서와 참고서를 뒤적이며 글을 쓰는 과정에서, 나는 현행 문학교육의 문제점이 나의 예상보다 더 심각하다는 사실을 느낄 수 있었다. 심지어는 문학교과서나 참고서를 편찬하는 문학전문가들조차 문학작품에 대한 이해가 부족한 경우나 잘못된 경우가 많은 것 같다. 중등학교의 국어교사들 가운데서 꽤 많은 분들이 나의 연재에 공감했다. 그러나 그분들은 나에게 현장에서의 어려움을 토로했다. 동료 국어교사들과의 공조도 문제가 되지만 그보다 시험과 진학준비 때문에 내가 제시한 방법을 현장에서 적용하기가 어렵다는 것이었다. 역시 문학교육에서도 입시가 결정적인 장애물인 것이다. 입시가 없어지지 않는 한, 어떤 식의 문학교육 개선 노력도 한계가 있는 것 같다.

　그러나 문학이나 교육은 제도의 문제라기보다 사람의 문제이다. 문학을 좋아하고 잘 아는 사람이 많아질 때, 문학도 문학교육도 저절로 잘될 것이다. 모든 사랑이 다 그러하지만, 문학 사랑에도 지혜가 필요하다. 지혜가 없는 사랑은 자신과 대상을 동시에 망칠 가능성이 높다. 문학을 제대로 사랑하기 위해서는 문학에 대한 깊은 이해가 요구된다. 문학과 문학교육을 소중하게 여기는 사람들은, 문학에 대한 바르고 깊은 이해를 위해서도 많은 노력을 해야 할 것이다. 이 책이 그러한 노력에 도움이 되기를 바란다.

2001년 봄, 이남호

머리말 5

시

이 상 거울 15

김소월 진달래꽃 27

한용운 님의 침묵 47

한용운 알 수 없어요 63

윤동주 참회록 73

정지용 유리창 I 91

김광균 추일서정 107

김광섭 성북동 비둘기 123

서정주 추천사 141

유치환 생명의 서 · · · 157

박재삼 울음이 타는 가을강 · · · 171

김수영 풀 · · · 185

이육사 청포도 · · · 201

김기림 바다와 나비 · · · 219

박용래 겨울밤 · · · 229

김동명 파초 · · · 245

신경림 가난한 사랑 노래 · · · 261

소설

이효석 메밀꽃 필 무렵　　　277

현진건 운수 좋은 날　　　295

김동인 붉은 산　　　313

채만식 논 이야기　　　327

김유정 동백꽃　　　345

황순원 목넘이 마을의 개　　　357

하근찬 수난이대　　　377

이범선 학마을 사람들　　　395

주요섭 사랑 손님과 어머니　　　411

시

거울 ^{이 상}

거울속에는소리가없소
저렇게까지조용한세상은참없을것이오

거울속에도내게귀가있소
내말을못알아듣는딱한귀가두개나있소

거울속의나는왼손잡이오
내악수를받을줄모르는 ─ 악수를모르는왼손잡이오

거울때문에나는거울속의나를만져보지를못하는구려마는
거울이아니었던들내가어찌거울속의나를만나보기만이라도했겠소

나는지금거울을안가졌소마는거울속에는늘거울속의내가있소
잘은모르지만외로된사업에골몰할께요

거울속의나는참나와는반대요마는
또꽤닮았소
나는거울속의나를근심하고진찰할수없으니퍽섭섭하오

배우기에 적절한 작품인가

이상의 「거울」은, 수종의 고등학교 문학교과서에 실려 있는 작품이다. 일반적으로 이상은 이상한 시인으로 알려져 있고, 또 이상의 시나 소설은 잘 이해할 수 없는 이상한 작품으로 취급된다. 사실 「오감도」와 같은 이상의 시는, 상식적으로는 잘 이해가 되지 않는다. 하지만 이상의 작품이 모두 그런 것은 아니다. 상식적인 차원에서 충분히 이해될 수 있는 작품까지도 이상하고 알 수 없는 것으로 신비화해 버리는 것은 잘못된 문학감상 태도이다. 특히 「거울」은 아주 상식적인 시이고, 고등학생 수준에서 쉽고 재미있게 이해할 수 있다. 고등학생들은 이 작품을 통해서 시적 사유와 문학적 상상력이 어떤 것인가를 배울 수 있고 또 그것들을 즐길 수 있다. 시는 논리적으로 이해될 수 없는 것이 아니라 오히려 많은 경우 논리적으로 이해해야 하는 것임을 배울 수도 있을 것이다. 이런 점에서 「거울」이란 시는 고등학생들이 배우기에 적절한 작품이다. 그러나 현행 학습내용은 「거울」이란 시를 이상하고 알 수 없는 작품으로 만들어 학생들의 흥미를 오히려 떨어뜨리는 것으로 보인다.

어떻게 가르치고 있는가

이 작품에 대한 고등학교 문학교과서들의 설명은 대개 비슷하다. 한 문학교과서는 〈감상의 길잡이〉, 〈심층이해〉, 〈학습의 길잡이〉 등을 통하여 다음과 같은 설명을 하고 있다. 편의상 요약 정리하고, 번호를 붙여서 인용하면 다음과 같다.

① 이 시는 행과 연의 구분은 되어 있으나 띄어쓰기를 하지 않고 있다. 이것은 문장에 대한 전통적인 기법이나 의식, 심지어 인생에 대한 상식적인 질서까지도 거부하는 측면을 보여 준다. 이러한 기법으로 자의식의 세계를 서술하고 있는 이 시는 초현실주의적 특징을 잘 드러내고 있다고 볼 수 있다.

② 거울은 인간이 자기 자신을 반성의 대상으로 삼을 수 있는 물건으로 사용하는 것이 일반적이다. 그러나 이 시에서 드러나는 거울의 이미지는 다르다. 2, 3연에서 보듯, 거울 속의 나와 바깥의 나는 단절되어 있는데 이것은 현대인의 자아분열의 모습을 상징적으로 드러내게 된다. 이상에게 있어 거울은 전혀 낯선 익명의 공간이며, 거기에서 느끼는 소외감으로 하여 필연적으로 〈거울 밖의 나〉와 〈거울 속의 나〉는 단절될 수밖에 없다. 〈거울 밖의 나〉는 본질적 자아와는 다른 하나의 낯선 존재로서 〈거울 속의 나〉를 만난 것이다. 이상의 자기 인식은 이처럼 다름 아닌 자기 분열에 있다. 이런 자기 분열의 고통은 자의식을 통하지 않고는 자기와 만날 수 없는 법칙 앞에서 더욱 악화된다.

③ 이 시는 일상적 자아와 본래적 자아가 통일되지 못하고 분열되어 갈등하는 현대인의 자의식의 모습을 2행 대칭으로 된 연의 중첩이라는 형식을 통해 잘 표현하고 있다.

④ 이 시는 현실적 자아와 내적 자아의 분열과 화해를 다루고 있다.

일상적 자아와 본래적 자아의 분열이 극대화된 점을 중심으로 생각해 본다.

①의 내용을 검토해 보자. 이 시는 띄어쓰기를 하지 않았으므로 문장의 전통

적 기법을 무시했다고 말할 수 있다. 그러나 의식 또는 인생에 대한 상식적인 질서를 거부했다는 것은 무슨 뜻인지 잘 알 수 없다. 그 말이 뜻하는 바도 아리송하고 또 그 말은 「거울」이라는 시를 이해하는 데 아무런 도움이 되지 않는다. 「거울」이란 시에서 상식적인 질서의 거부를 찾을 수 없기 때문이다. 또 이 작품을 초현실주의 시라고 규정하고 있는데, 이 작품이 어째서 초현실주의 시인가 납득할 수 없다. 이상을 흔히 초현실주의자라고 말해 왔기 때문에 그의 이 작품도 초현실주의 시라고 말하는 듯한데, 이상을 초현실주의자라고 말하는 것은 논란의 여지가 많다. 그리고 특히 「거울」은 초현실주의와는 아무런 관련이 없다. 설령 관련이 있다고 하더라도 고등학교 학생들에게 초현실주의라는 어려운 문학용어로 이 작품의 이해를 더욱 편협하고 어렵게 만들 필요가 없다. 만약 이 작품이 초현실주의 작품이라면 고등학교 교과서에 싣지 말았어야 했다. 초현실주의를 제대로 이해하는 일은 고등학생 수준에서 어렵고 불필요하다. 제대로 이해할 수 없는 개념이나 용어로 학생들의 학습에 혼란을 초래하는 일은 없어야 한다. 「거울」이란 작품은 초현실주의와는 전혀 상관없이 충분히 이해될 수 있다.

②는 거울의 의미와 자아분열*에 대해서 설명하고 있다. 거울의 일반적 의미는 그것을 통해 자신을 반성할 수 있는 것이라고 하고, 이 작품에서는 거울이 그러한 일반적 의미로 사용되지 않았다고 설명한다. 거울의 일반적 의미는 자신의 모습을 비춰 볼 수 있다는 것이다. 여기서 자기 반성의 의미도 생긴다. 그렇다면 「거울」이란 작품에서도 화자는 거울을 통해 또다른 자신을 보는 것이므로 거울의 일반적 의미를 벗어나지 않는다. 따라서 이 작품에서 거울이 일반적 의미로 사용되지 않았다는 교과서의 설명은 옳다고 할 수 없다. 또 교과서는 이상에게 있

---

* 이 시를 두고 자아분열의 모습을 보여 준다는 해석이 일반적인데, 화자가 거울 속의 자기를 객관화시켜 쳐다보고 있다고 그것이 자아분열이라고 말하기는 어려울 듯하다. 자아분열은 자아 속에 여러 개의 성격이 혼란스럽게 뒤엉켜 있어 자기가 누구인지 알 수 없는 이상심리를 뜻한다. 이 시의 화자가 그러한 이상심리를 보여 준다고 보기 어렵다. 자아분열이라는 용어도 이 시에 해석에는 오히려 방해가 되는 것 같다.

어 거울은 전혀 낯선 익명의 공간이라고 말하고, 거기에서 느끼는 소외감으로 하여 필연적으로 〈거울 밖의 나〉와 〈거울 속의 나〉는 단절될 수밖에 없다고 말한다. 무엇 때문에 전혀 낯선 익명의 공간이라고 말하는지 이해하기 어렵다. 그리고 「거울」의 화자는 거울 속의 세계에 대해서 소외감을 느낀다기보다는 거울 속의 나에 대해서 소외감을 느낀다. 이런 점에서 ②의 설명은 명료하지 않거나 부정확하다. 문학작품의 의미에 대한 막연하고 난해한 설명이 문학의 이해에 부정적인 역할을 하고 있는 것이 우리 문학교육의 한 측면이다.

③은 이 작품의 형식에 대해서 설명한 내용이다. 그러나 올바른 설명이 아니다. 우선 이 작품은 2행 대칭이 아니다. 모든 연이 2행으로 되어 있지만, 그것이 형식적으로든 의미적으로든 대칭을 이루고 있지는 않다. 뿐만 아니라 그러한 2행 1연 형식을 통해 두 자아가 분열되어 갈등하는 자의식의 모습을 잘 표현하고 있다는 설명도 억지스러운 것이다. 2행 1연이라는 형식 속에서 그러한 의미를 유추할 수 없다.

④에서 보듯이 분열된 두 자아를 현실적 자아와 내적 자아라고 했다가 또 일상적 자아와 본질적 자아라고 했다. 거울 밖의 자아와 거울 속의 자아, 현실적 자아와 내적 자아, 일상적 자아와 본질적 자아 등으로 다르게 지칭되는데, 그것들이 어떤 이유로, 어떤 연관 때문에 그렇게 지칭되는지 전혀 알 수 없다. 불필요한 혼란을 줄이기 위해서는 그냥 거울 밖의 자아와 거울 속의 자아로만 지칭하는 것이 좋을 듯하다. 그리고 일상적 자아와 본래적 자아의 분열이 극대화된 점을 중심으로 생각해 본다고 했는데, 이 시에서 두 자아의 분열이 극대화된 지점이 따로 있는 것 같지 않다. 두 자아는 처음부터 끝까지 단절되어 있을 뿐이다.

이상에서 보듯이 「거울」이란 시에 대한 교과서의 설명과 학습의 길잡이에는 부적절하고 부정확한 내용이 대부분이다. 이런 설명과 안내를 통해서는 「거울」이란 시를 제대로 감상할 수 없다. 오히려 학생들에게 혼란을 준다. 학생들은 이런 설명을 억지로 외우는 것으로 이 시를 공부했다고 생각할 것이고, 「거울」을 어렵고 알 수 없는 시로만 생각하게 될 것이다. 이런 식의 문학공부는 제대로 된 문학교육이 아니다. 학생들은 「거울」을 이렇게 배움으로써, 이상이란 시인이 이상한 사람이라고 생각할 것이며, 「거울」이란 시를 알 수 없는 난해한 시라고 생각할 것이며, 또 시란 어렵고 따분하고 지루한 것이라고 생각하기 쉽다.

어떻게 가르칠 것인가

교과서의 학습내용을 보면, 이상의 「거울」이란 시는 매우 이상하고 어려운 시이다. 그러나 이상과 이상의 작품이 이상하다는 선입견을 버리고, 편안하게 감상하면 「거울」은 의외로 친근하고 쉽고 재미있는 작품이 될 수 있다. 고등학교 교실에서 가르친다는 점을 염두에 두고 「거울」의 의미를 생각해 보면 다음과 같다.

「거울」이란 작품은 거울로 자신의 모습을 비춰 본 체험에서 출발한다. 우리는 누구나 거울로 자신의 모습을 비춰 본 경험이 있다. 그런데 다만 이상이란 시인은 그러한 보편적 체험 속에서 흥미로운 생각을 하였고, 우리는 그 생각이 그럴 듯하고 재미있다고 느낄 수 있다. 1연은 거울 속의 세상이 조용하다는 것을 말한다. 거울 속에도 세상이 비춰져 있지만 아무 소리도 들리지 않으니 그렇게 말할 수 있다. 듣고 보면 평범하고 그럴듯한 생각이지만 우리는 거울을 보면서 그런 생각을 해보지 않았다. 여기서 시를 읽는 재미가 생긴다. 이런 재미가 연을 거듭하면서 증가한다. 2연에서 화자는 거울 속의 자신에게 대화를 시도해 보려 하지만, 거울 속의 자신도 귀가 있지만 듣지 못한다. 이 역시 평범한 사실이지만 그렇게 말을 해놓고 보니 참 재미있는 생각이다. 3연도 마찬가지다. 화자는 거울 속의 자신과 악수를 시도한다. 그러나 화자가 오른손을 내밀면 거울 속의 자신은 왼손을 내밀기 때문에 악수를 할 수가 없다. 거울 속의 자기 모습을 보고 왼손잡이라고 말할 수 있는 데서 이 시의 재미가 생긴다.

그런데 2연과 3연이 진행되는 동안 단순한 발견과 재미 속에 〈단절감〉이라는 의미가 슬며시 끼여든다. 화자는 대화와 악수를 시도하지만 그것이 불가능함을 확인한 것이다. 여기서 두 자아가 단절되어 서로 소통이 불가능하다는 사실이 중요한 의미로 떠오른다. 이것은 독자로 하여금 거울을 쳐다볼 때 거울 속의 자신이 무척 낯설어 보였던 그런 체험들을 떠올리게 한다. 또는 독자로 하여금 자신의 의지와는 상관없이 움직이던 또다른 자기 자신을 체험했던 일을 떠올리게 한다. 그러한 체험의 환기 속에서 독자들은 이 시가 단순히 거울을 보고 장난치는 것을 넘어서서 두 자아의 단절 문제를 다루고 있다고 짐작하게 되고 좀더 긴장하게 된다.

4연에서는 화자가 거울 속의 자신과 단절된 이유를 거울 때문이라고 말한다. 이와 아울러 거울이 있기에 거울 속의 자신을 만날 수 있다고 말한다. 이것은 거울을 쳐다볼 때 쉽게 알 수 있는 경험적 진실이다. 5연에서는 상황이 조금 달라진다. 이제 화자는 거울 앞에 있지 않고 다만 거울을 생각하고 있다. 거울을 쳐다보면 늘 거기에 자신의 모습이 있었으므로, 화자가 거울을 안 쳐다볼 때도 거울 속에 자신의 모습이 있다는 생각이 논리적으로 가능하다. 이런 생각 자체가 흥미로운 것이기도 하지만, 이 생각 속에는 화자가 의식하지 않는 가운데서도 늘 자아가두 개로 분리되어 있다는 점이 암시된다. 교과서에서는 5연을 두고 자아분열이 극대화된 지점이라고 하는데, 그렇게 보기는 어렵다. 이 시는 자아분열이 진행되는과정에 대한 묘사가 아니라 두 개로 분리된 자아의 상태에 대한 묘사이다.

마지막 5연은 새로운 내용이 없는, 요약과 결론이다. 즉, 화자와 거울 속의 자신이 한편으로는 같고 또 한편으로는 반대고 또 서로 단절되어 있다는 위의 내용을 정리한 것이다.

이처럼 「거울」이라는 시는 비교적 이해하기 쉬운 작품이다. 그것은 거울로 자기 모습을 보는 평범하고 사소한 체험으로부터 흥미로운 생각을 끌어낸 것일 뿐이다. 그 생각은 물리학적 상식에서 보면 바보 같은 것이지만, 일단 물리학적 상식을 벗어나면 참으로 그럴듯하고 논리적인 생각이다. 물리학적 세계에서 벗어나 세계의 새로운 논리와 질서를 발견하는 것, 다소 어렵게 말하면 이것이 바로「거울」이란 시의 재미이고 문학적 가치이다. 「거울」이란 시에서 학생들이 감상해야 할 내용은 바로 이러한 독창적인 관찰과 생각이다. 이상이란 시인이 거울을보면서 체험했던 것은, 누구나 거울을 보면서 체험할 수 있는 평범한 것이다. 다만 시인은 그 평범한 일상적 체험 속에서 보통 사람이 잘 해보지 않았던 생각을해본 것이고, 그 생각의 기발함이 이 시의 재미와 의미가 되는 것이다. 그 생각은물리적 질서를 벗어나면서도 그 자체로 정교한 논리를 가지고 있다. 그것이 곧 시적 사유이며, 시적 상상력이라고 할 수 있다. 학생들이 그러한 내용을 이해하고 지적인 기쁨을 맛볼 수 있다면 이 시의 감상과 이해는 절반 이상 이루어졌다고 할 수 있다. 두 개로 분리된 자아 문제를 이해하는 것은 이 다음의 과제이다. 어떻게 보면 고등학생들이 「거울」을 감상하는 데 후자의 문제는 별로 중요하지 않을지 모른다. 그냥 거울을 보면 또 하나의 자신이 있는데, 우리 자신은 때때로 분열되고 단절되어 서로 소통되지 않을 수도 있다는 생각을 해보는 정도로 충분할 것이다. 단순하고 소박한 것이지만 분명하게 이해하고 사유하는 것은, 문학공부에서도 필수적인 기초가 된다. 그렇지 않고 자의식을 너무 강조하다 보면, 학생들은 이 시의 재미를 잃어버리고 「거울」을 이상한 심리를 그린 난해한 시로 잘못 알기 쉽다.

진달래꽃 김 소 월

나 보기가 역겨워
가실 때에는
말없이 고이 보내드리오리다.

영변(寧邊)에 약산(藥山)
진달래꽃
아름 따다 가실 길에 뿌리오리다.

가시는 걸음 걸음
놓인 그 꽃을
사뿐히 즈려 밟고 가시옵소서.

나 보기가 역겨워
가실 때에는
죽어도 아니 눈물 흘리오리다.

배우기에 적절한 작품인가

김소월의 「진달래꽃」은 고등학교 국어교과서 상권 〈문학의 유형〉 단원에 실려 있다. 그리고 고등학교 문학교과서에도 수록되어 있다. 이 시는 김소월의 대표작일 뿐 아니라, 한국 현대시를 대표할 만한 작품의 하나이다. 김소월의 민요풍의 시가 대개 그러하듯이, 이 시도 쉽게 이해되고 또 널리 애송되는 작품이다. 고등학생의 수준에서도 충분히 이해될 수 있고, 또 운율과 같은 시의 요소들과 우리의 전통적 정서를 배울 수 있는 작품이다. 그러나 이상하게도 문학교육의 현장에서는 억지스런 설명이나 의미 부여로, 쉽게 즐길 수 있는 시를 어렵게 만들어 버리고 만다. 김소월의 「진달래꽃」은, 바르게 가르쳐진다면, 고등학생들에게 시의 아름다움과 시 읽기의 즐거움을 맛보여 줄 수 있는 작품이다. 즉, 고등학생들이 배우기에 적절한 작품일 뿐만 아니라 고등학생들이 꼭 배워야 할 작품이라고 할 수 있다.

어떻게 가르치고 있는가

교과서에서는, 〈단원의 길잡이〉 및 〈학습할 원리〉를 통하여 문학의 유형을 설명하고 있다. 그 설명에 따르면, 문학작품은 말하기의 세 가지 방식인 노래하기, 이야기하기, 보여주기로 유형화된다.

노래하기 : 노래하기 유형은 드러내고자 하는 생각을 노래의 틀에 맞추어 표현한
다. 노래의 본질은 운율과 압축이므로, 노래하기는 율동감과 간결성을 지
닌다.

이야기하기 : 줄거리를 세워 시간의 흐름에 따른 일의 경과를 표현하며, 사람들 사이에
벌어지는 사건이 중심이 된다. 이야기는 그 내용이 전형성, 상징성을 지닐
때에 가치가 있다.

보여주기 : 느낌을 말하는 대신, 인물들의 말, 행동 등을 제시한다. 순서에 따라 사건이
제시되지만, 인물들의 행위만 제시하여 상상하게 한다는 점에서 이야기하기
와 다르다.

문학의 유형을 이처럼 노래하기, 이야기하기, 보여주기로 나누는 것은 몇 가
지 점에서 적절하지 못하다. 첫째, 노래하기의 대표적 갈래는 시라고 했지만, 노래
와 시가 일치하는 것은 아니다. 시는 노래가 아니라 노래의 가사가 될 수 있는 글
이다. 노래와 노랫말은 구분되어야 한다. 뿐만 아니라 노랫말 가운데서도 시가
아닌 것들이 있을 수 있다. 그리고 현대의 많은 자유시들은 노래와 전혀 관련이
없다. 그러므로 노래하기를 문학의 한 유형이라고 말하는 것은 옳지 못하다. 둘
째, 이야기하기는 서사문학을 가리키는 듯한데, 그 내용이 전형성, 상징성을 지닐
때에 가치가 있다는 설명에는 문제가 있다. 전형성은 서사문학 가운데서도 리얼
리즘 문학에서 요청되는 자질로서 서사문학 일반에 두루 적용될 수 있는 것이 아
니다. 또한 상징성이란 자질은 서사문학에서 별로 중요하지 않다. 그것은 오히려
시에서 더 많이 요청되는 자질이다. 그리고 수필을 이야기하기의 유형에 포함시

키고 있는데, 그 또한 부적절하다. 많은 수필은 줄거리를 세워 시간의 흐름에 따른 일의 경과를 표현하지도 않고 또 사건이 중심이 되지도 않는다. 셋째, 보여주기 유형의 대표적 양식은 희곡이라고 설명했는데, 희곡을 보여주기 유형이라고 말하는 것은 어색하다. 보여주기란 말은 연극에 어울리는 말이지 희곡에 어울리는 말은 아니다. 그러므로 문학을 〈노래하기, 이야기하기, 보여주기〉로 나누는 것은 적절한 분류가 아니다.

이처럼 혼란스럽고 부적절한 설명을 제시하고 난 뒤, 교과서는 다음과 같은 〈학습목표〉를 제시한다.

① 여러 문학작품이 지닌 유형상의 특성과 그 넘나듦을 이해한다.
② 유형상의 특성에 따라 작품 이해의 방식을 달리하면서 감상한다.
③ 동일한 내용이 형식에 따라 어떻게 달라지는지 이해하며 듣는다.
④ 설명의 방법에 따라 표현하고 이해한다.

문학작품의 유형상의 특성을 이해하는 일은 필요한 일이라 할 수 있다. 그러나 유형 자체가 잘못 나누어졌을 때, 그 특성의 이해는 혼란을 초래한다. 그리고 유형의 넘나듦을 이해하라는 학습목표는 모호하고 또 어려운 목표이다. 즉, 유형의 넘나듦이란 말이 정확하게 어떤 것을 의미하는지 잘 알 수 없으며, 또 고등학생들이 유형의 넘나듦에 대한 이해까지 가져야 한다는 목표는 지나친 것이다.

두 번째 학습목표도 납득하기 어려운 것이다. 물론 시의 이해 방식이 소설의 이해 방식과 다른 면이 있다. 그러나 그 방식의 차이는 매우 미묘하고 까다로운

 교과서에 실린 문학작품을 어떻게 가르칠 것인가

문제로서 간단히 설명될 수 없다. 대부분의 독자들은 유형의 특성을 의식하지 않고 자연스레 작품을 감상한다. 그것은 삼국지를 소설로 읽을 때와 영화로 볼 때, 각각 소설의 특성과 영화의 특성을 미리 공부해서 그에 따라 다른 방식으로 감상하지 않는 것과 같다. 소설은 소설대로 영화는 영화대로 그냥 감상하듯이, 시나 소설이나 수필도 그 유형을 의식하지 않고 그냥 감상한다. 따라서 두 번째 학습목표는 학습목표가 될 수 없다.

세 번째 학습목표 역시 이상하다. 우선 왜 듣는다라는 술어를 사용했을까? 문학작품을 〈듣는〉 경우는 거의 없다. 그리고 동일한 내용이 형식에 따라 달라지는 것을 이해하는 것은 고등학생 수준에서는 불필요한 일이다. 뿐만 아니라 엄격한 의미에서 형식이 달라지면 그 내용도 달라진다.

네 번째 학습목표는 비문이다. 바르게 고쳐 본다면, 〈설명의 여러 방식을 이해하고, 설명하고자 하는 내용에 적합하다고 판단되는 설명의 방식을 취하여 설명할 수 있는 능력을 기른다〉고 해야 할 것이다.

이러한 문학의 유형에 대한 설명과 학습목표는 문학교육을 잘못된 방향으로 유도하고 학생들에게 혼란을 줄 가능성이 많다. 그리고 이러한 지침을 의식하다 보면, 이 단원에 실린 문학작품을 감상하고 공부하는 데도 오히려 방해가 될 것이다.

한편, 중학교 국어교과서에서는 문학의 유형을 다르게 나누고 있다. 중학교 2학년 1학기 교과서 4단원의 〈단원의 길잡이〉에는 문학의 갈래를 다음과 같이 설명한다.

문학은 대체로 네 가지 갈래로 나누어 볼 수 있다. 작중 인물들 사이의 대화와 행동만으로 이루어지는 희곡적 갈래, 서술자를 통해서 어떤 사건을 전달하는 서사적 갈래, 함축적인 표현으로 작중 화자를 통해서 정감을 표현하는 서정적 갈래, 작가의 개인적 태도나 체험을 드러내는 교술적 갈래가 그것이다. 그러므로 문학작품을 바르게 이해하고 감상하기 위해서는 문학의 갈래에 따른 특성을 파악해야 한다.

문학의 갈래를 이런 식으로 설명하는 데에도 약간의 문제가 있긴 하지만, 그래도 고등학교 교과서에서의 분류보다는 훨씬 적절한 것으로 판단된다. 중학교 때에 문학의 유형에 대해서 이렇게 배운 학생들이 고등학교에 가서 문학의 유형을 또 다르게 배워야 한다는 것은 이해하기 어려운 일이다. 더구나 중학교 때 비교적 바르게 배운 내용을 고등학교 때 더 허술한 내용으로 새로 배워야 한다는 것은 말이 안 된다.* 그리고 거듭 지적하는 바이거니와, 이러한 학습목표 아래서는 「진달래꽃」에 대한 이해와 감상보다는 문학지식에 대한 공부가 더 중시될 수밖에 없다. 문학교육은 무엇보다 문학작품에 대한 올바른 감상이 근간이 되고, 그것을 바탕으로 자연스레 문학에 대한 일반적 이해가 뒤따라야 할 것이다.

국어교과서에서 제시된, 「진달래꽃」의 〈학습활동〉 문항은 다음과 같다.

1. 노래하기 유형의 문학은 운율적인 표현을 특징으로 한다. 이 시의 운율을 중심으로 다음을 공부해 보자.

---

* 실제로 중학교와 고등학교의 국어교육 내용, 특히 문학교육 내용을 일별해 보면, 많은 중복과 혼란이 발견된다. 문학에 관한 지식의 경우, 중학교의 교육 내용과 고등학교의 교육 내용은 많은 부분이 겹쳐져 있다. 중고등학교의 6년에 걸친 문학교육을 전체적으로 조망하고 체계와 질서를 세우는 작업이 필요하다.

① 이 시의 운율과 앞에서 공부한 시조의 운율은 어떤 차이가 있는가?

② 시조의 운율과 이 시의 운율에서 오는 느낌은 어떻게 다른지 낭송을 통하여 비교해 보자.

2. 노래하기 유형의 문학은 함축적인 표현을 특징으로 한다. 이 시의 표현을 중심으로 다음을 공부해 보자.

① 이 시에서 아름답게 느껴지는 표현이 있는가? 그것은 어째서 아름답게 느껴지는가?

② 함축성이 강하다고 생각되는 말은 무엇인가? 그리고 거기에는 화자의 어떤 심경이 함축되어 있는가?

③ 함축된 심경에 대한 이해가 독자에 따라 서로 다르다면, 그것은 어떤 이유에서인가?

3. 이 작품의 내용을 중심으로 다음을 공부해 보자.

① 이 작품에 담긴 사건과 정서를 남에게 들려준다고 가정하고 가능한 한 길게 말해 보자.

② 이야기한 내용과 이 작품을 비교하여 볼 때, 이야기하기와 노래하기는 어떤 차이를 가지게 되는가?

③ 이 작품을 이야기로 꾸미게 되면, 서술자가 등장하게 된다. 이야기 서술자의 역할과 시 작품 속 화자의 역할을 비교해 보자.

4. 이 작품에 나타난 정서를 중심으로 다음을 공부해 보자.

① 이 작품에 나타난 갈등은 무엇이며, 그것은 어떻게 해결되고 있는가?

② 이 시가 이별을 하면서 지어졌다고 보는 것과 이별을 가상하고 지어졌다고 보는 것 사이에는 어떤 느낌의 차이가 있는가?

③ 〈정서〉란, 일차적으로 느끼는 감정과는 달리, 이성을 통하여 갈등을 해결해 나가

는 과정이라고 한다. 이 설명에 근거하여 이 작품의 정서적 특성이 무엇인지 정리
해 보자.

위의 〈학습활동〉 문항 가운데서 1의 문항들은 시의 운율에 관한 것이다. 우선
지적할 수 있는 것은 1-②의 문항과 1-③의 문항이 같은 내용이라는 점이다. 현
행 국어교과서의 〈학습목표〉나 〈학습활동〉에는 이처럼 같은 내용을 약간 다른
말로 거듭 물어 학생들에게 혼란을 주는 일이 적지 않다. 그리고 시를 공부하는
자리에서 운율에 대해 배운다는 것은 일단 정당하다. 그러나 우리말의 운율적 체
계는 충분히 해명되지 못하고 있는 실정이다. 우리말에서 운율을 낳는 기본적인
요소가 무엇인지는 분명하지 않다. 가장 보편적으로 적용되는 요소는 음수율과
음보율이다. 그리고 소리의 높고 낮음이나 압운적 요소는 거의 작용하지 않는다.
그러므로 고등학생들에게 운율을 가르칠 때는, 음수율이나 음보율에 의해 운율
이 분명하게 느껴지는 작품에 한해서만 그 운율적 질서와 느낌을 가르치는 것이
바람직하다. 「진달래꽃」의 경우, 그 운율적 특성이 7·5조라는 것 정도만 가르
쳐 주면 될 것이다. 〈학습활동 도움말〉에서 리듬, 운율, 압운, 율격에 대한 설명
을 하고 있는데, 이는 학생들에게 운율에 대한 혼란을 주는, 불필요한 설명이라
고 생각된다.

2의 문항들은, 노래하기 유형의 특성과 관련된 학습활동이다. 노래하기 유형의
문학은 함축적인 표현을 특징으로 한다고 말했는데, 틀린 말은 아니지만 함축적인
표현이란 시를 대표할 만한 특성은 아니다. 오히려 시를 대표할 만한 특성은 비
유적인 표현 또는 돌려 말하기 표현에 있다고 말하는 것이 더 온당하다.*

● 시의 대표적인 특성이 무엇인가라는 문제는, 시를 어떻게 정의하는가 하는 문제가 된
다. 시에 대한 완벽한 정의가 있을 수 없듯이, 시의 대표적인 특성이 무엇인가에 대한 완벽
한 정답도 있을 수 없다. 그러나 시의 여러 속성 가운데서 가장 뚜렷한 것은 비유적인 표현
의 사용이라고 말할 수 있다. 시는 긴 이야기를 짧게 말하는 것이라기보다는 비유적인 표현
으로 어떤 생각이나 느낌을 전달하는 형식이라고 할 수 있다. 가령 서정주의 시 「춘향유문」
가운데 〈천길 땅밑을 검은 물로 흐르거나 도솔천의 하늘을 구름으로 날드래도 그건 결국 도
련님 곁 아니에요?〉라는 구절을 생각해 보자. 이 구절은 긴 이야기를 함축하여 말한 것이라
기보다, 죽어서도 도련님을 사랑할 것이라는 춘향의 마음을 비유적으로 돌려 말한 것이다.

　교과서에 실린 문학작품을 어떻게 가르칠 것인가

　①의 문항은 아주 모호한 물음이다. 「진달래꽃」에서 아름다운 표현을 찾아보자고 했는데, 이 작품에는 특별히 아름답게 표현된 구절이 없는 듯하다. 시 전체가 아름다울 뿐이다. 질문자가 어떤 대답을 기대했는지 전혀 짐작할 수 없다. 2-②의 문항은 이 시의 이해에서 필요한 물음이다. 답은 〈진달래꽃〉이 될 것이며, 그 함축적 의미는 나중에 살펴보도록 하겠다. 2-③의 물음은 많은 측면이 고려되어야 하는 아주 까다롭고 복잡한 문제다.* 고등학생들에게는 전혀 어울리지 않는 문제라고 생각된다.

　3의 문항들은 문학의 유형에 대한 물음이다. 3-①의 문항은 학생들이 이 작품을 이해하는 데 도움이 될 수 있는 하나의 방식이다. 이런 방식을 통하여 학생들은 화자가 처한 상황과 심경을 구체적으로 생각해 볼 수 있을 것이다. 그런데 가능한 한 길게 말해 보자라는 말은 적절치 않다. 길게만 말하는 것이 꼭 내용의 파악에 좋은 것은 아니다. 그보다는 〈구체적으로 자세히 말해 보자〉라고 말하는 편이 나을 것이다. 3-②와 ③의 문항은 별로 바람직한 것이 못 된다. 시문학과 서사문학의 차이를 이런 식으로 생각해 보는 것은 학생들에게 불필요하고 또 적절하지도 않다고 판단된다.

　4의 문항들은 「진달래꽃」의 정서에 대한 문제이다. 교과서는 정서에 대해서 욕구와 상반되는 일 때문에 심리적 균형이 깨어지는 상태를 갈등이라 하고, 그 갈등을 이성과 감성의 작용으로 정돈하는 심리적 움직임을 정서라 한다고 설명한다. 또 정서란 일차적으로 느끼는 감정과는 달리 이성을 통하여 갈등을 해결해 나가는 과정이라고 한다고 설명한다. 정서에 대한 이러한 설명은 보편적인 것이 못 된다. 그것은 특정한 관점에서의 개인적인 개념 규정일 뿐이며, 좀처럼 수긍할 수 없는 설명이

「진달래꽃」 역시 마찬가지다. 이 시도 어떤 긴 이별의 이야기를 줄여 말한 것이 아니다. 그보다는 이별의 고통을 마주한 한 여인의 심경을 이런 식으로 돌려 말한 것이다. 「일 포스티노」라는 영화에서 우체부가 시란 무엇인가 묻자 시인 네루다는 메타포어(metaphore; 비유, 돌려 말하기)라고 대답한다. 충분하지는 않지만, 적절한 대답이라고 생각된다. 〈나는 너를 사랑한다〉라고 직설적으로 말하지 않고, 〈내 마음은 당신의 해안으로 끊임없이 밀어닥치는 끝없는 파도와 같다〉고 말하는 것이 시의 출발이 된다.

* 어떤 표현의 함축적 의미는 여러 문맥 속에서 결정될 수 있다. 텍스트 자체의 문맥 속에서 결정될 수도 있고, 특정 시대의 문화적 문맥 속에서 결정될 수도 있으며, 개인적 체험의 문맥 속에서 결정될 수도 있으며, 민족적 체험의 문맥 속에서 결정될 수도 있다.

다. 보편성이 없는 개념 규정을 고등학교 교과서에서 제시한다는 것은 잘못된 일이다. 이런 설명은 학생들이 이해하기도 어렵고 배울 필요도 없는 지식에 가까운 것으로 문학교육 현장에 혼란만 가중시킨다. 4-②의 물음도 작품의 이해에 오히려 혼란을 주는 것으로 판단되는데, 이 문제에 대해서는 나중에 논의할 것이다.

「진달래꽃」은 고등학생의 수준에서도 이해하기가 비교적 수월한 작품이다. 그러나 문학교과서와 참고서의 내용풀이를 보면, 쉬운 내용을 쓸데없이 어렵거나 부적절한 말로 풀고 또 지나친 의미 부여로 오히려 어렵게 만드는 경향이 있다. 가령 한 자습서에서는 이 작품에 대해서 다음과 같은 설명을 하고 있다.

이 시는 전통적 시 형식인 시조, 전통적 가악인 창 등의 정형성 속에서 식민지 상황이라는 현실을 직시할 한국인만의 새로운 시 형식을 탐구한 것이다.

「진달래꽃」이 시조와 창의 정형성을 이어받았다는 말도 엄격히 따지면 정확한 말이 아니지만, 그보다도 식민지 상황이라는 현실을 직시할 한국인만의 새로운 시 형식이라는 설명은 전혀 이해할 수 없는 것이다. 「진달래꽃」의 형식이 새로운 것도 아니며, 식민지 현실과 연관이 있는 것은 더욱 아니다. 아마도 식민지 현실과 연관지어 말하고 싶었던 것은, 다음 설명을 보면, 시 형식이 아니라 한의 정서였던 것 같다.

이 작품에 나타난 한의 정서는 일제시대라는 상실의 시대 고민을 표현하는 현실인식,

뿐만 아니라 세대적 체험의 문맥, 시인의 작품세계의 문맥, 문학적 전통의 문맥, 사회적 문맥 등과 관련된 함축적 의미도 있다. 그런가 하면, 독자에 따른 함축적 의미 이해의 차이는 위와 같은 여러 문맥의 차이에서 오는 것일 수도 있고 아니면 한 독자가 함축적 의미를 오독하는 데서 오는 것일 수도 있다. 실제 상황에서의 많은 차이는 오히려 독자들의 오독에서 비롯된다고 말할 수 있을 것이다. 그러므로 문학교육 현장에서 학생들의 자의적 해석을 너무 방치하는 것은 해석의 다양성을 열어 두는 일이 아니라 문학의 감상을 포기하는 무책임한 일이 될 가능성이 크다. 현재 우리 문학교육 현장에서는 해석의 다양성을 존중하는 분위기가 강한데, 그것이 오히려 부정적 결과를 초래하고 있는 것 같다.

  교과서에 실린 문학작품을 어떻게 가르칠 것인가

즉 조국을 상실한 고통의 환기로 이해되기도 한다. (중략) 그것은 민중의 삶의 진실과 맥락을 같이하여 혼과 한이라는 뿌리를 민족적 삶에서 이해할 수 있음도 생각해 볼 수 있다.

그러나 이러한 설명 역시 말이 안 된다. 민중의 삶의 진실과 맥락을 같이했다는 말도 이해할 수 없지만, 「진달래꽃」을 한의 정서와 연결시키는 점도 이해할 수 없다. 이 작품에는 한이라고 할 만한 것이 없다. 그리고 한을 식민지 시대의 고통에 대한 정서적 반응이라고 한다면, 그것은 이미 전통적인 것이 아니다.[*]
또다른 자습서의 설명을 보자.

임의 가시는 길에 한 아름 따다가 뿌리겠다는 진달래꽃은 일단 자신을 버리고 가시는 임을 원망하거나 미워하지 않고 오히려 가시는 임의 앞길을 축복하겠다는 마음을 드러낸 것이므로 〈임에 대한 시적 화자의 숭고한 사랑〉이라 해석할 수 있다. 향가, 도솔가 등의 전통시가에서도 나타나는 산화공덕(散花功德)의 의미를 부각시킨 해석이다. 다른 한편, 진달래꽃이 두견화로 불리어지듯이 이것이 전통적인 우리 민족의 한(恨)의 정서를 대변하는 소재임을 부각시킨다면 해석은 달라질 수 있다. 즉, 이 시의 시적 자아가 겉으로 표출하지 않고 인내를 통해 내면 깊숙이 간직하고 있는 극한적 슬픔의 정서를 상징하고 있는 것으로 해석할 수 있는 것이다.

이 작품에서 산화공덕의 의미를 찾는 것은 잘못된 것은 아니나, 시의 의미를 오히려 좁게 한정지을 수 있다. 그리고 여기서도 한의 정서를 전통적인 것이라고

---

[*] 한(恨)을 우리 민족의 전통적 정서로 강조하는 태도는 재고되어야 할 문제이다. 한이란 견디기 힘든 고통과 슬픔이 축적된 마음 상태라고 간단히 정의될 수 있다. 〈한이 맺혔다〉, 〈한스럽다〉라는 표현은, 견디기 힘든 고통과 슬픔을 안고 있다는 뜻으로 이해된다. 그렇다면, 한이란 그 자체로는 좋지 못한 것이다. 그럼에도 불구하고, 한을 우리 민족의 전통적 정서로 이해하고 은연중에 좋은 것으로 여기는 경향이 있다. 우리의 전통적 예술의 일부는 한을 중요한 소재로 삼고 있다. 그러나 한이라는 소재 자체가 중요한 것이 아니다. 우리의 전통적 예술의 일부는 한이라는 견딜 수 없는 슬픔과 고통을 견뎌 내는 독특한 태도를 보여 주고 또 거기서 어떤 미학을 만들어 냈다. 우리가 중시해야 할 것은, 한 그 자체가 아니라 그것을 견디는 태도의 인간적 미덕과 거기서 비롯된 미학이다.

하고, 그 정서가 잘 드러난 작품이라고 했는데, 옳은 설명이라고 할 수 없다. 이러한 참고서의 설명들은 학생들의 문학교육에 전혀 도움이 되지 못한다.

　그리고 「진달래꽃」의 사상적 배경을 〈유교적 휴머니즘〉이라고 한 참고서의 설명 역시 그러하다.

어떻게 가르칠 것인가

　「진달래꽃」은 4연으로 되어 있으며, 각 연은 7/5/7+5라는 안정된 음수율을 가지고 있기 때문에 전체적으로 안정된 느낌을 준다. 이 작품을 학생들에게 어떻게 이해시킬 것인가 생각해 보자.

　1연에서 화자는 떠나는 임을 고이 보내 드리겠다고 말한다. 1연을 두고, 뜻밖의 이별에 대한 놀라움과 슬픔 또는 이별에 대한 체념적 순응이라는 설명은 적절치 못하다. 1연이 말하는 바는 매우 단순하다. 그것은 떠나는 임을 붙잡거나 귀찮게 하지 않겠다는 화자의 태도이다. 이를 두고 이별에 대한 놀라움이나 체념적 순응을 말하는 것은 온당치 않다.

　2연에서 화자는 임이 가시는 길에 진달래꽃을 뿌리겠다고 말한다. 이를 두고 떠나는 임에 대한 축복 또는 임에 대한 사랑과 축복이라고 정리하는 것은 대체로 타당하다. 가시는 길에 꽃을 뿌리겠다는 것은, 곧 사랑과 축복의 마음을 표현한 것이라고 생각될 수 있기 때문이다. 그런데 2연에서 보다 주목해야 할 것은, 왜 하필 진달래꽃이며 그것도 그냥 진달래꽃이 아니라 영변의 약산 진달래꽃인가 하는 점이다. 진달래꽃이 두견화임을 염두에 두고 슬픔을 보다 절실하게 드러내기 위한 것이라는 설명도 가능하지만 별로 좋은 해석은 아니다. 그리고 〈진달래꽃〉이 화자의 임에 대한 사랑을 뜻하며, 〈영변의 약산〉이란 작품에 향토적인 색채를 부여한다는 설명도 가능하지만 무엇인가 부족하다. 진달래꽃은 우리 나라의 산과 들에서 가장 흔하게 볼 수 있는 꽃 중의 하나이다. 초봄에 핀 진달래꽃은 우리 나라의 산과 들을 수줍게 물들인다. 진달래꽃은 자신의 아름다움을 화려하게 뽐내는 꽃이라기보다는 얼굴만 붉히고 자기 표현은 못하는 시골 색시 같은 수줍음을 지닌 꽃이다. 진달래꽃을 이렇게 생각한다면, 이 시에서 진달래꽃은 화자의 수줍은 사랑을 뜻한다고 볼 수 있다. 즉, 가시는 길에 진달래꽃을 뿌리는 행위는, 〈당신이 떠나시더라도 나의 사랑은 변함이 없음을 알아 주십시오〉라는 뜻을 수줍고도 아름답게 표현한 것이 되는 것이다. 그러므로 2연은 떠나는 임에 대한 축복보다는 떠나는 임에 대한 변치 않는 사랑의 수줍은 표현이라는 의미가 강하다. 그리고 영변의 약산이라는 구절은 진달래꽃의 그러한 정서를 더욱 구체화시켜 주고 풍부하게 해 주는 역할을 한다. 영변은 김소월의 고향이다. 시인이 어려서부터 많이 보아 왔고, 친숙한 감정을 지니고 있는 그런 진달래꽃인 것이다. 그냥 꽃이라고 하는 것보다 진달래꽃이라고 하면 그 의미의 범주는 좁아지지만 그 내용은 보다 구체적인 것이 된다. 또 그냥 진달래꽃이라고 하는 것보다 영변의 약산에 핀 진달래꽃이라고 하는 것이 더욱 그러하다.● 가령 〈꽃 같은 나의 사랑〉이라는 표현보다 〈어릴 때 우리 집 마당에 피었던 맨드라미 같은 나의 사랑〉이라고 표현하는 것이 사랑의 느낌을 훨씬 구체적이고 생생하게 전달한다. 영변의 약산이란 구절의 역할도 바로 그런 것이다.

● 언어는 대상을 추상화시키고 일반화시킨다. 가령 〈꽃〉이라는 단어는 지상에 존재하는 수많은 꽃들의 개성을 다 무시하고 하나의 추상적 개념으로 일반화시킨다. 또 〈학생〉이라는 단어는 수많은 학생들의 개별성을 다 무시하고 하나의 추상적 개념으로 일반화시킨다. 추상적 개념은 어떤 정서를 환기시키지 못한다. 그냥 〈안경〉이라고 하면 아무런 느낌도 받지 못하지만, 〈내가 중학교 2학년 때 처음으로 써 본 그 뿔테 안경〉이라고 하면 많은 체험과 정서가 환기되는 것이다. 문학, 특히 시는 이러한 언어의 추상화를 싫어하고 대상의 구체적 개별성을 되살리려는 경향성을 갖는다. 일반적인 사랑을 이야기하기보다는 내가 열아홉 살 때 옆집 순이에게 느낀 사랑의 구체적 개별성을 이야기하고자 한다. 그럼으로써 그 당시 실재했던 감정의 실체를 되살리고자 하며, 독자들은 그 감정을 구체적으로 간접 체험함으로써 감동을 얻는 것이다. 〈한 소녀가 목숨을 바쳐 한 소년을 사랑했다〉라는 문장은 우리에게

3연에서 화자는 떠나는 임에게 그 꽃을 즈려 밟고 가시라고 말한다. 문학교과서나 참고서에서는 3연을 원망을 초극한 자기 희생적 사랑이라고 정리하고 있으나 적절치 않다. 특히 〈초극〉이나 〈희생〉 같은 단어는 이 시의 분위기와 걸맞지 않게 너무 강하고 거창하다. 이런 거창한 단어로는 이 시에 표현된 화자의 마음과 태도를 제대로 이해할 수 없다. 3연의 의미는 말뜻 그대로 화자가 뿌린 진달래꽃을 조심스레 밟고 떠나라는 것이다. 여기서 짐작할 수 있는 것은, 〈떠나시더라도 나의 이 지극한 사랑만은 알아 주세요〉라는 화자의 마음일 것이다. 자기 희생의 의미가 전혀 없는 것은 아니지만, 그러나 이 표현은 자신의 사랑을 짓밟고 떠나라는 뜻이 아니라 진달래꽃을 뿌린 사랑의 마음을 외면하지 말고 소중히 생각하면서 떠나 달라는 부탁의 뜻인 것이다. 한편, 참고서를 보면 즈려 밟고라는 구절을 근육감각적 희생의 심상이라는 이상한 말로 설명하고 있다. 이런 웃지도 못할 설명은 문학교육에서 하루빨리 추방되어야 할 말이다.

4연은 1연의 변화 반복이요, 점층적 반복이다. 1연에서 말없이 고이 보내 드리겠다는 말은 떠나는 임을 원망도 하지 않고 붙잡지도 않겠다는 뜻이면서 동시에 그 속에 원망하고 싶은 마음, 붙잡고 싶은 마음을 내비치고 있다. 4연에서는 그런 마음이 좀더 강하게 드러난다. 즉, 눈물을 흘릴 수밖에 없는 마음이나, 화자의 눈물로 떠나는 임의 마음을 어수선하게 만들고 괴로움을 주지는 않겠다는 뜻이다. 죽어도 아니 눈물 흘리오리다를 두고 〈눈물을 흘리겠다〉로 이해해야 하느냐 아니면 〈눈물을 흘리지 않겠다〉로 이해해야 하느냐 하는 논란이 있다. 상식적으로 생각할 때, 울고 싶은 사람이 눈물을 흘리겠다고 말하고 울지는 않는다. 그러므로 이 구절의 표면적인 뜻은 울지 않겠다는 것이다. 그렇지만 이 점은 별로

아무 감동도 주지 못한다. 그러나 셰익스피어의 「로미오와 줄리엣」은 우리에게 가슴 뭉클한 감동을 준다. 그 중요한 까닭은 구체적 정황 속에서 구체적 인물과 사건으로 이야기해 주기 때문일 것이다.

중요하지 않다. 여기서 중요한 것은 눈물을 흘리지 않겠다고 말하는 화자의 마음을 이해하는 일이다. 그것은 너무나 견디기 힘든 이별의 고통이지만 그래도 떠나는 임을 원망하거나 귀찮게 하지는 않겠다는 아름다운 마음이다. 이런 마음을 두고, 인고의 의지를 통한 자기 극복이라든가 슬픔의 의지적 승화라고 말하는 것도 적절치 못하다. 또한 죽어도 눈물을 흘리지 않겠다는 구절을 애이불비(哀而不悲)로 설명하기도 하는데, 이 또한 좋은 설명이 아니다. 이 구절은 비탄에 빠지지는 않겠다는 뜻이라기보다는 화자의 큰 슬픔에도 불구하고 떠나는 임을 괴롭히거나 자신의 사랑을 추하게 만들지는 않겠다는 뜻이 강하기 때문이다.

「진달래꽃」의 극적 상황에 대한 두 가지 견해가 있다. 일반적으로는 화자가 임과 이별하는 상황이라고 이해되지만, 일부 논자들은 화자가 임과의 이별을 가정하고 있는 상황이라고 주장한다. 가실 때에는과 –오리다라는 말을 볼 때, 이별의 상황은 현재가 아니라 미래의 가정이라는 것이다. 그리고 여기서 한 걸음 더 나아가, 화자가 떠나는 임을 잡지도 않고 오히려 꽃을 뿌려 주는 관대함과 여유를 보이는 까닭은 실제 이별이 아니기 때문이라고 해석한다. 〈학습활동〉 4–②는 이러한 해석을 존중해서 낸 문제일 것이다.

　그러나 「진달래꽃」의 극적 상황을 이별을 가정하는 상황으로 이해하는 것은, 이 시를 잘못 이해하는 것이며, 이 시의 맛과 멋을 크게 훼손하는 해석이라고 생각된다. 이런 해석에 의하면, 화자의 마음과 태도는 절실하고 진실한 것이라기보다는 다소 장난스런 것이 되고 말며, 따라서 「진달래꽃」의 아름다움은 없어지고 만다. 이 시의 극적 상황은 이별의 상황이라고 봐야 한다. 혹은 그렇지 않다면,

여러 가지 정황으로 충분히 이별이 예견되는 정황 속에서 화자가 이별을 기정 사실로 수용하고 있는 상황이라고 봐야 한다. 이런 상황에서라야 진달래꽃을 뿌리는 마음, 죽어도 울지 않겠다고 스스로 다짐하는 마음이 가능한 것이며 또한 제대로 이해될 수 있는 것이다.

학생들의 「진달래꽃」에 대한 감상은 일차적으로 말의 아름다움에 대한 감상이 되어야 한다. 「진달래꽃」이 지닌 말의 아름다움은 학생들이 반복해서 읽으면서 느껴야 하는 것으로, 교사의 설명이 관여할 부분은 적다. 물론 7·5조의 운율이나 3음보를 설명할 수 있겠지만, 그것은 이 시가 지닌 말의 아름다움의 일부분일 뿐이다. 학생들이 소리내어 읽으면서 입과 마음이 아울러 즐거워지는 체험을 할 수 있다면 그것만으로도 「진달래꽃」의 학습은 의미 있는 일이다.

그 다음으로 「진달래꽃」의 감상은, 쓰라린 이별을 당한 화자의 마음과 태도를 이해하는 것이 되어야 한다. 사랑하던 임이 자기를 버리고 떠날 때, 사람들은 제각기 여러 가지 마음과 태도를 취할 수 있다. 가령 우리 나라의 민요에서 보듯이 〈한 모랭이 돌거들랑 급살병이나 들려 주소. 두 모랭이 돌거들랑 벼락이나 맞아 주소〉라고 노래하는 마음과 태도도 있고, 〈나를 버리고 가시는 임은 십리도 못 가서 발병 난다〉라고 노래하는 마음과 태도도 있다. 이러한 것과 「진달래꽃」의 마음과 태도는 전혀 다르다. 그 다른 마음과 태도를 섬세하게 이해하는 일이 곧 「진달래꽃」의 의미를 파악하는 일이 되며, 이것이 「진달래꽃」에 대한 감상의 본론이 된다. 학생들이 이것을 이해했을 때, 화자의 마음과 태도에 대한 학생들의 반응은 여러 가지일 수 있다. 숭고한 느낌을 받을 수도 있고, 아름다움을 느낄 수도 있고, 너무 수동적이고 패배적이라고 느낄 수도 있을 것이다. 어느 경우라도 학생들의 인간과 사랑 그리고 세상에 대한 이해의 폭은 그만큼 넓어진 것이 되는 셈이다. 학생들이 「진달래꽃」을 배우는 것은, 문학의 유형을 알고 운율에 대해서 알고 또 한의 정서나 슬픔의 초극이나 산화공덕에 대해서 알기 위한 것이 아니다. 그보다는 말의 아름다움을 즐기고, 세상에는 이런 아름다운 이별의 태도도 있음을 이해하며, 그것으로 삶의 지평을 넓힐 수 있기 위해서이다.

님의 침묵 한용운

1 님은 갔습니다. 아아, 사랑하는 나의 님은 갔습니다.

2 푸른 산빛을 깨치고 단풍나무 숲을 향하여 난 작은 길을 걸어서, 차마 떨치고 갔습니다.

3 황금의 꽃같이 굳고 빛나던 옛 맹서(盟誓)는 차디찬 티끌이 되어서 한숨의 미풍(微風)에 날아갔습니다.

4 날카로운 첫 키스의 추억(追憶)은 나의 운명(運命)의 지침(指針)을 돌려 놓고, 뒷걸음쳐서, 사라졌습니다.

5 나는 향기로운 님의 말소리에 귀먹고, 꽃다운 님의 얼굴에 눈멀었습니다.

6 사랑도 사람의 일이라, 만날 때에 미리 떠날 것을 염려하고 경계하지 아니한 것은 아니지만, 이별은 뜻밖의 일이 되고, 놀란 가슴은 새로운 슬픔에 터집니다.

7 그러나 이별을 쓸데없는 눈물의 원천(源泉)을 만들고 마는 것은 스스로 사랑을 깨치는 것인 줄 아는 까닭에, 걷잡을 수 없는 슬픔의 힘을 옮겨서 새 희망(希望)의 정수박이에 들어부었습니다.

8 우리는 만날 때에 떠날 것을 염려하는 것과 같이, 떠날 때에 다시 만날 것을 믿습니다.

9 아아, 님은 갔지마는 나는 님을 보내지 아니하였습니다.

10 제 곡조를 못 이기는 사랑의 노래는 님의 침묵(沈默)을 휩싸고 돕니다.

배우기에 적절한 작품인가

  한용운의 「님의 침묵」은 여러 종류의 고등학교 문학교과서에 실려 있다. 이 작품은 한용운의 대표작이며, 한국 현대시의 명편으로 꼽힌다. 비록 임은 떠나가고 없지만 다시 만날 것을 믿고 계속 사랑하겠다는 이 이별의 노래는, 화려한 비유와 유장한 리듬감을 지닌 절창이다. 고등학생들이 충분히 이해할 수 있는 내용이며 아울러 시의 매력을 맛보고 배울 수 있는 작품이라고 할 수 있다. 그러나 문학교육 현장에서는 쓸데없이 어려운 철학적 해석을 강요하거나 과도하게 시대적 의미를 부여함으로써 이 작품이 지닌 참맛을 오히려 훼손하고 있는 것으로 보인다. 다시 말해 작품의 기본적인 의미를 충실하게 파악하지도 않고 무조건 심오한 불교사상을 읽어 내려 하거나 성급하게 〈님의 침묵〉을 조국의 상실로 대치하려 한다. 아마도 한용운이 유명한 승려이며, 3·1 운동 때 독립선언문을 낭독한 독립운동가라는 사실에 너무 얽매여서 이 작품을 대하기 때문에 그럴 것이다. 아무런 선입견이 없이 읽는다면, 이 작품은 고등학생들이 배우기에 아주 적절한 작품이다.

어떻게 가르치고 있는가

  한 문학교과서는 이 시에 대한 〈감상의 길잡이〉로 다음과 같은 설명을 제시한다.

  이 작품은 발표된 시기나 작자의 편력으로 보아, 역사적 문맥으로도 해석이 가능한 의미를 담고 있다. 그러나 작품 자체에 충실하여, 유한한 존재인 자아가 침묵하는 임에 대한 끊임없는 구도 정신을 노래한 것으로 보아야 할 것이다. 이때의 임은 붓다가 될 수도 있고, 조국이 될 수도 있고, 진리가 될 수도 있다. 그만큼 시의 의미가 긴장감을 돋우며 독자에게 접근한다.

이 설명은, 이 시가 역사적 문맥으로도 해석이 가능하나[●] 우선은 작품 자체에 충실한 해석을 해야 한다고 말한다. 그렇지만 이어서 제시된 해석, 즉 침묵하는 임에 대한 끊임없는 구도 정신이라는 해석은 시인이 승려라는 전기적 사실에 입각한 것이다. 작품 자체에 충실한 해석이 되려면, 임을 그냥 연인으로 보아야 마땅하다. 임이라는 말 자체도 일차적으로 연인을 뜻하는 것이며, 더욱이 날카로운 첫 키스라든가 향기로운 님의 말소리, 꽃다운 님의 얼굴 같은 구절을 그 자체로 이해한다면 임은 사랑하는 연인이 될 수밖에 없다.

물론 이 시에서 임은 연인만이 아니라, 이 설명대로 붓다, 조국, 진리 등으로 해석될 수도 있다. 그러나 가장 자연스럽고 타당성이 높은 해석은 임을 연인으로 보는 해석이다. 왜냐하면, 임을 붓다나 조국이나 진리로 볼 경우, 2, 3, 4, 5행이 적절하게 해석되지 않기 때문이다. 예를 들어 임을 조국으로 본다면, 날카로운 첫 키스의 추억은 나의 운명의 지침을 돌려 놓고, 뒷걸음쳐서, 사라졌습니다 라는 구절을 어떻게 해석할 수 있을 것인가 난처하다.

임을 붓다나 조국으로 본다는 것은, 〈임은 지금 부재하지만 나는 임을 보내지 않았고, 계속 임을 사랑하겠다〉라는 대강의 해석에만 의존하는 것이다. 그렇게 되면 이 시의 매력이라고 할 수 있는, 아름다운 비유적 표현들을 거의 버리고 메

[●] 〈역사적 문맥으로 해석한다〉라는 말은 정확하지 못한 표현이다. 그 뜻은 〈역사주의적 해석〉, 즉 작품이 발표된 당시의 시대상황이나 작자의 개인적 전기 사실에 입각해서 작품을 해석하는 것을 말한다. 그렇지만 〈역사적 문맥으로〉라는 말은 어색하다. 그리고 모든 문학 작품이 다 역사주의적 방법으로 해석이 가능하기 때문에, 굳이 어떤 시기나 작자의 작품만이 역사주의적 해석이 가능하다는 것도 잘못된 말이다.

마른 산문적 의미만을 취하게 되는 셈이다. 따라서 이 작품에서 임은 그냥 연인으로 생각하는 것이 가장 타당하며, 그러한 해석이 충분히 이루어진 뒤에 임의 다양한 해석 가능성을 열어 두는 편이 좋을 것이다.

특히 임을 붓다로 보는 해석은, 이 시를 작자의 불교 사상이 형상화된 것으로 보고 이 시에서 심오한 불교 사상을 찾아내려 애쓴다. 그 동안 한용운 시에 대한 많은 연구는, 한용운 시에 나타난 불교 사상을 이해하려는 방향에서 이루어졌다. 어떤 연구자는 불교의 공(空) 사상으로 한용운 시를 풀려고 했으며, 또 어떤 연구자는 유마(維摩)의 중도(中道) 사상으로 한용운 시를 풀려고 했다. 그러한 연구는 나름대로의 정당성과 의미를 지닌다. 그렇지만 그것들은 시에 대한 철학적 연구이지, 평범하고 보편적인 감상의 방법은 아니다.* 한용운 시에서 어려운 불교 사상을 읽어 내는 일은 전문 연구자나 일부 고급 지식인이 관심을 둘 일이지 고등학생들이 생각해 볼 문제가 아니다. 그럼에도 불구하고 대부분의 교과서와 참고서는 그 점을 주요한 학습내용으로 제시하고 있다. 어떤 교과서는 학생들에게 다음과 같은 〈학습활동〉을 요구하고 있다.

* 작자의 불교 사상이 어떻게 시로 형상화되었는가를 염두에 두고, 다음을 공부해 보자.
① 작자의 종교적 편력에 대하여 살펴보자.
② 끊임없이 정진하는 구도의 자세가 잘 드러난 시행을 골라 보자.
③ 이 시의 큰 특징인 〈역설의 구조〉가 불교의 어떤 사상과 연결되어 있는가를 말해

● 현재 중등학교 문학교육은, 학계에 발표된 논문의 내용을 함부로 수용하여 학생들에게 소개하는 경향이 있다. 이것은 세 가지 점에서 심각한 문제가 된다. 첫째, 문학작품에 대한 전문적인 연구내용은 거의 대부분 학생들에게 부적절한 지식들일 뿐만 아니라 학생들의 문학작품 이해에 거의 도움이 되지 않는다. 학생들이 문학을 배우는 것은, 문학작품을 잘 감상하는 일이지 문학작품을 연구하는 일은 아니다. 둘째, 중등학교 문학교육에서 수용하고 있는 전문적인 연구내용 가운데에는 그 타당성이 충분히 입증되지 않은 것들이 적지 않다. 학생들에게 가르치는 내용은 그 타당성이 충분히 입증된 것이어야 한다. 셋째, 학생들이 이해하기 어려운 연구내용을 배우다 보면, 문학작품을 무조건 어렵게 생각하고 자발적이고 적극적인 감상을 스스로 회피하게 될 가능성이 크다. 무조건 어렵고 현학적인 내용을 중등

  교과서에 실린 문학작품을 어떻게 가르칠 것인가

보자.

우선 한용운의 불교 사상을 제대로 이해하기도 어렵고 또 그것이 어떻게 시로 형상화되었는가를 아는 일은 더욱 어렵다. 고등학생들에게는 물론이고 전문 연구자에게도 쉽지 않은 문제다. 그리고 ①에서 요구한, 한용운의 종교적 편력을 아는 일도 마찬가지다. 그것은 불교 사상을 전공한 학자들이 관심을 둘 만한 문제이다. 그것을 알게 되면 좋긴 하지만, 보통의 고등학생들이 관심을 가지고 이해할 수 있는 문제가 아니다. 이 문제에 매달리다 보면 시의 감상은 없어져 버릴 것이다.

②와 관련하여 문학교과서는 마지막 행 제 곡조를 못 이기는 사랑의 노래는 님의 침묵을 휩싸고 돕니다에 대해서 다음과 같이 풀이하고 있다.

유한자(有限者)인 자아가 감히 도달할 수 없는 임의 세계를 향해 끊임없이 정진하는 구도(求道)의 자세를 노래한 것으로 볼 수 있다. 그리하여 임의 세계 밖에서나마 승화된 갈망이 사랑의 노래를 넘쳐흐르게 한다.

이러한 풀이는 전혀 부적절하다. 유한자, 정진, 구도의 자세, 승화된 갈망 등 불필요하게 어려운 어휘로 오히려 이해를 차단하고 있을 따름이고 그 설명의 내용도 모호하다. 특히 임의 세계 밖에서나마 승화된 갈망이 사랑의 노래를 넘쳐흐르게 한다라는 구절은 무슨 뜻인지 알 수 없다. 시의 마지막 행은, 임이 떠나고 없어도 나의 사랑은 계속된다는 것을 멋지게 표현하고 있을 따름이다. 그리고 제 곡조를

학교 교육내용에 수용하려는 경향은 과도한 입시 경쟁에서 비롯된 것으로 짐작된다. 그러나 그러한 경향은 학생들의 정상적인 학업 성취에 큰 방해가 되는 듯하다. 문학교육에도 기초가 되는 교육이 무엇보다 중요하다.

못 이긴다는 것은, 그 사랑이 너무 강하여 주체하기 어려움을 뜻한다. 이처럼 쉽고 분명하게 이해할 수 있으며, 이렇게 이해하게 되면 그 표현의 묘미도 자연스레 즐길 수 있게 된다.

이처럼 어려운 불교 용어를 끌어들여 오히려 이해를 차단하는 사례는 곳곳에서 발견된다.

* 푸른 산빛을 깨치고 단풍나무 숲을 향하여 난 작은 길을 걸어서

; 이 구절에서 우리는 공(空)으로 정화된 자연을 볼 수 있다.

* 차마 떨치고 갔습니다

; 존재가 무로 변화하는 순간, 이러한 순간은 흔히 극적으로 묘사된다.

* 우리는 만날 때에 떠날 것을 염려하는 것과 같이, 떠날 때에 다시 만날 것을 믿습니다

; 임과의 재회를 확신하고 있는 부분으로 불교의 윤회 사상을 바탕으로 한 〈회자정리 거자필반(會者定離 去者必反)〉의 의미를 가진다.

이런 식의 풀이는 옳은 풀이도 아닐 뿐 아니라 시보다 훨씬 이해하기 어렵다. 학생들의 작품 감상에 도움을 주기는커녕 오히려 학생들의 감상과 이해를 방해하는 것이라 생각된다.

③ 역시 마찬가지다. 님은 갔지마는 나는 님을 보내지 아니하였습니다를 두고 역설이라고 말할 수 있다. 그러나 이 시의 특징을 역설의 구조라고 말하는 것은 온당하지 않다. 더구나 교과서의 풀이는 이 역설을 『반야심경』의 〈색즉시공

(色卽是空) 공즉시색(空卽是色)〉에 연결시키고 있다. 그 풀이가 꼭 틀렸다고 말하기는 어렵지만, 학생들의 이해에 전혀 도움이 안 되는 것만은 분명하다. 아마 학생들은 이 풀이를 읽고 「님의 침묵」이란 시가 알 수 없는 내용을 지닌 작품이라고 생각하게 될 것이다. 그리하여 학생들은 「님의 침묵」이라는 아름다운 시는 잃어버리고 이해할 수 없는 어려운 어휘만 몇 개 외우는 것으로 이 시에 대한 공부를 마치게 될 것이다.

「님의 침묵」을 수록하고 있는 또다른 교과서에서는 다음과 같은 〈학습활동〉을 제시하고 있다.

* 이 작품을 외적인 관점에서 해석, 평가하기 위해 다음을 공부하자.
  ① 이 시에 나타난 생각이 우리 삶에 던지는 역사적인 의의는 무엇인가?
  ② 사회, 역사적 발언으로서 이 시가 가지는 의의를 평가해 보자.
* 작품세계를 독자의 삶을 조응하는 관점에서 다음을 공부하자.
  ① 이 시는 감정 이입에 의한 감동을 주는가?
  ② 이 작품이 대상에 의한 감동을 줄 수 있는가?
  ③ 이 시가 각성(覺醒)의 효과라는 측면에서도 감동을 주는가?

우선 외적인 관점과 작품세계를 독자의 삶을 조응하는 관점이라는 말이 틀렸다. 각각 〈작품 외적인 관점〉 그리고 〈독자의 입장〉이라고 고치는 것이 낫다. 앞의 두 문제는 결국 같은 물음을 애매하게 다른 표현으로 묻고 있는 것이다. 이에 대한 대답은, 〈비록 조국을 상실하였지만 조국 독립의 희망을 굳게 가지고 있다〉는 정도가 될 것이다. 그리고 그 다음 세 문제는 모두 무엇을 묻는지 정확하게 알 수 없다. 그 문장들은 의미론적으로 비문이라고 할 수 있다. 따라서 대답할 수도 없다. 이러한 〈학습활동〉을 통해서는 문학교육이 제대로 이루어질 수가 없다.

「님의 침묵」에 대한 교과서의 학습내용이 지니고 있는 또 하나의 문제점은 그 범위가 터무니없이 넓다는 것이다. 이는 앞서 불교 사상과 관련해서 이미 지적된 바이지만, 그 외에도 다음과 같은 요구가 학생들에게 강요된다.

① 시인 한용운에게 영향을 미친 인도의 시인 타고르의 시를 찾아 함께 읽어 보자.
② 1930년대 한용운이 발표한 소설에 대해 조사해 보자.
③ 한용운의 시집 『님의 침묵』의 문학사적 의의를 알아 보라.

한용운의 시가 타고르의 영향을 받았다는 연구 논문이 있기는 하다. 그렇지만 정말 영향을 받았는지, 받았다면 어떤 면에서 어느 정도 받았는지는 분명하지 않다. 그러므로 고등학생들에게 그런 견해를 함부로 강요해서는 안 된다. 뿐만 아니라 타당한 견해라고 하더라도 고등학생의 수준에서 염두에 둘 문제는 아니다. 한용운의 소설 또한 마찬가지다. 고등학생들이 「님의 침묵」이란 시를 배우면서 한용운의 소설까지 찾아 읽을 필요는 없다. 안 읽는다면 소설 제목만 조사하는 것일 텐데, 그것은 더욱 무의미한 일이다. 문학사적 의의를 알아 보는 것도 고등학생들에게는 전혀 불필요한 일이다. 시집 『님의 침묵』의 문학사적 의의를 밝히는 것은 문학 전문가들에게도 어려운 일이다.

　이처럼 학습내용의 범위를 전문가 수준으로 넓히는 사례는 현행 문학교육 현
장에서 흔하게 발견된다. 이런 사례는 문학교육의 수준을 높이는 것이 아니라 정
상적인 문학교육을 오히려 방해한다. 보통 고등학생의 수준에 맞추어서 문학교
육이 이루어져야 한다. 이 점을 무시하고 학습내용의 범위를 자꾸 넓히는 일은
현재 우리 문학교육에서 가장 경계해야 할 것 가운데 하나이다.

어떻게 가르칠 것인가

　학생들이 「님의 침묵」을 감상하기 위해서 첫 번째로 해야 할 일은 낱말의 뜻을
잘 살펴가며 시를 정확하게 읽는 일이다. 우선은 지침, 원천, 정수박이 등의 낱
말 뜻을 정확히 이해하고, 그 다음에는 비유적으로 사용된 낱말이나 어구의 뜻을
파악해야 한다. 「님의 침묵」이 지닌 매력의 큰 부분은 화려하게 구사된 비유적
표현들이다. 가장 소박하게 정의한다면 시는 비유의 언어이며, 시인은 비유적 표
현에 아주 능란한 사람이다. 예를 들어 이별의 슬픔에 겨워 눈물만 흘리는 것을
이별을 쓸데없는 눈물의 원천으로 만드는 것이라고 바꾸어 말할 수 있는 사람
이 시인이다. 그러므로 비유적 표현들을 잘 이해하고 즐기는 일은 시의 감상에서
기본이 된다. 「님의 침묵」은 특히 비유적 표현이 풍성한 시이므로 그것들을 제대
로 이해하고 즐기는 일이 무엇보다 중요하다. 임의 의미를 달리 생각해 본다든가
또는 불교 사상과 관련해서 이해해 보는 일은 그 다음의 일이다. 먼저 몇 가지 비

유적 표현들을 살펴보면 다음과 같다.

　* 님의 침묵 : 임이 떠나고 없는 상태를 임의 침묵, 즉 임의 말 없음에 비유했
다. 이 비유는 잘 생각해 보면, 〈임은 갔지마는 나는 임을 보내지 아니하였습니
다〉의 의미를 내포하고 있다. 임이 아예 없어진 것이 아니라 다만 침묵하고 있는
것이라고 시인은 생각하고 싶은 것이다.

　* 황금의 꽃 : 이것은 옛 맹세에 대한 비유이다. 황금은 고귀하고 변치 않는
것이며, 꽃은 아름다운 것이다. 그러므로 〈황금의 꽃 같은 맹세〉란 고귀하고 아
름답고 변치 않는 사랑의 약속이다.

　* 한숨의 미풍 : 그냥 한숨이라고 해도 될 것을 〈한숨의 미풍〉이라고 했다. 그
러나 〈한숨의 미풍〉이라고 하면, 한숨 쉴 때의 가녀린 숨결을 보다 구체적으로
환기시켜 주고 또 그 숨결에도 날아가 버리는 맹세의 사소함을 강조해 준다.

　* 운명의 지침 : 운명이라는 관념을 나침반이나 방향계 같은 것에 비유하여
지침이 있는 것으로 표현했다. 그냥 〈운명을 바꾸었다〉라는 표현보다 〈운명의 지
침을 돌려 놓았다〉고 하면 훨씬 수사적인 표현이 된다.

　비유적인 표현은 단어나 구절에서만 가능한 것이 아니고 한 문장이나 한 연
또는 시 전체에서도 구사된다. 「님의 침묵」에는 많은 문장들이 비유적 어법을 보
여 준다. 그것의 의미를 이해하고 비유의 맛을 즐기는 일이 학습활동의 주된 내
용이어야 한다. 다음에서는 비유적 어법에 유의하면서 시의 전체 의미를 파악해
보기로 한다.

1행은 임이 떠나갔음을 탄식조의 직설법으로 말한다.

2행은 임이 떠나간 상황을 알려 준다. 임은 푸른 산빛을 깨고 단풍나무 숲을 향하여 난 작은 길로 사라졌다. 여기서 푸른 산빛이 여름의 풍성함과 생명력을 뜻한다면 단풍나무 숲은 가을의 조락을 뜻한다. 무성하던 푸른 나뭇잎들이 가을이 되어 낙엽지듯이 그렇게 나의 사랑도 떠나갔음을 말하고 있으며, 차마라는 부사는 화자의 안타까움을 강조한다.

3행은 굳고 빛나던 사랑의 약속은 차디찬 티끌이 되어 이제는 한숨만 남았음을 말하고, 4행은 아름다운 사랑의 추억은 화자의 운명을 바꾸어 놓고 사라져 버렸음을 말한다. 여기서는 사랑의 상실보다는 그 사랑이 얼마나 소중하고 아름다웠던 것인가가 강조된다. 사랑이 화자에게 얼마나 소중했던 것인가는 5행에서 다시 한번 더 강조된다. 사랑이 소중한 만큼 그 사랑의 상실은 더욱 심각한 슬픔이 된다.

6행은 이별의 슬픔을 말한다. 3, 4, 5행에서 보듯이 그 사랑은 너무나 소중하고 아름다운 것이었기 때문에, 이별의 슬픔은 예상보다 훨씬 크다. 화자에 그 슬픔은 견디기 어려울 만큼 심각하다.

그러나 7행에서 화자는 이별의 슬픔을 극복한다. 이별의 슬픔 속에서 눈물만 흘리고 있다면 그것은 오히려 사랑을 깨뜨리는 행위임을 깨닫고, 슬픔의 에너지를 희망의 에너지로 바꾸고자 한다. 걷잡을 수 없는 슬픔의 힘을 옮겨서 새 희망의 정수박이에 들어부었습니다라는 표현이 바로 그것이다. 여기서 흥미로운 것은, 슬픔을 버리고 희망을 갖는 것이 아니라 슬픔의 힘을 희망의 힘으로 바꾼다는 생각이다. 마치 홍수가 재산과 인명을 앗아가지만 그 물의 힘을 잘 이용하면 전기를 얻을 수 있는 것과 같이, 같은 힘이라도 사용하기에 따라 정반대의 결과를 얻을 수 있다. 이렇게 생각한다면, 슬픔이 크면 클수록 희망도 더 커질 수 있다. 그리고 〈새 희망에 들어부었습니다〉라고 해도 될 것을 굳이 새 희망의 정수박이에라고 한 것은, 새 희망의 한가운데로 정성을 쏟는다는 뜻과 희망이 마치 샘물처럼(마치 콩나물시루에서 콩나물이 자라듯이) 쑥쑥 자랄 것을 염원하는 마음이 깃들어 있다고 할 수 있다.

8행은 새 희망의 내용이다. 즉, 지금은 떠나고 없지만 꼭 다시 만날 수 있을 것임을 스스로 확신한다.

9행에서 화자는 임을 보내지 않았다고 말한다. 임이 떠났어도 임을 계속 사랑하고 또 임과의 재회를 확신하고 있기 때문에 이렇게 말할 수 있다. 여기에는 임과의 재회를 확신하고 임을 계속 사랑하겠다는 화자의 의지도 들어 있다.

마지막 10행은, 임은 떠나고 없지만 나는 계속 임에 대한 사랑을 계속하고 있음을 말한다. 제 곡조를 못 이기는 사랑의 노래라는 것은 사랑이 너무나 절실하여 주체할 길 없음을 뜻한다. 임이 떠나고 없는 상황에서도 그처럼 주체할 길 없는 사랑이 넘쳐흐르고 있는 것이다. 간단히 말하면, 임이 떠났어도 나는 여전히 임을 사랑한다는 것이다. 그러나 제 곡조를 못 이기는 사랑의 노래는 님의 침묵을 휩싸고 돕니다라고 하면 그 정황이 훨씬 풍성하게 드러난다. 노래는 침묵과 대조를 이룬다. 화자의 사랑 노래는 제 곡조를 못 이길 만큼 절실하다. 그러나 임은 침묵한다. 화자가 임을 보내지 않았기에 임은 있다고 할 수 있지만, 실제로 임은 떠나고 없기 때문에 그 임은 침묵하는 임이다. 그래서 화자의 사랑 노래는 임의 침묵을 휩싸고 돌 수밖에 없는 것이다.

 교과서에 실린 문학작품을 어떻게 가르칠 것인가

전체적으로 보면, 「님의 침묵」은 크게 네 부분으로 나뉜다. 1, 2행은 임의 상실을 말하고, 3, 4, 5, 6행은 사랑이 얼마나 소중한 것이었으며, 그 상실이 얼마나 큰 슬픔인가를 말한다. 그리고 7, 8행은 이별의 슬픔을 희망으로 바꾸어 절실한 사랑 속에서 임과의 재회를 믿고 기다리겠다고 말하며, 9, 10행에서는 결론적으로 임이 없어도 임을 계속 사랑하고 있음을 말한다. 그러니까 「님의 침묵」은 기승전결의 4단 구성으로 되어 있으며, 이는 독자들에게 안정감을 준다.

이처럼 「님의 침묵」은, 떠나 버린 임에 대한 절절한 사랑의 노래이다. 따라서 임의 의미를 사랑하는 연인으로 이해할 때, 이 시의 맛은 가장 잘 살아난다. 고등학생들의 수준에서는, 이 시를 사랑의 시로 이해하는 것이 가장 적절하고 또 충분하다고 생각된다. 학생들이 여러 가지 비유적 표현 속에 담긴 화자의 섬세한 심리를 이해하고 또 그 비유의 매력을 즐길 수 있다면 그것만으로 좋은 문학교육이 된다.

임의 의미를 부처나 조국이나 진리로 생각해 보는 일은, 이런 식의 감상이 충분히 이루어진 뒤에 여유가 있으면 해볼 수 있는 공부일 것이다. 자신에게 아주 소중한 것을 사랑하는 연인으로 비유하는 것은 흔한 일이다. 「송강가사」가 임금에 대한 충정을 임에 대한 사랑으로 비유하여 노래한 것이라는 사실을 아는 학생들에게도 그런 것은 익숙하리라 짐작된다. 학생들은 쉽게 임을 부처나 조국으로 바꾸어 생각해 볼 수 있을 것이다. 그러나 임을 부처나 조국으로 바꾸어 생각하는 것은 쉬운 일이며 그 자체로는 별로 의미도 없는 일이다. 임이 곧 부처나 조국이라는 점 자체가 중요한 것이 아니라, 화자에게 임이 어떤 존재인가를 섬세하게 파악하여 그것을 바탕으로 부처가 시인에게 어떤 존재인가 또는 조국이 시인에게 어떤 존재인가를 이해하는 것이 실제 공부의 내용이 되어야 할 것이다.

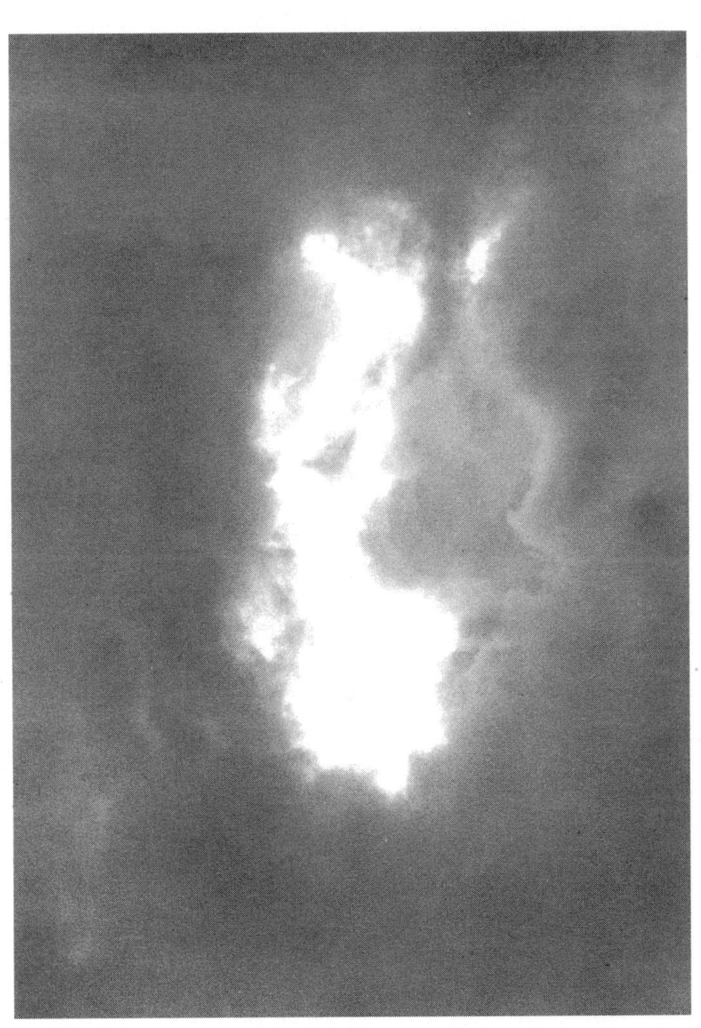

알 수 없어요 ^{한용운}

1 바람도 없는 공중에 수직(垂直)의 파문(波紋)을 내며 고요히 떨어지는 오동
  잎은 누구의 발자취입니까?

2 지리한 장마 끝에 서풍(西風)에 몰려가는 무서운 검은 구름의 터진 틈으로,
  언뜻언뜻 보이는 푸른 하늘은 누구의 얼굴입니까?

3 꽃도 없는 깊은 나무에 푸른 이끼를 거쳐서, 옛 탑 위에 고요한 하늘을 스치
  는 알 수 없는 향기는 누구의 입김입니까?

4 근원(根源)은 알지도 못하는 곳에서 나서 돌부리를 울리고, 가늘게 흐르는
  작은 시내는 굽이굽이 누구의 노래입니까?

5 연꽃 같은 발꿈치로 가이 없는 바다를 밟고, 옥 같은 손으로 끝없는 하늘을
  만지면서, 떨어지는 해를 곱게 단장하는 저녁 노을은 누구의 시입니까?

6 타고 남은 재가 다시 기름이 됩니다. 그칠 줄을 모르고 타는 나의 가슴은 누
  구의 밤을 지키는 약한 등불입니까?

배우기에 적절한 작품인가

한용운의 「알 수 없어요」는 고등학교 문학교과서에 수록되어 있다. 이 작품은 한용운의 시 가운데서 「님의 침묵」과 함께 가장 널리 알려진 대표작이다. 이 시 역시 「님의 침묵」처럼 풍성한 언어의 축제를 보여 주는 매력적인 작품으로 고등학생들이 시의 즐거움을 맛보고 시의 묘미를 배우기에 적절한 작품이다. 6연의 타고 남은 재가 다시 기름이 됩니다라는 구절만 제외한다면, 누구나 쉽게 이해할 수 있는 내용으로 되어 있다. 6연의 첫 구절이 조금 문제가 되긴 하지만, 자연의 경이감과 신비로움에 대해서 생각하게 해 주며, 경이감을 드러내는 멋진 언어적 표현을 보여 준다. 고등학교 교과서에 수록될 만한 작품이다.

어떻게 가르치고 있는가

교과서와 참고서의 학습내용을 살펴보면, 6연의 타고 남은 재가 다시 기름이 됩니다라는 구절의 의미 해석에 큰 비중을 두고 있다. 사실 「알 수 없어요」에서 가장 중요한 구절은 바로 이 구절이며, 이 시의 심층적 이해를 위해서는 이 구절의 적절한 해석이 필수적이라고 할 수 있다. 만약 이 구절이 생략되었다면, 이 시의 내용은 훨씬 빈약해졌을 것이다.

교과서나 참고서의 설명은, 이 구절을 불교의 윤회 사상과 연결시키고 있다. 이런 설명은 틀렸다고 할 수는 없지만, 충분하거나 적절하다고 할 수도 없을 듯하다. 이 구절은 어떻게 설명해도 충분하다고 말할 수 없는 애매모호성을 지니고 있다. 그 애매모호성을 지나치게 밝히려 들면, 이 시의 해석은 불교 사상 속으로 깊이 빠져들고 만다. 그래서 그 해석 역시 애매모호한 것이 되어 버리고 만다. 이 구절을 철저히 해석해 보려는 노력은, 전문 연구자들에게는 필요한 것이다. 그렇지만 고등학생들의 수준에서는 전혀 불필요한 일이다.

「알 수 없어요」를 고등학생들에게 가르칠 때에는 타고 남은 재가 다시 기름이 됩니다라는 구절에 너무 얽매일 필요가 없다. 그리고 그 구절은 고등학생들 수준에 맞게 소박하게 이해될 수도 있다(이 구절에 대한 소박한 이해가 어떤 것인지는 나중에 설명하게 될 것이다). 이 점을 인정한다면, 「알 수 없어요」는 쉽고도 재미있는 시가 된다. 1연부터 6연까지 모든 부분에서 고등학생들은 시적 즐거움을 맛볼 수 있다. 정리해서 말하면, 6연의 첫 구절에 너무 얽매이지 말고 시 전체를 동일한 비중으로 이해하고 즐기는 것이 학생들에게는 이 시의 바른 감상법이다.

「알 수 없어요」에 대한 교과서나 참고서의 학습내용이 보여 주는 문제점은, 「님의 침묵」의 설명에서 나타난 문제점과 거의 동일하다. 불교 사상을 무리하게 적용하는 문제, 〈님〉의 해석에 지나치게 치중하는 문제, 풀이가 시보다 더 어렵다는 문제, 학습의 범위를 너무 넓히는 문제, 대답이 거의 불가능할 정도로 무책임한 물음 등등이 동일하게 반복되고 있다. 그러므로 이에 대한 검토는 「님의 침묵」에 대한 검토로 대신한다.

한용운의 「알 수 없어요」는 모든 연이 〈어떠어떠한 것은 누구의 무엇입니까?〉라는 구문으로 되어 있다(6연만 약간 다르게 되어 있다). 이 의문문은 그러나 독자들에게 답을 강요하지 않는다. 그것은 누구에 대한 강한 호기심이라기보다는 도대체 누구의 그 무엇이기에 저토록 신비하고 아름답고 오묘한가라는 감탄에 가깝다. 그러므로 이 시를 읽을 때에도 〈누구의 무엇〉에 집착하지 말고 그보다는 〈어떠어떠한 것〉에 주목하는 것이 좋다. 1연부터 5연까지 열거되어 있는 〈어떠어떠한 것〉들은 모두 시인의 섬세한 관찰이 목격한 자연 세계의 신비로운 모습들이다. 시인이 관찰하고 묘사한 세계의 모습을 자신의 체험으로 받아들이는 것이 「알 수 없어요」에 대한 감상의 본령이 되어야 한다.

시인은 다섯 개의 사물 또는 자연 현상을 관찰하고 노래한다. 오동잎, 푸른 하늘, 향기, 시내, 저녁 노을이 그것이다. 그런데 그것들은 어떤 구체적 상황 속에서 존재한다. 오동잎은 바람도 없는 공중에 수직의 파문을 내며 고요히 떨어지는 오동잎이고, 저녁 노을은 떨어지는 해를 곱게 단장하는 저녁 노을이다. 구체적 상황 속에서 존재하는 사물은 매우 풍성한 느낌과 의미를 갖는다. 가령 그냥 〈고무신〉이라고 하면 별다른 정서를 환기시키지 못하지만, 〈아홉 살 생일 때 아버지가 사 주어서 처음 신어 봤는데, 며칠 후 냇물을 건너다 한 짝을 잃어버리고 오래 울었던 그 고무신〉이라고 하면 많은 체험과 정서를 내포한 고무신이 된다. 「알 수 없어요」에서 제시된 사물이나 자연 현상도 마찬가지다. 시인은 그 구체적 상황 속의 정경을 멋진 언어로 선명하게 제시한다. 바로 이 정경의 아름다움과 신비함을 느끼고 즐기는 것이 이 시의 감상에서 제일 중요하다. 학생들이 이 정경의 아름다움과 신비함에 매력을 느낄 수 있다면, 이 시의 감상은 거의 이루어진 것이나 다름없다.

시인이 제시하고 있는 정경에서 아름다움과 신비함을 느낄 수 있었다면, 그 다음으로 자연스레 그 정경을 만든 자가 도대체 누구일까라는 의문을 갖게 된다. 이 의문을 통하여 시인과 독자는 보다 가까워진다. 시인도 〈누구의 무엇입니까?〉라고 계속 묻고 있기 때문이다. 이 의문 속에 호기심이 없는 것은 아닐지라도 그보다는 자연의 신비함에 대한 겸허한 감탄이 더 지배적이다. 무심코 지나쳤던 자연 현상이었지만, 이 시는 그러한 체험을 다시 불러내어 자연의 신비함에 대한 감각을 되살려 준다. 이것이 「알 수 없어요」라는 시의 기본적인 의미요 의의이다.

그런데 마지막 연은 조금 성격이 다르다. 시인은 자연 현상을 노래하다가 마지막에 가서는 자신의 가슴을 노래한다. 그리고 다소 엉뚱하게 타고 남은 재가 다시 기름이 됩니다라고 말한다. 앞서 논의한 대로 이 구절은 해석이 어렵고 논란의 여지가 많지만, 아주 소박하게 이해할 수도 있다. 즉, 그칠 줄 모르고 타는 나의 가슴에 대한 이유로 이해해 볼 수 있다. 타는 것들은 언제나 그침이 있다. 장작을 태우면 한참 동안 불이 타다가 장작이 재가 되면 불이 꺼진다. 이런 상식에 입각하면 나의 불타는 가슴도 일정 시간이 지나면 꺼져야 한다. 그렇지만 그칠 줄 모르는 것은 타고 남은 재가 다시 기름이 되기 때문이다. 이렇게 본다면, 6연은 〈타고 남은 재가 다시 기름이 되기라도 하는 것처럼 나의 가슴은 그칠 줄 모르고 탄다〉라는 뜻으로 이해될 수 있다. 물론 이렇게 이해해도 〈왜 타고 남은 재가 다시 기름이 되는가?〉라는 의문이 남지만, 고등학생들 수준에서는 이 정도로 이해를 그치는 것이 적당할 것으로 생각된다. 그리고 그렇게 하더라도 전체 시의 이해에 큰 무리가 없다.

이어서 생각해 볼 점은, 왜 시인의 가슴이 타는가 하는 의문이다. 보통 가슴이 탄다는 것은 어떤 대상에 대한 열정과 간구(懇求)를 나타낸다. 시인은 끊임없는 열정과 간구 속에 있다. 그 대상이 분명하지는 않다. 그렇지만 시에 나타난 〈누구〉가 그 대상이라고 생각하는 것이 무난하다. 〈누구〉란 과연 누구일까? 이제서야 이 누구에 대한 의문을 가져 볼 때가 되었다. 일차적으로 생각해 볼 수 있는 답은 자연의 질서를 관장하는 절대자 혹은 절대적 진리다. 세계의 모든 신비는 절대자 혹은 절대적 진리의 현현(顯現)이다. 이렇게 보면, 그칠 줄 모르고 타는 가슴은 곧 절대적 진리를 향한 열정이라고 볼 수 있다. 또 달리 쉽게 생각해 볼 수 있는 답은 그 〈누구〉를 사랑하는 사람으로 보는 것이다. 사랑에 깊이 빠지면 세상의 모든 아름다움과 신비가 모두 사랑하는 사람의 흔적 또는 상관물로 보일 수 있다. 시냇물 소리도 사랑하는 연인의 노랫소리로 들리고 푸른 하늘도 사랑하는 사람의 얼굴로 보일 수 있는 것이다. 이렇게 보면 그칠 줄 모르고 타는 가슴은 곧 사랑의 열정이 된다.

이처럼 「알 수 없어요」는 불교적 지식을 빌어 오지 않더라도 재미있게 해석될 수 있는 작품이다. 또 한용운이 독립운동가라는 전기적 사실을 참조할 필요가 거의 없는 작품이다. 이 시의 감상은 우선 자연 현상의 구체적 정경을 간접 체험하고 거기서 아름다움과 신비함을 느끼는 일이다. 우리 문학교육에서 이 과정이 늘 경시되고 있음은 큰 잘못이다. 그 다음에 6연의 의미를 전체와 관련해서 생각해 보는 것으로 이 시의 감상은 완결된다. 「알 수 없어요」는 학생들에게 시가 왜 아름답고 즐거운 것인가를 설득시키는 데 좋은 학습자료가 될 만한 작품이다. 교과서에는 이런 작품이 많이 실려야 할 것이다.

참회록 윤 동 주

파란 녹이 낀 구리 거울 속에
내 얼굴이 남아 있는 것은
어느 왕조(王朝)의 유물(遺物)이기에
이다지도 욕될까.

나는 나의 참회(懺悔)의 글을 한 줄에 줄이자.
— 만 이십사 년 일 개월을
무슨 기쁨을 바라 살아 왔는가.

내일이나 모레나 그 어느 즐거운 날에
나는 또 한 줄의 참회록(懺悔錄)을 써야 한다.
— 그때 그 젊은 나이에
왜 그런 부끄런 고백(告白)을 했던가.

밤이면 밤마다 나의 거울을
손바닥으로 발바닥으로 닦아 보자.

그러면 어느 운석(隕石) 밑으로 홀로 걸어가는
슬픈 사람의 뒷모양이
거울 속에 나타나온다.

배우기에 적절한 작품인가

윤동주의 「참회록」은 4종의 고등학교 문학교과서에 실려 있다. 윤동주는 1917년에 태어나 해방 직전 28세의 나이로 옥사(獄死)한 시인이다. 그는 『하늘과 바람과 별과 시』라는 한 권의 유고 시집을 냈을 뿐이지만, 그 순절성과 서정성 때문에 그의 시는 널리 애송되고 있다. 「참회록」도 그 중의 한 편이다.

얼마 되지 않는 윤동주의 시들은 거의가 내면적 고백의 성격을 띠고 있다. 그리고 서정성이 강하다. 그래서 쉽고 친숙한 느낌을 준다. 그렇지만 실제로 그의 시는 그렇게 쉽지 않다. 시인이 무슨 말을 하는지 모호한 경우가 많다. 유고 시집 『하늘과 바람과 별과 시』에 수록된 작품들 가운데서 「서시」나 표제작 「하늘과 바람과 별과 시」 등 몇 편을 제외하고는 거의가 그 내용이 다소 모호하다고 할 수 있다. 「참회록」은 특히 그러하다. 「참회록」을 읽어 보면, 시인이 자신의 삶을 부끄러워하고 또 그것을 참회한다는 내용임은 쉽게 알 수 있지만, 시인이 구체적으로 무엇을 참회하는지는 알기 어렵다. 또한 현재의 참회 내용이 왜 미래에는 또다시 부끄러운 참회의 대상이 되어야 하는지도 이해하기 어렵다. 「참회록」은, 그 자체만으로는 시의 내용을 구체적으로 짐작하기 어려운, 모호한 작품이다. 「참회록」의 의미를 제대로 이해하기 위해서는 시인의 삶과 시인이 처했던 시대 상황 그리고 시인이 남긴 전체 작품들의 맥락을 파악해야만 한다.[●] 그러나 평범한 고등학생의 수준에서 한 시인의 생애와 시인이 처했던 시대 상황 그리고 그 시의 시세계를 종합적으로 파악한다는 것은 무리다. 그것은 고등학생의 수준에서 극히 어려운 일일 뿐만 아니라 별로 필요하지도 않은 일이다. 전문가가 아니라면,

---

● 윤동주는 시를 발표한 일이 없다. 그는 자기 혼자서 일기처럼 시를 썼고, 그리고 혼자서 읽었다. 그래서 윤동주의 시들은 지극히 사적(私的)이라고 할 수 있다. 이것이, 윤동주의 시가 친숙한 듯하면서도 그 내용이 쉽게 파악되지 않는 까닭이다.

윤동주의 사적인 시들을 이해하기 위해서는, 그의 삶과 시대 상황 그리고 전체 시의 맥락을 파악해야 한다. 즉, 작품 외적인 요소들을 두루 파악하여 시인의 삶을 재구성하지 않으면 그의 시는 완전히 파악되지 않는다. 그리고 이런 점에서, 윤동주의 시를 읽을 때는 유고 시집 『하늘과 바람과 별과 시』 전체를 한 편의 장시로 이해하는 것이 좋다.

윤동주 시의 이러한 특이한 성격 때문에, 그의 시는 겉보기와는 달리 쉽지가 않다. 특히 고등학생들에게 가르치는 데 까다로울 수 있다.

모든 문학작품의 감상은 그 작품 안에서 이루어지는 것이 당연하다. 이런 점에서 「참회록」은, 겉보기에는 쉬운 듯하지만 고등학생들이 읽기에 적합한 작품이 아니다. 윤동주의 작품을 고등학생들에게 가르치려면, 「서시」나 「별 헤는 밤」 같은 시가 적당하다. 「참회록」은 적절한 선택이 아니다.

　그 내용이 분명치 않고 모호한 작품은 가르치는 내용도 모호해질 수밖에 없다. 모호한 작품을 모호하게 가르치는 것은 학생들의 모호한 이해를 부추기게 될 것이며, 나아가 학생들이 시작품이란 원래 모호하고 알 수 없는 것이라는 편견을 갖도록 만들 것이다. 많은 경우, 문학작품의 의미는 애매성을 지닌다. 애매성은 의미의 풍요로움을 낳고, 명료성이 포함할 수 없는 세상의 의미들을 드러내는 기능을 하기 때문에, 문학에서의 애매성은 긍정적인 것이기도 하다. 그러나 이러한 애매성이 의미의 불가해성이나 이해의 자의성과 혼동되어서는 안 된다. 문학작품의 애매성은 어떤 분명한 의미의 범주 안에서의 애매성이다. 그 의미의 범주를 제대로 파악하지 않고 모호하게 이해하거나 자의적으로 이해해도 된다는 생각은 잘못이다. 문학연구와 문학교육에서 이러한 잘못된 생각은 널리 퍼져 있는 것처럼 보인다.

어 떻 게 가 르 치 고 있 는 가

　교과서의 해설들을 보면, 윤동주의 「참회록」은 매우 거창한 어휘들로 칭송되고 있다. 가령 한 문학교과서는 이 시를 다음과 같은 말로 소개한다.

이 시는 1942년에 씌었다. 역사와 사회상을, 드러난 현실만으로 파악하고 평가하기 쉬운 청년 시절에 참회의 시를 쓴 윤동주의 정신적 높이와 깊이를 말해 주는 시다. 균여의 「참회업장가」 이후 참회록 하나 없는 한국 문학사의 한 감격이다.

물론 참회의 태도는 고귀한 것이다. 그렇지만 청년 시절에 참회의 시를 썼다고 곧 그 정신적 높이와 깊이가 대단한 것은 아니다. 참회는 많은 사람들이 수시로 하고 있는 것이고, 누구나 할 수 있는 것이다. 다만 그 참회의 내용이 얼마나 절실하고 철저한 것인가에 따라 그 참회의 고귀함을 말할 수 있을 뿐이다. 윤동주의 「참회록」이 소중한 작품이라면, 그것은 단순히 참회이기 때문에 그런 것이 아니라 그 참회의 내용이 예사롭지 않은 것이기 때문이다. 윤동주의 「참회록」은 남다른 순수성으로 시대의 아픔을 짊어지려 하는 한 젊은 영혼의 내면을 보여 준다. 그런 점에서 그 정신의 고귀함을 말할 수는 있다. 그러나 이 작품을 두고 〈정신적 높이와 깊이〉를 말하는 것은 과장인 듯하다. 더욱이 참회록 하나 없는 한국 문학사의 한 감격이라고 극찬하고 있는 것은 온당하지 못하다. 균여의 글이 아니더라도 여러 형식의 글 속에서 참회의 내용을 찾아볼 수 있을 것이다. 한국 문학사를 두고 참회록 하나 없는 시시한 것으로 말하고 또 「참회록」을 한국 문학사의 한 감격이라고 과장해서 말하는 것은 무책임하다.

같은 교과서의 〈감상의 길잡이〉는 「참회록」에 대한 과장된 칭송의 이유를 나름대로 설명하고자 한다. 그러나 그 설명은 올바르지도 않고 설득력도 없다.

이 시에는 우리 정신사적 흐름의 주류와는 다른 정신 세계가 깃들어 있다. 그것은 자신을 부끄러워하는 마음, 곧 참회의 정신이다. (중략) 노천명의 「사슴」의 거울(물)도 자홀감(自惚感)의 거울이며, 이상의 거울도 만남과 자아 회복이 불가능한 가짜 거울이다. 그런데 윤동주의 구리 거울은 참회의 거울이므로 진짜 거울이다.
지사혼(志士魂)이나 지절(志節) 정신은 남의 허물을 통렬히 지적하며 자기 행위의 정당성을 옹호하기에 신명(身命)을 건다. 그런데 참회의 정신은 남을 탓하지 않는다. 잘못된 모든 일이 다 자기의 허물 때문임을 고백한다. 이 시의 정신사적 의의가 바로 여기에 있다.

이 설명은, 참회의 정신이 우리 정신사의 주류가 아니라고 말하고, 그래서 「참회록」의 가치가 크다고 말한다. 우리 정신사의 주류가 무엇인지는 간단히 말하기 쉽지 않다. 그러나 참회의 정신이 주류가 아님은 인정할 수 있다. 특히 윤동주의 시가 보여 주는 부끄러움의 태도는 우리 전통 속에서 흔한 것이 아니었다. 그러나 주류가 아닌 정신을 보여 주었다고 해서 그것이 곧 극찬의 대상이 되는 것은 아니다.

이어서 노천명의 거울은 자홀감의 거울*이며, 이상의 거울이 가짜 거울임에 반해서 윤동주의 거울만이 진짜 거울이라고 말한다. 여기서 가짜와 진짜라는 말이 무엇을 뜻하는지 알 수 없다. 그리고 노천명과 이상은 분명한 이유도 없이 폄하되고 윤동주만 칭송된다. 참회의 정신을 보여 주지 않는 시인은 좋지 않고, 윤동주는 참회의 정신을 보여 주므로 좋다는 논리다. 이런 논리는 억지일 뿐이다. 그리고 그 다음에는 참회의 정신을 위해서 지사 정신까지 폄하된다. 결과적으로 이 설명은 우리 정신사의 주류는 다 좋지 않은데, 윤동주의 참회 정신만 좋다는 식이다. 윤동주의 시를 칭송하기 위해서 우리 문학사와 정신사 모두를 부정하는

---

* 자홀감이란 곧 나르시즘을 일컫는 말로, 잘 사용되지 않는다. 그리고 지절 정신이란 말도 잘 사용되지 않는다. 대개는 지사 정신이라고 말한다. 다양한 어휘를 사용하여 학생들의 어휘력을 늘려 나가야 하는 것은 당연하지만, 그렇더라도 지나치게 궁벽한 어휘를 억지로 사용하는 것은 국어교육이나 문학교육에서 지양되어야 할 바다.

듯한 이러한 설명은 그 자체로 옳은 것이 아닐 뿐더러 교육적으로도 큰 잘못일 것이다.

윤동주의 「참회록」을 가르치면서 참회의 정신과 부끄러움의 태도를 언급하는 것은 당연하다. 그러나 그것 때문에 무조건 훌륭하다고 강요할 것이 아니라, 실제 작품 속에 표현된 그 정신과 태도가 어떤 것인가를 이해시켜 주어야 할 것이다.

「참회록」에 대한 교과서들의 과장된 칭송에는 또 다른 면이 있다. 한 문학교과서는 「참회록」을 자기성찰을 민족사에 대한 참회에까지 끌어올렸다는 평가를 받는 작품으로 소개한다. 그리고 윤동주는 이 자아성찰에서 당시의 민족 현실에 대한 인식을 더불어 생각하고 있다. 따라서 부끄러움 욕됨은 자기자신만이 아니라 우리 민족과 그 역사에 대한 자아성찰에서 비롯되는 느낌인 것이다라고 설명한다. 무슨 말인지 정확하게 이해하기 힘들고 문장도 어색하다. 대강 짐작컨대, 자기성찰이 민족의 현실에 대한 걱정까지 포함하고 있기 때문에 「참회록」이 훌륭하다는 견해인 것 같다. 그러나 민족과 역사의 문제에 관심을 표하면 무조건 훌륭한 작품인가? 또 이 작품에 〈투철한 역사의식〉이라고 말할 만한 내용이 있는가?

흔히 윤동주는 〈이육사와 함께 일제 말 암흑의 시기에 죽음으로 저항한 시인으로, 항일 민족 문학의 전통을 이었다〉고 평가된다. 즉 항일저항시인, 항일민족시인으로 불리곤 한다. 사실 그는 일제 말기 사상의 문제로 옥살이를 하다가 죽임을 당했고, 그의 시적 관심은 항상 비극적 민족 현실에 대한 죄책감과 책임감에 집중되었다고 말할 수 있다. 그런 점에서 윤동주를 항일민족시인으로 칭송하는 것은 정당하다고 하겠다. 그러나 윤동주는 민족 현실의 모순과 고통을 직접 노래한 적이 없다. 그의 시에서 일제에 대한 직접적인 저항의지를 만날 수도 없다. 그 대신 윤동주의 시는, 시대의 고통을 곧 자기의 고통으로 받아들이는 순결한 내면을 보여 준다. 윤동주의 시가 훌륭한 이유는, 일제에 대하여 적극적으로 저항하는 면모를 보여 주기 때문이 아니라, 시대의 고통을 홀로 짊어지려 한 순결한 내면성을 보여 주기 때문이다. 따라서 「참회록」을 두고, 민족 현실의 인식과 투철한 역사의식을 너무 강조하고, 그것이 이 작품의 주된 칭송 이유가 되는 것은 적절치 않다. 시대에 대한 관심이 표현된 모든 작품들을 〈민족〉과 〈역사〉라는 말로 획일화시켜서 이해하고 또 칭송하려 하는 경향은 문학작품의 올바른 감상 태도가 되지 못한다.

앞서 언급한 대로, 윤동주의 「참회록」은 그 의미가 모호한 작품이다. 그래서 이해하기도 힘들고, 가르치기는 더욱 힘들다. 교과서의 설명을 보아도 그 모호함은 해결되지 않는다. 오히려 더 혼란스러워질 뿐이다. 1연부터 살펴보자.

1연에서 시인은, 〈녹이 낀 구리 거울 속에 비치는 자신의 얼굴이 욕되다〉고 말한다. 이에 대하여 교과서의 설명은 대략 다음과 같다.

* 녹이 끼었다 함은 역사가 쇠망의 위기에 처하였음을 뜻한다. 즉, 역사의 거울 속에 아직도 소멸하지 않고 남아 있는 욕된 자아상(自我像)이다.
* 그것은 어느 왕조의 유물이며, 그 유물 자체가 나이기도 하다. 이 때문에 시인은 거울을 대하면서 자기 성찰과 함께 우리 역사에 대한 참회를 동반하지 않을 수 없다.
* 그 욕됨과 부끄러움은 망국민으로서의 치욕적인 역사 인식에서 비롯되는 것이다.

왜 아직도 욕된 자아가 소멸하지 않고 있다고 말하는지(마치 소멸해야 마땅한
것처럼) 또 역사에 대한 참회라는 말이 어떻게 가능한지(참회란 자신에 대해서 하
는 것이지 역사에 대해서 할 수 있는 것이 아닐 것이다) 알 수 없다. 그렇긴 해도
대략 이해하자면, 망국의 역사와 망국민으로서의 자신에 대해서 욕되게 생각하
고 있다는 설명이다. 작품 자체에는 드러나 있지 않지만, 시인의 욕됨을 망국의
역사와 연관시켜 이해하는 것은 수긍할 수 있다. 다만 망국의 역사를 욕되다고
말했다고 해서, 그것이 대단한 참회나 역사 인식이라고 여기는 것은 지나치다.
일제 시대에 망국민으로서의 치욕을 토로하는 것은 너무나 상식적이고 당연한
일일 것이다. 1연은 참회의 배경으로, 망국민으로서의 욕됨을 간단히 말하고 있
을 뿐이다. 이 욕됨 속에 〈무능했던 조상들에 대한 반감〉 또는 〈역사에 대한 반감
〉이 들어 있다는 설명도 있지만, 그것은 엉뚱한 설명이다. 이 시는 참회의 시이
지, 반감이나 울분을 드러낸 시가 아니기 때문이다.

2연은 참회의 내용이다. 시인은 지금까지 살아온 나날들이 헛된 것이라고 참
회한다. 그러나 이러한 참회의 내용은 막연하고 또 시시하다. 무엇을 잘못했고
또 뉘우치고 있는지 자세히 말하지 않고 그냥 자신의 지난 삶을 후회한다고만 말
하기 때문이다. 교과서의 풀이를 보면, 망국민으로 태어나서 망국민으로서의 부끄
러운 삶만을 영위해온 자기의 전 생애, 그것은 마땅히 참회해야 할 치욕의 과거인 것이
다라고 되어 있다. 즉 1연과 연관지어, 욕된 망국민으로 무심히 살아온 지난 삶
에 대한 참회라는 것이다. 그러나 이렇게 생각해도 참회의 내용으로는 좀 심심한
편이다.

그런데 2연의 참회 내용은 3연에서 다시 새로운 참회의 대상이 된다. 3연은

 교과서에 실린 문학작품을 어떻게 가르칠 것인가

미래의 시간이다. 시인은 미래에 즐거운 날이 올 것을 예상하고, 그날이 오면 2연의 참회가 부끄러운 짓이었다고 다시 참회해야 한다고 말한다. 왜 시인은 즐거운 날이 오면 오늘의 참회를 다시 참회해야 한다고 말하는 것일까? 상식적으로 생각할 때, 참회는 그 자체로 절대적이어야 한다. 만약 미래에 다시 참회해야 한다면, 오늘의 참회는 진짜 참회가 아니다. 이러한 의문이 풀리지 않는 한, 「참회록」은 알 수 없는 시가 되고 만다. 「참회록」에서 3연이 가장 문제적인 부분이지만, 여기에 대한 교과서들의 설명은 별로 없다. 한 교과서만이 다음과 같은 설명을 하고 있다.

> 밝은 미래, 즉 조국 광복에 대한 확신과, 그것을 바탕으로 한 현재의 자신의 소극적 삶에 대한 자책의 심정이 표현되어 있다. 〈그 어느 즐거운 날〉은 우리 민족의 염원인 조국 광복이 이루어지는 날이다. 그 즐거운 날에 〈나는 또 한 줄의 참회록을 써야 한다〉. 〈그때 그 젊은 나이에〉 조국과 민족을 위해 마땅히 당당하게 나섰어야 했음에도 불구하고, 그런 소극적인 고백이나 하고 있었기 때문이다.

이 설명은, 뚜렷한 근거도 없이 즐거운 날을 조국 광복의 날로 해석한다. 그런 해석은 하나의 가능성이요 짐작이지 확실한 것은 아니다. 그렇지만 앞에서 욕됨을 망국민으로서의 욕됨으로 해석했으니 그 연장선상에서 즐거운 날을 조국 회복이라고 짐작해 볼 수도 있다. 정말 수긍할 수 없는 것은 그 다음 설명이다. 즉, 즐거운 날에 다시 참회해야 하는 이유가 조국과 민족을 위해 당당히 나서지 못하고 소극적인 고백이나 하고 있었기 때문이라는 설명이다. 이런 설명에 의하면,

현재의 참회는 엉터리 참회가 된다. 조국 광복의 날까지 소극적인 고백이나 하면서 지내겠다는 것을 스스로 말하고 있는 셈이 되기 때문이다. 진짜 참회가 되려면, 미래에 그런 참회를 하지 않아도 되도록 지금 더 치열한 참회와 다짐을 해야만 한다. 다음에 다시 참회할 여지를 남겨 두는 참회는 가짜일 수밖에 없다. 따라서 교과서의 설명대로 이해한다면, 이 작품은 가짜 참회를 하고 있는 엉터리가 되어 버리고 만다.

4연에서 시인은 밤마다 거울을 열심히 닦겠다고 말한다. 거울은 자신을 비춰보는 것이므로, 자아성찰을 열심히 하겠다는 다짐으로 간단히 이해될 수 있다. 또 1연의 파란 녹이 낀 구리 거울이라는 구절과 연결시켜 생각하면, 거울의 녹을 깨끗이 닦아 항상 맑게 자기 자신을 비춰 보겠다는 뜻일 것이다. 그런데 이 구절의 〈밤〉에 대해서, 시대 상황의 인식에서 출발한 현실의 세계, 절망과 방황과 불안에 찬 정신적 사회적 현실이라고 풀이한다. 이 풀이도 지나친 해석으로 보인다. 이런 풀이는, 문맥을 고려하지 않고 모든 어휘를 무조건 상투적 알레고리로 해석하려는 데서 비롯된 것이다. 밤이면 밤마다라는 구절은 다만 〈쉬지 않고 성실하게〉의 뜻일 따름이다.

5연 역시 그 의미가 모호하다. 이 작품에서 거울이란 자아성찰의 거울이므로, 거울 속의 인물은 시인 자신일 것이다. 그런데 왜 그는 슬프며 또한 뒷모습만 보이는가? 그리고 왜 하필이면 운석 밑으로 걸어가는 것일까? 교과서는 운석에 대하여 절망과 암흑의 상황을 상징한다고 말하고, 그 밑을 홀로 걸어가는 슬픈 사람의 뒷모양에 대하여 욕된 역사에 대한 책임감과 참회에 잠긴 외로운 자아의 표상이라고 풀이한다. 이런 풀이 역시 막연하고 상투적인 추론일 뿐, 아무런 근거도 설득력도 없다. 시인이 〈운석〉이나 〈뒷모습〉 등의 어휘를 사용할 때는 거기에 필연적인 이유가 숨어 있기 때문이다. 절망과 암흑의 상황을 암시할 수 있는 어휘는 매우 많다. 그 중에서 시인이 〈운석〉이라는 단어를 선택했다면, 거기에는 어떤 이유가 있기 마련이며, 또한 그 선택에 의해서 미묘한 의미의 차이가 발생하기도 한다. 이런 면들에 대한 섬세한 이해가 없이는 시를 제대로 감상할 수 없다. 그리고 5연의 의미에 대해서 참회의 눈물 속에서 새롭게 태어나는 자신을 발견하고 있다고 설명하는데, 이런 설명도 논리에 맞지 않는다. 어떻게 새롭게 태어나는 자신이 슬픈 사람의 뒷모양이란 구절로 표현될 수 있겠는가?

　이처럼 「참회록」은 좀처럼 이해되지 않는 작품이다. 교과서의 설명들도 전혀 도움이 안 된다. 그것들은 문맥의 논리를 제대로 갖추지 못한, 막연하고 상투적인 추론일 따름이다. 아마도 설명하는 사람도 「참회록」을 이해하지 못하고 설명했다고 짐작된다. 학생들이 이러한 교과서의 설명으로 「참회록」을 배웠을 때, 그들이 이 작품에 대해서 어떤 이해와 느낌을 갖게 될지 자못 의심스럽다. 아마도 학생들은 막연히 〈망국의 현실에 책임감을 느끼고 자신의 삶을 반성하는 시〉 정도로 생각할지 모른다. 그러나 그런 식의 이해는 문학의 감상이 아니다. 「참회록」에 표현된 시인의 마음을 구체적으로 이해하고 거기에 정서적으로 반응할 수 있어야 그것이 문학의 감상이다.

　「참회록」은, 작품 자체만으로는 거의 해석이 안 되는 수수께끼 같은 작품이다. 해석이 잘 안 되는 작품은 둘 중의 하나이다. 즉 엉터리 작품이거나 아니면 평범한 해석을 넘어서는 깊은 의미를 감추고 있는 작품이다. 윤동주라는 시인을 염두에 둘 때, 「참회록」을 엉터리 작품이라고 단정하기는 어려울 것이다. 필자의 견해로는 「참회록」이 깊은 의미를 감추고 있는 작품으로 판단된다. 그 의미를 파악하려면 윤동주의 시세계 전반에 대한 바른 이해가 있어야 하고, 그 문맥의 도움을 받아서 해석해야 한다. 그러나 이러한 작업은 고등학생들의 수준을 넘어서는 것이다. 「참회록」은 고등학생들에게 거의 가르칠 수 없는 작품이다.

어 떻 게 가 르 칠 것 인 가

「참회록」이 고등학생들이 배우기에 적절한 작품이 아니지만, 여러 교과서에 실려 있기 때문에 완전히 외면할 수는 없다. 적어도 문학교사들은 이 작품에 대해서 최소한의 이해를 지니고 있어야 할 것이므로 이 자리에서 간단히 필자의 해석을 소개하고자 한다. 앞서 언급했듯이, 윤동주의 시들 가운데는 개별적으로 잘 이해되지 않는 작품이 많다. 「참회록」은 특히 그런 작품이다. 그래서 『하늘과 바람과 별과 시』에 수록된 전체 시를 한 편의 장시로 생각하고 또 시인의 생애와 시대 상황을 참고로 해서 그런 전체 문맥 속에서 개별 작품을 이해해야 한다. 즉 「참회록」에 대한 이해는 윤동주의 삶과 시 전체에 대한 이해를 동반해야만 가능하다.[*] 이 자리에서는 그것에 대해 자세히 논의할 수 없으므로, 최소한의 이해만을 도모하고자 한다.

윤동주의 시를 이해하기 위해서는 윤동주가 어떤 성격의 인간인지 먼저 이해

● 윤동주 시에 대한 좀더 자세한 논의는 다음 논문을 참조하기 바란다. 이남호, 「윤동주 시의 의도 연구」, 고려대 대학원, 1987.

해야 한다. 윤동주는 매우 내면적이고 서정적이고 순수한 인간이었다. 그는 하늘과 별과 바람을 사랑했으며, 조화와 평화의 동화적 세계를 동경하고 그 속에서 살고자 했다. 심지어는 원수까지도 사랑하며 살고자 했다. 그래서 민족의 적을 미워하고 그들과 싸우는 것에 대해서도 괴로워했다. 그만큼 그는 순수한 영혼을 지닌 인간이었다. 그러나 민족의 현실은 그를 그런 동화적 세계 속에 살도록 내버려두지 않았다. 민족의 현실을 점차 인식해 나가면서, 그는 갈등을 겪었다. 민족의 현실에 책임감을 느끼게 됨에 따라, 그는 동화의 세계, 순수의 세계를 포기해야만 했기 때문이다. 순수의 세계에서는 원수까지도 사랑으로 포용할 수 있는데, 현실의 세계에서는 민족의 적을 미워해야 하고 또 그들과 폭력으로 싸워야하기 때문이었다. 민족을 위해서 사랑과 순수를 포기해야만 한다는 것, 이것이 오랫동안 윤동주라는 너무나 순수한 인간을 괴롭힌 문제였다.* 이 갈등이 해결되지 않고는 민족을 위한 어떤 행동이나 결단으로도 나아갈 수가 없었다. 그러다가 점점 윤동주는 사랑과 순수의 일시적 포기와 민족적 행위가 정당하다는 인식 또는 사랑과 순수를 일시적으로 포기해야 하는 슬픔을 겪을 수밖에 없다는 인식에 도달하게 된다. 이러한 갈등이 윤동주의 시들을 탄생시킨 모태였다.

「참회록」도 이러한 윤동주의 갈등을 이해하면 무리 없이 해석된다. 우선 1연은 민족의 현실과 그 현실 속에서 부끄러움과 갈등을 느끼는 시인의 모습을 보여준다. 그리고 2연의 참회는, 지금까지 순수와 사랑의 세계를 추구하고 살아왔지만 민족이 처한 비극적 현실 속에서 그러한 삶은 헛되고 무의미한 것이었다는 내용이다. 그러나 시인이 사랑과 순수의 세계를 완전히 부정하는 것은 아니고, 민족의 현실 때문에 일시적으로 유보할 뿐이다. 다시 나라를 되찾게 되면 사랑과

---

* 이 갈등을 이해해야만 윤동주의 시를 제대로 감상할 수 있다. 그러나 이 갈등을 이해하는 것은 그리 쉽지 않다. 왜 민족을 위해서 노력하는 것이 그가 원래 추구하고자 했던 사랑과 순수의 세계, 동화적인 세계를 포기하는 것이 되는가? 민족을 위해 헌신하는 것도 민족과 조국에 대한 순수한 사랑 아닌가? 그러나 윤동주라는 너무나 순결한 영혼이 생각했던 순수는, 선악의 구분 이전의 순수였으며 사랑만이 세상의 모든 관계인 그런 순수였다. 즉, 일제의 야만적 억압까지도 사랑으로 포용해야 하는 그런 비현실적 순수였다. 그는 성경의 말씀대로 왼뺨을 때리면 오른뺨을 내밀고, 원수까지도 사랑하고자 했던 것이다. 그렇지만 현실, 특히 식민지 현실을 깨달으면서 그는 결코 일제의 억압에 대해서 그런 태도를 취할 수 없음을 자각한 것이다. 그래서 윤동주는 근본적인 순수사랑과 민족에 대한 사랑이 대립할

순수의 세계로 돌아가야 한다. 그것이 가장 소중한 가치이기 때문이다. 3연의 미래의 참회는 바로 이런 내용이다. 그때 민족이 억압 상태에 있을 때는 민족을 위해서 사랑과 순수를 일시적으로 포기하였지만, 다시 민족이 해방된 뒤에는 그때의 사랑과 순수의 일시적 포기가 참회의 대상이 되어야 하는 것이다. 이렇게 보면, 모순처럼 보이는 두 번의 참회가 무리 없이 이해된다.

4연은 평범하게 자기 성찰을 다짐하는 내용이다. 윤동주는 내면적인 인간이었기 때문에 언제나 명징한 인식과 논리 위에서 판단과 행동을 하고자 했다. 그러므로 이러한 자기 성찰은 그의 선택(민족을 위한 행동)에 앞서 항상 필요한 것이었다. 5연 역시 이러한 추론의 연장에서 쉽게 해석된다. 운석은 별이 타고 남은 것이다. 별은 윤동주의 시에서 사랑과 순수의 표상이다. 그의 시 「별 헤는 밤」을 보면, 사랑과 순수의 표상으로서의 별이 아름답게 노래되고 있다. 별의 세계를 지향했지만, 이제 윤동주는 민족에 대한 책임감 때문에 그 세계를 잠시 버려야 한다. 그래서 별이 아니라 운석 밑에 있게 된 것이다. 그리고 슬픈 이유는 그 사랑과 순수의 세계를 포기했기 때문이고, 뒷모습이 나타나는 것은 민족을 위한 헌신의 결단을 예감하고 있기 때문이다.

간단히 설명한 바, 「참회록」은 민족의 현실을 책임지기 위해 최고의 가치로 추구하던 사랑과 순수의 세계를 일시적으로 포기해야 했던 순결한 영혼의 참회를 보여 준다. 윤동주는 「참회록」에서 단순히 망국민으로 살아온 삶만을 참회하는 것이 아니라, 민족을 위해 사랑과 순수를 일시적으로 포기할 수밖에 없었던 것에 대해서도 참회하고 있다. 윤동주는 〈잎새에 이는 바람에도 괴로워〉했고, 〈하늘을 우러러 한점 부끄럼 없기를〉 원했고, 원수를 미워하는 것까지도 사랑의

수밖에 없음에 대해서 꽤 오랫동안 괴로워했고, 그 괴로운 갈등의 과정에 대한 내면적 기록을 시로 적었다. 윤동주의 시는 모두 날짜가 기록되어 있는데, 이 날짜 순서대로 그의 시를 읽어 가면 그가 어떻게 이런 갈등을 풀어 가면서 마침내 민족을 위한 결단의 행동으로 나아갔는지 짐작할 수 있다.

　교과서에 실린 문학작품을 어떻게 가르칠 것인가

실천이 아니라고 괴로워했던 인물이다. 이런 순결한 영혼은 어떤 시대의 어떤 문학에서도 찾아보기 어려운 것이다. 이것이 시인 윤동주와 그의 시가 높이 칭송받아 마땅한 이유이다.

유리창 I ^{정 지 용}

유리(琉璃)에 차고 슬픈 것이 어른거린다.
열없이 붙어서서 입김을 흐리우니
길들은 양 언 날개를 파다거린다.
지우고 보고 지우고 보아도
새까만 밤이 밀려나가고 밀려와 부딪치고,
물먹은 별이, 반짝, 보석(寶石)처럼 박힌다.
밤에 홀로 유리(琉璃)를 닦는 것은
외로운 황홀한 심사이어니,
고운 폐혈관이 찢어진 채로
아아, 늬는 산(山)새처럼 날아갔구나!

배우기에 적절한 작품인가

　　정지용의 「유리창 I」은 7종의 고등학교 문학교과서에 수록되어 있으며, 정지용의 작품 가운데서도 섬세한 언어 감각과 세련된 기법으로 씌어진 수작이다. 사랑하는 사람을 상실한 슬픔을 노래한 단순한 내용의 작품이지만, 시의 언어가 인간의 감정을 어떤 식으로 정교하게 드러낼 수 있는가를 잘 보여 준다. 그러므로 고등학생들이 시를 즐기고 또 시의 언어를 이해하는 데 도움을 줄 수 있는 작품이라고 생각된다.

　　이 작품은, 정지용이 그의 나이 29세 때 어린 자식을 병으로 잃고 그 슬픔을 노래한 것이다. 거의 모든 교과서나 참고서는 이러한 전기적 사실을 이 작품의 전이해로 제시해 주고 있다. 이 사실을 미리 알면, 작품의 이해는 보다 쉬워지고 또 보다 분명해진다. 즉, 고운 폐혈관이 찢어진 채로 산새처럼 날아간 〈너〉가 바로 사랑하는 어린 자식임이 분명해지는 것이다. 그리고 날아갔다는 것은 죽음을 뜻하며, 또 어린 자식의 병이 폐렴과 같은 것임도 쉽게 짐작할 수 있게 된다. 일반적으로 전기적 사실을 알게 되면 시의 이해에 도움이 되는 경우가 많다. 그렇지만 한 편의 문학작품은 그 자체로 완결된 의미를 지니고 있는 것으로 기대되며, 아무런 전기적 사실의 참조 없이도 해석될 수 있는 것으로 기대된다.「유리창 I」역시 전기적 사실을 참조하지 않아도 무리 없이 해석되는 작품이다.

　　「유리창 I」을 학생들에게 가르치면서 정지용의 전기적 사실을 알려 주는 것은 좋다. 그렇지만 미리 알려 주어서 학생들의 이해를 좁힐 필요는 없다. 시를 읽기 전에 전기적 사실을 먼저 알게 되면, 학생들은 적극적인 해석의 노력을 하지 않게 된다. 다시 말해, 〈너〉란 시인에게 어떤 존재일까, 산새처럼 날아갔다는 것은 무슨 뜻일까, 시인은 왜 〈너〉의 고운 폐혈관이 찢어졌다고 말했을까 등등에 대해서 더 이상 생각할 필요가 없다. 뿐만 아니라 작품의 의미가 좁게 한정된다. 만약 전기적 사실을 모른다면, 이 시에서 〈너〉는 다소 막연한 존재, 시인의 사랑을 받는 존재로 이해된다. 연인일 수도 있고, 아내일 수도 있다. 즉 작품의 의미는 보다 풍성해지고 또 보편성을 띠게 되는 것이다. 모든 문학작품은 일단 작품 자체만으로 이해되어야 한다. 그것이 문학작품을 감상하는 바른 태도요 당연한 과정이다. 학생들이 「유리창 I」을 배울 때에도 우선은 작품 자체만으로 이해할 수 있도록 해야 한다. 그런 다음에 전기적 사실을 참조할 수도 있다. 교과서나 참고서가 전기적 사실을 미리 내세워 작품의 의미를 좁게 한정지어 버리는 것은 바람직하지 못하다.

어 떻 게 가 르 치 고 있 는 가

「유리창 I」에 대한 교과서와 참고서의 설명을 보면, 이 작품의 가장 중요한 특성으로 감정이 절제된 점을 지적하고 있다. 사실 슬픔의 감정이 잘 절제되어 있음은 이 작품의 큰 장점이다. 「유리창 I」은 슬픔의 감정을 잘 절제하여 표현함으로써 그 슬픔을 더욱 생생하게 전달하는 효과를 갖는다. 그러나 이에 대한 교과서와 참고서의 설명은 감정이 어떻게 절제되고 있는가를 보여 주는 데 매우 서툴다.

* 유리창을 닦으면 새까만 밤뿐이고, 아이는 별이 되어 눈에 박힐 뿐이다. 이러한 상황을 볼 때, 서정적 자아는 유리창이라는 매개물을 통해 죽은 아이를 그리워하고 있음을 알 수 있다. 그러나 시인은 감정을 엄격히 규제하고 있다. 즉, 그 감정을 생경하게 노출하지 않고 절제하고 있는 것이다.

* 정지용은 〈차고/슬픈〉, 〈외로운/황홀한〉처럼 언뜻 보아 서로 어긋나는 표현을 병치하는 방법을 통해 아이를 잃은 부모의 처절한 슬픔을 절제하고 있다.

* 이 시에서는 슬픔을 오히려 절제하고 있다. 그 슬픔 감정까지도 객관적 태도에서 묘사하는 것이다. 슬픔의 감정을 나타내는 말은, 〈슬픈〉과 〈외로운 황홀한〉 정도인데 그것도 〈차고 슬픈 것이 어른거린다〉는 말로 객관화되어 있다. 화자 자신이 바로 슬픔의 주체인데도 불구하고 제3자 또는 중립자의 태도를 취하고 있다. 이런 면에서 이 작품은 주지적이라고 할 수 있다.

이러한 설명들에서 먼저 눈에 거슬리는 것은 잘못 사용된 어휘들이다. 감정을 겉으로 드러내지 않는 것을 두고 규제라는 어휘를 사용하는 것은 잘못이다. 규제(規制)란 어떤 일을 법이나 규정으로 제한하거나 금하는 것을 뜻하므로 감정을 규제한다는 말은 있을 수 없다. 생경이라는 어휘도 위의 문맥에서 어울리지 않는다. 생경(生硬)이란 익숙하거나 자연스럽지 못하고 낯설고 딱딱함을 뜻한다. 그러므로 감정을 있는 그대로 드러내는 것을 두고 감정의 생경한 노출이라고 말하는 것은 잘못이다. 또 차고/슬픈 것을 두고 서로 어긋나는 표현의 병치라고 말할 수 없다. 그 다음 인용문에서 오히려는 불필요하게 사용된 부사이며, 주지적이란 말도 적절치 않다. 대상에 대한 감정을 절제하고 객관적 태도를 유지하는 것은 주지적 경향의 작품에서 주요하게 나타나는 특성이다. 「유리창 I」의 화자의 태도가 객관적인가도 문제지만, 감정을 절제하고 객관적인 태도를 보여 준다고 해서 다 주지적이라고 말할 수도 없다. 주지적이란 말 그대로 감성보다는 지성을 중시함을 뜻한다. 「유리창 I」에는 섬세한 감정이 드러나 있을 뿐만 아니라 마지막 부분에서는 어느 정도 감정의 직접적 분출까지 보여주고 있다. 이런 점에서 「유리창 I」을 주지적인 작품이라고 설명하는 것은 적절치 않다. 뿐만 아니라, 설사 그런 설명이 적절하다고 하더라고 그것은 고등학생들의 문학교육 현장에서는 불필요한 설명이다.

이제 위 인용문의 내용에 주목해 보자. 첫 번째 인용문은 그냥 감정이 절제되고 있음만을 말하고 있을 뿐이다. 두 번째 인용문은 외로운/황홀한처럼 언뜻 보아 어긋나는 표현을 병치하는 방법으로 슬픔의 감정을 절제하고 있음을 지적한다. 이는 어느 정도 수긍할 수 있는 말이다. 외로움을 황홀하다고 말함으로써 그 외로움을 어느 정도 객관화시키고 있다고 볼 수 있다. 그러나 이 점은 이 작품이 보여주는 감정의 절제를 조금밖에 설명해 주지 못한다. 세 번째 인용문은 화자의 객관적 태도를 지적한다. 이 시에서 화자의 태도가 객관적이라고 말할 수 있을까? 객관적 태도라 함은, 대상에 대한 주관적 판단이나 감정을 배제하고 그것을 있는 그대로 인식하고 드러내려는 태도를 뜻한다. 이 시의 전반부에서는 화자의 태도가 어느 정도 객관적이라고 말할 수 있을 것 같다. 그러나 후반부에서 외로운 황홀한 심사라든가 마지막 행의 감탄적 어법을 보면 화자의 태도가 객관적이라고 말하기는 어려울 것 같다. 다시 말해 이 시에서 화자의 태도가 객관적인가 아닌가를 단정하기는 좀 곤란하다. 또 화자의 태도가 꼭 객관적이어야만 이 시에 나타난 감정의 절제를 설명할 수 있는 것도 아니다. 「유리창 I」이 보여 주는 감정의 절제는, 화자의 객관적 태도에서 비롯된다기보다는 완곡법 혹은 돌려 말하기 기법에서 비롯된다. 화자는 자신의 슬픈 감정을 직접 말하는 대신에, 유리창에 대해서 이야기한다. 화자는 유리창에 대한 이야기를 통해서 간접적으로 자신의 심정을 드러낸다. 이러한 완곡법 때문에 슬픔의 감정은 더욱 효과적으로 전달될 수 있다. 감정의 절제와 관련하여 객관적 태도를 말하는 것은, 틀렸다고 할 수 없지만, 적절한 설명의 방식이 아닌 것 같다. 그보다는 슬픔을 직접 말하지 않고 완곡법을 사용하고 있다는 설명이 더욱 적절할 것 같다.[•]

「유리창 I」에 대한 교과서나 참고서의 설명 가운데서, 또 하나 강조되는 것은 유리창의 의미이다. 한 문학교과서는 유리창의 의미를 다음과 같이 설명한다.

이 시에서 유리창은 죽은 자식과 화자 사이를 가로막은, 즉 삶과 죽음을 차단하는 기능을 한다. 그렇다면 왜 유리창을 열지 않는가. 창을 열면 잃어버린 아이의 비유적 형상인 새의 영상마저 볼 수 없기 때문이다. 여기서 유리창은 서정적 자아를 그리워하는 대상과 격리시키면서 동시에 영상으로 대면하게 해 준다. 즉, 유리창이 풍경을 통과시키므로 영상을 볼 수 있고 시인은 이 영상을 아름답게 그려 내며 스스로 황홀해하는 것이다. 또 한편, 유리창은 바깥 풍경을 비추면서 동시에 그 풍경에 나타난 별, 곧 죽은 아이의 혼과의 교감을 가능케 한다.
요컨대, 정지용의 〈유리창〉은 곧 창 안의 서정적 자아와 창 밖의 현실 세계를 이어 주는 통로이자, 한편 차단기인 셈이다.

[•] 완곡법은 그 자체로 시의 본질이기도 하다. 시는 사물이나 감정의 생생한 전달을 위해서 거의 언제나 돌려서 말한다. 가령 지극한 사랑을 말하고자 할 때 〈내 마음 속 우리 님의 고운 눈섭을 즈믄 밤의 꿈으로 맑게 씻어서 하늘에도 옮기어 심어 놨더니〉(서정주 「동천」)라고 말한다. 밤이 되어 홀로 외로운 심사를 말하고자 할 때도, 〈저 개야, 공산에 잠든 달을 짖어 무엇하리오〉(시조)라고 돌려서 말한다. 그렇게 돌려 말함으로써, 시인은 사물이나 감정의 보다 생생하고 구체적인 면을 전달할 수 있게 된다. 이 점을 러시아 형식주의자들은 〈낯설게 하기〉라는 용어로 설명하기도 한다.

　교과서에 실린 문학작품을 어떻게 가르칠 것인가

이 설명은 조리도 없고 타당성도 없다. 이 시에서 유리창이 삶과 죽음을 차단하는 기능을 한다는 것은 이해할 수 없다(삶과 죽음은 유리창과 상관없이 차단되어 있다). 유리창을 열지 않는 이유나 황홀함에 대한 설명 등도 전혀 말이 되지 않는다. 또한 이 시에서 화자가 죽은 아이의 혼과 교감한다는 내용은 어디에도 없다. 이 시에서 유리창은 화자와 현실세계를 이어 주는 통로도 아니고 차단기도 아니다. 다만 화자가 그 앞에 서 있는 실제 유리창일 뿐이다. 유리창 자체에 어떤 상징적이거나 암시적인 의미는 없다. 없는 의미를 억지로 만들어서 설명하려는 것도 우리 문학교육의 병폐 중의 하나일 것이다.

「유리창 I」의 학습과정에서 또 하나 문제점은, 모더니즘이나 주지주의와 연관시켜 이해하려는 태도이다. 가령 이 작품을 두고 주지적 작품이라고 설명한다거나, 또 정지용과 한국 모더니즘 시의 관련 양상을 알아 보자와 같은 것을 학습활동 문제로 제시한다. 필자의 생각으로는, 고등학교 문학교실에서 주지주의란 개념은 불필요한 것 같다. 모더니즘에 대해서는 고등학생들도 간단한 이해를 가질 필요가 있다고 판단되지만, 그러나 「유리창 I」을 배우는 과정에서 이 시와 모더니즘을 연결시켜 이해할 필요는 없을 듯하다. 「유리창 I」에는 모더니즘의 성격이 별로 강하게 나타나지 않는다.

「유리창 I」의 이해 역시, 대부분의 다른 시에서도 그러하듯이, 먼저 극적 상황을 생각해 보는 것이 좋다. 이 시의 극적 상황은 다음과 같다. 지금 화자는 유리창 앞에 멍하니 서 있다. 유리에 입김이 서리는 것으로 보아 추운 밤인 것 같다. 시인은 유리창에 어리는 입김을 손으로 닦으며 한참 동안 창 밖의 어둠을 응시하고 있다. 화자는 왜, 어떤 심정이기에 창 밖의 어둠을 그렇게 응시하고 있는 것일까? 화자의 진술 속에서 미세한 기미를 포착하여 화자의 심정을 짐작해 보는 것이 곧 이 시를 이해하는 길이 된다.

「유리창 I」은 편의상 두 부분으로 나누어 볼 수 있다. 전체 10행 가운데서, 첫 6행은 비교적 객관적인 묘사로 되어 있고, 나머지 4행은 화자의 독백으로 되어 있다. 그리고 그 두 부분은 시간적으로도 차이가 난다. 전반부에는 시간의 흐름이 있다. 화자가 유리창에 붙어 서 있는 동안 시간은 계속 흘러간다. 그러나 후반부에서는 더 이상 시간의 흐름이 없다. 전반부의 마지막 순간에 시간이 정지되어 있는 것이다. 먼저 첫 3행을 살펴보자.

유리에 차고 슬픈 것이 어른거린다.
열없이 붙어서서 입김을 흐리우니
길들은 양 언 날개를 파다거린다.

　화자는 지금 유리창에 붙어 서 있다. 1행의 차고 슬픈 것이란 2, 3행을 참조하면 유리창에 어리는 입김임을 알 수 있다. 그 어조로 보아 화자가 의도적으로 유리창에 입김을 부는 것은 아니다. 화자는 그냥 열없이 유리창에 붙어 서서 창을 응시하고 있을 뿐이다. 이러한 화자의 태도와 또 입김을 차고 슬픈 것이라고 말하는 것으로 미루어 보아, 화자는 어떤 걱정이나 슬픔이 있는 사람처럼 보인다. 3행은 유리창에 입김이 어리는 모습을 파닥거리는 새의 날개에 비유하여 묘사한다. 섬세하고 감각적인 비유이다. 그리고 이 비유는 이 시의 마지막 행에서 산새와 연결된다.

　지우고 보고 지우고 보아도
　새까만 밤이 밀려나가고 밀려와 부딪치고,
　물먹은 별이, 반짝, 보석처럼 박힌다.

　화자는 입김을 계속 지우는 무의미한 행동을 반복한다. 그리고 계속 어두운 창 밖을 응시한다. 또한 4행과 5행은 시간의 경과를 알려 준다. 화자는 오랫동안 그렇게 서 있다. 여기서 느껴지는 화자의 모습은 넋이 나간 사람과 같다. 입김을 지우는 행위도, 창 밖의 어둠을 응시하는 행위도 의식적인 행위가 아닌 듯이 보인다. 어떤 감당하기 어려운 걱정이나 슬픔에 넋이 나가서 멍하니 있는 사람의 모습이다. 그런데 6행에서는 어떤 변화가 일어난다. 즉, 유리창에 물먹은 별이, 반짝, 보석처럼 박히는 것이다. 새까만 어둠만이 보이던 유리창에 반짝하고 별이 보이는 것이다. 왜 안 보이던 별이 갑자기 보이는 것일까? 그리고 왜 하필이면 물먹은 별일까? 그리고 물먹은 별이란 어떤 별일까? 이런 점들을 고려할 때, 여기서 별은 진짜 별이 아니다. 그것은 별이 아니라 시인의 눈에 눈물이 맺혀 그렇게 보이는 것이다. 화자는 오랫동안 창 밖의 어둠을 응시하다가 마침내 눈물을 흘린다. 화자는 고통스런 감정을 억제하고 있지만, 자기도 모르게 눈물을 흘리는 것이다. 그렇다면 화자는 왜 넋이 나간 채로 창 밖의 어둠을 응시하고 또 눈물까지 흘리는 것일까? 이에 대한 해답은 그 다음에 나온다.

밤에 홀로 유리를 닦는 것은
외로운 황홀한 심사이어니,
고운 폐혈관이 찢어진 채로
아아, 늬는 산새처럼 날아갔구나!

전반부 6행까지는 객관적인 묘사로 되어 있지만, 이 부분에서 화자는 자신의 생각과 감정을 독백으로 드러낸다. 그리고 6행까지는 시간의 흐름이 있는데, 끝 4행은 마침내 억제하고 있던 감정을 드러내는 한 순간에 정지되어 있다.

화자는 밤에 홀로 유리를 닦는 것이 외로운 황홀한 심사라고 말한다. 즉, 멍하니 유리창에 붙어 서 있는 자신의 심정을 비로소 겉으로 드러낸 것이다. 그런데 외로운 황홀한 심사란 어떤 심정일까? 화자의 마음이 외롭다는 것은 쉽게 이해되지만, 또한 화자의 마음이 황홀하기도 하다는 것은 쉽게 이해가 되지 않는다. 교과서의 풀이에는 자식을 잃은 데서 오는 외로움과, 유리를 닦으며 밤 하늘의 별을 보고 귀여운 아들의 모습을 다시 보는 듯이 느끼는 데서 생겨나는 황홀함이 얽힌 마음이라고 되어 있다. 화자가 느끼는 황홀함이 보석처럼 반짝이는 별이나 어린아이의 환영을 보았기 때문일까? 그리고 화자는 두 가지 감정 즉 외로움과 황홀함을 동시에 지니고 있는 것일까? 상식적으로 생각할 때, 외로움과 슬픔에 잠겨 있는 사람이 어떤 아름다움을 보고 황홀함까지 느낀다는 것은 납득이 잘 되지 않는다. 자식을 잃고 그 슬픔을 견디지 못하여 멍하니 유리창에 붙어 서 있는 사람이, 거기에 보석처럼 반짝이는 별이 있다고 슬픔의 다른 한편에 황홀함을 느끼지는 않을 것이다. 외로운 황홀한 심사는 두 가지 감정이 얽힌 상태라기보다는 어떤 한 가지 감정을 모순어법*으로 표현한 것이라고 봐야 할 것 같다. 즉, 화자의 감정은 외로움이라는 단어만으로는 잘 표현되지 않는 어떤 감정일 것이다. 그 감정은 너무 절실하고 짙은 외로움이라서 차라리 황홀하다고 말해야 하는 외로움일지 모른다. 고통스런 감정이 아주 심할 때, 사람들은 때로 거기서 일종의 자학적인 쾌감을 얻는 경우가 있다. 좀 다르긴 하지만, 아주 심한 슬픔에 빠진 사람이 히죽히죽 웃는 경우도 있다. 그러므로 외로운 황홀한 심사라는 것도, 너무나 심한 외로움의 어떤 형태라고 짐작해 볼 수 있다.

화자가 이처럼 감당하기 어려운 슬픔과 외로움에 처해 있는 이유는 마지막 두 행에서 비로소 드러난다. 그것은 늬가 어디론가 떠나 버렸기 때문이다. 이때 늬가 누구인지는 분명치 않다. 다만 그의 부재가 화자에게 그토록 큰 슬픔과 외로움을 안겨 준 것으로 봐서, 그는 화자에 매우 소중한 존재 혹은 화자가 매우 사랑하는 존재임을 알 수 있다. 한편, 9행을 보면, 그는 고운 폐혈관이 찢어진 채로 떠나갔다. 이 9행이 의미하는 바는, 시 자체로만 보면 그 의미가 그리 분명치 않다. 고운 존재였는데 큰 상처를 안고 떠났다는 점, 나아가서 혈관이 찢어진 채로

---

* 모순어법이란 옥시모론(oxymoron)의 번역어이다. 옥시모론은 연관성이 희박하거나 서로 모순된 의미를 결합하여 독특한 효과를 내는 기법으로, 시에서 자주 사용된다. 예를 들면, 〈정직한 도둑〉이라거나 〈찬란한 슬픔〉이라거나 〈소리 없는 아우성〉 〈미운 사랑〉 등이 그러하다.

떠나갔으니 죽었을지도 모른다는 점을 짐작할 수 있을 뿐이다. 그리고 산새처럼 날아갔다는 구절은 3행 길들은 양 언 날개를 파다거린다와 상응한다. 사랑하는 사람도 산새처럼 떠나갔고, 입김도 새의 날개처럼 파닥거린다. 새의 이미지를 통해서 사랑하는 사람과 입김 속의 슬픔이 자연스레 연결되는 것이다. 결국 「유리창 I」은 사랑하는 사람을 상실한 큰 슬픔을 노래하고 있는 시다. 그리고 그 큰 슬픔을 직접 말하지 않고 감정을 숨긴 채 돌려 말함으로써 오히려 그 감정을 절실하게 전달하는 효과를 거두고 있는 작품이다.

이상으로써 「유리창 I」에 대한 감상은 충분하다. 그러나 시인의 전기적 사실을 참조하여 보충적인 감상을 더할 수도 있다. 시인의 전기적 사실을 참조하면, 작품의 의미는 보다 구체적이 된다. 즉, 고운 폐혈관이 찢어진 채로의 의미도 분명해지고 또 화자가 사랑하는 늬가 누구인지도 분명해진다. 이 시는 어린 나이에 폐병에 걸려 죽은 자식에 대한 아버지의 슬픔을 노래한 것이 되는 것이다. 이 작품의 감상에서 중요한 것은 시 속에 표현된 슬픈 감정을 이해하고 느끼는 일이다. 화자는 슬픈 감정을 바로 드러내지 않는다. 6행까지에서 보듯이, 꽤 오랜 시간 동안 멍하게 유리창에 붙어 서서 입김을 닦고만 있다. 그러다가 어느 순간 슬픔을 참지 못하고 눈물을 흘리고 자신의 감정을 독백으로 토로한다. 오래 참았다가 우는 울음이 더 사람의 마음을 애절하게 만들 듯이, 이 시도 한참 동안 시치미를 떼고 있다가 마지막 순간에 감정을 터뜨림으로써 슬픔의 감정을 효과적으로 전달한다. 섬세한 언어의 사용과 섬세한 정황의 제시 그리고 잘 계산된 감정의 노출 등등 시적 수사가 뛰어난 작품이라고 할 수 있다. 학생들은 이 작품을 통하여, 심오하거나 멋진 생각을 표현해야만 좋은 시가 되는 것은 아니라는 점을 배울 수 있다. 아주 평범한 인간의 감정이라도 정교한 시적 언어에 의해 절실하게 표현된다면 좋은 시가 될 수 있는 것이다.

추일서정 김광균

낙엽은 폴란드 망명 정부의 지폐
포화(砲火)에 이지러진
도룬 시의 가을 하늘을 생각하게 한다
길은 한줄기 구겨진 넥타이처럼 풀어져
일광(日光)의 폭포 속으로 사라지고
조그만 담배 연기를 내뿜으며
새로 두 시의 급행열차가 들을 달린다.
포플러나무의 근골(筋骨) 사이로
공장의 지붕은 흰 이빨을 드러낸 채
한 가닥 구부러진 철책(鐵柵)이 바람에 나부끼고
그 위에 셀로판지로 만든 구름이 하나.
자욱한 풀벌레 소리 발길로 차며
호올로 황량(荒凉)한 생각 버릴 곳 없어
허공에 띄우는 돌팔매 하나
기울어진 풍경의 장막(帳幕) 저쪽에
고독한 반원(半圓)을 긋고 잠기어 간다.

배우기에 적절한 작품인가

김광균의 「추일서정」은 가을의 풍경을 개성적인 비유로 그려낸 작품으로 고등학생의 수준에서 충분히 감상하고 즐길 만한 작품이다. 그러나 문학교육 현장에서 이 작품은 특정한 사조와 기법을 배우기 위한 도구로 취급되는 경향이 있다. 즉, 학생들이 「추일서정」이란 작품을 충실하게 감상하기보다는 이 작품을 통해 모더니즘과 이미지즘을 배우도록 유도된다. 「추일서정」에는 모더니즘적 요소와 이미지즘적 요소가 비교적 선명하게 드러나므로, 학생들이 이 작품을 통하여 모더니즘과 이미지즘에 대한 이해를 얻는다는 것은 자연스럽다. 그러나 문학교육의 초점은 작품의 감상에 있어야지 모더니즘이나 이미지즘과 같은 사조의 이해에 있어서는 곤란하다. 중등학교에서의 문학교육은, 보통 사람들의 교양으로서의 문학감상이라는 사실을 늘 염두에 두어야 한다. 고등학교를 졸업한 사람에게 필요한 것은 「추일서정」과 같은 작품을 독자적으로 감상하고 즐길 수 있는 문학적 능력이지 모더니즘이나 이미지즘에 대한 복잡한 이해가 아니다. 모더니즘이나 이미지즘에 대한 이해가 필요하다고 하더라도 그것은 간단하고 초보적인 수준으로 충분하다. 고등학교 문학교실에서 「추일서정」의 공부는, 그 초점이 모더니즘이나 이미지즘에서 작품 자체로 바뀌어야 할 필요가 있다.

 교과서에 실린 문학작품을 어떻게 가르칠 것인가

어떻게 가르치고 있는가

한 문학교과서는, 「추일서정」에 대한 〈감상의 길잡이〉를 다음과 같이 제시하고 있다.

한국 모더니즘 계열의 대표적인 시로 평가되는 이 작품은 가을날 전원의 풍경을 시각적 이미지를 통해 수채화처럼 담담하고 선명하게 드러내 보여 주고 있다.

이 시는 가을의 풍경을 새로운 시어와 이미지로 드러냄으로써 가을의 썰렁함과 무언가 허탈한 분위기를 그리려 한 듯하다. 그러나 이러한 이미지의 사용이 대상의 외면을 그리는 데 한정되어 시인의 내면이 제거되는 모습을 보여 주기도 한다. 회화적 기법이 주는 효과를 생각하며 이 시를 감상해 보자.

「추일서정」은 모더니즘 계열의 작품이라고 말할 수 있다. 그리고 가을의 풍경을 새로운 시어와 이미지로 선명하게 드러내 보여 준다. 또 회화적인 기법으로 씌어진 시이기도 하다. 이런 점에서 〈감상의 길잡이〉가 제시한 설명은 대체로 옳다고 할 수 있다. 그러나 이러한 설명은 구체적인 이해로 이어져야 한다. 즉, 이 작품이 어떤 면에서 모더니즘 계열의 작품이며, 시어와 이미지의 새로움이 어떤 것이며, 회화적 기법이 어떻게 구사되고 있는지에 대해서 학생 스스로 이해할 수 있어야 한다. 그렇지 않으면 이 설명은 무의미한 지식이 되고 만다. 이에 대해서는 나중에 자세히 언급할 것이다.

한편, 이 〈감상의 길잡이〉에는 적절치 못한 표현이 두어 군데 있다. 가을날 전원의 풍경을 수채화처럼 담담하고 선명하게 드러내 보여 준다고 했는데, 「추일서정」
이 그리고 있는 풍경을 전원의 풍경이라고 말하기는 곤란하며, 또한 수채화에 비
유한 것도 적절치 못하다고 판단된다. 「추일서정」이 그리고 있는 풍경은 전원 풍
경이 아니다. 전원(田園)이란 도시문명이나 기계문명과는 동떨어진 시골의 목가
적인 들판을 일컫는다. 그러나 「추일서정」의 들판에는 기차도 지나가고 공장도
있고 철책도 있다. 또한 전원 풍경과 폴란드 망명 정부의 지폐, 포화에 이지러
진 도룬 시의 가을 하늘 등의 비유는 어울리지 않는다. 「추일서정」이 그리고 있
는 풍경은 전원이 아니라 도시의 외곽쯤 될 듯하다. 그리고 「추일서정」을 수채화
에 비유하였지만, 그것은 지극히 무의미한 상투적 비유에 불과하다. 이런 상투성
은 문학교육의 또 하나의 큰 적이다. 문학교육이 목적으로 하는 문학적 능력이란
상투적인 인식과 언어 표현의 극복이 전제가 된다고 할 수 있을 것이다.

또 하나의 부적절한 설명은, 이미지의 사용이 대상의 외면을 그리는 데 한정되어
시인의 내면이 제거되는 모습을 보여 준다는 지적이다. 「추일서정」에는 시인의 감
정이 많이 드러나 있다. 특히 시의 후반부에는 시인의 고독하고 황량한 심정이
거의 직설적으로 토로되고 있으며, 전반부의 풍경 묘사에서도 시인의 그러한 심
정이 투사되어 있다.[•] 「추일서정」을 두고 시인의 내면이 제거되었다고 말하는
것은 수긍하기 어렵다.

문학교과서에 실린 작품의 해설이나 보충학습 자료들을 보면, 추상적이고 막
연한 설명 그리고 고등학생들의 수준에 맞지 않는 설명 또 정확하지 못한 설명이
자주 눈에 띈다. 필요 없는 설명이 너무 많다는 생각도 든다. 앞서 논의한 〈감상

[•] 일반적으로 이미지즘 시에서 시인의 감정은 강하게 억제된다. 소위 이미지스트들은 자
신의 감정을 드러내지 않고 대상의 이미지만을 객관적으로 제시한다. 그러나 그런 경우라
하더라도 그것을 두고 대상의 외면만 그리는 데 한정되었다고 말하기는 곤란하다. 그 객관
적 이미지 속에 어느 정도 시인의 감정이나 내면이 투사되기 마련인 것이다.

   교과서에 실린 문학작품을 어떻게 가르칠 것인가

의 길잡이〉내용도 그러하지만, 또 다른 교과서에 실린 다음 내용도 마찬가지다.

김광균은 김기림, 정지용과 더불어 1930년대 모더니즘 시를 확산시키는 데 큰 역할을 한 시인이다. 그의 시는 직접적으로는 김영랑으로 대표되는 시의 음악성에 대한 부정에서 출발한다. 그는 특히 김기림이 지적했듯이, 〈소리조차 모양으로 번역하는 기이한 재주〉를 가지고 회화적(繪畵的)인 시를 즐겨 쓴 이미지즘(imagism) 계열의 시인으로 평가된다.

그는 도시적 소재를 바탕으로, 공감각(共感覺)적 이미지나 강한 색채감, 이미지의 공간적 조형 등의 기법을 시에 차용하였으며, 특히 사물의 한계를 넘어 관념이나 심리의 추상적 차원마저 시각화시켰다. 그의 시 속에는 기계문명의 황량함을 바탕으로 소시민적 서정과 문명 속에서 현대인이 느끼는 고독감과 삶의 우수와 같은 정서가 깃들어 있다.

이것은 김광균의 작품세계에 대한 설명이다. 동일한 내용이 2종의 문학교과서에 실려 있는 점으로 미루어 볼 때, 이 글의 출전이 따로 있을 것으로 짐작된다.[*] 그러나 이러한 내용은 다소 문제가 있으며, 특히 고등학생들의 수준에서는 별로 의미가 없는 것으로 판단된다. 우선 그의 시는 직접적으로는 김영랑으로 대표되는 시의 음악성에 대한 부정에서 출발한다라는 진술은 논란의 여지가 있다. 김영랑이 시의 음악성을 강조하긴 했지만, 김영랑의 시가 시의 음악성을 대표한다고 말하기는 어색하며, 또한 김광균의 시가 그에 대한 부정에서 출발했다고 말할 수 있는지도 의문이다. 그리고 김광균은 그의 시에서 도시적 소재를 자주 사용하였지만 그것이 바탕이 될 만한지도 의문이고, 강한 색채감이 있는지도 의문이다. 그

---

[*] 그러니까 김광균의 작품세계에 대한 교과서의 설명은 국문학 논문이나 참고 서적에서 그대로 인용한 것이라 할 수 있다. 그런데 여기서 두 가지 문제점을 생각해 볼 수 있다. 첫째는 한국문학이나 한국 작가들의 작품세계를 보편 타당하고 간단 명료하게 정리해 둔 참고 서적이 별로 없다는 사실이다. 한국문학에 대한 연구는 엄청난 분량이 되지만, 한국문학에 대한 신뢰할 만한 개론적 정리는 불충분한 것이 현대 한국문학 연구의 문제점이 아닌가 한다. 중등학교 문학교과서 편찬자나 문학교사들이 믿고 의지할 만한 참고 서적이 마땅치 않은 것이 우리의 실정이다. 한국문학에 대한 보편타당하고 신뢰할 만한 개론적 정리가 있어야지 그것을 바탕으로 중등학교 문학교육의 내용이 제대로 구성될 수 있을 것이다. 이런 점에서 현재 중등학교 문학교육의 문제는 한국문학을 연구하는 학계에도 그 책임의 일부가 있다고 할 것이다. 둘째는 고등학교 문학교과서이면서도 고등학생들의 수준을 고려하지 않

런가 하면 이미지의 공간적 조형이라는 기법이 어떤 기법을 두고 이르는 말인지도 잘 알 수 없다. 이런 미심쩍은 설명을 고등학생들에게 제시하는 것도 문제지만, 과연 보통의 고등학생들이 김광균의 작품세계와 그 기법적 특징까지 알아야 하는 것인가도 문제이다. 필자의 생각으로는, 보통의 고등학생이라면 김광균의 대표작 한두 편을 읽고 감상하는 정도면 충분할 것 같다. 아마도 거의 대부분의 학생들은 김광균의 작품세계에 대한 이러한 설명을 읽고 그것이 어떤 뜻인가를 제대로 이해하지 못할 것이다.

김광균이라면 늘 따라다니는 개념인 모더니즘과 이미지즘이란 말도 역시 그러하다. 모더니즘이란 개념은 매우 광범위하고 복잡한 개념이므로 그 이해가 쉽지 않다. 이미지즘이란 개념도 쉬운 개념이 아니다. 그런데 고등학생들에게 모더니즘 계열이니 이미지즘 계열이니 하고 설명하는 것은 친절한 설명이 아니라 강제적 주입이라고 해야 할 것이다. 학생들은 모더니즘이 뭔지, 이미지즘은 뭔지, 더구나 모더니즘과 이미지즘의 관계가 어떠한 것이기에 김광균은 모더니즘 계열도 되고 이미지즘 계열도 되는지 혼란스러울 것이다. 아마도 고등학생들이 어떤 문학작품의 계열까지 파악해야 할 필요는 없을 것이다.● 그냥 「추일서정」이 근대적 성격을 보여 주는 면이 있고, 또 이미지의 구사가 독창적이고 새로운 작품이라고 이해하면 될 것이다.

또 하나 언급해 둘 것은, 〈공감각적 이미지〉에 대한 과도한 강조이다. 아마도 이것은 시험문제에 출제하기 쉬운 것이어서 늘 강조되는 것으로 보이는데, 실제로는 시의 이해나 이미지의 이해에 그리 중요한 것이 아니다. 시에서 구사된 개별적인 이미지에 대한 구체적 이해가 늘 중요한 것이지, 공감각적 이미지라는 개

은 채, 전문 분야의 책 내용을 그대로 교과서에서 인용하고 있다는 사실이다. 내용의 정확성이나 보편타당성을 차치하고서라도 그 내용이 고등학생들의 수준에서 충분히 이해 가능하고 또 필요한 것인가에 대한 고려가 거의 없는 것 같다.

● 한 문학교과서의 보충자료에는, 〈김광균의 시풍은 한국 서정시의 전통의 밭에 영미 이미지즘을 접목시켰으며, 이탈리아의 미래파, 프랑스의 상징주의도 수용했다〉고 설명된다. 김광균의 시에 이탈리아의 미래파와 프랑스의 상징주의까지 연결시키는 것은 과도하다. 뿐만 아니라 고등학생들에게 제시할 만한 설명도 아니다. 문예사조를 통한 작가와 작품을 이해하려는 경향은 많이 줄어들었지만, 그래도 아직 여기서 보듯이 문예사조를 피상적으로 언급하는 경우가 적지 않다.

넘 자체가 중요한 것은 전혀 아니다. 그리고 그냥 시각적 혹은 청각적 이미지보다 공감각적 이미지가 더 중요한 것도 물론 아니다. 공감각적 이미지를 강조하는 것은 문학교육의 초점이 빗나간 것이라고 말할 수 있을 것이다.

그리고 이미지의 공간적 조형 등의 기법을 시에 차용했다고 설명하고 있는데, 이것이 뜻하는 바가 무엇인지 알 수가 없다. 사물의 한계를 넘어 관념이나 심리의 추상적 차원마저 시각화시켰다는 말도 마찬가지로 뜻이 잘 통하지 않는다. 이런 설명을 읽고 학생들이 김광균의 시세계를 어떻게 이해하게 될 것인가 알 수가 없다. 그 다음 문장 즉, 그의 시 속에는 기계문명의 황량함을 바탕으로 소시민적 서정과 문명 속에서 현대인이 느끼는 고독감과 삶의 우수와 같은 정서가 깃들어 있다라는 문장 역시 문제가 많다. 우선 이 문장은 통사론적으로 비문이다. 그리고 김광균의 시들이 기계문명의 황량함을 바탕으로 하고 있다고 말하는 것은 무리다. 김광균의 시에는 도시문명적 요소가 조금 나올 뿐, 기계문명의 황량함이라고 말할 만한 요소가 거의 없다. 또한 소시민적 서정이라는 것이 무엇을 말하는지도 알기 어렵다. 아마도 〈소시민적 정서〉라는 말은 있을 수 있겠지만, 〈소시민적 서정〉이라는 말은 있을 수 없을 듯하다.

김광균의 작품세계에 대한 이러한 설명은, 김광균의 시에 대한 이해에 아무런 도움을 주지 못한다. 교과서에서건, 참고서에서건 이러한 부적절하고 애매모호하고 난해한 설명들은 없어져야 할 것이다. 쓸데없는 설명이 너무 많다는 것도 문학교육 현장에서 개선되어야 할 점이다.

「추일서정」의 감상은, 교과서가 제시하는 감상의 길잡이나 시인의 작품세계 등을 완전히 무시해 버리고, 그냥 작품 자체를 차분하게 읽어 보는 것이 되어야 한다. 이것은 비단 「추일서정」을 공부할 때만 그런 것이 아니라, 모든 문학작품을 공부할 때도 마찬가지다.

「추일서정」의 첫 행은 매우 독특하고 인상적인 비유로 시작된다. 즉 낙엽을 폴란드 망명 정부의 지폐에 비유한 것이다. 시인은 낙엽의 느낌을 폴란드 망명 정부의 지폐가 주는 느낌을 빌어 말한다. 그것은 어수선함, 버림받음, 소외, 가치 없음, 무시당함, 쓸쓸함 등의 느낌을 포함한다. 2행과 3행은 1행에서 보여 준 독특한 상상력의 연장이다. 낙엽이 폴란드 망명 정부의 지폐라면, 그것의 배경이 되는 가을 하늘에서 폴란드의 도시인 도룬 시를 연상하는 것은 자연스럽다. 시인은, 다른 나라의 침공을 당해서 폐허가 된 채 나라를 빼앗기고 정부가 망명해 버린 나라의 정부라는 이미지를, 조락의 계절인 가을날의 을씨년스러운 이미지와 연결시키고 있는 것이다. 사실 이 부분에서 폴란드의 비극적 근대사를 알고 있다면 이해는 보다 깊어진다. 그러나 이 시에서 언급된 망명 정부와 포화에 이지러진 도시 등을 염두에 둔다면, 그러한 의미는 비교적 쉽게 짐작될 수 있으므로 학생들은 폴란드의 현대사를 구체적으로 알 필요는 없을 것이다. 가을날의 이리저리 처량하게 흩어지는 낙엽이, 망명 정부의 지폐에 비유될 수 있다는 것을 이해하는 것만으로도 이 시의 감상은 의미 있는 것이 될 수 있다. 아마도 첫 부분의 독특한 비유가 없었더라면 이 시는 별로 주목을 받지 못했을 것이다.

그 다음, 4행부터 11행까지는 어떤 풍경에 대한 비유적 묘사로 일관된다. 「추일서정」을 회화적인 시 혹은 회화적 기법으로 씌어진 시라고 한다면, 그것은 바로 이 부분 때문이다. 여기서 시인은 어떤 풍경을 바라보고 있으며, 눈에 보이는 풍경을 선명하게 언어로 그려낸다. 그 풍경 속에는 〈구부러진 길과 멀리 달리는 기차와 포플러나무와 공장과 철책〉이 있다. 그것은 도시 변두리 지역의 풍경이라고 짐작된다. 이 풍경 묘사 부분에서도 돋보이는 것은 비유의 독특함이다.

먼저 구부러진 길은 구겨진 넥타이에 비유된다. 구겨진 넥타이는 후줄근하고 굽어져 있는 것이 보통이다. 이런 비유를 통하여 그 길은 좁고 굽어졌고 생기가 없는 그런 길임이 짐작되며, 아울러 이러한 스산함은 첫 부분의 분위기와 연결된다. 그 다음은 햇살이 폭포에 비유되고, 기차의 연기는 담배 연기에 비유된다. 폭포와 담배 연기의 비유는 그 신선함이 좀 떨어진다. 비교적 쉽게 연상되는 것이기 때문이다. 우리는 일상적으로 많이 쏟아지는 것을 폭포처럼 쏟아진다고 말하고, 또 기차 연기와 담배 연기는 같은 연기이다.

포플러나무의 근골이라는 표현도 비유적 표현이다. 근골은 근육과 뼈대를 뜻한다. 시인은 낙엽이 지고 가지만 앙상하게 남은 포플러나무를 보고 그것을 인체의 근골에 비유한 것이다. 사물을 인체에 비유하는 상상력은 그 다음 공장의 지붕을 이빨에 비유하는 것으로 연결된다. 공장의 하얗고 뾰족뾰족한 지붕은 멀리서 보면 이빨처럼 보이기도 할 것이다.● 그런데 이때, 근골과 이빨의 비유는 생명이 없는 삭막한 분위기를 더욱 강조한다. 그 다음에 나오는 셀로판지의 비유도 그러하다. 보통 구름에 대한 상투적 느낌은 포근하고 부드럽고 둥글다는 것이다. 그렇지만 시인은 구름을 셀로판지에 비유함으로써 얇고 바삭거리고 반들거리는

● 〈공장의 지붕은 흰 이빨을 드러낸 채〉에 대해서 한 문학교과서는 〈근대문명을 상징하는 공장의 이미지를 단단하고 날카로운 이미지로 형상화한 표현〉이라고 설명한다. 이런 설명은 적절치 못하다. 이 이미지가 단단하고 날카로운 느낌을 주긴 하지만, 공장이 근대문명을 상징하기 때문에 그런 것은 아니다. 이 비유는 공장의 지붕을 멀리서 볼 때 이빨처럼 보인다는 시각적 유사성에서 나온 것이다. 이 시각적 유사성을 이해하는 것이 이 이미지를 이해하는 전제 조건이다.

것으로 묘사한다. 햇살이 쏟아지는 가을 하늘의 구름이 셀로판지와 같다는 생각은 독특하고 낯선 것이지만 그럴듯한 것이기도 하다. 이러한 비유들은 모두 선명한 시각적 이미지를 제공하면서 풍경의 구체적 모습을 효과적으로 재현한다. 그러면서 그러한 시각적 이미지들은 하나의 인상과 정서를 형성한다. 즉, 그것들은 풀어졌고, 멀리 사라지고, 삭막하고, 건조하고, 딱딱하다. 그리고 이러한 가을 풍경의 정서는, 첫부분의 비유가 암시하는 정서와 연결된다.

「추일서정」의 감상에서 가장 중요한 부분은, 이 시에서 구사된 비유적 이미지들을 이해하는 것이라고 할 수 있다. 그런데 그 비유적 이미지의 느낌, 인상, 의미들을 이해하는 것이 물론 중요하지만, 그 이전에 그러한 비유가 얼마나 독특한 것이면서도 또한 적실한 것인가를 느낄 수 있어야 한다. 사실 멀리 달리는 기차의 연기를 담배 연기에 비유한 것은 별로 신선한 비유가 못 된다. 이것 역시 선명한 시각적 이미지를 제공하긴 하지만, 인상적인 것은 아니다. 그러나 그 외의 비유들은 모두 주목할 만하다. 그것들은 모두 일상적 상관성이 매우 희박한 것이면서도 놀랍게 선명한 유사성을 획득하고 있다.* 넥타이, 근골, 이빨, 셀로판지 등의 비유를 즐길 수 있다면, 그 학생은 시를 감상하는 문학적 능력이 우수하다고 말할 수 있을 것이다. 학생들의 문학적 능력은 많은 부분이 독특하고 인상적인 비유를 이해하고 즐기는 능력과 상관된다.

「추일서정」의 후반부, 즉 12행부터 마지막 행까지는 비유적 묘사가 나오지 않는다. 즉, 회화적 기법으로 씌어졌다고 말할 수 없다. 그래서 전반부와 느낌이 조금 다르다. 이 부분에는 시인의 감정이 보다 직접적으로 드러난다. 시인은 홀로 황량한 생각을 버릴 곳이 없어서 풀벌레 소리 자욱한 풀밭을 발로 차기도 하고

---

* 비유가 신선하려면 대체로 원관념과 보조관념의 거리가 멀어야 한다. 다시 말해 비유되는 두 항목이 일상적 언어 사용이나 연상에서 거의 동시에 나타날 가능성이 희박할수록 그 비유는 신선할 가능성이 높다. 가령 기차 연기와 담배 연기는 다 같이 연기이기 때문에 쉽게 연상되는 것으로, 그 거리가 가깝다고 할 수 있다. 그래서 그 분명한 유사성에도 불구하고 신선한 비유가 못 된다. 그 반면에 길과 넥타이는 동시에 연상되기 어려운 것들이다. 그러면서도 그것들 사이에 전혀 짐작하지 못했던 놀라운 유사성이 드러나게 될 때, 그 비유는 참신하고 의미 있는 것이 된다. 참신한 비유는 단지 참신한 표현에 그치는 것이 아니다.

또 허공에 돌팔매를 하나 던지기도 한다. 이런 행위는 앞부분의 풍경 묘사에서 보여준 바, 가을의 풍경이 삭막하고 황량하기 때문이다. 삭막한 가을 풍경 속에서 시인의 심정도 황량해진 것이다. 그러나 이러한 직접적인 감정의 표현은 시적 긴장을 떨어뜨린다. 그런 표현이 없더라도, 즉 앞부분의 풍경 묘사만으로도 그런 감정은 이미 전달되기 때문이다. 「추일서정」에 대한 감상은, 전반부의 풍경 묘사에 나타난 비유와 그 비유가 만들어 내는 정서를 이해하는 것이라고 말할 수 있다. 그 묘사적 비유의 참신성이 「추일서정」의 매력이기 때문이다.

 학생들의 「추일서정」에 대한 감상은 앞에서 언급한 정도로 충분하다고 생각된다. 여기서 좀더 수준을 높인다면, 이 시가 어째서 모더니즘이며 이미지즘인가를 간단히 설명해 볼 수도 있다. 그런데 이러한 설명도 앞서 살펴본 비유들을 바탕으로 해야 함은 말할 것도 없다.

 「추일서정」이 이미지즘이라고 말할 수 있는 까닭은 이 시가 시각적 이미지를 적극적으로 구사하고 있기 때문이다. 「추일서정」의 시적 효과는 주로 참신하고 시각적인 이미지에 의해서 나타난다. 이미지즘이란 상황의 서술이나 감정의 직접적 진술을 억제하고 선명한 시각적 이미지로 어떤 풍경을 제시함으로써 시적 효과를 얻고자 하는 경향으로, 20세기 초반 에즈라 파운드나 엘리엇 같은 시인들에 의해서 주도되었다. 물론 선명한 이미지만으로 한 편의 시를 만드는 기법은 오래 전부터 중국이나 일본의 시에 있었고, 20세기의 영미 이미지즘도 그로부터 영향을 받은 것이다. 그렇지만 김광균을 비롯한 한국의 이미지스트들은 중국의 한시나 일본의 하이쿠로부터 영향을 받았다기보다는 영미의 이미지즘으로부터

그것은 대상에 대한 참신한 인식을 드러낸다. 구름을 셀로판지에 비유했을 때, 시인은 구름을 예전의 다른 사람들과는 전혀 다르게 독자적으로 인식한 것이다. 즉, 지금까지 세상에 드러나지 않았던 사물의 어떤 측면을 새롭게 드러낸 것이라고 할 수 있다. 이런 점에서 참신한 비유는 사물의 재발견이라고 할 수 있으며, 문학의 중요한 부분이 된다.

영향을 받았으며, 그것은 근대시의 중요한 성격이라 할 수 있다. 어쨌든 「추일서정」은 선명한 시각적 이미지에 의존하여 시적 효과를 얻은 작품이라는 점에서 이미지즘 시라고 말할 수 있다.

그리고 「추일서정」이 모더니즘 시라고 말할 수 있는 까닭은 이 시가 근대적 감수성을 보여 주기 때문이다. 그런데 근대적 사물을 언급한다고 해서 무조건 근대적 감수성을 보여 준다고 말하기는 어렵다. 즉, 기차나 공장이란 단어가 시에 언급되었다고 해서 그 시가 모더니즘이 되는 것은 아니다. 신체시에도 기차나 기선이 언급되지만 그것을 두고 모더니즘 시라고 말하지는 않는다. 그보다는 세계를 바라보고 이해하는 시인의 감수성이 근대적인 것일 때, 그 시는 모더니즘이 된다. 「추일서정」에서 시인은 낙엽을 보고 폴란드 망명 정부의 지폐라고 했다. 또 길을 구겨진 넥타이라고 했고, 구름을 셀로판지로 만든 것이라고 했다. 이러한 상상력은 달을 보고 임을 생각하는 것이나 낙엽을 보고 인생의 허무를 생각하는 것과는 전혀 다른 성격이다. 그것은 근대적 세계를 체험함으로써 가질 수 있는 상상력이다. 「추일서정」의 비유들이 얼마나 낯설고 새로운 감수성을 보여 주는 것인가는, 그것을 김소월이나 김영랑 시의 비유들과 비교해 보면 더욱 분명히 알 수 있다.

그러나 모더니즘이나 이미지즘에 대한 이 정도의 간단한 설명이 고등학생들에게 얼마나 이해될 것인지 잘 알 수 없다. 모더니즘과 이미지즘에 대한 이해는 아무래도 시사적인 이해가 수반되어야 하는 것인데, 고등학생 수준에서 시사적인 흐름을 파악한다는 것은 무리이기 때문이다. 특히 포스트모던한 문명적 감수성에 물들어 있는 오늘의 학생들에게, 망명 정부의 지폐와 구겨진 넥타이와 셀로판지 등의 감수성이 새롭고 낯선 것이라는 점을 설득시키기는 어려울 것이다. 그러므로 될 수 있는 한, 고등학교 문학교실에서는 모더니즘이나 이미지즘 등의 개념은 사용하지 말고 「추일서정」이 그려 내고 있는 독특한 가을의 분위기와 그 참신한 비유를 즐기도록 유도하는 편이 나을 것 같다.

김광균의 「추일서정」은 고등학생들의 수준에서 이해하기 쉬운 시이며, 또한 비유적 묘사의 매력을 즐길 수 있는 작품이다. 그러나 모더니즘과 이미지즘을 중심으로 이 시를 배우게 되면, 이 시는 고등학생들에게 매우 어려운 시가 되고 만다. 고등학교의 문학교육이 담당해야 할 일은, 학생들에게 문학작품을 읽히고 감상시키는 것이지 문학사나 문학사적 의미를 가르치는 일이 아닐 것이다. 「추일서정」의 경우, 모더니즘이나 이미지즘 등과 관련된 복잡한 설명은 생략하고, 그냥 가을의 삭막하고 쓸쓸한 정서가 매우 개성적이고 참신한 비유들로 표현되었다는 점을 학생들이 느낄 수 있도록 해 주면 될 것이다. 낙엽이 폴란드 망명 정부의 지폐에 비유될 수 있다는 데서 놀라움과 흥미를 느끼는 것이, 모더니즘에 대해 알려고 하는 것보다 훨씬 좋은 문학공부일 것이다.

성북동 비둘기 김 광 섭

성북동 산에 번지가 새로 생기면서
본래 살던 성북동 비둘기만이 번지가 없어졌다.
새벽부터 돌 깨는 산울림에 떨다가
가슴에 금이 갔다.
그래도 성북동 비둘기는
하느님의 광장 같은 새파란 아침 하늘에
성북동 주민에게 축복의 메시지나 전하듯
성북동 하늘을 한 바퀴 휘돈다

성북동 메마른 골짜기에는
조용히 앉아 콩알 하나 찍어 먹을
널찍한 마당은커녕 가는 데마다
채석장 포성이 메아리쳐서
피난하듯 지붕에 올라앉아
아침 구공탄 굴뚝 연기에서 향수를 느끼다가
산 1번지 채석장에 도루 가서
금방 따낸 돌 온기(溫氣)에 입을 닦는다.

예전에는 사람을 성자(聖者)처럼 보고
사람 가까이
사람과 같이 사랑하고
사람과 같이 평화를 즐기던
사랑과 평화의 새 비둘기는
이제 산도 잃고 사람도 잃고
사랑과 평화의 사상까지
낳지 못하는 쫓기는 새가 되었다.

배우기에 적절한 작품인가

김광섭의 「성북동 비둘기」는, 고등학교 국어교과서 상권 〈문학과 현실〉 단원에 실려 있는 작품이다. 이 시는 성북동 골짜기가 개발되면서 살 곳을 잃은 비둘기의 가련한 처지를 노래한 작품이다. 대부분이 평이한 묘사와 설명으로 되어 있기 때문에 고등학생의 수준에서도 비교적 쉽게 이해할 수 있을 것이며, 특히 〈살 곳을 잃은 비둘기의 가련한 처지〉라는 이 시의 내용은 매우 흔한 것이기 때문에 학생들이 상투적으로 이해하기 쉬운 것이다. 그러나 이 작품은, 고등학생들이 배우기에 그리 적절한 것이 아니라고 생각된다.

흔히 「성북동 비둘기」는 김광섭의 대표작으로 인정된다. 김광섭의 마지막 시집인 『성북동 비둘기』는 그의 시집들 가운데서 가장 높은 평가를 받고 있는데,

그 시집의 표제작이니만큼 시인의 대표작이라고 여기는 것도 무리가 아니다. 그러나 「성북동 비둘기」를 훌륭한 작품이라고 말하기는 곤란하다. 내용이 너무 평면적이고 단순하며 또 설명적이다. 사랑과 평화의 새인 비둘기가 사람들에 의해 살 곳을 잃고 가련하게 쫓기는 새가 되어 버렸다는 내용을 산문적으로 설명하고 있을 뿐이다. 언어의 아름다움도 별로 없고, 깊은 함축적 의미나 인상적인 표현도 별로 없다. 시인의 소박한 마음이 전달되는 순박한 작품이긴 하지만, 학생들에게 시의 묘미나 감동을 전달해 줄 만한 요소는 적은 편이다. 그리고 나중에 작품 분석 과정에서 언급되겠지만, 부족한 면도 있는 작품이다. 고등학교 국어교과서에 실리는 문학작품이라면 우선 작품 자체가 훌륭한 것이어야 할 것이다.*

그리고 「성북동 비둘기」의 배경적 상황은 오늘날의 학생들에게 낯선 것이라 할 수 있다. 대부분의 학생들은 성북동에 대해서 모르겠지만, 오늘날 서울의 성북동은 도시 한가운데의 동네일 뿐만 아니라 살기 좋은 부자동네라고 알려져 있다. 성북동을 모르는 학생들은 성북동에 대한 구체적인 느낌이 없이 시를 읽을 것이며, 성북동을 아는 일부 학생들은 이 작품에서 묘사된 성북동에 대해서 낯선 느낌을 받을 것이다. 즉 성북동에서 메마른 골짜기나 아침 구공탄 굴뚝 연기나 채석장의 이미지를 떠올리기는 어려울 것이다.** 그리고 대부분의 학생들은 구공탄 굴뚝 연기가 무엇인지도 모를 것이다. 또 하나 학생들의 일반적 체험으로 볼 때 혼란스러울 수 있는 것은, 비둘기가 이제는 사랑과 평화의 사상까지 낳지 못하는 쫓기는 새가 되었다는 마지막 구절이다. 오늘날 비둘기는 공원같이 사람이 많은 곳에서 사람들의 사랑을 받으며, 사람들과 친하게 산다. 그리고 여전히 사랑과 평화의 상투적 상징이 되고 있다. 학생들은 왜 비둘기가 산 속의 살 곳을

---

* 교과서에 훌륭한 작품을 골라 싣지 못하는 것은 일차적으로 교과서 편찬자의 문학적 안목이 부족하기 때문일 것이다. 그러나 더 큰 책임은 한국문학을 연구하는 학자들에게 있다. 학자들이 작품에 대한 정확한 평가를 내려 주지 못하고 기존의 통념적 평가를 그대로 인정하는 경우가 많다. 문학 연구는 많지만, 훌륭한 작품을 잘 선별하여 그 작품이 왜 훌륭한가를 잘 설득시켜 주려는 연구는 그리 많지 않다. 그래서 아직도 한국문학의 정전에 대한 대체적인 합의가 이루어지지 않고 있는 실정이다. 좋은 문학교육을 위해서는 한국문학의 정전에 대한 합의가 먼저 이루어져야 할 것이고, 그 합의에 의존해서 문학교과서도 편찬되어야 할 것이다.

** 사실 이 점은 학생들의 작품 감상에서 그리 큰 문제는 아닐 것이다. 문학작품 속의 장소는 흔히 실제 장소와는 별개로 그 스스로의 의미를 문학적으로 형성하기 때문이다. 그러

잃어버렸다고 쫓기는 신세가 되는지 의아하게 생각할지도 모른다. 이런 점에서 「성북동 비둘기」의 배경적 상황은, 오늘날의 학생들로서는 쉽게 공감하기 어려운 것이다.

학생들이 스스로의 체험과 연관하여 쉽게 공감할 수도 없고, 또 그리 훌륭한 작품도 아니라면, 고등학교 국어교과서에 수록하여 모든 고등학생들이 꼭 읽도록 할 필요는 없을 것 같다.

어떻게 가르치고 있는가

국어참고서를 보면, 「성북동 비둘기」라는 작품에 대해서 다음과 같이 핵심정리를 해 놓고 있다.

내용상 — 서정시, 형태상 — 자유시, 성격상 — 참여시, 경향상 — 주지시

율　격 — 내재율

어　조 — 관찰과 고발의 비판적 어조

시　점 — 3인칭 전지적 시점

주　제 — 파괴되어 가는 자연에 대한 향수와 문명 비판

　　　　산업화, 도시화에 의한 인간성 상실의 비판

이러한 참고서의 핵심정리 사항을 외우면서 문학공부를 하는 것이 우리의 문

므로 이 시에서의 성북동 역시 실제 성북동과는 상관없이, 이 시에서 묘사된 대로 메마르고 살벌하고 거친 장소로서의 문학적 의미를 갖는다.

 교과서에 실린 문학작품을 어떻게 가르칠 것인가

학교육 현실인 것 같다. 그러나 이 작품에 대한 것뿐만 아니라 거의 모든 작품에 대한 핵심정리의 내용은 틀렸거나 불필요한 것이라 짐작된다. 서정시냐 아니냐는 내용상으로 구분되는 것이 아니다. 또 참여시를 어떻게 정의하느냐에 따라 문제가 좀 복잡해지긴 하지만, 일반적으로는 서정시면서 동시에 참여시가 되기는 어렵다. 「성북동 비둘기」의 경우, 참여시라고 말하기 어렵다. 그리고 이 시가 주지적 경향을 보여 주는 것도 아니다. 시에서 어조의 이해는 중요하지만, 「성북동 비둘기」를 두고 관찰과 고발의 비판적 어조라고 설명하는 것은 전혀 설득력이 없다. 굳이 말한다면, 이 작품의 어조는 차분하게 절제되어 있다. 그 다음, 시에서 시점을 말하는 것은, 특별한 경우를 제외하고는 별로 의미가 없다. 그리고 문명 비판이나 인간성 상실이란 말은 이 작품의 주제로서는 너무 거창한 말들이다.

이처럼 참고서의 핵심정리 사항들은 거의가 잘못된 것이다. 문학교육 현장에서 이런 식의 정리가 하루빨리 없어져야 할 것이다.*

한편, 국어교과서에서는 「성북동 비둘기」에 대해서 다음과 같이 설명한다.

> 이 시는 비둘기를 노래하고 있지만, 실은 사람들의 메마른 삶을 예리하게 파헤치고 있다. 사는 모습이 달라지면서 사람들이 잃어버린 것이 무엇인가를 말함으로써 세상의 참다운 의미와 가치가 무엇인가를 다시금 생각하게 하는 작품이다.

이 설명은, 첫 부분에서 이 시는 비둘기를 노래하고 있지만이라고 말함으로써 이 시가 비둘기에 관한 노래가 아니라 사람들에 관한 노래임을 강하게 암시한다. 물

---

* 사실 현재의 문학교육의 내용은 대학입시만을 위한 것이다. 대학입시에 얽매여 있는 한, 문학교육의 정상화는 매우 어렵다. 그런데 대학입시를 위한 것이라 해도, 이런 식의 핵심정리는 전혀 불필요하다. 아마도 대학 입학 시험에서 이런 식의 지식을 묻는 문제는 출제되지 않을 것이다.

론 이 시는 우리의 삶에 관한 노래일 수 있다. 그렇지만, 우선 일차적으로는 비둘기에 관한 노래이다. 나아가 이 시는 비둘기에 대한 노래로만 이해해도 충분하다. 학생들은 우선 이 시를 읽고 비둘기의 가련한 처지에 공감을 일으켜야 한다. 그래야 작품 감상이 된다. 그렇지 않고 비둘기는 다만 비유나 알레고리일 뿐이라고만 먼저 생각하면 작품 감상이 잘 안 된다.

그리고 이 작품이 사람들의 메마른 삶을 예리하게 파헤치고 있는 것인지도 의심스럽다. 이 작품은 다만 비둘기의 보금자리이던 성북동 산이 채석장으로 변한 사실만을 언급하고 있을 뿐이다. 사람들의 사는 모습이 달라졌다고 했지만, 그런 내용도 찾아볼 수 없다. 이런 설명은 근거도 없고 설득력도 없다. 그래서 학생들이 「성북동 비둘기」를 이해하는 데 도움을 주지 못한다.

참고서의 설명은 교과서의 설명보다 더 엉뚱하다. 한 참고서는 「성북동 비둘기」에 대해서 다음과 같이 설명한다.

이 작품은 잃어 가는 자연의 아름다움에 대한 강렬한 아쉬움과 동경을 노래한 시이다. 그의 다른 어느 작품보다도 인간의 삶과 시대에 구체적인 관련을 맺고 있는 시로, 〈사랑과 평화의 새 비둘기〉를 통하여 변화되어 가는 현대의 그늘에서 발붙일 곳을 자꾸만 잃어 가는 인간의 모습을 노래하고 있다. —— 이 시는 현대인들이 안주할 고향을 상실하고 불안해하고 고독해하는 의식 세계를 잘 반영해 주고 있다는 점에서, 그리고 관념어의 나열이나 추상적인 표현이 아니라 구체적인 표현과 세련된 수법으로 시의 세계를 승화시키고 있다는 점에서 높이 평가받을 수 있는 작품이다.

 교과서에 실린 문학작품을 어떻게 가르칠 것인가

「성북동 비둘기」는 다만 산이 개발되면서 비둘기의 안식처가 없어졌다는 말을 할 뿐이다. 이것을 두고, 잃어 가는 자연의 아름다움에 대한 강렬한 아쉬움과 동경을 노래한 시라고 말하는 것은 지나친 과장이다. 그리고 이 작품이 인간의 삶과 시대에 관련이 없는 것은 아니지만 그렇게 강조할 만한 정도는 아니며, 또한 김광섭의 작품 가운데서 가장 그러한 것도 아니다. 또한 현대인들이 안주할 고향을 상실하고 불안해하고 고독해하는 의식 세계를 잘 반영해 주고 있다는 상투적 구절은, 이 작품과는 별로 상관이 없어 보인다.

그리고 이 작품에는 사랑과 평화의 사상 같은 관념어도 사용되고 있으며, 세련된 수법이라고 할 만한 면이 별로 없다. 시의 세계를 승화시키고 있다는 구절도 어색하다. 이런 설명들은 「성북동 비둘기」를 이해한 사람이 쓴 것이라고 보기 힘들며, 문장을 정확하게 쓸 수 있는 사람의 글도 아닌 것 같다.

다음으로, 국어교과서의 〈학습활동〉 문제를 살펴보자.

* 문학작품의 표현은 오로지 하나의 뜻만을 가지는 것이 아니다. 이 점을 전제로 삼아, 이 시의 표현을 중심으로 다음을 공부해 보자.
① 〈성북동 비둘기만이 번지가 없어졌다〉가 의미하는 실제의 사실은 무엇인가?
② 〈가슴에 금이 갔다〉에는 비둘기에 대한 어떤 태도가 드러나 있는가?
③ 〈아침 구공탄 굴뚝 연기에서 향수를 느끼다가〉에서 느끼게 되는 비둘기와 작품 속 화자의 심리 상태는 어떠한가?.
④ 〈금방 따낸 돌 온기(溫氣)에 입을 닦는다〉는 구체적인 행위의 묘사라기보다 함축적

인 표현이라 할 수 있다. 어떤 의미가 함축되어 있는가?

⑤ 〈사랑과 평화의 사상까지 낳지 못하는 쫓기는 새〉라는 표현은 구체적으로 어떤
상황을 뜻하는가?

문제 ①은 좋다. 실제의 사실이란 말이 좀 어색하긴 하지만, 학생들이 생각해
볼 문제이다. 문제 ②는 불명료하다. 이 문제에서 태도는 누구의 태도를 말하는
가? 화자의 태도라고 짐작되는데, 가슴에 금이 갔다라는 구절에는 화자의 태도
가 드러나지 않는다. 화자의 가슴에 금이 갔다면 화자의 태도를 말할 수 있을지
몰라도 비둘기의 가슴에 금이 간 것을 두고 화자의 태도를 말할 수는 없다. 문제
③도 마찬가지다. 비둘기의 심리 상태는 작품에서 언급된 바와 같이 향수를 느끼
는 것이지만, 화자의 심리 상태는 말하기 어렵다. 또 작품의 이해에 필요하지도
않다.

문제 ④는 문제 자체가 잘못되었다. 금방 따낸 돌 온기(溫氣)에 입을 닦는다는
구절은 구체적인 행위의 묘사이다. 이것은 비둘기가 채석장의 돌에 부리를 비비
고 있는 모습을 그대로 묘사하고 있는 것이다. 여기에서 함축적 의미를 찾아볼
수도 있겠지만, 그것은 일단 비둘기의 행위로 이해한 후에 생각해 볼 일이다.

문제 ⑤는 너무 단순하다. 이 구절이 뜻하는 상황은 말 그대로이다. 즉 사랑과
평화의 모습을 보여 주지 못하고, 또는 사랑과 평화의 상징이 되지 못하고 가련
하게 쫓기고 있는 상황을 뜻한다. 출제자가 무슨 답을 생각하고 어떤 의도로 낸
문제인지 이해되지 않는다.

그런데 이러한 다섯 개의 문제를 푸는데, 왜 문학작품의 표현은 오로지 하나

 교과서에 실린 문학작품을 어떻게 가르칠 것인가

의 뜻만을 가지는 것이 아니라는 전제를 강조했을까? 대부분의 문학작품의 표현은 오로지 하나의 뜻만을 가진다. 몇몇 암시적인 표현만이 여러 개의 뜻을 가질 수 있을 뿐이다.* 그러므로 이런 전제 자체가 옳은 것이라고 할 수 없다. 뿐만 아니라 위의 다섯 개의 문제, 특히 ①과 ②와 ⑤에서 언급된 구절들은 여러 개의 뜻을 가질 수 없는 표현들이다. 표현이 여러 개의 뜻을 가진다는 것을 전제로 해서는 풀릴 수 없는 문제들인 것이다. 불필요할 뿐만 아니라 그 자체가 옳지 못한 전제를 제시하고 있는 셈이다.

* 이 작품이 당대 현실을 반영하고 있다고 전제하고, 다음을 공부해 보자.

① 이 작품에서 문제삼고 있는 현실의 모습은 어떠한지 말해 보자.

② 이 시에 그려진 현실의 모습을 이 작품이 발표된 1960년대 사회상과 관련지어 설명해 보자.

③ 현실의 반영이라는 점을 강조하여 이 작품을 해석한다면, 〈비둘기〉는 무엇을 상징하는지 말해 보자.

「성북동 비둘기」는 국어교과서의 〈문학과 현실〉 단원에 실려 있다. 그래서 현실과 관련하여 이 작품을 이해하도록 이러한 학습활동 문제를 제시한 것으로 보인다. 이 작품에서 말하고 있는 현실은 간단하다. 산이 채석장으로 개발되고, 평화와 사랑의 상징이던 비둘기가 살 곳을 잃게 된 현실이 그것이다. 이것은 도시화와 산업화 이후의 일반적인 현실이다. 따라서 문제 ②에서와 같이 이 작품을 1960년대의 사회상과 관련지어 설명하는 것은 별 의미가 없다. 이 작품의 감상

● 문학작품의 뜻이 하나가 아니라 여럿일 수 있다는 것은, 독자반응비평이나 해석학의 입장이다. 이런 이론들은, 문학작품의 뜻은 시간이나 공간 그리고 해석자에 따라서 늘 새롭게 해석될 수 있음을 주장한다. 그러나 이러한 주장들도 새로운 해석의 가능성을 인정하는 것이지, 아무렇게나 해석해도 됨을 인정하는 것은 아니다. 현재 우리 문학교육 현장에서 다양한 해석의 가능성은 필요 이상으로 강조되고 있는 듯하다. 그리고 전혀 타당성이 없는 해석이나 작품에 대한 잘못된 이해가, 해석의 다양성이란 이름으로 용인되고 있는 경우도 많은 듯하다.

그리고 문학작품의 뜻이 여럿일 수 있다는 것과, 문학작품 속의 어떤 표현의 뜻이 여럿일 수 있다는 것은 구분해서 생각해야 한다. 한 가지 표현이 지닌 여러 가지 뜻은, 신비평에서 말하는 〈애매성(ambiguity)〉이다. 이것은 해석자의 해석에 따라 여러 가지 뜻을 가지는 것이 아니라 시에서 사용되는 언어적인 특성에 의해서 여러 가지 뜻을 가지거나 또는 애매한 뜻을 가지게 되는 것이다. 그렇지만 모든 단어나 표현이 다 그러한 애매성을 가지는 것은 아니다. 문학교육 현장에

에서 60년대에 대한 이해가 필요하다면, 그것은 당시의 성북동의 모습이 지금과는 달랐다는 점과 그리고 당시의 일반적인 가정용 연료는 구공탄이었다는 점 정도일 것이다.

문제 ③은 더욱 부적절하다. 이 작품의 해석에서는, 앞서 말한 대로, 현실의 반영이라는 점을 강조할 필요가 없다. 그리고 비둘기가 무엇을 상징하는지 말해 보라고 했는데, 이 작품에서 왜 비둘기가 꼭 다른 무엇을 뜻하는 상징이 되어야 하는지 알 수 없다. 산업화와 도시화의 과정에서 삶의 보금자리를 잃은 사람들을 암시한다고 말할 수 있을지도 모르겠지만, 학생들의 작품 이해를 편협하게 만들 수 있는 문제이다.

* 이 작품이 현실에 대한 태도의 표현이라고 전제하고, 다음을 공부해 보자.

　① 이 작품이 문제삼고 있는 현실이 작품 속 화자 자신의 삶이라고 한다면, 화자는 어떤 상황에 처해 있다고 할 수 있는가?

　② 이 작품 속 화자가 간절하게 바라는 것은 무엇이라고 추측되는가?

　③ 이 작품 속 화자와 관련지어 생각해 볼 때, 〈비둘기〉는 무엇을 상징하는가?

이러한 문제들은, 비둘기의 처지가 화자 자신의 처지에 대한 알레고리로 해석하고 있음을 뜻한다. 왜 비둘기를 비둘기로 해석하지 않고 꼭 화자 자신의 알레고리로 해석해야 할까? 그렇다면 화자는 살 곳을 잃었기 때문에 사랑과 평화의 사상도 잃고 또 산과 사람도 잃어버렸다는 말인가? 이런 식의 해석은 타당성이 없다. 문제 ②에서는 화자가 간절하게 바라는 것이 무엇이냐고 묻고 있지만, 이

서 한 작품의 의미와 어떤 표현의 의미가 여러 가지일 수 있다는 사실은 매우 조심스럽게 언급될 필요가 있다.

시의 어디에도 화자가 간절하게 바라는 바에 대해서 언급하고 있는 부분이나 짐작할 만한 부분은 없다. 문제 ③과 관련해서, 교과서에는 비둘기는 그 삶의 모습을 형상화하는 존재로 등장하지만, 비둘기가 일반적으로 상징하는 의미와 비둘기에서 연상되는 의미들을 종합한다라는 도움말이 있다. 이 도움말은 무슨 뜻인지도 잘 알 수 없기 때문에 전혀 도움이 안 되는 말이다. 그리고 앞의 ③번 문제와 관련해서 보면, 이 작품이 현실의 반영이라는 점을 강조하여 해석할 때와 이 작품 속 화자와 관련지어 생각해 볼 때 비둘기가 상징하는 바가 다른 것처럼 암시된다. 그러나 어떻게 달라질 수 있는지 짐작할 수 없다.

    * 작가의 병고와 관련된 작품 경향의 변화와 작품 속 화자가 지닌 태도를 연관시켜 생각한다면, 이 시가 궁극적으로 말하고자 하는 바는 무엇으로 해석될 수 있는가? 문학은 작가가 삶에 대하여 취하는 태도의 표현이라는 관점에서 설명해 보자.

이 문제에 이어서 교과서는 시인 김광섭이 고혈압으로 쓰러졌다가 깨어난 후 그의 작품 경향이 달라졌음을 간단히 언급하고 있다. 이전에는 지적이고 관념적인 시를 쓴 데 반해, 병고 이후에는 관념성을 벗어난 표현과 생활에 대한 관심을 드러내는 경향이 짙어졌다는 것이다. 병고의 이전과 이후에 작품 경향이 달라졌음은 김광섭의 시세계 전반을 이해하는 데는 도움이 된다. 그렇지만 그러한 사실이 「성북동 비둘기」라는 한 작품의 이해나 해석에는 아무런 도움이 되지 않으며, 고등학교의 문학교육에서 언급될 필요도 없다.

교과서의 도움말에 의하면, 이 〈학습활동〉 문제는 작품의 주제를 묻는 것이다.

「성북동 비둘기」의 주제를 파악하는데 왜 작가의 병고라는 전기적 사실과 작품 속 화자의 태도를 연관시켜야만 하는가? 학생들의 작품 이해를 유도하는 방식으로 문제를 길게 만들었지만, 그것은 조리가 서지 않는 쓸데없는 장황함일 뿐이어서 오히려 학생들의 작품 이해를 방해하는 것으로 보인다.

어떻게 가르칠 것인가

「성북동 비둘기」는, 제목 그대로 성북동 산에 살고 있던 비둘기에 관한 시이다. 1연의 첫 부분은 비둘기가 처한 새로운 상황을 제시한다. 성북동 산에 새로 번지가 생기면서 그곳에 살던 비둘기만 번지가 없어졌다는 것은, 성북동 산이 개발되면서 비둘기의 둥지가 없어졌음을 말한다. 1행의 번지는 말뜻 그대로 행정적인 편의를 위해 토지에 붙인 숫자이다. 이 시가 씌어지기 오래 전부터 우리 나라의 모든 땅에는 이미 번지가 있었다. 새로 번지가 생기는 경우는 토지의 분할이 달라질 때이다. 그러므로 번지가 새로 생기는 것과 그 토지가 개발되기 시작했다는 것 사이에는 직접적인 연관이 없다.[*] 다만 문맥을 고려해서 생각한다면, 비둘기가 둥지를 틀고 살던 산을 개발하고 인간들이 들어와 살기 시작했다는 뜻으로 짐작할 수 있다. 3행과 4행은 성북동 산에 채석장이 들어섰음을 말해주며, 둥지를 빼앗긴 비둘기가 마음이 크게 상했음을 말해준다. 산을 파헤치고 돌을 깨는 인간들의 행위와 비둘기 가슴에 금이 가는 것이 대응되고 있다.

4행부터 8행까지는 아침 하늘을 나는 비둘기를 묘사한다. 둥지를 빼앗긴 비둘

● 이런 점에서 「성북동 비둘기」의 첫 행은 언어를 정확하게 구사하고 있다고 보기 어렵다. 시의 언어는 항상 정확하게 구사되어야 하며, 기존 언어 사용법으로부터의 일탈조차도 정확한 언어 사용법의 바탕 위에서 전략적으로 이루어져야 한다.

기지만 여전히 비둘기는 성북동 주민에게 축복의 메시지와 같다. 하느님의 광장과 축복의 메시지는 짝을 이루면서 채석장의 분위기와 대조를 이룬다. 즉, 인간들은 비둘기의 둥지를 빼앗았지만 비둘기는 여전히 인간들에게 축복을 전해 주는 존재이다.

2연 역시, 1연과 마찬가지로, 비둘기가 처한 부정적 상황을 묘사하고 나아가 비둘기의 행동을 묘사한다. 이제 성북동 산에는 조용히 앉아 콩알 하나 찍어 먹을 마당도 없고, 채석장의 포성만이 시끄러울 뿐이다. 이것은 1연에서 말한 상황의 부연이다. 비둘기의 행동 역시 1연의 연장선에 있다. 1연에서 비둘기는 아침 하늘을 날았다면, 이제 비둘기는 채석장의 소음을 피하여 구공탄 굴뚝이 있는 지붕으로 피난을 한다. 그러나 비둘기는 구공탄 굴뚝 연기가 하늘로 사라지는 것을 보고 잃어버린 둥지에 대한 향수를 느낀다. 그래서 다시 채석장으로 변해 버린 그곳으로 되돌아가 돌을 쪼아 보기도 한다. 2연의 마지막 행인 금방 따낸 돌 온기에 입을 닦는다는 흥미로운 구절이다. 이 구절은 비둘기의 행동을 아주 구체적으로 보여 준다. 하늘을 한 바퀴 휘도는 것과 지붕에 올라 앉아 있는 것도 구체적인 행동이지만, 돌에 입을 닦는 것은 더욱 생생한 사실감을 전해 준다. 이런 생생한 묘사 자체도 문학의 가치 또는 시를 읽는 즐거움의 하나이다.

한편, 금방 따낸 돌 온기에 입을 닦는다는 단순한 행동의 묘사만으로 이해해도 충분하지만, 행동의 의미를 더 생각해 볼 수도 있다. 비둘기의 그런 행동이 뜻하는 바가 무엇일까? 우선, 〈돌에 온기가 있을 수 있는가〉라고 의문을 가질 수 있다. 금방 나온 것들은 따뜻함 또는 따뜻함의 이미지를 지닌다. 금방 낳은 달걀도 따뜻하고, 금방 구운 빵도 따뜻하다. 비유적인 따뜻함이긴 하지만, 금방 나온

잡지나 신문을 두고도 〈아직 따뜻하다〉는 표현을 쓰기도 한다. 돌의 따뜻함 역시 비유적인 따뜻함일 것이다. 또 다른 이해도 있을 수 있다. 채석장은 원래 비둘기의 따뜻한 보금자리였다. 그 보금자리에서 한 조각 잘라낸 돌이기 때문에 그 돌에 보금자리의 따뜻함이 아직 배어 있을지 모른다. 그래서 비둘기는 허물어진 자신의 보금자리의 한 조각(아직도 그 따뜻함이 느껴지는)에 입을 비벼 보는 것이라고 짐작할 수도 있다. 즉 잃어버린 보금자리에 대한 애틋한 그리움의 표현이라고 생각해 볼 수도 있다.

3연은 둥지를 잃은 비둘기의 처지를 직설적으로 진술한다. 예전에 비둘기는 사람과 가까이 지내면서 사람들과 사랑과 평화를 나누었는데, 이제는 모든 것을 잃어버리고 쫓기는 새가 되었음을 말한다. 3연에서 주목되는 것은, 사람을 성자처럼 보고 또 사랑하고 사람과 더불어 평화를 즐기는 비둘기의 이미지다. 이것은 1연에서 언급된 하느님의 광장과 축복의 메시지와 연결되면서 비둘기의 이미지를 보다 구체적으로 만들어 준다. 여기서 비둘기는 사랑과 평화의 새이되, 성자의 곁에 머물면서 하느님과 성자 사이를 오가며 메시지를 전달해 주는 새의 이미지를 지닌다. 기독교 성화(聖畵)에서 흔히 보는, 성자의 어깨에 앉아 있는 그런 비둘기인 것이다.

성자의 전령과 같았던 비둘기가, 보금자리를 빼앗기고 쫓겨난 후에 산도 잃고 사람도 잃고 사랑과 평화의 사상도 낳지 못하는 새가 되었음을 3연은 직설법으로 결론 내리고 있다.*

이처럼 「성북동 비둘기」는 보금자리를 잃은 비둘기에 관한 시이다. 앞서 말한

---

* 3연은 두 가지 점에서 약간 만족스럽지 못하다. 첫째는 너무 직설적이다. 일반적으로 시에서는 추상적이고 관념적인 진술이 직설적으로 진술되는 것을 꺼린다. 그것은 의미의 구체성과 생동감을 주지 못하기 때문이다. 그런데 3연은 비둘기가 평화와 사랑의 사상을 낳지 못하는 새가 되었다고 직설적으로 말한다. 둘째는 너무 갑작스럽다. 시의 화자는 3연에서 비둘기가 더 이상 사랑과 평화의 새가 되지 못한다고 단정적으로 말한다. 이런 단정을 하려면, 작품 속에서 그 이유나 과정이 설득력 있게 제시되어야 한다. 다시 말해 1연과 2연에서 비둘기가 어떤 상황에서 어떤 좌절을 겪었기 때문에 그렇게 되었다는 것을 보다 자세히 말해 주어야 한다. 물론 어느 정도는 말하고 있다. 비둘기는 보금자리를 잃어버리고 갈 곳 없는 신세가 되었다. 보금자리가 그리워 그곳으로 돌아가 보아도 채석장 포성만 메아리칠 뿐이며, 할 일이라고 채석장에 돌에 부리를 비벼 보는 정도이다. 그러나 1연과 2연에서 말하는 바는,

대로, 비둘기를 굳이 집 잃은 사람이나 화자 자신의 신세에 대한 알레고리로 이해할 필요는 없다. 학생들은 그냥 비둘기의 가련한 처지에 대해서 연민을 느낄 수 있으면 된다. 시인은 비둘기를 평화와 사랑의 새로 묘사한다. 그것은 상투적인 내용이다. 그러나 시인은, 성자의 곁에 머물면서 축복의 전령 구실을 하는 비둘기의 이미지를 제시함으로써 그 상투적 내용을 보다 신선하게 만든다. 그리고 이런 비둘기를 채석장으로 변한 성북동 산이라는 구체적 상황 속에서 이야기하고 있다는 점도 이 작품의 미덕이다. 시인은 그 상황 속에서 그 비둘기에게 어떤 일이 일어났는지 알려 준다. 비교적 섬세한 관찰과 절제된 어조로 비둘기에게 닥친 시련을 알려 준다. 비둘기에게 닥친 시련을 통하여 우리는 비둘기에게 연민을 느끼고, 나아가 비둘기가 잃어버린 것이 곧 인간들이 잃어버린 것임을 깨닫게 된다. 사람을 성자처럼 대하던 사랑과 평화의 새가 모든 것을 잃어버리고 쫓기는 신세가 된 것은, 비둘기에게도 불행한 일이지만 사람들에게도 불행한 일이다. 사람들도 축복과 사랑과 평화의 새를 잃어버린 것이 되기 때문이다. 왜 이처럼 불행한 일이 일어났는가? 그것은, 인간들이 산을 허물어 채석장으로 만들어서 평화롭게 살던 비둘기의 보금자리를 빼앗았기 때문이다. 인간들은 자신들의 이익을 위해 산을 허물고 비둘기의 보금자리를 빼앗았지만, 결과적으로 인간들은 더 큰 것을 잃어버렸다. 바로 이 점이 「성북동 비둘기」가 주는 교훈이다. 「성북동 비둘기」를 비둘기에 관한 시로만 읽어도 이와 같은 교훈적 의미를 얻을 수 있다.

비둘기가 보금자리를 잃고 갈 곳이 없어졌다는 것뿐이다. 보금자리를 잃은 것은 아주 심각한 일이긴 하지만, 그 일로 해서 성자의 전령과 같았던 비둘기가 사람도 잃고, 사랑과 평화도 잃어버렸다는 것은 쉽게 납득이 안 간다. 그렇게 훌륭한 비둘기였다면, 집을 잃은 역경 속에서도 사랑과 평화를 지킬 수 있어야 할 것 같다. 특히 1연에는 집을 잃고도 성북동 주민에게 축복의 메시지를 전하는 듯한 비둘기의 모습이 나온다. 왜 뚜렷한 이유도 없이, 1연에서는 시련 속에서도 축복의 메시지를 전해 주던 사랑과 평화의 새가, 3연에서는 그냥 시련 속에서 사랑과 평화의 사상도 낳지 못하는 새가 되어 버리고 말았는가? 이런 까닭으로, 3연의 결론은 갑작스럽다는 느낌을 준다. 이것은 3연의 약점이기도 하지만, 이 시 전체의 약점이 된다. 「성북동 비둘기」는 완성도가 아주 높은, 훌륭한 시라고 말하기 어렵다.

추천사(鞦韆 詞) 서 정 주

향단(香丹)아 그넷줄을 밀어라.
머언 바다로
배를 내어 밀듯이,
향단아.

이 다소곳이 흔들리는 수양버들나무와
베갯모에 놓이듯한 풀꽃더미로부터,
자잘한 나비 새끼 꾀꼬리들로부터,
아주 내어 밀듯이, 향단아.

산호(珊瑚)도 섬도 없는 저 하늘로
나를 밀어 올려 다오.
채색한 구름같이 나를 밀어 올려 다오.
이 울렁이는 가슴을 밀어 올려 다오!

서으로 가는 달같이는
나는 아무래도 갈 수가 없다.

바람이 파도를 밀어 올리듯이
그렇게 나를 밀어 올려 다오,
향단아.

배 우 기 에 적 절 한 작 품 인 가

서정주의 「추천사」는 수종의 고등학교 문학교과서에 실려 있다. 이 시는 운율
과 이미지와 비유를 효과적으로 구사하고 있으며, 전체적인 짜임새가 아주 돋보
이는 작품이다. 다시 말해 작품의 완성도가 매우 높다. 그러면서도 그 내용이 어
렵지 않다. 고등학생 정도면 충분히 이해할 수 있는 사랑의 괴로움에 대해서 노
래하고 있다. 고등학생들은, 다른 어떤 시보다도 「추천사」를 통해서 시적 언어의
여러 가지 특성과 매력을 맛볼 수 있다. 「추천사」는, 고등학생들의 관심과 수준
에 걸맞는 작품일 뿐만 아니라 고등학생들이 시의 참맛을 느끼고 시를 배우는 데
아주 효과적인 작품이기도 하다. 그래서 이 작품은 고등학생들의 문학교육에서
꼭 다루어져야 할 것으로 판단된다. 물론, 현재의 문학교육 현장에서와 같이 잘
못 가르쳐진다면 그런 효과를 기대할 수 없다. 그러나 잘 가르치기만 한다면,
「추천사」는 시교육의 좋은 자료가 되는 작품이 아닐까 한다.

한 문학교과서는, 「추천사」와 관련하여 다음과 같은 두 가지 〈학습목표〉를 서두에 제시하고 있다.

①이 시의 기본적인 대립을 이상과 현실이라고 할 때, 각 제재의 의미를 살펴본다.
②「춘향전」과 이 시를 비교해 보고, 시의 새로움이 어떠한 인식의 전환을 통해 획득되었는지 생각해 본다.

①에서 보듯이, 교과서는 이 시를 이상과 현실의 대립이라고 규정한다. 또 다른 문학교과서의 설명에도 이 시는 지상적 번뇌로부터 벗어나 이상적 세계로 향하고 싶은 강한 열망과 그럼에도 불구하고 결국은 지상적 번뇌를 벗어날 수 없는 인간의 운명을 춘향이라는 인물의 성격을 바탕으로 형상화한 치밀한 구조의 작품이라고 되어 있다. 그러니까 「추천사」의 의미를 이상과 현실의 대립으로 이해하는 것은, 현재 우리의 문학교육 현장에서 통설이 되어 있는 것 같다. 그러나 왜 「추천사」의 의미를, 이상과 현실의 대립이라고 단정하는 것일까? 아마도 이 시의 화자, 즉 춘향이가 하늘로 올라가고 싶어 하지만 결국 하늘로 올라가지 못하고 지상에 머물 수밖에 없음을 말하고 있는 데서 착안하여, 하늘을 이상이라고 생각하고 지상을 현실이라고 생각했기 때문일 것이다. 교과서는 〈작품감상의 초점〉에서 조금 더 자세한 설명을 제시한다.

춘향의 그네 타는 모습과 하늘로 날아오르고 싶은 심정은 곧 허망한 현실적 세계로부터 영원한 초월적 세계로 향하려는 인간의 보편적 욕구를 대변한다. 이것은 드높이 날 수는 있지만 지상에 묶여 벗어날 수 없는 한계를 가진 그네의 속성에서 확인할 수 있다. ── 아울러 〈수양버들나무〉 〈풀꽃더미〉 〈나비 새끼〉 등 지상세계를 상징하는 심상과 〈하늘〉 〈구름〉 〈달〉로 대변되는 천상세계의 심상이 대립되어 화자의 내적 갈등을 극대화시켜 준다.

이러한 이해와 설명이 완전히 잘못된 것이라고 할 수는 없다. 그렇지만 너무 막연하고 또 무의미한 해석이다. 천상세계로 가고 싶지만 지상세계를 벗어날 수 없음, 또는 이상세계로 가고 싶지만 지상세계를 벗어날 수 없음이 「추천사」의 의미라면, 우리가 이 시를 읽는 이유가 그런 뻔한 의미를 얻기 위해서인가? 「추천사」라는 시의 의미와 매력은, 그렇게 막연한 해석으로는 드러나지 않는다.* 「추천사」를 이상과 현실의 대립이라고 막연히 말하는 것은, 이 작품을 읽으면서 가지게 되는 많은 의문들에 대해서 전혀 대답해 주지 못한다. 가령 우리는 「추천사」를 읽으면서 다음과 같은 몇 가지 의문을 던질 수 있다. 첫째, 시인이 말하고자 하는 바가 이상과 현실의 대립이라면, 시인은 왜 굳이 춘향이의 목소리를 빌어서 말하고 있는가? 둘째, 춘향이가 처한 지상 혹은 현실은 어떤 곳이기에 춘향이는 그곳을 떠나고자 하는가? 다시 말해 현재 춘향이가 괴로워하고 있는 번뇌는 무엇인가?(춘향이가 바라는 하늘 혹은 이상은 지상 혹은 현실의 반대 개념이므로 이 의문이 풀리면 저절로 알 수 있다). 셋째, 춘향이에게 현실을 넘어 이상을 추구하는 것이 왜 불가능한가? 넷째, 왜 하필이면 춘향이는 그네를 타면서 이

● 좋은 문학작품은 항상 풍부한 구체성과 직접성을 지닌다. 좋은 문학작품은, 대상에 대한 일반화, 추상화, 관념화에 대항하면서 그 대상의 구체성과 직접성을 되살리려 애쓴다. 예를 들어, 고향의 그리움을 노래할 때도 〈얼룩배기 황소가 금빛 울음을 해설피 우는 곳〉이라고 구체적으로 언급한다. 그런가 하면 진달래꽃을 노래할 때도 어느 해 봄날 고향인 〈영변의 약산〉에 핀 진달래꽃을 언급한다. 우리는 이런 구절을 통하여 구체적인 고향의 풍경을 만나고, 구체적인 공간 속에 피어 있는 어떤 진달래꽃을 만난다. 이것이 문학이 우리에게 주는 진정한 의미이다. 즉, 문학작품을 감상한다는 것은 이 구체성을 즐기는 일이다. 세상에 사랑을 노래한 문학작품이 무수히 많아도 또 새로이 사랑의 문학이 창작될 수 있는 까닭은 풍부한 구체성과 직접성 속에서 모든 사랑이 다 제각기 다른 모습의 사랑일 수 있기 때문이다.

그러나 문학에 대한 설명은, 대개의 경우, 이런 문학의 구체성을 다시 막연한 추상성으로 바꾸어 버린다. 이것은 문학의 의미를 논리적인 언어로 설명하려 할 때 생기는 어쩔 수 없

런 생각을 하고 이런 노래를 부르는가? 이러한 의문들에 대해서 설득력 있는 해명을 해 주지 못하는 설명은 불완전한 설명이다. 「추천사」를 읽고 이해한다는 것은, 이러한 의문들이 모두 풀린다는 것을 뜻한다.

문학교과서들은 「추천사」를 현실과 이상의 대립이라는 막연한 말로 이해한다. 이러한 막연하고 추상적인 이해로부터 나온 〈시구풀이〉들 역시 막연하고 부적절한 것일 수밖에 없다. 구체적으로 살펴보면 다음과 같다.

　＊ 향단아
　; 호격의 시어로서 시의 화자가 춘향이라는 허구화된 인물임을 알려 주는 말.

이것은 전혀 불필요한 설명이다. 특히 호격의 시어라는 이상한 말로, 설명이 필요 없는 뻔한 말을 설명하는 것은 시의 이해에 오히려 방해가 된다.

　＊ 머언 바다로/배를 내어 밀듯이
　; 억압이 없는 이상 세계를 향한 화자의 지향을 표현함.

과도한 설명이다. 이것은 그냥 향단이가 그네를 미는 동작의 비유법일 따름이다. 그네의 미는 동작과 배를 미는 동작의 유사성을 먼저 이해해야 한다. 그런 다음에 먼 바다(같은 곳)로 가고 싶어 하는 춘향의 마음을 조심스레 짐작해 볼 수도 있다. 그러나 그곳이 억압이 없는 곳이라는 짐작은 전혀 근거가 없는 막연한

는 한계이다. 그렇지만 문학을 설명하는 언어는 문학의 구체성과 직접성을 항상 염두에 두고, 될 수 있으면 그것을 환기시키려고 노력해야 한다. 이 점은 문학교육에서 특히 강조될 필요가 있다. 한 문학작품의 의미를 학생들에게 간단한 문장이나 어휘로 요약해 주는 문학교육은 전혀 불필요하다. 그것은, 비유를 들자면, 학생들에게 불고기를 먹게 하는 대신 불고기의 영양가를 외우게 하는 것과 같다. 「추천사」의 경우, 학생들이 이 작품의 의미를 현실과 이상과의 대립이라고 파악하는 것 자체는 거의 의미가 없다. 현실과 이상의 대립이라는 추상적인 어휘를 배우는 것과 「추천사」라는 아름다운 시 작품을 배우는 것은 전혀 다른 일이다. 학생들은 스스로 작품 속의 춘향이가 되어서, 춘향이 그런 노래를 부를 때 가졌던 마음을 구체적으로 체험해 보아야 한다. 그것이 문학작품의 감상이요 이해이다. 「추천사」 속에서 춘향의 지상은 어떤 곳이며, 또 춘향의 하늘은 어떤 곳인가를, 추상적인 어휘를 통해서가 아니라 구체적인 대상과 감각을 통해서 이해하는 것이 문학공부이다.

추측이다. 이상세계라는 말도 어울리지 않는다. 이 구절은 그냥 어디론가 멀리 가고 싶은 춘향의 심정을 암시하는, 그네를 미는 동작의 비유법일 뿐이다.

* 이 다소곳이 흔들리는 수양버들나무와 / 베갯모에 놓이듯한 풀꽃더미로부터 /
자잘한 나비 새끼 꾀꼬리들로부터
; 현실 세계의 사소한 인연과 애증을 대신하는 사물들로부터.

이 역시 막연하긴 하지만 그래도 비교적 그럴듯한 설명이다. 그렇지만 수양버들과 베갯모와 풀꽃더미와 꾀꼬리들이 왜 현실 세계의 사소한 인연과 애증을 대신하는 사물이 되는가를 전혀 설명하지 못하고 있다. 그리고 이 구절이야말로 이 시의 이해에서 결정적으로 중요한데, 왜냐하면 춘향이 처한 지상세계가 어떤 곳인지를 알려 주는 유일한 단서이기 때문이다. 이 구절의 느낌으로 미루어, 춘향이 처한 지상의 세계는 억압적이라거나 괴롭다기보다 오히려 아름답고 아기자기하다. 이 느낌이 옳다면, 춘향이 바라는 세계가 억압이 없는 세계라거나 허무한 세계라거나 괴롭기만 한 세계라는 이해는 잘못된 것일 수밖에 없다.● 도대체 춘향의 지상은 어떤 곳인가? 이에 대해서는 나중에 자세히 설명할 것이다.

* 산호도 섬도 없는 저 하늘
; 감각적이고 물질적인 세계를 초월한 곳. 좌초와 충돌을 일으키는 존재, 곧 장애물을 가리킴.

● 어떤 참고서를 보면, 이 시에서 춘향이 벗어나고자 하는 현실을 신분제도의 억압으로 설명하고 있다. 춘향은 신분제도가 있는 현실에서 벗어나 보다 자유롭고 당당하게 이도령과 사랑하고 결혼하기 원하며, 그 소망이 바로 지상을 벗어나 저 먼 하늘로 오르고 싶은 마음으로 표현되고 있다는 것이다. 그러나 「추천사」의 어디에도 신분제도의 억압을 암시하는 부분은 없다. 특히 춘향이가 벗어나고 싶어 하는 수양버들과 풀꽃더미와 꾀꼬리의 세계가 억압적인 신분제도의 현실을 뜻할 가능성은 전혀 없다.

산호와 섬이 감각적이고 물질적인 세계라거나 아니면 좌초와 충돌을 일으키는 장애물이라는 설명의 근거는 무엇일까? 더구나 산호나 섬의 일반적인 느낌이 아름답다는 것을 생각하면, 좌초와 충돌을 일으키는 장애물이라는 설명은 잘못된 것으로 보인다. 그리고 춘향이가 왜 감각적이고 물질적인 세계를 싫어하는지도 궁금하다.

　* 채색한 구름같이
　; 아름다운 서정과 꿈을 지닌 것처럼.

이 구절은 앞뒤 문맥으로 보아, 자신의 울렁이는 가슴이 하늘 높이 올라가 채색한 구름같이 되었으면 좋겠다는 춘향이의 마음을 드러낸 것이다. 춘향이는 하늘로 올라가 아름다운 서정과 꿈을 지닌 존재가 되고 싶어 하는 것일까? 그렇다면 춘향이는 지상에서 아름다운 서정과 꿈을 지니지 못한 존재라는 말이다. 또 그렇다면 하늘이 초월적인 세계라는 앞부분의 설명과도 어긋난다. 따라서 이런 풀이는 수긍하기 어렵다.

　* 서으로 가는 달
　; 불교적 세계, 즉 초월적 공간으로 거침없이 흘러가는 존재.

불교적 상상력 속에서 서쪽은 초월적 공간을 의미한다. 그런 점에서 이런 풀이는 가능하다. 그렇지만 서쪽으로 가는 달을 꼭 초월적 공간으로 흘러가는 존재라고 한정하는 것은 억지스럽다. 너무 심각한 의미를 부여하고자 하는 태도도 문학의 감상에서 좋지 못한 태도이다. 달은 서쪽 하늘로 흘러간다. 그것은 아주 자연스런 자연의 이치이다. 그런 달처럼 춘향이도 저 먼 하늘로 가고 싶다는 것을, 그러나 그렇게 갈 수 없다는 것을 말하고 있다고 소박하게 이해하는 편이 훨씬 바람직하다.

이와 같이, 교과서의 구절풀이는 제대로 된 것이 거의 없다. 이런 구절풀이는 「추천사」의 이해를 도와 주기보다는 이해를 방해한다. 학생들은 왜 그런 풀이가 타당한지 알 수 없을 것이고, 또 그런 구절풀이들이 전체적으로 어떤 의미를 형성하는지도 알 수가 없을 것이다. 왜 이런 풀이가 나오는가? 이유는 간단하다. 교과서의 집필자들이 이 시를 충분히 이해하지 못하고 있기 때문일 것이다.

어떻게 가르칠 것인가

그렇다면 「추천사」를 어떻게 이해하고 또 가르칠 것인가? 모든 시의 이해에서 극적 상황의 이해는 필수적이다. 「추천사」의 경우에도, 그 극적 상황을 이해해 보는 것이 우선적으로 중요하다. 이 시의 극적 상황을 짐작해 보면 다음과 같다. 춘향이는 그네를 타고 싶어 한다. 그래서 향단이와 함께 그네터로 가서, 이제 막 그네에 올라 향단이더러 그네를 밀어 달라고 한다. 이때 춘향이가 향단이에게 한 말 그리고 독백이 곧 「추천사」의 내용이다.

　그런데 여기서 한 가지 질문을 던져 볼 수 있다. 만약 이 시를 소설「춘향전」속의 삽입시로 넣을 수 있다면, 어느 대목에 넣는 것이 가장 적절할까? 소설「춘향전」에서 그네 타는 장면은 이도령을 만나기 직전에 나온다. 그래서 쉽게 생각하면 그 대목에 이 시를 넣는 것이 좋다고 생각할 것이다. 그러나 그것은 적절치 않다. 왜냐하면 춘향이가 이도령 만나기 전에 광한루에서 그네 탈 때의 심정과 이 시에서 표현된 춘향이의 심정은 전혀 다른 것이기 때문이다. 이 시의 내용으로 미루어 보아, 이 시를 소설「춘향전」에 삽입한다면, 그것은 이도령이 서울로 떠나고 홀로 남아 이도령을 그리워하고 있는 대목쯤이 적절할 것이다. 왜 그런가는 이 시의 내용을 이해하다 보면 저절로 알 수 있게 된다.

　〈추천사〉라는 제목에서, 〈추천〉이란 그네를 뜻하는 한자말이다. 그리고 〈사〉는 노래라는 뜻의 한자말이다. 그러니까 제목의 뜻은 〈그네노래〉라고 할 수 있다. 시인은 고전적인 멋을 풍기기 위해서 〈추천사〉라는 한자말로 제목을 단 듯하다.

　1연은, 앞서 생각해 본 극적 상황을 간략히 제시한다. 여기서 조금 생각해 볼 것은, 머언 바다로 배를 내어 밀듯이라는 구절이다. 이 구절은 그네를 미는 행위에 대한 비유법이다. 학생들은 그 동작의 유사성(부드럽게, 천천히, 미끄러지듯이 뒤에서 미는 행위)을 생각해 보고, 그 비유의 적절성을 스스로 느낄 수 있어야 할 것이다. 한편, 여기서 어디론가 멀리 가고 싶은 춘향의 심정의 일단을 짐작해 볼 수도 있다. 이 짐작은 2연과 자연스레 연결된다.

　2연에서 춘향은 자신이 현재 처해 있는 장소에 대해서 말한다. 그곳은 수양버들과 풀꽃더미와 나비 새끼와 꾀꼬리 등이 있는 곳이다. 춘향은 이러한 장소로부터 멀리 벗어나고 싶어 한다, 마치 먼 바다로 떠나는 배처럼. 춘향이 그네를 타러 온 이유도 여기서 짐작할 수 있다. 무언가 답답하고 고통스런 현재의 상황으로부터 벗어나려는 마음에서 춘향은 그네라도 타면서 위안을 얻으려고 하는 것 같다. 그렇다면 춘향이 벗어나려고 하는 현재의 상황은 구체적으로 어떤 것인가? 이에 대한 해답은 2연에서 언급된 사물들의 숨은 의미를 잘 궁리해 봐야 얻을 수 있다.

　2연에서 언급되고 있는 수양버들나무와 풀꽃더미, 나비 새끼, 꾀꼬리 등은 일차적으로 그네터 주변에서 흔히 볼 수 있는 것들로, 그냥 춘향이가 현재 있는 장소의 풍경이라고 할 수 있다. 그렇지만 왜 하필이면 춘향이는 그런 것들만 언급하고 있는 것일까? 그 비밀의 열쇠는 역시 비유법 속에 있다. 수양버들나무는 옛 시의 전통 속에서 흔히 젊고 아름다운 여인을 뜻한다. 다소곳이 흔들리는 수양버들나무는, 이도령을 처음 만나 다소곳이 흔들렸던 춘향 자신의 모습에 대한 비유일 수 있다. 그 다음, 풀꽃더미와 나비 새끼와 꾀꼬리 등은 모두 베갯모에 놓이듯한 것들이라고 했다. 옛날에는 베갯모에 수를 놓아서 소원을 담곤 했다. 수복(壽福)이란 한자를 수놓아 행복하게 오래 살게 되길 기원했고, 특히 신혼부부가 베는 베개에는 꽃과 나비 혹은 원앙이나 꾀꼬리를 수놓아 부부간의 금슬이 좋기를 기원했다. 이러한 흥미로운 비유들은, 현재 춘향의 마음이 어디에 쏠리고 있는가를 짐작케 해준다.● 춘향은 자기 주변의 사물들을 보고 이도령과의 추억을 떠올린다. 즉 수양버들나무를 보고서는 이도령을 처음 만났을 때의 설레던 자신의 모습을 떠올린다. 또 풀꽃더미와 나비 새끼 그리고 꾀꼬리 등을 보고서는 이도령과 사랑을 나눌 때 함께 베었던 베갯모의 수를 떠올린다. 지금 춘향은 이

● 비유는, 그 비유를 연상하는 주체의 마음과 상황을 종종 드러낸다. 밤하늘에 뜬 보름달을 보고 임의 얼굴을 연상하는 마음은 임에 대한 그리움에 사로잡혀 있을 것이고, 또 크고 둥근 떡을 연상하는 마음은 배고픔에 시달리고 있을 것이고, 또 하늘에 뚫린 공허한 구멍을 연상하는 마음은 삶에 대한 회의와 허무에 사로잡혀 있을 것이다.

　교과서에 실린 문학작품을 어떻게 가르칠 것인가

도령과의 아름다웠던 사랑의 추억에 사로잡혀 있으며, 서울로 떠난 이도령을 절실하게 그리워하고 있는 것이다. 흔한 말로, 앉으나 서나 이도령 생각만 나서 춘향이는 견딜 수가 없는 것이다. 이도령에 대한 견딜 수 없는 그리움, 이것이 바로 현재 춘향이가 처한 고통스런 상황이라고 할 수 있다.

그렇다면 춘향이는 이도령과의 추억이나 그에 대한 그리움으로부터 벗어나고 싶어 하는가, 다시 말해 춘향이는 이도령과의 사랑을 끊고자 소망하는가라고 의문을 가져 볼 수 있다. 물론 춘향은 이도령과의 사랑을 절실히 원한다. 하루빨리 이도령과 다시 아름다운 사랑을 나눌 수 있기를 갈망한다. 다만 춘향이가 벗어나고자 하는 것은, 이도령에 대한 사랑 그 자체가 아니라 주체할 길 없는 그리움의 고통이다. 춘향이는 서울로 떠나 버린 이도령을 하염없이 기다릴 수밖에 없는 처지이다. 고통스럽게 그리워한다고 이도령의 사랑이 더 깊어지거나 이도령이 더 빨리 돌아오는 것도 아니다. 오히려 마음을 단단히 먹고 기다림의 세월을 의젓하게 견디는 것이 바람직하다. 그러나 춘향의 현재 마음은 그렇지 못하다. 이도령에 대한 그리움이 너무나 심하여 안절부절하고 있는 것이다. 춘향이는 이처럼 안달하는 자신의 마음으로부터 벗어나고 싶은 것이다.

3연에서 산호도 섬도 없는 저 하늘로, 채색한 구름같이 밀어 올려 달라는 춘향이의 마음은 바로 이것이다. 춘향은 평정한 마음을 갖고 싶은 것이다. 눈길을 끄는 아름다운 산호, 그리고 가다가 머물 수 있고, 내릴 수 있는 아름다운 섬 같은 것들도 모두 사랑의 추억과 같은 것이므로 그런 것이 없는, 평정한 마음의 상태를 원하는 것이다. 그냥 저 먼 하늘에 편안하게 떠 있는 구름처럼 되고 싶은 것이다. 이때 구름은, 그러나 사랑을 지니고 있는 구름이므로, 채색한 구름이라고 할 수 있다. 요약해서 말하면, 춘향은 그리움과 사랑의 추억에 너무 시달리지 않고 평온하고 의젓한 마음으로 이도령을 기다릴 수 있기를 소망하고 있는 것이다. 뒤집어 말하면, 현재 춘향은 너무나 이도령이 그리워서 도저히 견딜 수가 없는 상황인 것이다.

그러나 4연에서 보듯이, 춘향은 하늘로 올라갈 수 없다. 또는 서쪽으로 흘러가는 달같이 그렇게 평온하고 자연스럽게 기다림을 세월을 견뎌 낼 수가 없다. 그것은 이도령에 대한 사랑이 너무 지극하고 그래서 그에 대한 그리움을 스스로 주체할 길 없기 때문이다.

5연은 1연의 반복이면서 끝맺음 역할을 한다. 그런데 1연과 비교하면, 그네를 미는 동작의 비유가 조금 다르다. 즉, 머언 바다로 배를 내어 밀듯이에서 바람이 파도를 밀어 올리듯이로 바뀌었다. 1연의 비유법 속에는 수평적 움직임이 있는 반면, 5연의 비유법 속에는 약간의 상승적 움직임이 있다. 이것은 처음 그네를 미는 동작과 몇 차례 후의 그네를 미는 동작의 미세한 차이를 반영한다. 그런가 하면 1연의 비유는 일회성이 강한 동작인 반면 5연의 비유는 반복성이 강한 동작이다. 여기서 짐작할 수 있는 바는, 처음에는 그네를 타면서 그리움의 고통으로부터 멀리 벗어날 수 있다고 기대하였지만 나중에는 벗어나려는 노력이 헛되이 반복될 뿐이라는 사실이다.

「추천사」는 운율이나 짜임새도 매우 정교한 작품이다. 우선 템포를 생각해 볼 수 있다. 1연은 매우 느리다. 그러다가 2연은 조금 빨라지고 3연에서는 아주 급박하다. 그러다가 4연에서는 갑자기 힘이 빠진다. 그리고 5연은 다시 느리다. 이러한 템포는 그네의 템포와 일치한다. 처음 그네는 느리게 움직인다. 그러다가 점점 빨라지고, 절정에 이르렀다가 이어서 다시 하강한다. 또한 이러한 템포는 춘향의 마음과 어조에도 적용된다. 처음에는 느리고 조용조용하다가 점점 격해지고 흥분한다. 그러다가 그리움의 고통을 벗어날 수 없다는 자각으로 하강한다. 학생들이 「추천사」를 읽으면서, 이러한 템포의 변화와 아울러 그것이 그네의 움직임이나 춘향의 마음과 상응함을 느낄 수 있게 된다면 아주 바람직하다. 그런 것들을 스스로 느낄 수 있을 때, 학생들은 시 읽기의 매력과 즐거움을 직접 체험하게 될 것이다.

한편, 그네의 구조와 춘향의 마음을 연결지어 생각해 볼 수도 있다. 그네는 지상을 떠나 하늘로 오르고자 한다. 그러나 다시 지상으로 하강하고, 또 상승한다. 이런 상승과 하강의 반복운동은 그넷줄 때문에 가능한 것이다. 춘향의 마음도 마찬가지다. 춘향은 그리움의 고통으로부터 벗어나고자 한다. 그러나 벗어날 수 없다. 그러면서도 너무 괴로워서 벗어나고자 하는 노력을 반복한다. 마치 그넷줄이 그러하듯, 이도령에 대한 사랑의 끈이 춘향을 묶어놓고 있기 때문이다.[●]

이와 같이 「추천사」는 사랑하는 마음과 그리움의 고통을 섬세하고도 아름답게 노래한 작품이다. 「추천사」에서 묘사된 사랑은 막연하고 일반적인 것이 아니라 아주 개별적이고 구체적인 것이다. 그렇지만 그 사랑은 보편적으로 이해될 수 있는 인간의 감정이기도 하다.

시인은 우리의 고전 소설에서 춘향이라는 인물을 빌어와, 그의 입을 통하여 지극한 사랑의 마음을 노래한다. 그 사랑의 그리움은 너무나 절실해서 견디기 힘

● 「추천사」의 의미와 짜임새에 대한 좀더 자세한 설명이 필요하면 다음 글을 참조할 것. 이남호, 「열다섯 편의 시읽기」, 『문학의 위족』 제1권, 민음사, 1996.

들다. 그래서 그리움의 고통을 벗어나려는 헛된 노력을 계속한다. 이러한 사랑의 마음은 또한 그네라는 소재의 성격과 잘 어울리며, 전체적으로는 의미와 형식과 운율이 서로 상응하고 조화를 이룬다. 작품의 짜임새가 거의 완벽하다고 할 수 있다.

아름다운 사랑의 노래를 두고, 초월적인 이상세계에 대한 열망이나 허망한 현실로부터의 초월의지 또는 억압적 신분제도로부터 벗어나려는 의지 등을 말하는 것은 옳지 않다. 그런 거창하고 엄숙한 주제를 가져야 좋은 작품이라는 생각, 그리고 될 수 있으면 그런 거창하고 엄숙한 주제를 찾아내고 또 작품의 의미를 그런 추상적 관념으로 환원하려는 태도는 잘못된 것이다. 「추천사」는 견디기 힘든 그리움을 노래한 비교적 단순한 작품이다. 그렇지만 오래 기억될 만한 훌륭한 작품이며, 시의 아름다움과 매력이 무엇인지를 알게 해 주는 작품이다.

 교과서에 실린 문학작품을 어떻게 가르칠 것인가

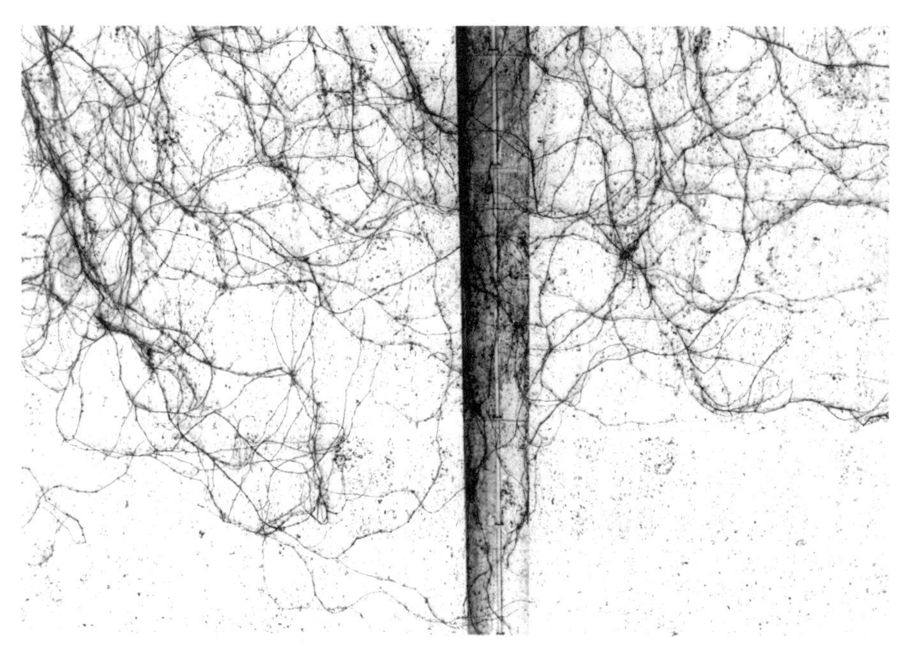

생명의 서 _{유치환}

나의 지식이 독한 회의(懷疑)를 구하지 못하고
내 또한 삶의 애증(愛憎)을 다 짐지지 못하여
병든 나무처럼 생명이 부대낄 때
저 머나먼 아라비아의 사막(沙漠)으로 나는 가자.

거기는 한 번 뜬 백일(白日)이 불사신같이 작열하고
일체가 모래 속에 사멸한 영겁(永劫)의 허적(虛寂)에
오직 알라의 신(神)만이
밤마다 고민하고 방황하는 열사의 끝.

그 열렬한 고독(孤獨) 가운데
옷자락을 나부끼고 호올로 서면
운명처럼 반드시 〈나〉와 대면(對面)케 될지니.
하여 〈나〉란 나의 생명이란
그 원시의 본연한 자태를 다시 배우지 못하거든
차라리 나는 어느 사구(砂丘)에 회한 없는 백골을 쪼이리라.

배우기에 적절한 작품인가

유치환의 대표시 가운데 하나인 「생명의 서」는, 유치환 시의 독특한 개성이 잘 드러난 작품이다. 작품의 내용도 그러하지만, 어조와 어휘에도 「생명의 서」는 한국 현대시 가운데서 매우 이질적인 면모를 보여 준다. 그래서 처음 이 시를 읽는 독자에게 낯설고 어렵게 느껴질 수도 있다.

「생명의 서」에서 다루고 있는 주제는 형이상학적인 것이다. 우리의 시적 전통 속에서 형이상학적인 주제는 별로 다루어지지 않았다. 그리고 이 시에는 관념적인 어휘들이 많이 사용되었다. 일반적으로 관념적이고 추상적인 어휘는 시에서 잘 쓰이지 않는데, 「생명의 서」는 그러한 통념을 무시한다. 뿐만 아니라 이 시의 어조는 강하고 비장하다. 또 남성적이다. 부드럽고 여성적인 어조가 지배적인 우리의 시적 전통 속에서 이러한 남성적 어조 역시 생소한 것이다. 김소월이나 윤동주나 박목월뿐만 아니라 한용운의 시까지 여성적인 어조를 취하고 있음을 고려할 때, 유치환 시의 남성적 어조는 특이한 것이 아닐 수 없다.

제목부터 그러하지만 ●「생명의 서」의 특이한 면모는 이 시를 실제보다 어렵게 보이게 한다. 그래서 고등학생들에게 너무 어려운 시가 아닌가 짐작하게 만든다. 사실 문학교과서와 참고서의 설명을 읽어 보면 잘 이해되지 않기 때문에, 「생명의 서」라는 시가 실제로 어려운 것이라는 느낌을 주기도 한다. 그러나 이 시는 그리 어려운 작품이 아니다. 다만 사용하는 어휘가 좀 까다로울 뿐이다. 그런데도 교과서와 참고서는 설명을 제대로 하지 못하고 있기 때문에 오히려 「생명의 서」를 이해하는 데 역기능을 한다.

● 〈생명의 서〉라는 제목은, 고전적인 문투이다. 요즘 문투로 옮기면, 〈생명의 글〉 또는 〈생명에 관한 글〉이 될 것이다. 그러나 〈생명에 관한 글〉이라고 하는 것보다 〈생명의 서〉라고 하면, 고전적인 품격과 위엄이 있는 것처럼 느껴진다.

「생명의 서」는 고등학생의 수준에서 충분히 생각해 볼 만한 주제를 다루고 있다. 오히려 삶에 대한 근원적 의문을 갖기 시작하는 고등학생들에게 친근감을 줄 수 있는 주제일 것이다. 삶의 근원적 문제에 대한 형이상학적 탐구는 청소년이나 젊은이들에게 보다 친밀한 주제이지, 나이 든 사람은 그런 주제에 대해서 무심한 경우가 많다. 그리고 이 시의 특이한 면모는 학생들이 다양한 시세계를 접하고 이해하는 데 좋은 참조가 될 수 있을 것이다. 그러므로 「생명의 서」는 고등학생들에게 적극 추천할 만한 시라고 말할 수 있다.

어떻게 가르치고 있는가

문학작품에 대한 설명은 그 작품의 이해를 보다 쉽게 만들어 주기 위한 것이다. 작품의 이해를 도와 주지 못하는 설명은 이미 설명이 아니다. 그런데 교과서와 참고서의 많은 설명들은 문학작품의 이해를 도와 준다기보다는 오히려 이해를 더 어렵게 만든다. 「생명의 서」에 대한 한 문학교과서의 다음 설명도 그런 편이다.

이 시는 관념적인 사유를 통해 〈생명〉의 본원적 문제를 탐색하고 있다. 시적 화자는 세속적 삶의 가치에 대해 회의를 느끼면서, 〈생명〉의 진정한 모습을 성찰하기 위해 〈사막〉의 공간으로 스스로를 내몬다. 〈사막〉의 공간으로 나아가겠다는 시인의 의지는 비장하고 단호하다. 시적 화자가 〈생명〉의 진정한 모습을 성찰하기 위해 설정한 그 〈사막〉의 공간은 세속적 가치가 소멸되어 버린 원초적 순수의 공간으로서 절대적 신만이 존재하는 장소이다. 아울러 그 공간 안에 인간이 던져졌을 때, 인간은 지독한 고독감을 느끼지 않을 수 없다. 그러나 원초적 순수함과 절대 고독만이 존재하는 그 사막의 공간에서 인간은 비로소 〈진정한 자아〉를 발견할 수 있게 된다. 그래서 시적 화자는 그 〈사막〉의 공간에서 〈진정한 자아〉를 발견하기 위해 〈열렬한 고독〉을 자청하고 있는 것이다. 그러나 시적 화자는 그러한 치열한 노력에도 불구하고 〈진정한 자아〉를 발견하지 못하면 차라리 죽음을 선택하겠다는 비장한 결의를 표명하고 있다.

이러한 교과서의 설명은 대체로 수긍할 수 있는 것이다. 적절하지 못한 표현들이 곳곳에 있으나 완전히 틀렸다고 말할 수는 없다. 그러나 문제는 이러한 설명이 시보다 결코 쉽지 않다는 데 있다. 시 자체를 잘 이해할 수 없는 학생이라면, 이 설명도 이해할 수 없을 것으로 보인다. 위의 설명은 시의 내용을 쉽게 풀이했다기보다는 그것을 약간 다른 어휘들을 이용하여 산문으로 옮겨 놓았다는 느낌을 준다. 더구나 세속적 삶의 가치에 대한 회의, 원초적 순수의 공간으로서의 절대적 신만이 존재하는 장소, 지독한 고독감 등등의 부적절한 구절들에 의해서 시보다 더 어려운 설명이 된 감도 없지 않다. 그리고 마지막 문장에서 그러나라는 접속사는 잘못 사용되고 있다.

또 다른 문학교과서의 다음 설명은 더 어렵다.

이 시에는 두 명의 〈나〉, 곧 현상적인 자아와 본질적인 자아가 등장한다. 전자는 삶의 근본적인 회의와 애증으로 인하여 참다운 생명력을 상실한 존재로 표상되어 있다. 그러나 그 〈나〉는 자신이 처한 현실로부터 〈아라비아의 사막〉으로 표상되는 절대 고독의 공간으로 옮겨가 생명력의 회복을 추구한다. 이때 또 다른 〈나〉 혹은 〈나의 생명〉은 영겁의 허적과 고독을 통하여 현실을 초극함으로써 도달하게 되는 본질적 자아이다. 이 본질적 자아는 작가가 이상으로 삼는, 작가의 내면적 의지를 표상하는 자아이다.

이 설명은 앞의 설명보다 더 문제가 많다. 현상적인 자아와 본질적인 자아라는 개념도 적절치 않으며, 표상, 생명력의 회복, 현실을 초극, 내면적 의지 등등은 모두 부적절한 어휘와 구절들이다. 이 설명은 시의 내용을 이해하지 못하고 씌어진 것 같다. 고등학교 때 이 작품을 배운 대학생이 다시 이 작품을 배우면서 고등학교 교과서의 설명을 접하고는 〈가뜩이나 작품 자체도 무거운 주제를 담고 있어서 무슨 소리인지 모르겠는데, 감상의 길잡이는 무슨 철학책을 읽는 느낌이 든다〉고 말하는 것을 들은 적이 있다. 그 대학생의 반응은 보편적인 것일 것이며, 고등학교 문학시간에 「생명의 서」를 배우긴 배우지만 전혀 이해하지 못하고 지나친 것은 그 대학생뿐만이 아닐 것이다. 위에 언급한 설명에 의존하는 한, 「생명의 서」가 제대로 이해될 리 없기 때문이다.

교과서에서 제시한 설명을 봐도 그러하지만, 〈학습목표〉를 봐도 교과서(의 편찬자)는 학생들에게 이 작품을 어떻게 이해시킬지 잘 모르고 있는 것 같다.

* 이 시의 어조와 시적 화자의 생명의식을 파악한다.
* 이 시의 논리적 구조를 이해한다.
* 시어의 상징적 의미를 이해한다

* 현상적 자아와 본질적 자아의 대립을 이해한다.

이러한 학습목표는 학생들이 「생명의 서」를 배우는 데 적절한 목표가 되지 못한다. 생명의식을 파악하라고 요구하고 있지만, 생명의식이란 말이 무슨 뜻인지 또 이 시에 어떤 생명의식이 표현되어 있는지 말하기란 아주 곤란하다. 논리적 구조에 대한 이해도 마찬가지다. 이 시에 어떤 논리적 구조가 있는지 알 수 없을 뿐만 아니라, 그것이 있다고 하더라도 작품의 이해와는 직접 상관없을 듯하다. 그 다음 시어의 상징적 의미를 이해하라는 요구는 시를 읽을 때 일반적으로 요구되는 사항이므로 특별히 이 작품과 관련된 학습목표가 될 이유는 없다. 마지막으로 현상적 자아와 본질적 자아의 대립에 대한 이해는, 앞서 언급한 대로, 그 개념 자체가 부적절하고 또 두 자아가 대립관계인 것도 아니므로 불필요한 것이다.

「생명의 서」에 관한 교과서와 참고서의 여러 설명들은, 앞서 살펴보았듯이 설명다운 설명이 되지 못한다. 이해를 도와 주지 못하고 오히려 이해를 어렵게 만드는 설명이며, 또한 애매모호하고 막연한 설명이 대부분이다. 그런데 애매모호하고 막연한 설명은 그것이 어떻게 틀렸는지도 말할 수 없기 때문에 쉽게 부정되지 않는다. 그래서 어떤 면으로는 분명하게 틀린 설명보다 더 나쁜 결과를 초래할 수도 있다. 애매하고 막연한 설명은 부정확하고 불명료한 이해가 서식하기 좋은 공간이다. 이런 공간을 줄여 나가는 것이 국어교육과 문학교육의 중요한 목표가 된다고 말할 수도 있다.

작품의 전체 내용에 대한 설명도 그러하지만, 구절에 대한 풀이도 별로 다르지 않다.

> * 거기는 한 번 뜬 백일이 불사신같이 작열하고
> ; 하얗게 빛나는 해가 영원히 죽지 않는 신처럼 뜨겁게 타오르고, 〈혹독한 고행과 수련 현장〉을 가리킴.

이는 태양이 이글거리는 사막에 대한 진술인데, 이것을 혹독한 고행과 수련 현장이라고 설명하는 것은 온당하지 않다. 화자가 스스로 찾아간 가혹한 공간이라는 점에서 고행과 수련의 의미가 전혀 없는 것은 아니지만, 그래도 이런 표현은 어울리지 않는다.

> * 알라의 신
> ; 여기서는 신성 세계적인 존재가 아니라, 화자처럼 실존적인 문제에 대해 고민하는 인격신(人格神)이다.

알라의 신을 왜 이런 식으로 설명하는지 이해할 수 없다. 왜 알라를 굳이 인격신이라고 보아야 하는가? 그리고 신성 세계적인 존재라는 말도 어색하다. 이 시에서 알라의 신이 등장한 것은 배경적 공간이 사막이기 때문이지 별다른 뜻이 있는 것은 아닐 것이다. 알라의 신만이 밤마다 고민하고 방황한다는 것은, 그 사막이라는 곳이 보통 인간의 의지로는 갈 수 없는 가혹한 공간이라는 뜻으로 이해할 수 있다.

* 그 열렬한 고독 가운데 옷자락을 나부끼고 호올로 서면

; 열렬한 고독은 일체가 사멸한 가운데 화자만이 홀로 서게 됨을, 옷자락 나부끼고는 생
명의 본질을 향한 열망을 보임을 뜻한다.

여기서 열렬한 고독은 따로 설명할 필요가 없는 말이다. 그리고 옷자락 나부
끼고를 생명의 본질을 향한 열망을 보임으로 설명하는 것은 엉뚱하다. 이 구절은
가혹한 공간에서 홀로 비장하게 서 있는 모습을 암시할 따름이다.

* 원시의 본연한 자태

; 허위와 위선의 때가 묻지 않은, 원시 그대로의 순수한 삶의 모습

이 구절을 허위와 위선이 없는 순수로 파악하는 것도 잘못이다. 이 구절은 삶의
근원을 의미하는 것으로 이해된다.

* 차라리 나는 어느 사구에 회한 없는 백골을 쪼이리라

; 순수 본연의 자아를 찾지 못한다면, 차라리 죽음의 세계를 택하겠다는 것으로, 자아의
재생을 기도하는 역설적 표현이다. 사막의 어느 모래 언덕에서 뉘우침과 한탄이 전혀
없는 죽음을 선택하리라(역설적 표현).

자아의 재생이란 말도 어색하지만, 이것이 역설적 표현이라고 지적한 것은 옳
지 못하다. 이것은 앞 행의 가정에 따른 진술로서, 배움을 얻지 못한다면 차라리

죽음을 택하겠다는 각오를 말하고 있다. 즉 죽음을 각오하고서라도 배움을 얻겠다는 강한 의지의 표현이다.

시에서 구절풀이는 대개 전체 시의 의미 속에서 이루어져야 한다. 시의 의미가 전체적으로 파악되지 않으면 정확한 구절풀이가 이루어질 수 없고 또 정확한 구절풀이가 되지 않으면 전체 의미도 온전하게 파악되지 않는다. 그래서 시의 해석은 특히 전체와 부분의 의미가 서로 견제하면서 일관성을 확보해야 한다.

어떻게 가르칠 것인가

유치환의 「생명의 서」는 출사표와 같은 비장한 결의를 보여 준다. 화자는 현재의 이곳을 떠나 가혹한 사막의 끝으로 가려 한다. 그리고 그곳에서 죽음을 각오하고 무엇인가를 얻으려고 한다. 이것이 이 시의 흐릿한 윤곽이다. 이 흐릿한 윤곽을 분명하게 만들기 위해서 우리는 몇 가지 의문을 던지고 그것을 시 속에서 풀어 봐야 한다. 첫째, 화자는 왜 현재의 이곳을 떠나 가혹한 사막의 끝으로 가려 하는가? 둘째, 그가 가려는 사막은 어떤 곳인가? 셋째, 화자가 사막으로 가서 구하고자 하는 것은 무엇인가?

첫째 의문부터 생각해 보자. 이 의문에 대한 해답은 1연의 1, 2, 3행이 제공한다. 현재 화자는 병든 나무처럼 생명이 부대끼고 있다. 즉 병든 상태이다. 그런데 그것은 육체의 병이라기보다는 마음의 병이다. 그는 지식으로도 풀리지 않는 독한 회의에 빠져 있으며, 삶의 애증을 감당하지 못하여 괴로워하고 있다. 마치 출가 직전의 석가모니처럼 그는 삶의 번뇌와 회의 속에서 괴로워하고 있는 것이다. 그리고 석가모니가 그의 번뇌와 회의를 근원적으로 극복하고자 자신의 행복한 왕국을 버리고 설산으로 갔듯이, 그 역시 삶의 회의와 고통을 근원적으로 넘어서고자 하는 의도에서 사막의 끝으로 가고자 하는 것이다.

둘째, 그가 가려는 사막은 1연의 마지막 행과 2연에서 묘사되고 있다. 그곳은 아주 먼 곳이다. 여기서 아라비아란 특별한 의미를 지닌 지명이라기보다는, 생명이 견디기 어려운 가혹하고 거대한 사막의 대유라고 할 수 있다. 뜨거운 태양이 작열하는 모래뿐인 땅, 그래서 누구도 살지 않고 어떤 생명도 살아남기 힘든 그런 가혹한 장소, 그래서 영원토록 허적과 고독 속에 쌓여 있는 곳이 바로 이 시에서 말하는 사막의 의미이다. 화자는 그러한 사막의 끝까지 자신을 내몰고자 한다. 오직 알라의 신만이 밤마다 고민하고 방황하는 장소란 것도 결국 마찬가지 의미이다. 그 사막은 너무나 가혹한 곳이기 때문에 보통의 존재는 살 수 없고, 삶의 근원적 고통을 다 이해하는 신적인 존재만이 살 수 있을 뿐이다.

셋째, 화자가 사막에서 구하고자 하는 것은 3연에 나타난 대로, 나의 원시의 본연한 자태이다. 이것은 〈나의 근원〉, 〈진정한 나〉, 〈삶의 근원〉 등으로 바꾸어 말할 수 있다. 좀더 풀어서 말하자면, 이것은 세속적인 회의와 번뇌를 벗어나 삶의 근원에 대한 깨달음을 얻은 존재로서의 〈나〉이다. 이를 기독교식으로 말하면 주님 속에서 거듭 태어나 영생을 얻은 나일 것이며, 불교식으로 말하면 일체의 번뇌를 끊고 해탈의 깨달음을 얻은 나일 것이다. 그러나 아직 화자는 그런 경지에 도달한 것이 아니다. 이 시의 마지막에서 보듯이, 화자는 삶의 근원을 깨달아 회의와 고통을 벗어나기까지 자신의 삶을 다 던져 도전해 보겠다는 강한 의지를 말하고 있을 뿐이다.

　이상과 같이, 세 가지의 의문과 그에 대한 해답을 통하여 「생명의 서」는 일차적으로 이해된다. 그 의미는 비교적 간단하다. 화자는 삶의 이러저러한 회의와 번뇌 속에서 괴로워하다가 그 고통을 근원적으로 넘어서고자 사막이라는 가혹한 상황으로 가려 한다. 그 사막에서 어떤 어려움도 마다 않고 자기 삶의 모든 것을 다 희생해서라도 〈진정한 나〉 혹은 〈삶의 근원〉을 깨닫고자 한다. 이러한 삶의 근원에 대한 강렬한 탐구와 도전의 의지가 바로 「생명의 서」에 표현된 내용이라고 할 수 있다.

　그러나 「생명의 서」를 보다 깊이 이해하기 위해서는, 이 시에 표현된 화자의 회의와 번뇌를 실존적으로 이해할 수 있어야 한다. 〈나는 누구일까?〉, 〈삶이란 무엇일까?〉, 〈나는 왜 사랑과 미움 등의 감정에 휩싸여 괴로워할까?〉, 〈죽음이란 무엇이며, 죽음 뒤에는 무엇이 있을까?〉, 〈인간은 고통에서 벗어날 수 없을까?〉 등등은 철학적인 주제이면서 또한 종교적인 주제이다. 이러한 의문은 위대한 사상가나 성인들이 자신들의 출발점으로 삼았던 주제였으며, 또한 많은 평범한 젊은이들도 한때 나름대로 진지하게 생각해 보는 주제이다.

　삶의 회의와 번뇌에 대한 해답이나 그런 주제에 대한 큰 깨달음은, 말할 필요도 없이, 매우 어려운 공부의 과정을 거친 후라야 얻을 수 있다. 특히 종교적 차원에서는 모든 세속적 가치와 자신의 생명까지도 바치는 가혹한 고행의 과정을 넘어서야 그런 깨달음에 이를 수 있다고 이야기된다. 바위산 동굴에서 금식을 하며 수행을 하는 수도승이나 산 속 토굴에서 몇 년 동안이나 면벽참선을 하는 수도승이나 바늘 방석에 앉아서 명상에 잠겨 있는 수도승들의 이야기들이 바로 그것이다. 「생명의 서」에서 화자가 머나먼 열사의 끝으로 가고자 하는 것도 이와 마찬가지다. 화자는 참된 생명을 회복하기 위해서 자기가 거쳐야 할 과정이 얼마나 혹독한지 잘 알고 있다. 그것은 모래 언덕에 백골이 되어 뒹굴 각오가 되어 있어야만 겨우 가능한 도전이요 공부요 탐구인 것이다. 그러니까 「생명의 서」란 시는, 큰 깨달음을 얻기 위해 스스로 엄청난 고통과 고독 속으로 들어가는 종교적 발심(發心)의 출사표라고 말할 수 있다. 이 종교적 발심을 이해할 수 있는 사람이라야, 「생명의 서」는 쉽게 가슴에 와 닿는 시가 될 것이다.

한편, 극한 고통을 찾아가 목숨도 아끼지 않고 공부하여 큰 깨달음을 얻겠다는 이 시의 전언은 비장하고 엄숙하며 종교적이다. 이러한 내용은 시의 어조나 문체를 통해서 더욱 효과적인 것이 된다. 앞서도 말했지만, 이 시의 어조는 비장하고 당당하고 남성적이다. 한자어를 많이 쓴 이 시의 문체도 그런 느낌을 강화한다. 이런 남성적 어조와 문체는 이 시에 표현된 회의와 고통과 결의를 보다 실감나게 만들어 준다. 모든 문학작품의 감상이 다 그러하듯이, 「생명의 서」도 그 내용과 어조와 문체가 삼위일체가 되어 감상되어야 한다. 그러나 이러한 감상의 실제는, 설명으로 되는 것이 아니라 스스로의 언어감각과 문학감수능력으로 이루어질 수밖에 없는 것이다. 좋은 문학작품을 많이 감상함으로써만이 그러한 감각과 능력이 길러질 수 있을 것이다.

 교과서에 실린 문학작품을 어떻게 가르칠 것인가

울음이 타는 가을강 박 재 삼

마음도 한 자리 못 앉아 있는 마음일 때,
친구의 서러운 사랑 이야기를
가을 햇볕으로나 동무삼아 따라가면,
어느새 등성이에 이르러 눈물나고나.

제삿날 큰집에 모이는 불빛도 불빛이지만,
해질 녘 울음이 타는 가을강을 보것네.

저것 봐, 저것 봐,
네보담도 내보담도
그 기쁜 첫사랑 산골 물소리가 사라지고
그 다음 사랑 끝에 생긴 울음까지 녹아나고
이제는 미칠 일 하나로 바다에 다 와 가는
소리 죽은 가을강을 처음 보것네.

배우기에 적절한 작품인가

박재삼의 「울음이 타는 가을강」은 1959년에 발표된 작품이며, 수종의 고등학교 문학교과서에 수록되어 있다. 이 작품은 박재삼 시인이 젊은 시절에 쓴 작품으로, 그의 대표작 가운데 한 편이다. 가을날 저녁 노을에 물든 강을 잘 다듬어진 언어로 노래한 작품이지만, 그 내용은 겉보기와는 달리 쉽지 않은 편이다. 단순히 노을에 물든 강의 아름다움을 노래한 것이 아니라, 그것을 매개로 어떤 삶의 이치를 말하고 있기 때문이다. 그러나 고등학생의 수준에서 이해하기 곤란할 만큼 어려운 것은 아니다. 또한 이 시에서 다루어지고 있는 정서는 고등학생들에게도 친숙한 것이라 할 수 있다. 아름다운 자연의 풍경을 보고 거기서 어떤 삶의 이치를 어떻게 얻을 수 있는지를 흥미롭게 보여 준다는 측면에서도 고등학생들의 시교육에 적절한 작품이며, 서정적인 분위기와 언어라는 측면에서도 그러하다고 생각된다. 「울음이 타는 가을강」은 고등학생들에게 삶과 시에 대해서 소중한 가르침을 줄 수 있는 아름다운 작품이다. 그러나 교과서나 참고서의 해설들을 보면, 이 작품 역시 잘못 가르쳐지고 있는 것 같다. 다시 말해 교과서나 참고서의 해설자들이 이 작품을 제대로 이해하지 못하고 있는 것처럼 보인다.

어떻게 가르치고 있는가

한 문학교과서는 「울음이 타는 가을강」에 대해서 다음과 같이 해설하고 있다.

① 이 작품에서 화자는 제사를 치르기 위해 고향을 찾아가는 길목에서 마을 앞을 도도히 흐르는 강을 바라보며 그에 얽힌 어린 시절의 슬픈 추억을 되살리고 있다. ② 그런데 이로 인해 나타나는 한의 정서는 단순히 관념화되고 보편화된 정서가 아니라, 사랑의 실패와 관련하여 화자의 생활 속에 녹아들어 있는 현실적이고 일상적인 감정에서 비롯된 것이라는 점을 고려할 필요가 있다. ③ 산등성이에서 강물을 바라보며 옛생각에 슬픔을 참지 못하는 섬세한 감정의 흐름을 강물의 흐름과 교차시키는 화자의 태도는 분명히 낭만적이라 할 수 있다. ④ 그러나 한편으로 자연적 배경이 단순히 토속적인 정취를 불러일으키는 데 그치지 않고 개인의 삶과 세월에 대한 담담한 성찰을 돕는 역할을 한다는 점에서 이 작품이 지닌 현대적 서정의 측면을 엿볼 수 있다.

①은 작품의 극적 상황에 대해서 말하고 있다. 다른 문학교과서 역시 제삿날을 맞아 큰집이 있는 고향을 찾아가다가 노을에 젖은 가을강을 바라보며 친구의 슬픈 사랑의 추억을 되새기는 화자의 모습이라고 거의 비슷하게 해설하고 있다. 그러나 이것은 잘못된 해설이다. 지금 화자는 제삿날을 맞아 큰집이 있는 고향을 찾아가고 있는 것이 아니다. 아마도 2연 1행 제삿날 큰집에 모이는 불빛도 불빛이지만이란 구절 때문에 그렇게 생각한 듯한데, 그것은 시를 잘못 읽은 것이다. 2연 1행은 가을강의 노을이 얼마나 아름다운 것인지를 말하기 위한 비교항일 뿐이다. 즉 제삿날의 불빛보다도 더 붉고 아름답게 타오르는 가을강의 노을이라는 뜻이다. 화자는 지금 제삿날을 맞이한 것도 아니고, 고향을 찾아가는 것도 아니다. 시의 극적 상황을 잘못 이해하게 되면, 시의 올바른 이해는 아예 불가능해진다. 「울음이 타는 가을강」의 극적 상황이 어떠한가에 대해서는 나중에 상술할 것이다.

②에서는 이 작품이 한의 정서를 보여 주고 있으며, 그것은 현실적이고 일상적인 감정에서 비롯된 것이라고 말한다. 그런데 「울음이 타는 가을강」의 정서를 한이라고 말할 수 있는지 의문스럽다. 서러움과 눈물이 나온다고 해서 무조건 한이라고 할 수는 없다. 이 작품에 나오는 서러움이나 눈물을 두고 한이라고 말할 수 있냐 없냐 하는 문제는 중요하지도 않다. 화자의 서러움이 어떤 것인가를 스스로 느껴 아는 것이 중요하다. 그리고 이 부분의 또 한 가지 문제점은 문장의 모호함과 어색함이다. 단순히 관념화되고 보편화된 정서가 아니라, 사랑의 실패와 관련하여 화자의 생활 속에 녹아들어 있는 현실적이고 일상적인 감정에서 비롯된 것이라는 문장은 그 어휘도 부정확하고 그 의미도 명료하지 않다.

④에서 이 작품의 자연적 배경이 개인의 삶과 세월에 대한 담담한 성찰을 돕는 역할을 한다는 지적은 옳다. 그러나 그것이 어떠한 성찰인가를 말해 주어야 친절한 해설이 될 것이다. 이에 대해서도 나중에 상술될 것이다. 한편, 토속적 정취나 현대적 서정이라는 말은 적절치 않다. 이 작품 속의 자연을 두고 토속적 정취가 있다고 말하기는 어렵고, 또 자연적 배경이 삶에 대한 성찰을 돕는다고 해서 그것을 현대적 서정이라고 말할 수도 없기 때문이다.

한 문학교과서는 「울음이 타는 가을강」의 주제를 인간의 본원적인 사랑과 고독과 무상이라고 정리한다. 그리고 해질 녘 울음이 타는 가을강이라는 구절에 대해 다음과 같이 풀이한다.

이 시의 묘미는 저녁 노을이 울음으로 환치되어 있는 데에 있다. 〈가을〉과 〈노을〉은 모든 사라져 가는 것들의 슬픔을 노래하기에 알맞은 배경이다. 인간 본원의 사랑의 슬픔과 고독과 무상성에 대한 한을 지닌 화자의 눈에 저녁 노을이 울음으로 보인다.

이 풀이에 의하면, 화자가 저녁 노을을 울음으로 보며, 그 까닭은 삶에 대해서 본원적으로 슬픔과 고독과 무상을 느끼기 때문이다. 이 풀이는 어느 정도까지는 옳다. 그러나 이런 풀이만으로는 해질 녘 울음이 타는 가을강의 아름다움과 그 아름다움에 대한 화자의 감탄(2연과 3연의 종결어미인 보것네 속에는 감탄의 뜻이 들어 있다)을 설명하지 못한다. 엄격하게 말하면, 화자는 저녁 노을을 〈울음〉으로 보는 것이 아니라 울음이 타는 것으로 본다. 울음 속에는 슬픔만 있지만, 울음이 타는 것 속에는 황홀한 아름다움이 있다. 화자는 소리 죽은 가을강의 노을을 보고, 슬픔과 고독과 무상을 더욱 심화시키는 것이 아니라 오히려 어떤 황홀한 아름다움을 느낀다. 강 노을의 황홀한 아름다움이 이 작품에서 가장 중요한 이미지다. 이 이미지를 무시하고, 화자가 느끼는 서러움과 가을강의 아름다움이 어떤 상관성이 있는가를 설명하지 못한다면 이 작품을 이해했다고 말할 수 없다. 3연을 두고 서러움의 심화라고 말하는 것이나, 이 작품의 주제를 인간의 본원적인 사랑과 고독과 무상함이라고 말하는 것은 모두 울음이 타는 가을강의 황홀한 아름다움을 보지 못한 데서 비롯된 잘못된 해설이다.

또 한 가지 문학교과서의 설명 가운데서 문제가 되는 것은, 이 작품이 시각적인 이미지와 청각적인 이미지의 공감각적 결합을 통해서 시적 효과를 높이고 있다는 지적이다. 그러나 「울음이 타는 가을강」에서 공감각적 표현이라고 할 만한 것은 찾아볼 수 없다. 이 작품의 어디에 청각적 이미지가 있는가? 3연에서 그 기쁜 첫사랑 산골 물소리가 나오고 또 소리 죽은 가을강이라는 구절도 나오지만, 그 소리는 사라진 소리며 죽은 소리다. 즉 어디에도 청각적인 이미지는 없다.

어떻게 가르칠 것인가

여러 차례 강조한 바 있지만, 시의 이해는 우선 그 작품의 극적 상황을 잘 파악하는 것으로부터 시작된다. 교과서나 참고서들은 한결같이 이 작품의 극적 상황을 제삿날 큰집이 있는 고향으로 가면서 언덕 위에서 가을강의 노을을 쳐다보는 것으로 잘못 파악한다. 화자는 지금 제삿날을 맞이한 것도 아니고 또 고향으로 가고 있는 것도 아니다. 아마도 화자는 지금 고향 마을에 살고 있을 것이다. 이 시의 극적 상황은 이러하다. 화자는 마음이 서럽다. 그래서 가을 햇볕을 받으며 뒷산으로 산보를 나선다. 산보를 가면서 친구의 서러운 사랑 이야기를 생각하고는 눈물을 흘리기도 한다. 산등성이에 도착했을 때는 저녁 무렵이 되었다. 거기서 보니 가을강 위의 저녁 노을이 아주 아름답다. 그 아름다운 노을을 보고 화자는 감탄을 하고 어떤 위안을 얻는다.

극적 상황을 이처럼 파악할 수 있다면 이 작품의 이해는 절반 이상 된 것이나 다름없다. 이제 남은 것은 화자가 가을강의 아름다운 노을을 보고 어떤 위안을 얻었는가를 알아보는 일이다.

이 시는 3연으로 되어 있다. 1연은 현재 화자의 마음 상태가 어떠한지를 알려준다.

마음도 한 자리 못 앉아 있는 마음일 때,
친구의 서러운 사랑 이야기를
가을 햇볕으로나 동무삼아 따라가면,
어느새 등성이에 이르러 눈물나고나.

계절은 가을이다. 화자의 마음은 지금 한 자리 못 앉아 있는 마음이다. 즉 마음이 심란하거나 안절부절 못하는 상태이다. 화자의 마음이 왜 불편한가 하는 것에 대해서는 아무런 언급이 없지만, 그 다음 내용으로 미루어 짐작해 볼 수 있다. 가을이 되면 괜히 사는 것이 서글퍼지고 또 마음이 쓸쓸해지는 것은 보통 사람들도 흔히 경험하는 일이다. 화자의 마음도 아마 그와 유사한 것으로 짐작된다. 그래서 화자는 집에 가만히 있지 못하고, 뒷동산으로 산보를 나선다. 가을 햇볕을 받으며 산을 오르면서 화자의 머리 속에는 친구의 서러운 사랑 이야기와 같은 슬픈 일들이 자꾸만 생각난다. 화자의 마음은 그만큼 감상적이 되어 있는 것이다. 그리하여 마침내 산등성이에 이르러서는 괜히 서러운 감정에 북받쳐 눈물까지 흘리게 된다. 아마도 화자는 가을을 심하게 타는, 감정이 섬세하고 또 감상적인 인물인 것 같다. 그리고 친구의 사랑 이야기를 떠올리고 눈물을 흘리는 것을 보면 아마도 화자는 젊은이일 것 같다.

이제 화자는 산등성이에 앉아서 멀리 펼쳐진 가을 풍경을 바라본다. 그런데 시간이 흘러 저물 녘이 되었다. 멀리 흘러가는 강물 위로 저녁 노을이 아름답게 펼쳐진다. 화자는 그 저녁 노을의 타는 듯이 붉은 아름다움에 도취된다. 그래서 2연과 같이 감탄한다.

제삿날 큰집에 모이는 불빛도 불빛이지만,
해질 녘 울음이 타는 가을강을 보것네.

2연은 전기가 없던 시대에 시골에서 살아 본 사람이 아니라면 이해하기가 좀 어려운 구절이다. 특히 오늘날의 학생들은 제삿날 큰집에 모이는 불빛이 어떤 것인지 전혀 이해하지 못할 것이다. 교과서나 국어교사가 학생들의 이해를 도와주려 한다면, 바로 이와 같은 구절을 설명해 주어야 할 것이다. 전기가 없던 옛날, 시골의 밤은 아주 어두웠다. 그런데 제사가 있는 집에는 방과 마루와 마당과 문 밖에까지 많은 등불이 내걸린다. 제사는 자정에 지내는 것이기 때문에 친지들과 마을 사람들이 등불을 들고 찾아오며, 또 제사 준비 등을 위해서 들고 온 등불을 그냥 이곳 저곳에 켜 두곤 했다. 제사가 다 끝나면 사람들은 또 그 등불을 들고 집으로 돌아가기도 했다. 그러니까 그 시절 시골의 아이들에게 가장 강렬하고 인상적인 불빛은 제삿날 큰집에 모이는 불빛이었던 것이다. 제사를 지내러 밤길을 걸어 큰집에 갈 때, 멀리서도 보일 만큼 환하게 밝혀진 큰집의 불빛처럼 황홀하게 아름다운 것은 없었다. 그런데 화자는 가을강의 붉은 노을이 그보다도 더욱 황홀하다고 감탄하고 있는 것이다. 제삿날 큰집에 모이는 불빛도 장관이지만 그보다 강 위의 노을이 더 장관이라는 것이 2연의 내용이다.

한편, 화자는 노을을 보고 울음이 타는 듯하다고 했다. 보통 노을의 붉은색을 보고 불타는 듯하다는 말을 많이 한다. 그런데 화자는 왜 울음이 타는 듯하다고 했을까? 물론 1연에서 화자가 눈물을 흘렸기 때문에, 2연에서 울음이 나올 수 있었겠지만 그 구체적인 이유는 3연을 봐야 알 수 있다.

저것 봐, 저것 봐,

네보담도 내보담도

그 기쁜 첫사랑 산골 물소리가 사라지고

그 다음 사랑 끝에 생긴 울음까지 녹아나고

이제는 미칠 일 하나로 바다에 다 와 가는

소리 죽은 가을강을 처음 보것네.

  3연에는 심상치 않은 전언이 들어 있다. 그것을 이해하기 위해서는 우선 강이 흘러 온 흐름을 생각해 볼 필요가 있다. 강의 시작은 깊은 산 속 조그만 시냇물이었을 것이다. 산 속의 계곡을 흐를 때는 물살도 빠르고 물소리도 경쾌하다. 그러나 계곡물이 모여서 작은 강을 이루게 되면 물살도 점차 느려지고 물소리도 거의 나지 않게 된다. 그러다가 큰 강이 되고 마침내 바다 가까이 이르게 되면, 강물은 거의 흐르지 않는 것처럼 잠잠해진다. 이러한 강물의 흐름은 인생의 흐름에 비유될 수 있다. 산 속의 조그만 시냇물이 어린 시절이라면, 계곡물은 젊은 시절이고, 작은 강은 중년 시절이며, 바다에 가까운 큰 강은 노년 시절이라고 할 수 있다. 어린 시절은 재잘거리며 마냥 즐거울 것이고, 젊은 시절에는 첫사랑의 기쁨과 슬픔도 있을 것이다. 그러나 세월이 흐르고 나이를 먹을수록 젊음의 열정과 흥분은 사라지고 또 삶의 서러움이 쌓여서 담담한 삶을 살게 된다. 그러다가 마침내 삶이 끝날 무렵에는 숱한 서러움을 다 경험했기 때문에 세상의 모든 슬픔을 조용하고 의젓하게 포용하게 된다.

  3연에서 말하는 바는 바로 이것이다. 저것 봐, 저것 봐 하는 것은 노을의 아름다움에 대한 감탄이고, 네보담도 내보담도라는 것은 너의 서러움보다도 또 나의 서러움보다도 가을강은 훨씬 큰 서러움을 안고 흐른다는 뜻이다. 바다에 다와 가는 가을강은 젊은 시절의 사랑과 서러움뿐만 아니라 그보다 훨씬 많은 세상의 서러움을 안고서도 아무 소리 없이 그리고 아무 동요도 없이 잔잔하게 흐른다. 그것은 어찌 보면 설움의 큰 덩어리지만, 그 설움을 다 헤아리자면 이제 미칠 일밖에 안 남은 삶이지만, 오히려 넉넉하고 조용하고 아름답게 흐르고 있는 것이다.

1연에서 화자는 조그만 서러움에도 안절부절하지 못하고 눈물을 흘리기도 했다. 그러나 이제 화자는 가을강을 보고서는 자신의 그러한 태도가 얼마나 유치한 것인지를 알게 되었고 자신의 서러움이 얼마나 작은 것인지도 알게 되었다. 진짜 큰 서러움을 지닌 가을강은 소리 죽여 흐를 뿐만 아니라 오히려 그 울음을 태워서 아름다운 노을까지 만든다. 다시 말해 가을강의 아름다운 노을은 섣불리 내색하지 않고 가슴 깊이 쌓아둔 서러움이나 울음이 있기 때문에 가능해진 것이다. 삶의 숱한 서러움을 묵묵히 다 받아들여서 참고 견디면, 거기에 참된 삶의 아름다움이 생긴다는 사실을 화자는 가을강의 아름다운 노을을 보고 깨닫게 된 것이다. 이러한 삶에 대한 깨달음이 「울음이 타는 가을강」이 우리에게 주는 전언이다.

이처럼 「울음이 타는 가을강」은 의외로 깊은 의미를 지닌 작품이다. 큰 슬픔을 잘 견뎌 내면 거기에 삶의 아름다움이 생긴다는 것은 고등학생들의 수준에서 약간 어렵긴 하겠지만, 이해 못할 정도는 아니다. 그리고 강물의 흐름과 인생의 흐름이 비슷하다는 점은 고등학생들이 삶을 이해하는 데 좋은 참조가 될 것이다. 또한 자신들의 불안정한 감정과 괜한 서러움들이 알고 보면 유치한 것이라는 사실도 알게 되고 또 세상에는 훨씬 큰 슬픔도 많다는 것을 알게 될 것이다. 그러므로 「울음이 타는 가을강」은 그 자체로 아름답고 짜임새 있는 시일 뿐만 아니라 고등학생들이 자신의 삶을 돌아보고 인생에 대한 이해를 넓힐 수 있는 작품이라고 할 수 있다.

풀 김 수 영

풀이 눕는다.
비를 몰아오는 동풍에 나부껴
풀은 눕고
드디어 울었다.
날이 흐려서 더 울다가
다시 누웠다.

풀이 눕는다.
바람보다도 더 빨리 눕는다.
바람보다도 더 빨리 울고
바람보다도 더 먼저 일어난다.

날이 흐리고 풀이 눕는다.
발목까지
발 밑까지 눕는다.
바람보다 늦게 누워도
바람보다 먼저 일어나고
바람보다 늦게 울어도
바람보다 먼저 웃는다.
날이 흐리고 풀뿌리가 눕는다.

배우기에 적절한 작품인가

김수영의 「풀」은 7종의 고등학교 문학교과서에 실려 있는 작품이다. 이 작품은 김수영의 대표작일 뿐만 아니라 한국 현대시 가운데서도 수작에 속하며, 좀 어렵긴 하지만 고등학생들의 수준에서 감상하기도 무리가 없는 작품이다. 한 마디로 고등학교 문학교과서에 실릴 만한 작품이라고 할 수 있다. 그러나 고등학교 문학교육 현장에서, 이 작품은 〈참여시〉 혹은 〈현실참여적 성격〉을 지닌 시로 규정되면서, 이러한 규정이 낳는 해석의 도식성과 오류를 대표적으로 보여 준다.

어떻게 가르치고 있는가

한 문학교과서는 「풀」을 현실참여적 성격을 띠고 있으면서도 목소리를 높이는 대신 사물의 상징성을 잘 살려 높은 형상화를 이룬 작품으로 규정한다. 또다른 문학교과서는 풀과 바람을 소재로 하여, 눕고 일어나는 동적 심상이 억누르는 세력과 눌림을 당하는 주체를 상징하면서 경쾌한 리듬을 타고 표현된 시로 규정한다. 이러한 규정 자체부터 모호하거나 부정확하다고 말할 수 있다. 사물의 상징성을 잘 살렸다고 했지만, 이것은 풀에 대한 설명으로는 옳다고 볼 수 있지만 바람에 대한 설명으로는 옳다고 보기 어렵다. 왜냐하면 풀이란 말은 〈민초〉〈풀뿌리 민주주의〉 등의 말에서 보듯이 일반적으로 민중 또는 백성을 의미한다고 볼 수 있지만, 바람이란 말은 그 자체로서는 억압하는 세력이라는 뜻을 갖지 않기 때문이다. 그리고 높은

 교과서에 실린 문학작품을 어떻게 가르칠 것인가

형상화를 이루었다는 말은 뜻이 닿지 않는 말이다. 또 동적 심상이 억누르는 세력과 눌림을 당하는 주체를 상징한다고 했는데, 동적 심상이 상징하는 것이 아니라 풀과 바람이 상징한다. 그리고 한쪽은 세력이라고 하면서 왜 다른 한쪽은 주체라고 했는지도 알 수 없다. 주체라는 어휘는 여기서 정확하게 사용되지 않고 있다. 또한 이 시의 리듬이 경쾌하다고 말할 수 없다.

이처럼 모호하고 부정확한 문장들은 학습목표나 설명에서도 계속 나온다. 가령 다음과 같은 설명이 있다.

> 이 시에서 〈바람〉과 〈풀〉은 서로 역이 되는 세계 인식의 양식(패러다임, paradigm)을 보여 준다고 할 수 있다. 왜냐하면, 서로 반대되는 상징성으로 대립되어 있기 때문이다. 즉, 〈바람보다 늦게 울어도〉와 〈바람보다 먼저 웃는다〉와 같이 의미상의 대응 형식으로 구성되어 있다.

우선 세계 인식의 양식이라는 어려운 말을 사용했는데, 적절하다고 볼 수 없다. 바람과 풀은 세계 인식에서 대립하는 것이 아니다. 바람은 풀에 작용하는 외부의 힘일 따름이다. 그리고 세계 인식의 양식이나 패러다임이라는 말은, 적어도 이 시의 이해와 관련해서는 쓸데없이 어려운 말이라고 할 수 있다. 서로 반대되는 상징성으로 대립되어 있기 때문이라는 구절도 〈서로 대립되는 상징적 의미를 지니고 있기 때문〉이라고 하는 편이 낫다. 그 다음 문장도 이상하다. 즉이라는 접속사를 사용했으면 바람과 풀의 대립에 대한 설명이 이어져야 할 것인데 그렇지 않다. 또 바람보다 늦게 울어도와 바람보다 먼저 웃는다가 왜 의미상의 대응 형식인지 알 수 없고 의미상의 대응 형식이라는 말뜻이 무엇인지도 분명치 않다.

교과서가 제시하는 다음과 같은 〈학습활동〉 사항도 별로 다르지 않다.

① 이 시의 이미지를 떠올리며 읽는다.

② 이미지가 주는 느낌을 생각하면서 읽는다.

③ 이 시가 갖는 의미를 여러 가지로 상상하면서 읽는다.

④ 이 시에서 풀의 정서는 무엇에서 무엇으로 발전하는가를 말해 보자.

⑤ 이 시에서 이념과 서정이 어떻게 조화를 이룰 수 있었는지 각자 의견을 이야기해
   보자.

여기서 ①과 ②는 결국 같은 말이다. ③은 지나친 주문이다. 김수영의 「풀」에 여러 가지 의미가 있는가? 없다고 단정할 수는 없지만, 쉽게 여러 가지 의미를 찾을 수는 없다. 더구나 고등학생의 수준에서는 보다 타당성이 높은 하나의 의미를 우선 공부해야 할 것이다. ④와 ⑤는 답하기가 거의 불가능하다. 이 시에서 풀의 정서가 발전한다고 할 수는 없다. 그리고 이 시가 이념과 서정의 조화를 이룬 시라고 말할 수 있는지도 알 수 없다. 학생들의 작품 이해를 유도하는 학습목표나 설명이 이처럼 혼란스러우니 학생들의 작품 이해가 제대로 되기는 기대하기 어려울 것이다.

대부분의 문학교과서에서 제시하는 「풀」의 학습내용은 크게 세 가지로 정리될 수 있을 것 같다. 첫째 두 개의 대립적인 이미지를 이해하며, 둘째 풀과 바람의

상징적 의미를 이해하며, 셋째 이 시의 사회적 의미와 시사적 의미를 이해하는 것이다.

두 개의 대립적 이미지를 이해하라는 첫 번째 학습내용에 관해서는 다음과 같은 풀이가 있다.

> 이 작품은 〈풀〉과 〈바람〉의 대립 구조로 짜여 있는데, 시인은 역사의 흐름 속에서 마치 잡초처럼 질긴 생명력을 지속해 온 민초들의 삶을 노래한다. 〈풀〉과 〈바람〉의 대립은 시 안에서 〈눕다 : 일어나다〉, 〈먼저 : 늦게〉, 〈울다 : 웃다〉의 대립으로 이루어져 있다. 이 것은 〈바람〉의 속성보다 궁극적으로 생명력이 더욱 강한 〈풀〉의 모습을 형상화하는 데 효과적으로 기여하고 있다. 또한 〈더 빨리〉나 〈먼저〉라는 표현은 행위자의 자유로운 의 지를 전제로 한다.

이러한 풀이는 대체로 수긍할 만하다.※「풀」이란 시는 이항대립의 요소들로 이루어져 있다고 볼 수 있다. 〈풀〉과 〈바람〉, 〈눕다〉와 〈일어나다〉, 〈먼저〉와 〈늦게〉, 〈울다〉와 〈웃다〉라는 대립적 요소들이 시의 의미를 구성하고 있다. 그러나 이런 것들이 이미지 또는 심상이라고 말하기는 곤란하다. 이 시는 대립적인 이미지들로 짜여 있다기보다는 대립적인 요소들로 짜여져 있다고 말해야 옳을 것이다.

풀과 바람의 상징적 의미를 이해하라는 두 번째 학습내용에 대해서는 거의 모든 교과서가 일치된 설명을 하고 있다. 즉, 〈풀〉은 백성, 민초, 민중을 상징하고, 〈바람〉은 민중을 억압하는 외세나 독재 권력과 같은 세력을 상징한다는 것이다.

● 다만, 마지막 문장에서 〈더 빨리〉나 〈먼저〉라는 표현이 행위자의 자유로운 의지를 전제로 한다는 지적은 수긍할 수 없다. 「풀」이란 시에서 그리고 있는 것은 풀의 움직임일 뿐, 자유로운 의지는 드러나지 않는다. 시인은 풀의 움직임을 묘사함으로써 풀의 속성을 드러낸다. 풀의 속성을 이해하는 것이 곧 이 시의 의미를 이해하는 것이라 할 수 있다.

이러한 해석은 적절한 것이다. 그러나 풀이 곧 민중이고 바람이 곧 억압적 세력이라는 도식적 설명은 학생들의 작품 이해를 방해할 수도 있으므로 먼저 작품 자체를 충실히 읽는 것이 바람직하다. 그리고 여기서도 상징이라는 개념을 너무 함부로 사용하고 있다. 앞에서도 잠시 언급하였지만, 〈풀과 바람〉을 〈민중과 억압 세력〉의 상징이라고 말하는 것은 적절치 못하다. 그 관계는 상징이라기보다는 알레고리라고 하는 편이 옳다.* 즉, 풀을 민중의 알레고리로 해석할 수 있으며 바람을 억압 세력의 알레고리로 해석할 수 있는 것이다. 다시 말해, 「풀」이란 시에서 〈풀과 바람〉을 〈민중과 억압 세력〉으로 해석한 것은 상징적 의미를 밝힌 것이 아니라 알레고리적 해석인 것이다.

이 시의 사회적 의미와 시사적 의미를 이해하라는 세 번째 학습내용에 대한 문학교과서들의 설명은 대략 다음과 같이 요약될 수 있다.

1960년대의 4월 혁명과 5·16 군사 정변 등의 소용돌이 속에서 민중의 삶을 이야기한 참여시이다.

천대받고 억압받으면서도 끈질기게 맞서는 민중들의 생명력을 이 시는 표상하고 있다.

이러한 민중에 대한 인식은 1970년대로 넘어오면서 민중 문학의 기초를 이루게 된다.

한 마디로 「풀」은 1960년대의 억압적 현실에 저항한 참여시이며, 70년대 민중문학의 대두에 초석이 되었던 작품이라는 것이다. 문학작품을 이해하는 데 시대적 배경을 이해하고 참조하는 일은 정당하다. 그러나 문학과 시대의 관계는 매우 복잡하기 때문에 보다 조심스럽게 거론되어야 한다. 특히 고등학교 문

---

* 상징이란 하나의 대상이 다른 무엇을 나타내거나 뜻하는 것을 말한다. 상징은 일정한 문화권에서 대체로 보편적이며 고정적인 의미를 지닌다. 예를 들면, 천칭은 정의를 상징하고 비둘기는 평화를 상징하고 태극기는 대한민국을 상징한다. 상징과 알레고리는, 공통점이 전혀 없는 것은 아니지만, 서로 구분된다. 상징이 하나의 고정된 의미를 지니는 것이라면, 알레고리는 그 의미가 다소 자의적이다. 그러므로 알레고리의 의미는 문맥 속에서 정해지는 것이 보통이다. 알레고리는 한 편의 글 속에서 이중적인 의미, 즉 표면적인 의미와 이면적인 의미를 가진다. 가령 〈토사구팽(兎死狗烹)〉이란 말이 있다. 이 말의 표면적 뜻은, 〈개를 이용해서 토끼몰이를 하지만, 토끼를 잡으면 개는 삶아 먹는다〉라는 것이다. 그렇지만 이 말은, 어떤 사람의 도움을 받아 일을 성취하고, 일이 끝나면 그 사람을 배신한다는 세상살이의 한 측면에 대한 비유로 흔히 사용된다. 이때, 그 말은 알레고리가 되는 것이다. 많은 속담이나 우화들은 이처럼 알레고리적 의미를 지니고 있다. 이런 것과 마찬가지로, 「풀」에서 〈풀과 바

학교육에는 작품의 이해에 꼭 필요할 경우만 잘 요약해서 언급해 주는 편이 바람직하다. 학생들의 전반적인 지적 수준에 대한 배려 없이 너무 전문적이거나 너무 도식적으로 작품을 시대적 의미에 고정시켜서는 곤란하다. 그리고 문학사적 의미 역시 마찬가지다. 사실 어떤 작품의 문학사적 의미는 문학 전문가들의 관심사이지, 일반인들 특히 고등학교 학생들에게는 거의 불필요한 지식이라 생각된다. 특히 교과서에서 설명하고 있는 「풀」의 사회적 의미와 시사적 의미는 보편적으로 공인된 것이라기보다는 논란의 여지가 있는 것이다. 과연 「풀」을 참여시*라고 할 수 있는가? 참여시와 순수시의 이분법을 학생들에게 강요하는 것부터 얻는 것보다 잃는 것이 많은 것 같다. 그러한 이분법은 문학을 배우는 학생들에게 오히려 방해가 되는 요소가 아닌가 한다. 참여시라는 개념 자체가 문제가 있는 것이므로 여기서는 「풀」이란 작품이 과연 참여적 성격이 있는가를 생각해 보기로 하자. 참여라는 말은 현실 참여, 즉 현실의 정치 사회적 문제에 대해서 비판적으로 개입한다는 뜻이다. 특히 기성의 질서나 체제 그리고 권력에서 파생되는 현실적 부조리나 모순을 문제삼고 고발한다는 함의를 내포한다고 할 수 있다. 따라서 참여적 성격의 문학작품에는 구체적인 현실문제가 직접 또는 간접으로 제기되는 경우가 보통이다. 참여의 뜻을 이렇게 볼 때, 「풀」이란 작품은 참여적 성격을 갖는다고 보기 힘들다. 왜냐하면 「풀」에는 구체적인 현실문제가 간접적으로도 언급되어 있지 않기 때문이다. 〈풀〉의 의미를 알레고리로 해석하여 민중의 끈질긴 생명력으로 이해한다고 하더라도, 〈민중의 끈질긴 생명력〉을 노래했다고 해서 무조건 참여시가 되는 것은 아니다. 가령 서정주의 『질마재 신화』를 보면, 그 시집에는 민중들의 건강한 정서와 생명력을 노래한

람)이 〈민중과 억압 세력〉의 의미를 갖는 것은 상징이 아니라 알레고리인 것이다 (J.A.Cuddon, *A Dictionary of Literature Terms*, penguin books, 1979 참조).

● 문학을 현실 참여문학과 순수문학의 이분법으로 나누어 이해하는 방식이 우리 문단에 오랫동안 통용되어 왔고, 그것이 고등학교 문학교육에까지 적용되고 있다. 그렇지만 문학에 대한 참여와 순수의 이분법에 대해서는 많은 비판이 있다. 뿐만 아니라 무엇을 참여문학이라고 하는지 그 개념도 모호하고 혼란스럽다. 사르트르가 말한 앙가주망 문학을 참여문학이라고 한다면, 참여시라는 개념은 성립할 수 없다. 사르트르는 시란 본질적으로 참여문학이 될 수 없다고 말했기 때문이다. 그리고 좌파문학과 민중문학과 참여문학의 경계가 어떻게 되는지도 혼란스럽다. 사정이 이러한데도 고등학생들에게 참여와 순수의 이분법을 강요한다는 것은 바람직하지 않다고 생각된다.

작품이 많이 실려 있다. 그렇지만 『질마재 신화』를 참여적 성격의 시집이라고 말하지는 않는다. 이처럼 「풀」을 참여시라고 학생들에게 가르치는 것은, 학생들에게 쓸데없는 혼란과 문학적 편견을 줄 뿐만 아니라 그 자체도 옳은 것이라 할 수 없다.

현행 문학교육의 여러 문제점 중 하나는, 학생들이 스스로 그 뜻을 파악하며 문학작품을 충실하게 읽지 않는다는 점이다. 교과서의 풀이나 학습내용 그리고 참고서와 교사들의 설명에 의한 지식을 먼저 배우고 그에 따른 선입관을 가지고 작품을 대충 읽는 경향이 많다. 심지어는 문학교육을 담당하는 국어교사들까지 그런 것처럼 보인다.[*] 「풀」의 경우에서도 학생들은 작품을 충실하게 읽고 그 바탕 위에서 대립적 요소, 풀과 바람의 알레고리적 의미 등을 생각하는 것이 아니라 후자에 의한 선입견을 가지고 작품을 대충 이해하는 데 그치고 있는 듯하다. 베토벤 음악에 대한 지식을 아무리 많이 습득해도 베토벤 음악 자체를 열심히 듣지 않았다면, 그는 베토벤 음악을 안다고 말할 수 없다. 마찬가지로 「풀」에 대한 어려운 지식들을 아무리 열심히 외웠다 하더라도 「풀」 자체를 스스로의 사유와 감성으로 이해하지 않는다면 그 학생은 「풀」에 대해서 안다고 말할 수 없다. 문학작품의 감상은 일단 작품의 축자적 의미에 충실하면서 스스로 그 뜻과 느낌을 파악하는 것이 기본이다.

[*] 사실 이 문제는 중등학교의 문학교육에만 해당되는 것이 아니다. 필자는 대학과 대학원에서 문학을 가르친다. 학생들에게 어떤 작품을 읽고 그 의미를 파악해 오라고 하면, 학생들은 그 작품 자체를 열심히 읽기보다는 그 작품에 대한 기존의 논평들을 찾아 읽는 데 더 치중한다. 그리하여 학생들의 발표는 자신이 스스로 파악한 내용이 아니라 기존 논평들을 요약 정리한 내용이 대부분이다. 아마 대다수의 학생들이 문학공부를 많이 하고서도 문학작품을 제대로 읽어 내는 능력이 부족한 까닭은 여기에 있는 게 아닌가 한다.

「풀」의 감상도 먼저 작품의 축자적 의미를 충실하게 파악하는 것으로부터 시작하는 것이 바람직하다. 이 작품은 바람에 나부끼는 풀의 모습을 묘사하고 있다. 시인이 관찰하고 묘사한 풀의 모습은 어떠한가?

1연에서는 비바람에 나부껴 풀이 눕는다고 묘사한다. 이것은 매우 단순하고 사실적인 묘사이다. 그런데 4행에 와서 드디어 울었다라고 되어 있다. 시인은 풀의 어떤 모습을 보고 울었다라고 했을까 의문을 가질 만하다. 5행과 6행을 보면, 날이 흐려서 더 울다가 / 다시 누웠다라고 되어 있다. 그러니까 우는 것과 눕는 것이 다른 모습인 것이 분명하다고 할 수 있다. 바람에 의해서 풀이 땅으로 기울어지는 것이 〈눕다〉의 의미일 것이다. 바람이 불 때, 풀의 모습은 눕는 것말고 또 어떤 것이 있을까? 바람이 세게 불면 풀은 땅에 누웠다가 또 조금 일어서면서 마구 흔들리기도 하는데, 그 흔들리는 모습을 두고 〈울었다〉라는 표현을 쓴 것이라고 짐작해 볼 수 있다. 이렇게 본다면, 풀이 누웠다가 울었다가 한다고 한 1연은 바람에 휩쓸려 풀이 마구 흔들리다가 땅으로 휘어지곤 하는 모습을 묘사한 것이라고 할 수 있겠다. 그리고 1연에서 또 하나 언급해 둘 것은, 비바람이 몰아치고 있으며 날이 흐리다는 것이다. 이것은 풀이 처한 상황의 암울함을 알려 준다.

2연에서도 1연에서처럼 풀이 눕고 또 운다고 말한다. 그리고 1연과는 달리 풀이 일어나는 것에 대해서도 말한다. 〈일어난다〉는 것은 〈눕는다〉의 반대이므로, 풀의 어떤 모습을 지시한 것인지 쉽게 알 수 있다. 이로써 풀의 움직임은, 눕고,

울고, 일어나는 세 가지 모습을 보여 준다. 실제로 바람 부는 들판의 풀들을 보면, 땅으로 심하게 휘었다가 또 조금 일어나 엉키듯이 심하게 흔들리다가 또 잠시 바람이 자면 바로 서는 것을 관찰할 수 있다. 이 시는 일차적으로 그런 풀의 실제 모습을 단순한 화법으로 독자에게 재현시켜 주고 있는 것이다. 그런데 2연에서 주목할 것은, 풀의 움직임을 바람에 비교하고 있다는 점이다. 시인은 풀의 움직임이 바람보다도 빠르다고 말한다. 즉 바람보다 풀이 더 빨리 눕고, 울고, 먼저 일어난다고 말한다. 이 말 속에는 바람 역시 풀처럼 눕고, 울고, 일어난다는 것이 전제되어 있다.* 바람이 풀을 움직이게 하는 원인이기 때문에 이것은 당연하다. 그러나 시에서는 이 당연한 사실을 무시하고 풀이 바람보다 더 빨리 눕고, 울고, 일어난다고 말한다. 이것은 상식에 어긋나는 진술이다. 여기서 의미의 긴장이 생긴다. 도대체 무슨 이유로 시인은 풀이 바람보다 먼저 눕고, 울고, 일어난다고 말하는 것일까? 이 의문을 잠시 유보하고 3연을 보자.

3연은 얼핏 보면 1, 2연의 내용을 반복하고 있는 것처럼 보인다. 날이 흐린 것을 말하고, 풀이 바람보다 먼저 일어나고 웃는 것을 말한다. 풀이 웃는다고 하는 것은, 물론 우는 것의 반대로 씌어진 것으로, 바람이 다 지나간 후 아주 부드럽게 살랑이는 정도로 이해할 수 있을 것이다. 그런데 풀의 움직임을 잘 살펴보면, 2연의 내용과 일치하지 않는 점이 있다. 우선 발목까지 / 발 밑까지 눕는다는 풀이 바람에 휩쓸려 아주 많이 휘어짐을 말한다. 이때 〈발〉이 풀을 관찰하고 있는 화자의 발인지 아니면 풀의 발인지 분명하지 않지만, 어느 쪽이라도 많이 휘어진다는 뜻에는 변함이 없다. 이어서 풀이 바람보다 늦게 누워도 / 바람보다 먼저 일어나고 / 바람보다 늦게 울어도 / 바람보다 먼저 웃는다고 말한다. 2연에서

● 바람이 어떻게 눕고, 울고, 일어날 수 있는가? 사실 이런 질문은 문학교육뿐 아니라 국어교육 전반에서 매우 중요한 질문이다. 학생들이 작품을 읽으면서 이러한 의문이 생기도록 유도해야 하며, 그렇지 못할 경우에는 교사가 이런 질문을 던지는 것이 바람직하다. 문학교육의 기본은 말뜻 하나하나가 어떤 상황이나 내용을 지칭하는 것인지 정확하게 이해하는 것이다.

바람이 잠잠해지는 것을 〈눕는다〉고 하고, 바람 소리가 들리는 것을 〈운다〉고 하고, 잠잠하다가 바람이 생기는 것을 〈일어난다〉고 할 수 있다. 이것이 상식적인 말뜻일 것이다. 그러나 이 시에서는 그렇게 이해하기가 난처하다. 왜냐하면 눕고 울고 일어남의 뜻이 각기 틀리므로 풀과 바람의 비교가 성립되지 않기 때문이다. 바람이 잠잠해지는 것보다 풀이 더 빨리 눕고, 바람이 새로 부는 것보다 풀이 먼저 일어난다는 비교는 전혀 의미가 없다. 그렇다면

 교과서에 실린 문학작품을 어떻게 가르칠 것인가

는 풀이 바람보다 빨리 눕고 또 빨리 운다고 했는데, 3연에서는 풀이 바람보다 늦게 눕고 또 늦게 운다고 했다. 즉, 시인은 풀의 움직임이 바람보다 먼저라고 하기도 하고 또 바람의 움직임이 풀의 움직임보다 먼저라고 하기도 하는 것이다. 이것은 모순된 진술인 듯하지만 바로 여기에 이 시의 묘미가 숨어 있다.

「풀」은, 바람에 움직이는 풀의 모습을 관찰하고 묘사한 작품이다. 시인은 흐리고 바람이 부는 날 들판에 서서 풀을 바라보고 있다. 바람이 불면 풀이 심하게 흔들리기도 하고 또 땅까지 휘어지기도 한다. 그러다가 잠시 바람이 잠잠해지면 다시 일어서서 가볍게 살랑대기도 한다. 이런 풀의 움직임이 반복되고 있다. 그런데 시인이 볼 때(느낌을 포함해서) 바람이 먼저 불어오고 이어서 풀이 흔들리는 것 같을 때도 있고 또 바람이 아직 불지 않는데 풀이 먼저 흔들리는 것 같을 때도 있다. 일어설 경우 역시 어떤 때는 풀이 먼저인 것처럼 보이기도 하고 또 바람이 먼저인 것처럼 보이기도 한다. 이것은 비록 상식에 어긋나는 것이긴 하지만, 시인의 독창적인 관찰이 발견한 감각적 진실이다. 우리의 상식적 지식은 바람이 먼저 불고 그 다음에 풀이 흔들리는 것이다. 그렇지만 바람 부는 풀밭을 한참 쳐다보면, 풀은 바람보다 먼저 움직이기도 하고 늦게 움직이기도 하는 것처럼 보인다. 「풀」이란 작품은 이처럼 감각적 진실에 의존하여 바람 부는 풀밭의 모습을 실감나게 입체적으로 보여 준다. 만약 바람이 먼저 눕고, 울고, 일어나고, 웃은 다음에 풀이 눕고, 울고, 일어나고, 웃는다고 말한다면, 그것은 상식에는 맞는 말일지 몰라도 바람에 흔들리는 풀들의 모습을 실감나게 전달하지는 못한다. 「풀」이란 시는 불과 몇 개의 낱말과 단순한 문장들을 절묘하게 조합하여 읽는 이들에게 바람 부는 풀밭의 풍경을 생생하게 전달하고 있는 것이다. 바람에 움직이는

바람이 눕고, 울고, 일어나는 것을 어떻게 이해해야 할까? 바람은 눈에 보이지 않는다. 우리는 나뭇잎이나 풀이 흔들리는 것을 보고 거기에 바람이 있음을 안다. 그러므로 나뭇잎이나 풀의 움직임은 곧 보이지 않는 바람의 움직임을 보여주는 거울과 같다. 여기서 조금 더 나아가면, 풀이 눕는 것을 보고 곧 바람이 눕는 것이라 말할 수 있고, 풀이 우는 것, 풀이 일어서는 것을 보고 바람이 우는 것, 바람이 일어서는 것이라고 말할 수 있다. 이렇게 보면 바람이 누울 때 풀이 눕고, 바람이 일어설 때 풀이 일어선다고 말할 수 있다.

풀의 모습을 그 생생한 분위기까지 살려서 언어로 보여 주는 것이 바로 「풀」이란 작품의 기본적인 의미이다.

한편, 풀의 여러 움직임 중에서 눕는 동작이 가장 많이 반복된다. 눕는다는 첫 행과 마지막 행을 비롯하여 여덟 행의 술어가 되어 있다(누웠다 포함). 그리고 시인은 날이 흐리다는 사실을 반복해서 강조한다. 이 때문에 풀이 시련과 고통 속에 있다는 느낌을 준다. 그런가 하면, 2연과 3연에서는 빨리와 먼저라는 부사 가 강조되면서 풀의 끈질긴 생명력을 암시한다. 이 두 가지 강조를 통해서 시인 이 말하는 바는, 풀은 시련과 좌절 속에서 시달리지만 끈질긴 생명력으로 어려운 상황을 견뎌 내고 나아가 상황을 오히려 압도한다는 것이다.

이상에서 분석한 「풀」의 의미를 정리하면 다음과 같다. 이 시는 감각적 진실에 의존하여 바람에 흔들리고 있는 풀밭의 모습을 실감나게 재현해 주고 있다. 그 풀들은 시련의 상황 속에서 좌절하는 듯하지만 늘 끈질긴 생명력으로 상황을 견 뎌 내고 오히려 압도한다.

「풀」이란 시의 이해는 바람에 흔들리는 풀의 모습에 대한 섬세하고도 구체적 인 이해로 일단락된다. 이러한 이해가 「풀」의 학습에서 본령이 되어야 한다. 이 것이 이루어졌을 때, 한걸음 더 나아가 〈풀〉의 알레고리적 의미를 생각해 볼 수 있다. 즉, 대부분의 교과서에서 풀이하였듯이 풀을 민중으로 보고 바람을 억압 세력으로 볼 수 있는 것이다.

만약 바람에 흔들리는 풀의 모습에 대한 섬세하고도 구체적인 이해가 없이 그 냥 알레고리적 의미만 배운다면, 이 시에서 말하는 민중은 단순히 어떤 억압세력

 교과서에 실린 문학작품을 어떻게 가르칠 것인가

에도 굴하지 않는 끈질긴 존재에 그치게 된다. 그렇다면 시인은 그냥 〈풀은 바람보다 강하다〉라고만 말하면 되지 굳이 「풀」이란 시를 쓸 필요가 없다. 그러나 「풀」이란 시를 제대로 이해하였다면, 민중의 의미는 한결 풍요로워진다. 즉, 민중은 억압 세력에 눌려 늘 고통을 당하고 늘 좌절한다. 그리고 억압하기도 전에 먼저 비굴해지기도 하고 먼저 겁먹기도 한다. 또 허약하기도 하다. 순간순간 보면 그런 것 같지만 긴 시간을 두고 전체적으로 보면, 민중이란 그러면서도 늘 삶을 이어갈 뿐만 아니라 때로는 억압 세력을 압도하기도 한다. 「풀」이란 작품은, 민중에 대한 도식적 이해를 넘어서서 보다 깊은 이해를 보여 주며, 민중과 억압 세력의 관계를 보다 구체적으로 보다 실제적으로 또 보다 설득력 있게 말해 주는 작품이다. 민중의 끈질긴 생명력을 노래한 시는 많지만 그 중에서도 「풀」이 높은 평가를 받는 것은 민중을 무조건 긍정하지 않고 그 부정적 속성까지도 포용하면서 긍정하기 때문이라고 말할 수 있다.

세상의 모든 존재나 관계는 단순한 이분법적 사고로 파악되지 않는다. 이분법적 사고를 넘어서서 사물의 실체에 더욱 가까이 가려는 것이 문학의 중요한 지향이다. 「풀」에서도 학생들이 배워야 할 것은 〈풀＝민중＝선＝생명력〉, 〈바람＝억압 세력＝악＝몰락〉의 도식이 아니라 결점 많고 허약하지만 세상의 시련을 견뎌 내고 끝내 살아남는 민중의 실제적인 속성에 대한 이해이다.

청포도 이육사

내 고장 칠월은
청포도가 익어 가는 시절.

이 마을 전설이 주저리 주저리 열리고,
먼 데 하늘이 꿈꾸며 알알이 들어와 박혀,

하늘 밑 푸른 바다가 가슴을 열고
흰 돛 단 배가 곱게 밀려서 오면,

내가 바라는 손님은 고달픈 몸으로
청포를 입고 찾아 온다고 했으니,

내 그를 맞아 이 포도를 따 먹으면,
두 손을 함뿍 적셔도 좋으련,

아이야, 우리 식탁엔 은쟁반에
하이얀 모시 수건을 마련해 두렴.

「청포도」는 이육사의 대표작으로 널리 알려진 시이며, 중학교 3학년 국어교과서에 실려 있다. 이 작품은 우리 현대시에서 드물게 보이는 싱그러운 청량감과 귀족적인 우아함을 지닌 작품이다. 그러면서도 그 내용이 어렵지 않아, 중학교 3학년 학생들이 즐겁게 배울 만한 작품이라 생각된다. 또한 이 시가 실려 있는 단원이 〈시의 심상〉임을 고려할 때, 심상이 비교적 쉽고도 분명하고 효과적으로 사용된 이 작품은 적절한 곳에 수록되었다고 말할 수 있다. 그러나 실제 문학교육의 현장에서는 「청포도」가 지닌 좋은 시로서의 매력을 제대로 전달시켜 주지 못하고 그 대신 별로 필요 없는 지식과 잘못된 이해로 「청포도」의 매력을 오히려 손상시키고 있는 것처럼 보인다. 중학생들이 시 읽기의 즐거움을 누리고 나아가 시에 대한 관심과 애정을 키울 수 있는 좋은 작품을 선정해 놓고서도, 그 가르침의 내용이 잘못되어 오히려 역효과를 내고 있는 안타까움은 「청포도」의 경우에도 해당되는 것 같다.

어떻게 가르치고 있는가

교사용 지도서에서는 「청포도」의 〈학습목표〉를 다음과 같이 제시하고 있다.

① 심상과 관련된 내용을 중심으로, 심상을 표현하고 있는 시어들을 찾아보도록 한다.

② 이 시에 표현된 심상들이 제시하고 있는 함축적 의미에 대하여 알아보도록 한다.

③ 시가 형상화하고 있는 것을 충실하게 감상해 본다. 또 시인의 전기적 사실을 창작된 시대적 배경과 연관지어 감상해 보도록 한다.

이러한 〈학습목표〉에 대하여 우선 지적할 수 있는 점은 문장의 어색함이다. 〈학습목표〉①에서 심상과 관련된 내용을 중심으로라는 말은 불필요한 것이다. 심상을 찾아보는데, 심상과 관련된 내용을 중심으로 찾아본다는 것은 의미론적으로 비문이기 때문이다. 그리고 심상을 표현하고 있는 시어라는 말도 어색하다. 표현이라는 어휘도 적절치 않거니와, 심상이란 시어뿐만 아니라 구절, 문장, 작품 전체에서도 찾아질 수 있기 때문이다. 그러므로 〈학습목표〉①은 〈이 시는 어떠한 심상을 지니고 있는지 생각해 보자〉 정도로 고치는 것이 좋다. 〈학습목표〉②도 말만 어렵지 실제 내용이 없는 문장이다. 심상이란 시에 〈표현〉된 것이라기보다는 〈들어 있는〉 또는 〈나타난〉 것이다. 그리고 심상은 의미를 〈제시〉하고 있는 것이 아니라 〈지니고〉 또는 〈내포〉하고 있는 것이다. 학습목표 ②의 문장은, 〈이 시에 나타난 심상들의 함축적 의미를 생각해 보도록 한다〉 정도로 고치는 편이 좋다. 학습목표 ③에서 시가 형상화하고 있는 것을 충실하게 감상하는 것은 곧 〈시를 감상〉하는 것이다. 괜히 형상화와 같은 어려운 말을 사용하고 있는 것이다. 그 다음 문장 시인의 전기적 사실을 창작된 시대적 배경과 연관지어 시를 감상해 보도록 한다도 잘 따져 보면 어색하다. 감상자가 연관짓는 두 대상은 전기적 사실과 시대적 배경이라기보다는 그것들과 「청포도」라는 작품일 것이다. 그렇다면 이 문장은 〈시인의 전기적 사실 그리고 시대 배경과 연관지어 시를 감상해 보도록 한

다)로 고쳐야 옳을 것이다.•

　한편, 학습목표의 내용을 생각해 보면, 그것은 첫째, 심상을 찾아보고 둘째, 심상의 함축적 의미를 알아보고 셋째, 시인의 전기적 사실이나 시대 배경과 연관지어 시를 감상하는 것으로 정리될 수 있다. 중학생들이 「청포도」를 공부하면서 심상을 찾아보는 일은 필요할 것이다. 그러나 「청포도」의 감상에서 심상의 함축적 의미를 알아보거나 역사주의적 관점에서 이 시를 감상하는 일이 과연 필요한 일인지 의문이다. 「청포도」에는 함축적 의미를 지닌 심상이 별로 없으며, 또 역사주의적 관점에서 이해해야 할 부분이 별로 없어 보이기 때문이다. 「청포도」를 공부하면서 학생들이 주목해야 할 것은 그런 것들이 아니라 이 작품이 지니고 있는 싱그럽고 우아한 분위기와 표현과 상상의 아름다움이 아닐까 한다.

　교사용 지도서의 〈학습목표〉②와 ③이 「청포도」의 이해를 잘못 유도하고 있음을 단적으로 보여 주는 예가 다음과 같은 한 참고서의 설명이다.

　여기서 「청포도」는 역사적 사회적 운명공동체의 원초적 연대의식의 결정이기도 하고, 푸른 하늘에 아로새겨진 이상이기도 하다. 〈고향〉 역시 실제 고향의 단편이 담겨 있기는 하나, 시인이 그리는 이상세계일 것이다. 그리고 〈손님〉은 삶의 근거를 잃고 고난을 겪은 독립투사 또는 고대하는 광복 더 나아가서는 시인의 모습이기도 하다. 이 시는 시인이 강렬한 저항 정신으로 항일 운동을 하다가 옥사를 했다는 전기적 사실과 관련하여, 민족애가 정신과 결합하여 높은 예술의 경지에 이른 작품이라고 평가된다.

• 어휘와 문장을 정확하게 사용하는 것은 사고의 정확성과 직결되는 것으로 국어교육의 핵심 목표가 될 만큼 중요한 것이며, 이 때문에 국어교육이 다른 모든 교육의 바탕이 된다고 말할 수 있을 것이다. 그러나 앞서도 여러 차례 지적한 바와 같이, 현재 국어교과서나 문학교과서의 〈단원의 길잡이〉 〈학습목표〉 〈학습활동〉 〈학습활동풀이〉 〈감상의 길잡이〉 등등을 살펴보면, 부정확하거나 어색하거나 잘못된 문장과 어휘들이 많이 발견된다. 이것은, 교과서를 편찬한 사람들이 그 교과서를 통해서 학생들에게 무엇을 가르칠 것인가에 대해 잘 모르고 있거나 명료한 생각을 갖고 있지 못함을 드러낸다고 볼 수도 있다. 심지어는 국어 구사 능력의 빈곤을 드러내는 것이라고 볼 수도 있다. 국어교과서가 부정확한 문장이나 어휘를 보여 주는 것은, 수학교과서가 잘못된 수학적 추론을 보여 주는 것만큼이나 심각한 문제라고 생각한다.

이 설명은 일단, 심상의 함축적 의미를 말하고 또 시인의 삶과 시대 배경을 고려하여 작품의 의미를 풀어 본 것이라 할 수 있다. 그러나 이 설명은 문장도 난삽하고 설명의 내용도 부적절하여 〈감상의 길잡이〉 노릇을 전혀 못하고 있다. 전체 설명의 문장이 다 어색하지만, 특히 밑줄친 곳은 그 의미 자체를 이해할 수 없는 구절이다. 역사적 사회적 운명공동체의 원초적 연대의식의 결정이라는 말은 중학생 수준에서 이해하기 어려울 뿐만 아니라 필자에게도 이해되지 않는다. 중학생들이 이러한 설명을 읽고 무슨 생각을 하게 될까 궁금하다. 민족애가 정신과 결합하여 높은 예술의 경지에 이른 작품이란 말도 역시 이해되지 않는다. 여기서 〈정신〉이 뜻하는 바가 무엇인지, 또 「청포도」가 어째서 민족애와 정신이 결합된 작품인지, 그리고 민족애와 정신이 결합하면 높은 예술의 경지가 되는지 전혀 알 수가 없다.

문장의 어색함도 문제지만, 내용 또한 잘못되었다. 가령 이 설명은 〈손님〉의 함축적 의미를 삶의 근거를 잃고 고난을 겪은 독립투사 또는 고대하는 광복, 더 나아가서는 시인의 모습이라고 말한다. 그렇지만 세 가지 의미 모두 적절치 않다. 먼저, 손님을 시인 자신이라고 생각하는 것은 옳지 않다. 그렇게 생각하면, 시인이 시인 자신을 기다린다는 뜻이 되고 말기 때문이다. 그리고 시인(화자)이 바라는 손님이 독립투사나 조국 광복이라고 짐작할 근거도 전혀 없다. 아마도 이 설명은 시인이 독립운동가였고, 시대가 일제시대였다는 사실을 근거로 삼았을 것이다. 그러나 시인이 일제에 저항했다고 해서, 그 시인이 쓴 시에 나타난 모든 희망이나 꿈이나 임이 전부 조국 광복의 뜻을 지닌다고 생각하는 것은 큰 오류이다. 이것은 중등학교 문학교육 전반에서 흔히 발견되는 오류인데, 학생들의 문학작품에 대한 실질적 감상과 이해를 옳지 못한 선입견으로 차단해 버리는 결과를 낳고 있는 것으로 보인다. 이미 여러 차례 강조한 바 있거니와, 문학작품의 해석에서 시인의 전기적 사실이나 시대 배경은 매우 신중하게 참조되어야 한다. 그리고 전기적 사실이나 시대 배경에 대한 지식의 참조가 그 이해에 도움이 되는 작품도 있고, 그렇지 않은 작품도 있다.● 「청포도」는 시인의 전기적 사실이나 시대적 배경이 작품의 이해에 거의 도움이 되지 않는 시이다.

「청포도」는 6연으로 되어 있고, 각 연은 2행으로 되어 있다. 그런데 참고서에서는 이러한 짜임새를 기승전결로 설명하기도 한다.

기(1-2연) : 청포도가 익어 가는 칠월의 고향
승(3-4연) : 바라는 손님에 대한 고대
전(5연) : 손님을 맞는 기쁨
결(6연) : 손님을 맞을 준비

「청포도」의 구성을 이와 같이 기승전결 4단 구성으로 설명하는 것은 옳지 못하다. 이러한 설명은, 「청포도」라는 시를 잘못 이해했을 뿐 아니라 기승전결이라는 4단 구성의 성격도 제대로 파악하지 못한 결과이다. 기승전결의 4단 구성은 한시의 절구에서 가장 뚜렷하게 드러나는 형식인데, 기에서 제시된 내용을 승에서 이어받고 다시 전에서 전환이 일어나 결에서 결론을 맺게 된다.

「청포도」의 짜임새에 대한 이해는 그냥 단순하게 6연으로 된 시라는 정도로

● 가령 심훈의 「그날이 오면」과 같은 작품은 시대 배경의 이해가 거의 필수적이다. 자신의 몸으로 북을 만들어 둥둥 두드리겠다는 화자의 강렬하고 단호한 태도는, 화자가 기다리는 〈그날〉의 의미를 대단한 것으로 만든다. 그러므로 이 시의 이해는 일제시대라는 시대 배경을 고려하지 않을 수 없다. 그런가 하면 한용운의 〈님의 침묵〉 같은 작품은 전기적 사실이나 시대 배경의 이해가 있으면 좋지만 그렇다고 필수적인 것은 아니다. 〈님의 침묵〉에서 〈님〉의 의미는 여러 가지로 해석될 수 있기 때문이다.
한편, 전기적 사실이나 시대 배경의 이해가 거의 필요 없는 작품도 있다. 윤동주의 〈서시〉 같은 작품이 그 예가 될 것이다. 흔히 윤동주도 저항시인으로 분류되지만, 〈서시〉를 이해하는 데 시인의 전기적 사실이나 시대적 배경이 참조될 여지는 거의 없어 보인다. 〈하늘 우러러 한 점 부끄러움이 없기를〉이란 구절을 두고, 부끄러움을 조국 해방에 헌신하지 못하는 자신에 대한 책망이라고 해석할 필요는 없기 때문이다.

충분하다. 이 시는 별다른 짜임새를 보여주지 않기 때문이다. 굳이 내적 짜임새를 따져 보자면 「청포도」는 세 부분으로 나누어질 수 있다. 1-2연은 내 고장 칠월의 청포도에 대한 내용이고, 3-4연은 칠월이 오고 청포도가 익으면 손님이 찾아온다는 내용이며, 마지막 5-6연은 손님을 기다리는 화자의 마음과 태도에 대한 내용이다. 그러나 「청포도」의 짜임새를 구태여 세 부분으로 나누어 이해하는 것도 꼭 필요한 것이라고 볼 수는 없다. 이러한 것을 참고서에서는 기승전결의 4단 구성으로 설명해 놓고 있으니, 그 설명은 잘못된 내용으로 학생들의 이해를 오히려 방해하고 있다고 하지 않을 수 없다.

시중의 참고서들은 교과서에 수록된 모든 작품에 대하여 소위 〈핵심정리〉라는 것을 해 두고 있다. 「청포도」의 핵심정리는 다음과 같이 제시된다.

주제 – 조국 광복의 열망 또는 풍요롭고 평화로운 현실에의 갈망
제재 – 청포도
시대적 배경 – 일제 강점기
표현 – 의인법, 의태법, 은유법, 돈호법, 상징법이 사용

이러한 방식의 정리 자체가 문학교육에 방해가 된다. 왜냐하면, 이것은 작품의 의미와 효과를 단편적 지식으로 바꾸어 버리며 또한 그 내용이 잘못되었거나 작품의 이해에 전혀 도움을 주지 못하기 때문이다. 「청포도」의 경우도 마찬가지다. 우선 이 작품의 주제를 조국 광복의 열망 또는 풍요롭고 평화로운 현실에의 갈망

이라고 했는데, 「청포도」라는 작품의 어디에 그러한 의미가 들어 있는지 필자로서는 이해할 수 없다. 문학작품 가운데는 한두 마디의 어구로 명료하게 그 주제를 말할 수 없는 것들이 많다. 또 주제를 그런 식으로 말할 필요도 별로 없다. 「청포도」도 그 주제를 한두 마디의 어구로 명료하게 말하기 어려운 작품이다. 꼭 주제를 말해야 한다면 「청포도」의 주제는 〈청포도에 대한 예찬〉 정도로 말할 수 있을 것이다(왜 주제를 이렇게 말할 수 있는가 하는 이유는 나중에 작품을 설명하는 과정에서 밝혀질 것이다).

제재와 시대적 배경에 대한 정리는 맞는 것이긴 하지만, 역시 시의 이해에는 별로 도움이 되지 않는 것이다. 그리고 표현에 대한 정리 역시 시의 이해에 방해가 될 뿐, 학생들이 알 필요가 없는 것이다. 6연의 아이야 라는 부분을 두고 그것이 돈호법이라고 가르치는 것은 거의 무의미한 일이다. 의인법, 의성법, 의태법, 돈호법 등등의 용어들은, 적어도 중학교의 문학교육 현장에서는 불필요한 말들이 아닌가 한다. 특히 상징법이란 말은 보편성이 없는 용어이다. 상징을 사용한 것을 두고 상징법이라고 말한 듯한데, 그런 말은 일반적으로 잘 사용되지 않는다. 그리고 「청포도」라는 작품 속에는 상징이라고 할 만한 것이 없다. 없는 것을 설명하고 나아가 어려운 용어를 붙이는 일은, 우리 문학교육의 가장 큰 병폐 중의 하나일 것이다.

교과서의 〈학습활동〉 문제 ③번과 ④번을 검토해 보자.

③ 이 시의 중심 소재이자 주된 심상인 청포도는 다양한 의미로 해석될 수 있다. 청

포도의 여러 가지 의미를 알아보고, 이에 대한 자신의 생각을 말해 보자.

④ 이 시를 순수 서정시로 해석하는 견해와 저항시로 해석하는 견해가 있다. 이런 해석에 대하여 각자의 견해를 말해 보자.

이러한 학습활동 문제는, 문학작품의 의미를 한 가지로 고정하여 가르치지 아니하고 여러 가지 해석의 가능성을 열어 두려는 의도에서 나온 것으로 보인다. 그리고 문학작품의 의미는 수용자의 해석의 지평에 따라 달라질 수 있다는 수용 미학적 견해를 문학교육에 적용한 결과로 보인다. 이러한 시도는 원칙적으로는 바람직한 것이라 할 수 있다. 문학작품에서 하나의 고정된 해석이나 답을 추구하기보다는 여러 가지 가능성 속에서 〈창조적 오독〉이 오히려 문학의 이해를 풍요롭게 하기 때문이다. 그러나 실제 문학교육의 현장에서는 이러한 시도가 오히려 역효과를 내는 경우가 많아 보인다. 〈여러 가지 가능성〉 또는 〈열린 의미〉라는 것이 자의적인 이해나 해석을 무조건 인정하는 것을 뜻하지는 않는다. 어떤 새로운 이해나 해석이라고 하더라도 그것은 작품 자체에 근거하여 타당성을 지니고 또 설득력을 지니는 것이어야만 가치가 있다. 해석의 가능성을 열어 둔다는 명분으로 근거도 없고 타당성도 없는 해석을 무조건 용납해서는 안 된다. 특히 〈해석의 열린 가능성〉이 작품에 대한 기본적인 이해의 결여를 은폐하는 수단이 되어서는 안 될 것이다.

학습활동 ③번 문제를 보면, 청포도가 다양한 의미로 해석될 수 있다고 말한다. 도대체 이 시에서 청포도가 어떤 다양한 의미로 해석될 수 있는가? 한 참고서의 풀이는 다음과 같이 설명한다.

청포도는 자신의 현실적 여건과 대비되는 것으로 풍성한 결실을 뜻하기도 하고, 역사적 사회적 운명을 같이한 공동체들의 형상을 상징하는 것이기도 하다.

이것은 참으로 이해하기 어려운 설명이다. 어째서 청포도가 자신의 현실적 여건과 대비되는 풍성한 결실인가? 이 설명은 시인의 현실적 여건을 어려운 것으로 암시한다. 풍성함과 대비된다고 말하기 때문이다. 그러나 이 시에서 시인의 여건은 비교적 풍요롭고 여유가 있는 것으로 이해된다. 일하는 아이를 부리고 있으며, 은쟁반과 모시 수건을 사용할 수 있는 처지이기 때문이다. 그리고 청포도를 역사적 사회적 운명을 같이한 공동체들의 형상을 상징한다는 설명도 말이 안 된다. 포도알이 모여 있는 포도송이의 모습에서 이러한 의미를 이끌어 낸 것으로 짐작되는데, 「청포도」의 전체 의미와 관련하여 전혀 타당성이 없는 엉뚱한 해석이다.

한편, 교사용 지도서에 보면, 2연 1행 이 마을 전설이 주저리 주저리 열리고를 두고, 청포도를 전설에 비유함으로써 우리 민족의 유구함을 암시한다고 풀이하고 있다. 즉, 청포도를 우리 민족의 유구함을 상징하는 것으로 풀이하고 있는 것이다. 그런가 하면 6연 2행의 하이얀 모시 수건을 마련해 두렴을 두고, 하이얀 모시 수건은 은쟁반과 더불어 흰색의 심상으로, 민족적 염원의 쟁취(조국 광복의 간절한 기다림)라는 강력한 의미를 드러내고 있다고 풀이한다. 그러나 하이얀 모시 수건에 손을 닦아 가며 은쟁반에 놓인 청포도를 따 먹는 행위 속에서 민족의 염원이나 조국 광복의 기다림을 읽어 낼 수는 없다. 이 또한 「청포도」의 전체 의미와 관련하여 전혀 타당성이 없는 엉뚱한 해석이라고밖에 말할 수 없다.

학습활동 ④번 문제도 마찬가지다. 교과서는 학생들에게 「청포도」를 순수 서정시로 보는 견해와 저항시로 해석하는 견해를 제시한다. 그리고는 학생들이 두 견해를 자유롭게 수용하도록 유도하고 있다. 이러한 방식은 표면상으로는 해석의 다양한 가능성과 수용자의 이해의 지평을 고려한 것으로 바람직하게 생각된다. 그러나 실제로는 그렇지 못하다. 왜냐하면, 이 시를 저항시로 해석하는 견해는 잘못된 것이기 때문이다. 학생들에게 잘못된 해석까지 제시하며 학생들 마음대로 해석하라고 하는 것은 오히려 혼란을 부추기는 무책임한 태도라고 할 수 있을 것이다.

이 시는 청포도를 통하여 우리 민족의 유구함이나 운명공동체로서의 우리 민족 또는 풍성한 결실을 말하고자 하는 것이 아니다. 그렇게 볼 근거를 작품에서 전혀 찾을 수 없기 때문이다. 이러한 청포도에 대한 세 가지 의미 해석은, 결코 해석의 풍요로움이라고 말할 수 없다. 그것은 시에 대한 무지와 문학교육의 혼란을 보여주는 엉터리 해석일 뿐이다.

어떻게 가르칠 것인가

이육사의 「청포도」는 무엇보다 먼저 청포도에 대한 시이다. 시인은 청포도에 대해서 노래하고 있다. 이 분명하고 단순한 사실로부터 「청포도」에 대한 이해를 시작해야 한다.[*]

　　내 고장 칠월은

---

[*] 많은 교사와 학생들은, 청포도를 노래하면 그 시는 시시하다고 생각한다. 청포도는 단지 비유일 뿐이고 실제로는 민족적 염원이나 우주적 신비나 지고의 진리를 노래해야 비로소 가치 있는 시라고 생각한다. 그러나 거창한 사상이나 관념은 오히려 문학에 어울리지 않는 것이다. 시성(詩聖)으로 추앙받는 두보의 시 속에 거창한 사상이나 관념이 있기 때문에 두보의 시가 위대한 것이 아니다. 두보는 자기 주변에 있는 산과 들과 꽃과 술과 이웃 들의 평범한 삶을 노래했으며, 우리 모두에게 친숙한 계절의 변화에 대해 노래했다. 김소월의 「산유화」에 어떤 민족적 염원이나 지고의 진리가 들어 있어서 그 시가 높이 평가받는 것도 아니다. 「산유화」는 그냥 산에 핀 꽃을 노래했을 뿐이다.

청포도가 익어 가는 계절.

시인이 사는 고향에는 청포도 밭이 있다. 계절은 청포도가 탐스럽게 익어 가는 칠월이다. 1연은 이 단순한 사실을 말하고 있다. 물론 여기서 가장 주의를 끄는 단어는 청포도이다. 청포도는 보통의 자주색 포도보다 싱그러운 느낌이 더하다. 싱그러운 느낌은 〈청〉이라는 접두어에서도 온다. 뿐만 아니라 청포도라고 하면 어딘지 귀하고 품위가 있다는 느낌도 든다. 이러한 청포도에 대한 감각적 느낌은 내 고장 칠월의 분위기를 형성한다. 그 공간은 무덥거나, 바쁘거나, 번잡스러운 것이 아니라 싱그럽고 풍요로우며 여유가 있다. 이어서 2연에서는 청포도에 대해 부가적인 설명을 함으로써 청포도의 느낌을 보다 확대하고 구체화한다.

이 마을 전설이 주저리 주저리 열리고,
먼 데 하늘이 꿈꾸며 알알이 들어와 박혀,

2연은 익어 가는 청포도에 대한 주관적 묘사이다. 시인은 청포도를 두고 〈마을의 전설이 주저리 주저리 열린 것〉이라 하고, 또 〈먼 데 하늘이 꿈꾸며 알알이 들어와 박힌 것〉이라고 한다. 이런 묘사를 통하여, 청포도는 아름답고 고귀한 것이 된다. 여기서 시인이 왜 청포도 송이를 보고 전설이 열렸다고 하고 또 하늘이 꿈꾸며 들어와 박혔다고 했는지 논리적으로 설명하는 것은 어렵다. 그러나 청포도 송이를 보고 이렇게 생각할 수 있는 것이 바로 시적 상상력의 매력이요, 아름다움이다. 이런 구절을 아름다움에 대해 친숙해지는 것이 곧 시와 친숙해지는 것

 교과서에 실린 문학작품을 어떻게 가르칠 것인가

이기도 하다. 이 구절이 있음으로 해서, 청포도는 이제 평범한 청포도가 아니라 시인에게 특별히 소중하고 고귀한 의미를 지닌 것이 된다.

> 하늘 밑 푸른 바다가 가슴을 열고
> 흰 돛 단 배가 곱게 밀려서 오면,

3연에서는 장면이 바뀐다. 하늘과 바다가 시원스레 펼쳐져 있고, 흰 돛을 단 배가 곱게 밀려오는 장면이 제시된다. 푸른색과 흰색이 조화를 이루며 시원하고 상쾌한 분위기를 연출하는 이 장면은 청포도의 싱그러운 느낌의 연장이면서 또한 배경이기도 하다. 이 장면이 어떤 느낌을 주는가 하는 것은, 푸른 하늘과 바다가 넓게 펼쳐져 있고 흰구름과 흰 배가 떠 있는 달력 사진 같은 것을 떠올리면 쉽게 알 수 있을 것이다. 사진이나 그림이 주는 느낌을 단 몇 줄의 언어로 재현해 내는 것이 바로 시의 중요한 측면이다.

> 내가 바라는 손님은 고달픈 몸으로
> 청포를 입고 찾아온다고 했으니

4연에서는 독자들의 예상을 뛰어넘는 흥미로운 시적 상상이 펼쳐진다. 즉, 시인이 바라던 손님이 청포를 입고 찾아올 것이라는 것이다. 청포란 푸른 도포를 뜻하는 것으로, 보통 잘 입는 옷이 아니다. 그러나 여기서 청포는 물론 청포도와 연결되면서 자연스러움을 얻는다. 청포는 손님과 청포도를 하나의 심상으로 묶어 주는 것이다. 그런데 시인이 바라는 손님이란 누구일까? 이에 대해서 이 시가 더 이상 말해 주는 바는 없다. 시인에게 소중한 존재라는 것만 우리는 알 수 있을 뿐이다. 손님이 구체적으로 누구인지 꼭 알아야 할 필요는 없다. 손님에 대해서 더 이상의 의문을 가질 필요는 없지만, 굳이 가져 본다면 그것은 독자의 짐작에 맡겨 두는 수밖에 없다. 단, 이 경우, 손님에 대한 독자의 짐작은 이 시의 전체 의미와 분위기에 위배되지 않는 것이어야 할 것이다(가령, 손님을 조국 광복이라고 짐작하는 것은 이 시의 전체 의미와 분위기에 위배된다).

한편, 이즈음에서 2, 3, 4연을 다시 읽어 볼 필요가 있다. 2연에서는 먼 데 하늘이 들어와 박히고, 3연에서는 흰 돛 단 배가 곱게 밀려서 오고, 4연에서는 손님이 청포를 입고 찾아온다고 했다. 먼 곳에 있는 하늘, 배, 손님이 모두 시인이 있는 공간으로 접근하고 있는 것이다. 이것은 오랜 과정을 거친 후의 결실 또는 오랜 바람의 실현을 의미한다. 또 이것은 청포도가 소중하게 익어 간다는 의미의 여러 변주이기도 하다.

> 내 그를 맞아 이 포도를 따 먹으면,
> 두 손을 함뿍 적셔도 좋으련,

5연에서는 손님을 맞이하는 시인의 마음가짐을 말한다. 시인에게 청포도는 자기 고장의 칠월을 대표하는 것이며 또한 마을의 전설이 열린 것이며 하늘의 꿈이 들어와 박힌 것이다. 그만큼 소중하고 의미 깊은 것이다. 기다리던 손님을 맞아 그 소중한 청포도를 함께 먹겠다는 것은, 곧 시인이 그 손님을 얼마나 소중

 교과서에 실린 문학작품을 어떻게 가르칠 것인가

하게 생각하고 있는가를 드러낸다. 그러나 이 소중함보다 더 주목해야 할 것은, 손님과 청포도를 나눠 먹는 또는 손님에게 정성스레 그 청포도를 대접하는 모습과 분위기의 우아한 아름다움이다. 이 우아한 아름다움은 6연에 의해서 더욱 강조된다.

> 아이야, 우리 식탁엔 은쟁반에
> 하이얀 모시 수건을 마련해 두렴.

시인은 식탁에 은쟁반과 모시 수건을 마련해 두고, 청포를 입고 찾아온 귀한 손님에게 청포도를 대접하고자 한다. 그 모습은 사실적인 장면이라기보다는 아름다운 꿈이다. 그 꿈은 풍요롭고 싱그러운 청포도의 느낌을 더욱 고상하게 만든다.

다시 한번 전체적으로 정리해 보면, 「청포도」의 내용은 크게 세 가지로 이해될 수 있다.

첫째, 내 고장의 청포도는 전설이 열린 것이며, 하늘의 꿈이 들어와 박힌 것이다.

둘째, 푸른 바다로 흰 돛 단 배가 밀려오면, 기다리던 손님이 청포를 입고 찾아올 것이다.

셋째, 은쟁반과 모시 수건을 마련하여 그 손님과 함께 청포도를 먹을 것이다.

이러한 세 가지 내용은 인과적 질서에 의한 사건의 전개라기보다는 하나의 정서를 구체화시키기 위한 세 가지 장면의 병렬적 나열로 모두 청포도의 싱그러움과 고귀함을 드러내는 역할을 한다. 따라서 「청포도」의 이해는 이러한 장면이 환기시키는 싱그러움과 고상함의 분위기를 구체적으로 간접 체험하는 일이 된다.

「청포도」는 푸른색의 심상과 흰색의 심상이 잘 어울려 있다. 푸른색과 흰색의 조화는 깨끗하고 싱그럽고 고귀하다는 인상을 만든다. 이러한 색조를 바탕에 두고, 시인은 전설과 하늘의 꿈과 청포를 입고 찾아오는 손님과 은쟁반과 모시 수건의 이미지로 그림을 그린다. 그림을 구성하는 그 이미지들은 하나의 주제, 즉 청포도의 싱그럽고 고상한 아름다움으로 수렴된다. 이러한 「청포도」의 싱그럽고 고상한 분위기는, 우리 현대시에서 흔치 않은 미학이다. 이 미학을 이해하고 또 즐길 수 있다면, 「청포도」의 감상은 충분하다고 말할 수 있다. 그리고 이 미학을 이해하는 사람이라면, 「청포도」가 민족의 유구함 또는 광복의 염원을 노래했다는 견해가 터무니없는 것임도 잘 이해할 것이다.

바다와 나비   김 기 림

아무도 그에게 수심(水深)을 일러 준 일이 없기에
흰 나비는 도무지 바다가 무섭지 않다.

청(靑) 무밭인가 해서 내려갔다가는
어린 날개가 물결에 절어서
공주(公主)처럼 지쳐서 돌아온다.

삼월(三月)달 바다가 꽃이 피지 않아서 서글픈
나비 허리에 새파란 초생달이 시리다.

배우기에 적절한 작품인가

김기림의 「바다와 나비」는 중학교 3학년 국어교과서 중 〈시의 심상〉 단원에
들어 있는 작품이다. 이 작품은, 나비가 바다 위를 날고 있다는 독특한 상황을 비
교적 명료한 이미지로 제시하고 있다. 간단하면서도 인상적인 작품으로 중학교
3학년 학생들이 이해할 수 있고 또 흥미를 느낄 수도 있을 것으로 생각된다. 그
러나 이 작품에 대해서도 교과서와 참고서는 쓸데없이 어려운 설명을 함으로써
학생들의 즐거운 감상을 오히려 방해하는 것처럼 보인다.

어떻게 가르치고 있는가

교사용 지도서는 이 작품의 특성을 다음과 같이 설명한다.

> 바다의 파란색 심상과 나비의 흰색 심상, 그리고 바다의 강렬한 심상과 나비의 가냘픈
> 심상이 대조를 이루고 있다. 즉 시의 제재가 주는 시각적 심상(청, 백)과 감각적 심상
> (강, 약)이 어우러져서 하나의 시적 형상을 만들어 내고 있다.

단원 목표가 시의 심상을 이해하는 것이므로 교사용 지도서는 이 작품을 주로
심상과 관련하여 설명하고 있다. 여기서 바다의 파란색 심상과 나비의 흰색 심상
이 대조를 이루고 있다는 설명은 옳다. 그러나 바다가 강렬한 심상이라는 설명은

수긍할 수 없다. 이 시의 어느 곳에도 바다의 강렬함에 대한 암시는 없다. 강렬한 바다는 거세고 풍랑치는 바다이다. 그런데 이 시에 언급된 바다는 나비가 청무밭으로 오인할 만큼 푸르고 잔잔한 바다이다. 그리고 시각도 감각의 일부이기 때문에 시각적 심상과 감각적 심상으로 구분하는 것은 적절치 않다. 더구나 강하고 약함은 감각이라기보다는 정신의 느낌일 것이다. 따라서 강하고 약함을 두고 감각적 심상이라고 말한 것은 잘못이다. 또한 하나의 시적 형상을 만들어 내고 있다고 했는데, 여기서 시적 형상이란 그 내포가 막연하여 분명하게 이해되기 어렵다. 요약하면 위의 설명은 바다의 파란색과 나비의 흰색이 대조를 이룬다는 점을 지적하고 있을 뿐이다. 그것만으로는 부실한 설명이라고 하지 않을 수 없다.

그리고 교사용 지도서는 학습활동 문제의 풀이를 통하여 이 작품을 다음과 같이 해설하고 있다.

① 이 시에서 심상이 드러난 표현을 찾아보자. 그리고 이 심상들이 무엇을 형상화하고 있는지 말해 보자. *

(풀이) 특히, 이 시가 창작된 시대적 배경을 고려할 때, 이들 심상은 1930년대의 민족 현실과 이 현실의 파도에 휩쓸릴 수밖에 없었던 시인 자신의 모습을 형상화하고 있다.

③ 〈나비 허리에 새파란 초생달이 시리다〉에 담긴 뜻을 말해 보자.

(풀이) 이 시에서 바다와 나비는 서로 대조되고 있다. 이 과정에서 나비는 바다에서 시련을 겪고 좌절을 경험한다. 즉, 의인화된 흰 나비와 현실로 표현된 바다는 끝까지

---

* 이 학습문제에서, 심상이 형상화하고 있는 것을 생각해 보라고 했다. 그리고 풀이에서 나비는 시인을 형상화하고 있으며, 바다는 민족 현실을 형상화하고 있다고 했다. 이때 〈형상화〉란 단어는 부적절하게 사용되고 있다. 나비가 시인을 뜻한다고 하더라도 그것을 두고 〈형상화〉라고 말하는 것은 잘못이기 때문이다. 중등학교 국어교육에서 이처럼 낱말이 부정확하고 부적절하게 사용되는 경우는 허다하다. 말뜻을 올바르게 파악하고 사용할 수 있는 능력을 길러 주어야 할 국어교과서에서 이처럼 잘못된 표현이나 단어가 사용되고 있다는 점 또한 시급히 개선되어야 할 것이다.

화해에 이르지 못한다. 특히 이런 현실 인식은 3연의 〈나비 허리에 새파란 초생달이 시리다〉라는 표현에 잘 나타나 있다. 1, 2연에서의 상황 설명에 이어, 이 부분에서 나비는 여행에서 돌아와 자아를 인식하는 단계에 이르고 있다.

주제 :순진한 낭만적 꿈의 좌절과 냉혹한 현실 인식

학습문제 ①의 풀이에서 시대적 배경을 고려한 해석은 가능한 것이긴 하지만 타당성이 높은 해석은 아니다. 그러한 해석은 김기림이라는 시인을 시대 배경 속에서 연구하는 문학 전문가들이 생각해 볼 수 있는 하나의 해석이다. 그러나 시 한 편의 감상과 이해에는 거의 불필요하고 부적절한 해석이다. 특히 독자가 중학생이라는 점을 고려하면, 그러한 해석은 전혀 어울리지 않으며 오히려 작품 감상에 방해가 될 뿐이다. 그럼에도 불구하고 참고서의 해석은 이러한 해석을 더욱 엉뚱하게 몰고 간다.

이 시에서도 바다는 문명 혹은 근대에 접어드는 민족의 현실에 해당한다고 할 수 있다. 그렇다면 3월에도 꽃이 피지 않는 바다는 문명의 무생명성, 불모성을 뜻하는 심상일 것이다. 흔히 김기림은 우리 모더니즘 이론의 기수로 불리거니와, 이 시에도 그 회화적 특성과 문명 비판적 특성이 뚜렷이 드러난다.

이러한 설명은 그 자체로 무책임하고 당혹스런 것이지만, 특히 중학생들의 이해에는 전혀 닿지 않는 것이다. 중학생들은 이러한 설명을 전혀 이해할 수 없으

 교과서에 실린 문학작품을 어떻게 가르칠 것인가

며, 이런 설명 때문에 「바다와 나비」라는 작품은 그들에게 더욱 알 수 없는 수수께끼가 되고 만다. 나아가 학생들이 문학 자체를 싫어하게 만든다.

학습문제 ③의 풀이 또한 억지스런 설명이다. 우선 나비가 바다에 잘못 내려앉은 일을 두고 시련과 좌절이라고 말하는 것은 적절치 않다. 그리고 끝까지 화해에 이르지 못한다는 설명도 막연하다. 나비는 다만 바다를 청무밭이라고 잘못 알고 찾아왔다가 혼이 났을 뿐이다. 나비가 어떤 목표를 갖고 그것을 애써 추구한 바는 없다. 그러므로 좌절이나 화해라는 말은 이 상황에서 맞지 않는다. 그리고 또 현실 인식이라는 말이 나온다. 이 말은 문학교육 현장에서 매우 자주 사용되는 말이지만, 역시 문제가 많은 용어이다. 여기서도 현실 인식이랄 그 무엇이 없다. 나아가 여행에서 돌아와 자아를 인식하는 단계란 더더욱 없다. 여행에서 돌아오지도 않았으며, 자아에 대한 인식도 전혀 없다. 만약 시련과 좌절이 있고 또 현실 인식과 자아 인식이 있다 하더라도 중학생들에게 현실 인식과 자아 인식이라는 말은 너무 어렵다. 뿐만 아니라 문학교육에서는 그러한 추상적인 말 자체보다는 그것의 구체적 상황과 내포를 이해하는 것이 결정적으로 중요하다.

어 떻 게 가 르 칠 것 인 가

「바다와 나비」를 중학교 교실에서 어떻게 가르쳐야 할 것인가? 모든 문학작품의 이해에서 그러하듯이, 우선 중학생들이 이해할 수 있는 체험과 상황을 환기시켜 주어야 한다. 즉, 학생들에게 바닷물 위를 날고 있는 나비를 상상해 보게 한다

(학생들이 그러한 나비를 본 적이 있다면 더욱 좋다). 그러한 상황은 낯선 상황이다. 나비는 보통 들판이나 숲에서 날아다니다가 때때로 꽃이나 풀이나 나뭇가지 등에 앉는다. 그런데 나비가 바다를 처음 보고 청무밭인 줄 알고 날아와서 내려앉으려고 하다가 바닷물에 날개를 적시고 당황하게 된다. 그렇지만 바다는 너무 넓어서 나비가 피해 앉을 곳을 찾지 못하고 애처롭게 날갯짓을 한다. 이러한 나비의 모습은 곧 힘이 빠져 바다에 빠져 죽을 것만 같아서 안타깝다. 이러한 낯선 상황을 이해하고 나비의 날갯짓에 애처로움을 느낄 수 있다면 중학생으로서 이 시에 대한 감상은 충분한 것이다. 거대하고 깊은 바다 위에서 가냘픈 흰 나비가 힘겹게 팔락거리고 있는 것, 바로 이것이 이 시에서 가장 중요한 심상이고 또 의미이다. 학생들은 그 심상을 마음속에 선명하게 떠올리고 이어서 나비에 대한 애처로움을 느끼는 것이 곧 이 시의 올바른 감상이다.

여기서 좀더 나아간다면, 그것은 후반부에 나타난 비유와 심상을 이해하는 일이다. 공주처럼은 나비의 애처로움을 보다 구체적으로 제시한다. 이때 공주는 성 안에서 행복하게 미소짓는 공주가 아니라 어떤 이유에서 낯선 곳을 헤매다가 지쳐 버린 공주이다. 그때의 애처로움은 공주의 신분과 아름다움 때문에 더욱 강화된다. 시골 소녀가 낯선 곳에서 지쳐 있는 모습보다 공주가 낯선 곳에서 지쳐 있는 모습이 더 애처롭게 보이기 때문이다. 그리고 흰 나비의 아름다움과 심상은 공주에 보다 잘 어울린다. 공주처럼이라는 비유 속에는 그러한 뜻이 들어 있다.

이 시에서 중학생의 수준으로는 비교적 이해하기 어려운 곳은 3연이다. 3연은 하나의 심상으로 시 전체를 요약하고 또 결론짓는다. 그 심상은, 새파란 초생달이 하늘에 걸려 있는 그러한 애잔한 바다 위에 떠 있는 나비의 모습이다. 막막한 하늘에 희미하고 가늘게 떠 있는 초생달의 모습은 거대한 바다 위에서 애처롭게 날갯짓하는 흰 나비와 대응된다. 그러한 대응은 흰 나비의 애처로움을 더욱 분명한 심상으로 전달해 준다. 즉 바다 위에서 지친 나비는 하늘가에 희미하게 떠 있는 초생달처럼 곧 사라져 버릴 듯이 애잔한 것이다. 새파란이란 단어와 시리다라는 단어는 그러한 애잔함을 한결 강조한다.

　이처럼 「바다와 나비」에 대한 감상은, 바다 위에 애처롭게 날고 있는 나비의 모습을 구체적 상황으로 이해하는 것으로 충분하다. 그 상황을 정서적으로 체험하는 일이 곧 문학작품의 감상 요체이다. 중학생들에게 그러한 구체적 상황을 환기시키지 않고 엉뚱하게 현실 인식과 모더니즘과 자아 인식 등을 말하는 것은 이 시의 감상을 차단하는 일이다. 현실 인식이나 모더니즘과 관련하여 이 작품을 해석하는 것 자체가 타당성이 약할 뿐만 아니라, 그러한 말은 중학생이 이해하기 어려운 것이다. 문학작품에서 멋있고 어려운 관념적 의미를 찾으려는 경향은 대체로 잘못된 문학 감상법이라고 할 수 있다. 중학생들은 「바다와 나비」를 통하여 세상의 낯선 한 장면, 그러나 이해할 수 있고 감정이 동화될 수 있는 그런 세상의 한 장면을 체험하게 된다. 이런 체험을 할 때, 학생들의 세계 이해와 감성은 문학으로부터 모종의 자양분을 섭취한 것이 된다. 그리고 언어가 어떻게 세상과 감정을 표현하는가에 대해서 배우게 된다.

겨울밤 ^{박용래}

잠 이루지 못하는 밤 고향 집 마늘밭에 눈은 쌓이리.
잠 이루지 못하는 밤 고향 집 추녀 밑 달빛은 쌓이리.
발목을 벗고 물을 건너는 먼 마을,
고향 집 마당귀 바람은 잠을 자리.

배우기에 적절한 작품인가

박용래의 「겨울밤」이란 시는, 중학교 2학년 2학기 국어교과서 제11장 〈시의 주제〉 단원에 실려 있다. 이 작품은 「저녁 눈」과 함께 박용래의 대표작으로 인정받고 있으며, 박용래의 시적 특성을 잘 보여 주는 작품이기도 하다. 「겨울밤」은 4행으로 된 짧은 시이며 또한 거기에는 시인의 고향에 대한 간단한 생각이 제시될 뿐이다. 적어도 겉보기에는 매우 쉽고 단순한 작품이라서 중학교 2학년 학생들이 즐기기에 무리가 없는 것처럼 보인다. 그러나 쉽고 어렵고를 떠나서, 「겨울밤」에서 제시된 고향의 체험은 현재 중학교 학생들에게는 이해될 수 없는 낯선 것으로 생각된다. 아마도 마늘밭에 쌓인 눈, 추녀 밑에 쌓인 달빛, 발목을 벗고 물을 건너는 먼 마을의 정서를 이해할 수 있는 중학생은 거의 없을 것이다.

물론 문학작품을 감상할 때, 자기가 체험한 것만 이해할 수 있는 것은 아니다. 문학작품은, 많은 경우, 독자가 체험하지 못했던 새로운 세계를 체험케 해 준다. 그렇게 함으로써 문학작품은 우리들의 체험 공간을 넓혀 주고 나아가 세상을 이해하는 삶의 지평을 넓혀 준다. 그러나 새로운 체험, 새로운 공간을 제시하는 문학작품이라고 하더라도 그것은 항상 독자들이 이미 지니고 있는 체험의 연장선상에 있는 것이어야 한다. 또는 보편적으로 이해될 수 있는 체험이나 공간이어야 한다. 가령 독자들이 전혀 체험하지 못한 미래 세계를 다루는 문학작품의 경우, 그 공간은 독자들의 체험과는 동떨어진 것이지만 보편적으로 이해될 수 있는 체험이나 공간이기 때문에 이해될 수 있는 것이다. 특히 「겨울밤」과 같이 어떤 정서의 전달을 목적으로 하는 문학작품은 독자들이 그 정서를 자신의 체험의 연장선상에서 이해할 수 있어야 비로소 의미 있는 감상이 될 수 있다.

「겨울밤」이 전달하고자 하는 정서는 매우 섬세한 것이며, 그 공간을 어느 정도 이해할 수 있는 독자들에게 「겨울밤」이라는 작품은 풍부한 감정을 환기시켜 주는 좋은 작품이다. 그러나 「겨울밤」을 제대로 감상할 수 있으려면, 독자들은 도시의 근대문명으로부터 멀리 떨어진 시골의 삶에 대해서 어느 정도 알고 있어야 한다. 「겨울밤」의 정서는 불과 몇 십 년 전만 해도 많은 한국인들에게 익숙한 것이었지만, 지금은 어느 곳에서도 거의 찾아볼 수 없는 것이 되어 버렸다. 그러므로 오늘날의 중학생들이 이런 정서를 이해하기란 거의 불가능하다. 아마도 「겨울밤」은 오늘날의 중학생들에게는 도무지 무슨 내용인지 알 수도 없고, 따라서 흥미도 없는 작품일 것이다. 「겨울밤」은 좋은 작품이지만, 중학교 국어교과서에 실리기에는 적절치 못한 작품이라고 판단된다.

어떻게 가르치고 있는가

「겨울밤」은 짧고 단순한 작품이다. 이런 작품일수록 교사들은 가르치는 데 어려움을 느끼는 경우가 많다. 교사들이 설명해 줄 만한 그럴듯한 내용이 별로 없는 듯이 보이기 때문이다.[*] 쉽고 단순한 작품을 쉽고 단순하게 감상시키지 않고 자꾸만 엉뚱한 의미를 가져다 붙이려는 경향은 잘못된 것이다. 특히 어린 학생들에게, 문학교육은 쉽고 재미있게 이루어져야 한다.

문학작품을 가르칠 때 어려운 내용, 그럴듯한 지식을 자꾸만 부가하려는 교사

[*] 객관식 시험이 대부분인 중등학교 국어수업에서, 수업 내용은 시험에 출제하기 용이한 성격의 지식에 편향되는 경향이 강하다. 그런 지식이라야 가르치는 교사도 무엇을 가르쳤다는 느낌이 들고, 또 학생들도 그런 지식을 배워야지 공부를 했다는 느낌을 갖게 된다. 참고서들을 보면 그런 성격의 지식들로 가득하다. 그러나 그것들 가운데 많은 것은 작품의 이해에 불필요한 것으로 보이며, 또한 그런 지식들이 작품의 올바른 이해에 방해가 되는 경우를 자주 본다. 사실 적지 않은 문학작품들은 교사의 설명을 별로 필요로 하지 않는다. 작품에 대한 간단한 소개 그리고 작품 이해의 방향만 제시해 주는 것으로 충분한 작품들이 많다. 그러나 현재의 국어교육에서는 그런 작품들까지 그럴듯한 지식으로 재포장하려 든다. 국어교육이 정상화되려면 우선 국어 참고서가 없어져야 하는데, 그 이유 중의 하나가 바로 이 점이다.

들에게 「겨울밤」 같은 단순한 작품은 당혹스러울 것이다. 이런 당혹스러움은 다음과 같은 엉뚱한 설명을 낳는다.

〈눈〉은 농민의 삶의 터전이었던 마늘밭에 쌓이는 눈이며, 〈달빛〉 역시 삶의 공간인 집의 추녀 밑에 쌓이는 달빛이다. 〈바람〉 역시 이 점에서는 예외가 아니다. 심지어 마을 앞을 흐르는 〈물〉까지도 발목을 벗고 맨발로 건너야 하는, 생활 속의 자연이다.

이것은 교사용 지도서의 설명이다. 이 설명이 강조하는 바는, 「겨울밤」의 공간이 생활 속의 자연이라는 점이다. 마늘밭, 추녀, 시냇물 등은 모두 삶의 터전이었다는 점을 강조한다. 그러나 이러한 설명은 그 자체로 지극히 무의미하고, 또한 「겨울밤」의 이해에 아무런 도움을 주지 못한다. 오히려 학생들이 시를 감상하는 데 방해가 된다. 시골 마을이 시골 사람들의 삶의 공간임을 구태여 강조할 필요가 어디에 있는가? 이 설명은, 어쨌든 무슨 설명이라도 그럴듯하게 해야 하는데 할 말이 없으니, 농민의 삶의 터전, 생활 속의 자연 등과 같은 학생들이 외우기 좋은 구절을 만들어 학생들을 현혹시키고 있는 것이다.

시인에게 고향이 애틋한 향수로 남아 있는 것은, 삶(현실)에 대한 아쉽고 애달픈 정서가 고향으로 향하는 마음으로 표출됨을 의미한다. 즉 이 그리움은 결국 현실 세계의 냉혹함을 벗어나려는 시인의 의지를 반영하고 있는 것이다.

이것은 한 참고서의 설명인데, 마찬가지로 무의미하고 불필요한 설명이다. 우선 이 설명은 쉬운 내용의 말을 매우 어렵게 하고 있다. 그리고 과장된 어휘들을 구사하고 있다. 예를 들어 현실 세계의 냉혹함을 벗어나려는 시인의 의지라는 구절에서, 현실 세계, 냉혹함, 의지 등등의 표현들은 모두 이 시와는 어울리지 않는다. 이 시에는 현실 세계의 냉혹함이라고 표현될 만한 어떤 것도 없고, 시인의 의지라 말할 어떤 것도 드러나지 않는다. 이 설명만 보면, 「겨울밤」이란 시는 대단히 거창하고 심각한 내용을 담고 있는 작품처럼 생각된다. 이 시의 내용은 결코 거창하거나 심각하지 않다. 오히려 소박하다. 그냥 잠 못 이루는 밤에 떠나온 고향을 그리워할 뿐이다.[*]

교과서는 「겨울밤」에 대하여 다음과 같은 학습활동 문제를 학생들에게 부여하고 있다.

① 〈잠 이루지 못하는〉 이유가 무엇인지 말해 보자.
② 〈발목을 벗고 물을 건너는 먼 마을〉에 담긴 뜻을 말해 보자.
③ 이 시에서 감각적 심상을 자아내는 시어들을 찾아보자.
④ 이 시의 주제를 말해 보자.

①번 물음은, 이 시의 이해와 관련하여 가능한 물음이다. 그러나 어떤 특별한 이유, 즉 그 답이 있기 때문에 가능한 물음인 것이 아니라, 이유를 따져 볼 필요가 없고 또 이유를 알 수도 없다는 점을 깨닫기 위해서 가능한 물음이다. 이 시에서 화자가 잠을 이루지 못하는 이유는 전혀 짐작할 수 없다. 어떤 걱정거리가

---

[*] 현행 문학교육에서 발견되는 또 하나의 부정적 경향은, 거창하고 심각한 어휘로 표현될 만한 주제나 내용을 담고 있어야 좋은 작품이라는 생각이다. 〈조국의 해방〉이나 〈절대자에 대한 귀의〉나 〈냉혹한 현실에 대한 항거〉나 〈강렬한 역사의식〉이나 〈민족적 울분〉이나 〈삶의 허무를 벗어나려는 강한 의지〉 등등과 같이 심각한 어휘들과 어울리지 않는 작품은 교과서에 실릴 가치가 없다고 여기는 경향이 있다. 그래서 교과서에 나온 모든 작품들을 이런 어휘들로 포장하려고 한다. 그러나 대부분의 좋은 문학작품은 오히려 그런 거창한 어휘들과 상관이 없다. 평범한 일상 속에서 어떤 순간에 느낀 소박한 감정이나 생각들이 작품의 내용을 이루고 있는 경우가 많고, 그런 내용은 거창한 것은 아닐지라도 삶에서 아름답고 소중한 것이다. 평범하고 소박한 감정이나 생각이지만 그것이 절실하고 명료하게 표현된 작품이라면 그것은 훌륭한 문학이다. 평범하고 소박한 것이 결코 하찮은 것이 아니라는 사실, 그리고 문학이 거창한 주제만을 다루지는 않고 많은

있을 수도 있고, 그냥 불면증일 수도 있고, 또는 낮에 커피를 너무 많이 마셨을
수도 있고, 아니면 낮잠을 너무 많이 자서 그럴 수도 있다. 또 낮에 고향 사람을
만나서 고향 생각이 간절해졌기 때문일 수도 있다. 여기서 중요한 것은 잠을 이
루지 못하는 이유가 아니다. 잠을 이루지 못하는 밤이란 그냥 상황의 제시일 뿐
이다. 그것은 화자가 현재 밤늦게 잠들지 못하고 고향 생각을 하고 있다는 것을
말할 따름이다. 그런데 교사용 지도서에는 잠 못 이루는 이유를 다음과 같이 설
명한다.

> 이 시의 화자는 — 이미 자신이 소중하게 간직하고 있는 고향의 모습이 파괴되어 버린
> 상태를 바라보고 있는 사람이다 — 전통적인 정서나 풍물이 사라지는 것을 안타까워하
> 는 마음으로 인해 잠을 이루지 못하는 것이다.

「겨울밤」에서 화자가 잠 못 이루는 이유가 전통적인 정서나 풍물이 사라지는 것
을 안타까워하는 마음 때문이라는 생각은 전혀 근거가 없는, 시의 의미와도 맞지
않는 엉뚱한 상상이다. 이 시의 어디에서도 화자의 고향이 옛 모습을 잃어버렸
다는 상상을 할 만한 근거는 전혀 없다. 시를 제대로 읽지도 않고, 고향에 대한
시가 나오면 파괴된 고향을 떠올리는 상투적 이해의 모범을 교사용 지도서가 보
여 주고 있는 셈이다. 다시 한번 말하면, 이 시에서 화자가 잠 못 이루는 이유는
알 수가 없고, 또 그것을 알아야 할 필요도 전혀 없다. 이 시에서 중요한 것은 화
자가 떠올리는 고향의 정서이다. 그 정서를 이해하는 것이 이 시를 이해하는 것
이다.

경우 아주 사소한 것들을 다룬다는 사실을 명심할 필요가 있다.
　〈시의 목적은 놀랄 만한 사고로 우리를 눈부시게 하는 것이 아니라 존재의 한순간을 잊혀지지
않는 순간으로 또 견딜 수 없는 그리움에 값하는 순간으로 만드는 것이다〉라는 말의 진실성에 너
무 무지한 것이 우리 문학교육계의 현실이라고 말하고 싶다.

②번 물음은 아마도 학생들의 이해를 도울 수 있는, 필요한 물음일 것이다. 이 시의 공간이 되는 시골의 삶에 대해서 모르는 중학생들은 왜 발목을 벗고 물을 건너야 하는지 이해가 안 될 수도 있기 때문이다.

③번은 시작품의 학습문제로 매우 자주 제시되는 물음이다. 그러나 이전의 다른 작품에 관한 논의에서 몇 번 비판하였듯이, 심상 문제는 현재 중등학교 문학 교육에서 잘못 지도되고 또 잘못 강조되고 있다. 「겨울밤」과 관련하여 이런 물음은 거의 불필요하다. 교사용 지도서를 보면, 시각적 심상으로 마늘밭, 눈, 달빛 등을 언급하고 또 촉각적 심상으로 발목을 벗고 건너는 물을 언급한다. 그렇다면 추녀나 집이나 마당귀는 왜 시각적 심상이 아닌가? 또 발목은 왜 시각적 심상이 아닌가? 또 발목을 벗고 건너는 물을 두고 촉각적 심상이라고 이해해야 할 필요가 어디에 있는가? 바보 같은 물음에 바보 같은 답이 아닐 수 없다. 뿐만 아니라 교사용 지도서는 〈이런 심상은 현대인의 소외감을 표상하는 것이다〉라는 설명을 덧붙인다. 왜 갑자기 현대인의 소외감이 나오는가? 발목을 벗고 건너는 물이 어째서 현대인의 소외감을 표상하는가? 전혀 말이 안 되는 설명이다.

④번 물음은 해도 그만이고 안 해도 그만이다. 물론 이 시의 주제는 〈고향 생각〉이다. 그러나 고향 생각이라는 말만 가지고는 이 시를 이해했다고 할 수 없다. 중요한 것은 화자가 고향 생각을 하되, 더 구체적으로 어떤 생각을 하고 있는가 또는 고향의 어떤 모습을 떠올리고 있는가이다. 화자가 떠올린 고향 생각과 가장 근접하게 생각해 보는 것이 이 시를 감상하는 가장 좋은 방법이고 또 유일한 방법이다.

앞서 언급한 대로 「겨울밤」이란 시는 짧고 단순한 시지만, 가르치기가 쉽지 않다. 특히 시골의 삶의 공간에 대해서 알지 못하는 어린 학생들에게 이 시를 가르치기란 더욱 어렵다.

「겨울밤」은 일종의 정서적 공간이다. 의미를 좁은 뜻으로 사용한다면, 이 시에는 특별한 의미가 없다. 마치 음악처럼 어떤 정서적 공간을 우리에게 제공할 뿐이다. 그러므로 그 정서적 공간을 얼마나 섬세하게 잘 음미하느냐 하는 것이 이 시를 감상하는 관건이 된다. 그 정서적 공간으로 들어가기 위해서 우선 이 시의 극적 상황을 파악해야 한다.

이 시의 극적 상황은 다음과 같다. 화자는 지금 고향이 아닌 타향에 있다. 그리고 깊은 밤이다. 화자는 어떤 이유인지는 알 수 없지만, 잠을 이루지 못하고 있다. 잠을 못 이룬다는 것은 행복한 상태가 아니다. 그것은 어떤 불편함과 결핍의 상태이다. 화자는 잠을 이루지 못하고 뒤척이는데, 그의 마음속에는 고향 생각이 간절하다. 그냥 막연히 고향 생각을 하는 것이 아니라, 고향의 어떤 구체적 장소와 구체적 시간의 장면들을 떠올린다.

이러한 상황 속에서 화자가 떠올리는 고향의 장면은 세 가지다. 네 가지라고 말할 수도 있지만, 한 가지 즉 발목을 벗고 물을 건너는 먼 마을이라는 장면은 나머지 셋과 그 성격이 다르다. 발목을 벗고 물을 건너는 먼 마을은 구체적 장소와 시간을 지닌 장면이 아니라 그냥 고향이 얼마나 멀고 깊은 시골인가를 말해 주는 보충 설명의 역할을 한다. 그의 고향은 냇가에 다리도 없어서 발목을 벗고 건너야 하는 그런 깊은 시골임을 말해 주고 있는 것이다. 그런 시골이므로 화자에게는 고향이 더욱 아득하고 멀게 느껴진다. 가려고 해도 가기가 그만큼 더 어려운 곳일 것이다.

이제 이 시의 핵심이라고 할 수 있는, 화자가 떠올리는 고향의 세 장면에 대해서 생각해 보자.

① 고향 집 마늘밭에 눈은 쌓이리
② 고향 집 추녀 밑에 달빛은 쌓이리
③ 고향 집 마당귀 바람은 잠을 자리

시인은 어둠 속에 누워, 마늘밭에 쌓이는 눈과 추녀 밑에 쌓이는 달빛과 바람 잦은 마당 귀퉁이를 떠올린다. 그것은 마치 고향을 찍은 세 장의 사진처럼 선명하다. 그런데 이 세 장면은 각각 다른 시간과 다른 장소의 모습을 보여준다. 셋 다 겨울밤의 장면이긴 하지만, ①은 눈이 조용히 내리는 밤이고, ②는 달빛이 밝은 밤이며 ③은 그냥 고요한 밤(이 경우, 꼭 밤인지는 분명하지 않지만, 화자가 현재 처한 시간이 깊은 밤이므로 그가 떠올리는 고향의 장면도 밤의 장면이라고 짐작하는 편이 무난하다)이다. 화자는 지금 자기가 고향에서 체험했던 겨울밤의 세 장면을 선명하게 떠올리고 있는 것이다.

이러한 세 장면은, 각기 다른 시간과 장소의 모습을 보여 주고 있지만, 그러나 공통점이 있으며 하나의 동일한 정서를 형성한다. 우선 중요한 공통점은 고요하다는 것이다. 마늘밭에 쌓이는 눈도 고요하고, 추녀 밑에 쌓이는 달빛도 고요하고, 마당귀에 잠든 바람도 고요하다. 이 고요함에는 약간의 적막감 또는 외로움이 섞여 있기도 하지만 그보다는 평화로운 느낌이 많다. 고요히 쌓이는 눈 또는 달빛 그리고 마당귀에서 잠을 자는 바람은 한없이 평화로운 공간이며 지친 마음을 고요히 쓰다듬는 안식의 공간이다.

세 장면이 지닌 또 하나의 공통점은, 보통은 잘 보이지 않는 아주 사소한 공간이란 점이다. 그것은 섬세한 감성으로만 포착될 수 있다. 그리고 사소한 것에 대한 인식은 구체성을 띤다. 그냥 〈고향의 밭〉보다 〈마늘밭〉이 더 구체적이고 그것보다 〈겨울밤에 눈이 쌓이는 마늘밭〉은 더 구체적이다. 구체성 때문에 사소한 것은 때때로 그 작은 크기에도 불구하고 매우 풍부한 내용을 갖는다. 그냥 고향을 그리워하는 것은 구체성이 없이 막연하고 별다른 정서를 전달하지 못한다. 그러나 달빛이 쌓이는 고향집 추녀 밑이라고 하면 구체적인 것이 되고, 따라서 그것은 고향의 어떤 정서를 비교적 풍부하게 환기시킨다.

고향에 대한 기억은 무궁무진할 것이다. 그런데 시인은 이처럼 아주 사소한 세 장면만을 간단히 제시한다. 그러나 그 세 장면이 중첩되어 만들어 내는 정서의 울림은 크다. 그것들은 고향의 안온하고 평화로운 정서를 매우 효과적으로 환기시킨다. 이러한 공통점을 지닌 세 장면을 제시함으로써, 「겨울밤」은 고향의 정서를 매우 구체적이고도 풍부하게 전달한다. 그 정서는 산문적 언어로 설명하기 어렵다. 굳이 말해 본다면, 고요하고 평화로우며 아늑하다. 그러나 정서를 설명으로 이해할 수는 없다. 정서는 마치 음악을 듣듯이 그 공간을 스스로 체험해야 한다. 이 정서를 간접 체험하는 것이 바로 「겨울밤」을 이해하고 감상하는 것이라고 할 수 있다. 이 시가 쉬우면서도 어려운 이유가 바로 여기에 있다.

 교과서에 실린 문학작품을 어떻게 가르칠 것인가

「겨울밤」의 감상은, 세 장면이 만들어 내는 정서를 간접 체험하는 것으로 충분하다. 그러나 더 이상의 설명의 여지가 없는 것은 아니다. 이 시에서 〈잠〉과 〈물〉에 대해 좀더 사변적이고 전문적인 해석을 해 볼 수도 있다. 참고로 〈잠〉과 〈물〉의 의미를 생각해 보면 다음과 같다.

「겨울밤」에는 두 개의 〈잠〉이 나온다. 하나는 화자가 현재 못 이루고 있는 잠이고, 다른 하나는 고향집 마당귀에서 바람이 자고 있는 잠이다. 화자는 잠을 못 이루기 때문에 고향 생각에 빠진다. 그런데 생각 속의 고향은 바람마저도 곤히 잠든 세상이다. 타향은 불면의 공간인데, 고향은 숙면의 공간이다. 현재의 화자에게 결핍되어 있는 것이 고향에는 충족되어 있다. 여기서 잠의 공간은 안식과 평화의 공간에 대한 제유가 된다. 그래서 화자는 고향을 그리워하는 것이다.

한편, 〈물〉은 어떤 경계를 뜻한다. 현실 세계에서도 그러하지만, 문학적 상상력 속에서 흔히 물은 두 세계의 경계가 된다. 예를 들면, 이승과 저승 사이에도 강이 경계가 되고, 또 미혹의 세계와 깨달음의 세계 사이에도 강이 경계가 되며, 사랑하는 사람과의 이별도 강에서 이루어진다. 「겨울밤」에서 타향과 고향은 물에 의하여 나누어져 있다. 그런데 그 물을 건너기가 쉽지 않다. 발목을 벗고 건너야 하는 것이다. 이것은 타향과 고향의 거리감, 즉 현재 화자의 삶이 고향으로 되돌아가기가 그만큼 어렵다는 것을 암시한다고 생각할 수 있다. 그래서 고향은 더 멀고, 더 그리운 것이 된다.

그 다음에 또 하나 더 생각해 볼 수 있는 점은, 부드러운 종결의미가 주는 효과이다. 전체 작품을 이루고 있는 세 개의 문장이 모두 〈리〉로 끝나고 있다. 이것은 물론 화자의 짐작을 뜻하는 종결어미지만, 짐작의 의미뿐만 아니라 어떤 소망

과 기대의 심리까지 포함되어 있는 듯하다. 그리고 〈리〉의 부드러운 음운적 효과
는 고향의 안식과 평화의 정서를 강조해 주는 듯하다.

　이런 점들까지 생각해 보면, 「겨울밤」은 짧고 단순한 시지만, 여러 가지 면에
서 섬세하게 직조된 언어공간이라고 말할 수 있다.

　「겨울밤」은, 오늘날 우리가 잃어버린 삶의 정서를 담고 있는 작품이다. 그 정
서는 불과 몇 십 년 전만 하더라도 많은 사람들에게 보편적인 삶의 정서였으나,
이제 우리는 그러한 정서를 느낄 수 있는 삶의 공간을 거의 완전히 상실하였다.
그래서 현재 중등학교 학생들의 대부분은 그러한 공간과 정서를 이해할 수 없게
된 듯하다. 「겨울밤」이 환기시키고 있는 과거 시골의 그 정서는 안온하고 평화롭
고 아름답다. 그것은, 그것을 이해하거나 체험하는 사람들에게 향수를 불러일으
킨다. 삶이 어떻게 변하든 간에 그러한 정서를 상실한다는 것은 아쉬운 일이다.
그렇다면 「겨울밤」이 담고 있는 정서를 보존하기 위해서 학생들에게 다소 무리
를 해서라도 이 시를 가르치는 것이 좋은가? 이에 대한 필자의 생각은 다소 부정
적이다. 「겨울밤」이 담고 있는 정서가 인간의 삶에 소중한 것이라 하더라도 그것
은 더 이상 현실이 아니므로 잊혀질 수밖에 없을 것 같다.

　보다 엄밀하게 말한다면, 그러한 정서 자체가 없어지는 것은 아닐 것이다. 유
사한 정서는 다른 장면, 또는 다른 시공간 속에서 계속 존재할 수 있을 것이다.
다만 그것을 담고 있는 시공간이 바뀔 따름이라고 말할 수 있다. 그러므로 오늘
날의 학생들에게 「겨울밤」을 억지로 가르쳐야 할 필요는 없다고 판단된다. 「겨울
밤」은 고향의 포근하고 평화로운 겨울밤의 정서를 잘 포착하고 있는 수작이라고

할 수 있지만, 그 시적 공간을 이해할 수 있는 체험의 지평이 사라져 가기 때문에 시공을 뛰어넘는 작품으로 오래 기억되기는 어려울 것이다. 학생들의 문학교육에서도 「겨울밤」은 그 뛰어난 수준에 불구하고 문학에 대한 흥미를 유발할 수 있는 적절한 작품이 못 되는 것 같다.

파초 김동명

조국을 언제 떠났노.
파초의 꿈은 가련(可憐)하다.

남국(南國)을 향한 불타는 향수.
너의 넋은 수녀(修女)보다도 더욱 외롭구나!

소낙비를 그리는 너는 정열(情熱)의 여인(女人).
나는 샘물을 길어 네 발등에 붓는다.

이제 밤이 차다.
나는 또 너를 내 머리맡에 있게 하마.

나는 즐겨 너를 위해 종이 되리니,
너의 그 드리운 치맛자락으로 우리의 겨울을 가리우자.

배우기에 적절한 작품인가

김동명의 「파초」는 중학교 2학년 1학기 국어교과서 〈시와 언어〉 단원에 실려 있다. 오랜 세월 동안 교과서에 실리는 영광을 누린 작품이지만, 중학생들에게 가르치기에 적절한 작품은 아닌 것 같다. 이 작품은 그 언어와 내용이 단순하므로 중학생들의 수준에서 이해될 만하다고 할 수는 있다. 그러나 교과서에 수록될 만큼 좋은 작품이라고 말할 수 없다. 학생들은 좋은 작품을 통해서 문학교육을 받아야 한다. 이것은 문학교육의 중요한 전제이다. 「파초」는 그 자체로 중학생들에게 좋은 문학교육의 텍스트가 아닐 뿐만 아니라, 중학교 2학년 문학교실에서 잘못 가르쳐지고 있다. 그리고 〈시와 언어〉 단원에도 별로 어울리지 않는다.

어떻게 가르치고 있는가

문학작품의 의미를 지나치게 시대적 상황에 의존해서 파악하려는 태도는 그 작품의 의미를 협소하게 단순화시킬 우려가 많다. 그러한 태도는 문학의 생명이랄 수 있는 구체성을 외면하고 문학을 단순한 추상적 개념으로 환원시킨다. 그 동안 이에 대한 반성이 적지 않았으며, 많은 국어교사들도 그러한 태도가 잘못임을 알고 있을 것이다. 그러나 실제 문학교육 현장에서는 같은 잘못이 여전히 반복되고 있다. 그 까닭은 무엇인가? 가장 큰 이유는 아마도 그런 식으로 이해하는 것이 가장 수월하기 때문일 것이다. 달리 말해서 문학에 대한 이해력이 충분하지

 교과서에 실린 문학작품을 어떻게 가르칠 것인가

못한 교사들은 단순한 시대적 정치적 의미를 말하는 것말고는 달리 그럴듯하게 설명할 바를 알지 못하기 때문이라고 짐작된다.

「파초」의 경우도 마찬가지다. 참고서에서, 이 작품의 주제는 일제 강점기, 조국 상실의 슬픔과 그 극복의지라고 제시된다. 이러한 주제를 공식처럼 외우면서, 학생들은 이 작품 역시 조국애에 넘치는 독립운동의 노래 같은 것이라고 생각할지 모른다. 물론 이 작품의 주제를 조국 상실의 슬픔과 그 극복의지라고 말하는 것이 전혀 잘못된 것은 아니다. 이 작품에서 〈조국 상실의 슬픔〉을 읽을 수는 있다. 그러나 〈그 극복의지〉를 읽어 내는 것은 무리다. 다만 절망하지 아니하고 시련을 굳건히 견디고자 하는 태도가 나타나 있을 뿐, 슬픔을 극복하려는 의지 또는 조국을 되찾으려는 의지는 나타나 있지 않다. 특히 〈의지〉라는 말은 적절치 않다. 〈의지〉란 뚜렷한 목표를 세워 그것을 꼭 달성하려는 굳센 마음가짐을 뜻한다. 이 시에서 시인이 그러한 마음가짐을 내비친 곳은 없다. 슬픔이나 상실이란 말이 나오면 극복의지란 말도 함께 나와야만 좋은 문학일 것이라는 상투적 사유에서 비롯된 표현이 아닌가 한다. 교사용 지도서에서는 이 작품의 주제를 잃어버린 조국에 대한 향수라고 정리하고 있는데, 이것이 보다 온당한 것으로 생각된다.

문학작품은 일단 텍스트 안에서 충분히 이해되어야 한다. 작가나 시대 배경과 같은 작품 외적인 사항들은 그 다음에 고려하여 신중하게 작품의 해석에 적용되어야 한다. 특히 중학교 2학년 학생들에게 시대적 의미를 섣불리 강조하는 문학교육은 실패하기 쉽다.

교과서에서는 「파초」에 관한 학습활동으로 세 가지 문제를 제시하고 있다. 문제와 그 문제에 대한 참고서의 풀이를 대상으로 학습내용을 비판적으로 검토해 보자.

①이 시에서 심상을 자아내는 시어들을 찾아보자.

　　풀이:1연 – 파초

　　　　2연 – 수녀

　　　　3연 – 소낙비, 정열의 여인, 샘물

　　　　4연 – 밤

　　　　5연 – 드리운 치맛자락, 겨울

먼저, 파초는 즉 자기 집이나 자신의 삶의 터전을 떠난 처지를 나타낸다. 그러므로 조국을 떠났다는 것은 편안함과는 거리가 먼 것이며, 외로움과 고통의 시작이다. 그러나 이런 떠남이나 상실은 현실적인 패배보다는, 이를 극복하고자 하는 적극적인 의지의 표현으로 볼 수 있다. 또 2연에서는 파초의 조국인 남국에 대한 불타는 향수는 시인 자신의 조국에 대한 간절한 사랑을 표현하고 있다. 여기서 불탄다는 것은 강한 신념과 통한다. 특히 조국을 떠난 외로움을 수녀에 비유함으로써, 이런 신념이 신앙적 차원임을 드러내고 있다.

　중등학교 문학교육 현장에서 심상이란 말은 자주 사용된다. 그러나 심상에 대한 이해는 혼란스럽다. 심상은 한 단어에서 나올 수도 있고, 한 구절이나 시 전체에서 나올 수도 있다. 일단 이 문제를 단어의 차원에서 심상을 찾는 문제로 이해하고 논의를 계속해 보자. 풀이를 보면 그림으로 그릴 수 있는 단어를 찾아 답으로 제시한 듯하다. 그렇다면 2연의 남국이나 3연의 발등 그리고 4연과 머리맡과

 교과서에 실린 문학작품을 어떻게 가르칠 것인가

5연의 종도 그림으로 그릴 수 있는 단어들인데 왜 이러한 단어들은 답에서 제외되었는지 이해할 수 없다. 평등, 진리, 자유와 같은 추상적 단어가 아닌, 모든 구체적 단어들은 그 자체로 심상을 가지고 있다고 말할 수 있다. 그러므로 독립된 단어의 차원에서 심상을 말하는 것은 별로 의미가 없다. 가령 〈붉다〉라는 형용사는 그 자체로 붉은 느낌을 불러일으킨다. 그렇다고 〈붉다〉라는 형용사가 붉은 감각적 심상을 가졌다고 말해서 무엇하겠는가? 따라서 실제 시의 이해에 도움이 되는 심상은 주로 비유적 언어에 의해서 만들어진 것을 뜻한다.[*]

이 〈학습활동〉의 문제처럼 단어에서 심상을 찾는 것은 무의미하다. 그리고 심상은 시작품의 구체적인 문맥 속에서 이해되어야 한다. 「파초」에서 주목할 만한 심상은 5연 정도가 아닐까 생각된다. 너의 그 드리운 치맛자락으로 우리의 겨울을 가리우자라는 마지막 구절은, 넓고 큰 파초의 잎사귀로 겨울 추위를 가리는 심상이 다소 인상적이다. 그러나 성공적으로 잘 만들어진 심상이라고 보기는 어렵다. 「파초」는 심상을 공부하기에 별로 적절한 작품이 아니다.

그리고 이어진 설명에서 조국을 떠난 파초를 두고 이런 떠남이나 상실은 현실적인 패배보다는 이를 극복하고자 하는 적극적인 의지의 표현이라고 했지만 납득할 수 없는 설명이다. 앞서도 말했지만 여기에 극복하고자 하는 적극적인 의지의 표현은 없다. 이 시에 나타난, 시련에 대한 시인의 태도는 적극적이라기보다는 소극적이다. 또 남국을 향한 불타는 향수를 두고 시인의 강한 신념과 통한다고 한 설명도 타당하지 않다. 이 시의 어느 곳에도 시인의 신념이 암시되어 있지 않다. 불타는 향수를 굳이 시인의 마음으로 본다면, 그것은 간절한 그리움일 것이다. 그 다음 해석은 더욱 억지스럽다. 2연에 대한 설명으로 특히, 조국을 떠난 외로움을 수녀

● 〈단원의 길잡이〉에서는 시어와 심상에 대해 다음과 같이 설명한다.

시에 쓰인 말에는 빛깔이나 모양, 소리, 냄새, 맛, 촉감 등과 같은 심상을 나타내는 것이 많다. 〈흑진주같이 빛나는 눈〉은 빛깔이나 모양을, 〈돌돌돌 흐르는 물〉은 소리를, 〈새큼한 살구〉는 맛을, 〈비단결 같은 바람〉은 촉감을 드러내는 말이다. 이와 같이 심상을 나타내는 시어는 독자의 마음속에 상상 작용을 일으켜, 실제로 보고, 만지고, 냄새 맡는 것과 같은 인상이나 느낌을 준다.

이 설명은 심상을 단어에서 찾는 것이 아니라 구절에서 찾는다. 다만 〈새큼한 살구〉는 〈새큼한〉이라는 형용사가 살구를 직접 형용하므로 단어 차원의 심상이라고 할 수 있다. 달리 말하면, 직접 표현이지 비유적 표현이 아니다. 일반적으로 심상은 비유적 표현에서 생성된다. 그리고 〈돌돌돌

에 비유함으로써, 이런 신념이 신앙적 차원임을 드러내고 있다고 말한다. 2연에서 말하는 바는 고향에 대한 간절한 그리움과 외로움일 뿐이다. 시인은 고향을 멀리 떠나 지금 시인 앞에 있는 파초를 보고 향수와 외로움을 읽는다. 그리고 동병상련의 감정을 갖는 것이다. 거기에 신앙적 차원의 굳은 신념 같은 것은 없다.

  ② 〈파초〉에 담긴 여러 가지 뜻을 말해 보자.
     풀이: 시인 자신, 우리 민족, 고향을 잃은 사람, 삶의 터전을 잃은 사람

  우선 물음 자체가 불명확하다. 여기서 말하는 파초는 시의 제목인가, 아니면 시의 소재인가, 아니면 그냥 식물 이름인가? 짐작컨대, 아마도 〈이 시에서 파초는 어떤 의미로 해석될 수 있는가?〉라는 물음일 것이다. 그렇다면 답은 〈조국이나 고향을 잃은 사람〉쯤 될 것이다. 이 시에서 시인과 파초는 같은 처지에 놓여 있으므로 〈시인 자신〉이란 답도 어느 정도 가능하다. 그러나 〈우리 민족〉이라는 답은 너무 비약한 것이며, 〈삶의 터전을 잃은 사람〉이란 답 역시 그러하다. 이러한 물음보다는 〈이 시에서 파초는 어떠한 처지에 놓여 있는가〉 〈시인은 왜 즐겨 파초를 위해 종이 되겠다고 하는가〉 등의 물음이 훨씬 바람직하다.

  ③ 〈너의 그 드리운 치맛자락으로 우리의 겨울을 가리우자〉에서 나타내고자 한 뜻은 무엇인가?
     풀이: (중략) 결국, 시인은 파초와 함께 있음에서 자신의 존재 의의를 찾고 있다. 시인과 파초 모두가 산다고 할 때, 〈우리〉라는 말이 의미를 가질 수 있는 것이다. 또한

흐르는 물〉은 청각심상이라기보다는 시각심상으로 판단된다.
  심상 또는 이미지라는 말은 매우 다양한 뜻으로 사용된다. 그러나 시에서 중시되는 심상은 단어들의 조합을 통하여 선명한 감각적 인상을 환기하는 것이다. 이때 조합은 주로 비유적 관계로 형성된다. 그러므로 구절 이상의 차원에서 심상을 찾는 것이 당연하다. 그리고 심상은 시의 이해에서 중요성을 띠는 것만이 심상으로의 가치가 있다. 시의 효과나 주제의 구현에 중요하게 작용하는 심상을 찾아내고 이해하는 것이 아니라면 심상을 언급할 이유가 없다. 모든 산문 문장에서도 심상은 들어 있다. 그렇지만 보통 산문 문장에서 심상은 중요하게 고려되지 않는다. 그래서 산문 문장에서 심상을 따질 필요가 없는 것이다.

 교과서에 실린 문학작품을 어떻게 가르칠 것인가

시인은 파초의 잎이 무성한 것처럼, 자신의 의지와 신념도 키우고자 한다. 이렇게 되었을 때, 〈우리의 겨울〉은 파초의 넓은 잎인 〈드리운 치맛자락〉으로 가릴 수 있다. 거기에는 가릴 수만 있다면, 걱정할 것도 없다는 운명 공동체 의식도 담겨 있다.

김동명 「파초」

이 설명은, 〈시보다 더 어려운 설명, 시에는 없는 내용을 억지로 가져다 붙인 설명〉의 전형적인 사례이다. 이 구절을 설명하는 데 왜 존재 의의라는 말과 공동체 의식이란 말이 나와야 하는지 이해할 수 없다.* 뿐만 아니라 시를 더욱 어렵게 만들고 있으며, 특히 교육 대상이 중학교 2학년 학생이라는 점을 전혀 고려하지 않은 설명이다. 이 설명은 한 마디로 너무 말도 안 되는 설명이어서 비판할 가치도 없다.

〈학습활동〉의 문제는 학생들의 올바른 작품 이해를 유도해 주는 물음이어야 한다. 그렇지만 앞서 살핀 대로 〈학습활동〉의 세 가지 문제는 그런 역할을 하기는커녕 오히려 학생들에게 혼란만 주는 것 같다. 그리고 풀이도 대체로 잘못된 것이라 판단된다.

어떻게 가르칠 것인가

그렇다면 김동명의 「파초」라는 작품을 어떻게 이해하고 또 중학교 2학년 학생들에게 어떻게 가르쳐야 할까? 이 작품을 이해하기 위해서는 제일 먼저 파초에 대해서 알아야 한다. 파초는 파초과의 다년생 풀로 높이가 3미터 정도이고 잎은 크고 긴 타원형이다. 따뜻한 지방에서 자라며 주로 관상용으로 재배한다. 이러한

---

* 이 문제에 대한 교사용 지도서의 풀이는 〈시인은 파초를 공동 운명체로 파악하고 함께 고난을 헤쳐 나가고자 하는 현실 극복의 의지를 표현하고 있다〉라는 것이다. 참고서는 아마도 여기서 공동 운명체와 현실 극복의지라는 말을 빌어 과장한 것 같다. 교사용 지도서의 풀이는 다소 온건하지만 그래서 공동 운명체라는 말과 현실 극복의지라는 말은 적절한 표현이 아니다.

사전적 지식과 아울러, 열대식물이기 때문에 온대지방에서 키울 경우 겨울에는 따뜻한 실내에 들여놓아야 얼어 죽지 않는다는 점도 알아야 한다. 학생들이 직접 파초를 볼 기회가 없다면 그림이나 사진으로라도 보여주는 것이 좋다.

그 다음에는 이 시에서 묘사된 파초의 처지를 이해한다. 이것은 이 시의 극적 상황을 파악함으로써 저절로 이루어진다. 대부분의 경우, 한 편의 시에 대한 이해는 그 시의 극적 상황을 파악하는 것으로 출발하는 것이 바람직하다. 극적 상황이란 작품 속에서 화자가 처한 상황을 말한다.「파초」에서 화자는 파초를 보고 있다. 화자의 머리맡에 파초를 둔다고 하니 아마 파초는 화분에 담겨 실내에 있다고 짐작된다. 그리고 계절은 겨울이므로, 화자가 있는 곳은 따뜻한 지방이 아니라는 사실도 알 수 있다. 즉, 파초는 고향인 따뜻한 남국에서 멀리 떨어진 추운 지방에 와 있다. 시간은 낮부터 밤까지 걸쳐 있다.

이러한 극적 상황을 파악하고 나면 이 시의 이해는 별로 어려울 것이 없다.

조국을 언제 떠났노.
파초의 꿈은 가련(可憐)하다.

파초가 겨울이 있는 추운 지방에 있으므로 조국을 떠난 것이란 생각이 가능하다. 조국을 떠나 있는 자는 조국을 그리워한다. 파초의 꿈은 조국을 그리워하는 꿈, 조국으로 돌아가고자 하는 꿈일 것이다. 먼 이국에서 생명을 위협하는 고통스런 추위 속에 있는 처지이니 파초의 꿈은 가련할 수밖에 없다.

> 남국(南國)을 향한 불타는 향수.
> 너의 넋은 수녀(修女)보다도 더욱 외롭구나!

1연의 부연이다. 파초가 지닌 조국에 대한 그리움을 남국을 향한 불타는 향수로 표현했으며, 그 가련한 모습을 수녀의 외로움에 비유했다. 모든 수녀가 다 외롭거나 특히 더 외로운 것은 아니겠지만, 세상과 단절되어 사는 수녀에 대한 통념적 이미지 속에는 깊은 외로움이 있다. 시인은 수녀의 그러한 이미지를 빌어 파초의 외로움을 표현한 것이다.

> 소낙비를 그리는 너는 정열(情熱)의 여인(女人).
> 나는 샘물을 길어 네 발등에 붓는다.

3연은 다소 엉뚱하다. 왜냐하면 2연에서는 파초가 외로운 수녀의 이미지였는데, 갑자기 3연에서는 정열의 여인으로 비유되기 때문이다. 이것은 이 작품의 큰 결점이지만, 학생들에게 굳이 설명할 필요가 없을 것이므로 나중에 다시 언급하겠다. 3연에서 시인이 말하려고 하는 바는, 파초가 소낙비를 그리는 정열의 여인이라는 사실이라기보다는 파초를 위하는 일을 하려고 하는 시인의 마음이다. 멀리 이국 땅에서 향수와 외로움을 느끼는 파초의 모습을 보고 시인은 파초를 위로하고 싶은 마음이 든 것이다. 시인은 파초에 물을 주는 행위를 발등에 물을 붓는다는 말로 표현했다. 이 비유적 표현은 중학교 2학년도 쉽게 이해할 수 있는 것이지만, 흙 위로 도독하게 나온 파초의 뿌리를 두고 발등과 같다고 생각하고 거기에 물을 주는 것을 발등에 물을 붓는다고 한 것을 구체적으로 상상해 보면 새로운 재미가 생긴다. 바로 이러한 상상이 시 읽기의 중요한 가치요 즐거움이란 사실을 학생들이 체득할 수 있도록 유도하는 것이 필요하다.

그리고 3연은 전체 작품을 정확하게 이등분한다. 1, 2연과 3연 1행까지는 파초에 대한 묘사이다. 3연 2행부터 끝까지는 시인의 파초에 대한 마음과 태도를 드러낸다.

　　이제 밤이 차다.
　　나는 또 너를 내 머리맡에 있게 하마.

4연은 그 내용상 3연의 연장이요 반복이다. 시인은 밤이 되어 기온이 떨어지므로 파초를 방에 들여놓는다. 이것은 파초를 정성스레 보살피는 태도로서, 파초에 물을 주는 행위와 동일한 의미를 갖는다. 머리맡에 둔다는 것은 다만 따뜻한 방 안에 들여놓는 것에 그치지 않는다. 그것은 잠들어서도 잊지 않으려고 가장 가까이 둔다는 의미를 포함한다.

그런데 시인은 왜 파초를 정성스레 보살피려고 하는가? 이것이 이 시를 이해하는 핵심이라고 할 수 있다. 파초는 지금 따뜻한 고향을 떠나 추운 이국 땅에 있다. 시인은 그런 파초의 처지를 생각하고 동병상련을 느낀다. 시인은 지금 파초를 보며 조국을 떠나 고생스런 이국 땅에서 향수와 외로움을 느끼는 자신의 처지를 생각하고 있는 것이다. 그러므로 파초의 향수와 외로움은 곧 시인 자신의 향수와 외로움이 투사된 것이라고 할 수 있다. 그래서 시인은 파초의 처지와 자신의 처지를 동일시하고 파초를 정성스레 돌보려 하는 것이다. 샘물을 길어다 파초에 주고, 또 밤에는 머리맡에 있게 하는 행위는, 자신과 동일한 처지에 있는 파초에 대한 시인의 연민에서 비롯된 것이다. 그러나 동병상련만이 이유의 전부는 아니다. 시인이 파초를 정성스레 돌보는 데에는 어떤 바람이 있기 때문이기도 하다. 그것은 5연에서 제시된다.

　　나는 즐겨 너를 위해 종이 되리니
　　너의 그 드리운 치맛자락으로 우리의 겨울을 가리우자.

　마지막 5연에서 시인은 파초를 위해 즐겨 종이 되겠다고 말한다. 그 이유는 앞서 말한 대로 파초의 처지에 대한 동병상련이지만, 동시에 어떤 바람이 있기 때문이기도 하다. 그 바람은 마지막 행에서 제시된 대로 우리의 겨울을 가리는 것이다. 여기서 드리운 치맛자락이란 큰 파초 잎의 은유임을 쉽게 유추할 수 있다. 파초 잎을 치맛자락에 비유한 것은 그 크기를 제외하면 별로 적절한 것이 아니라고 생각되지만, 3연의 발등이란 비유의 연장선상에서 치맛자락을 상상했다고 짐작된다. 파초의 잎은 크고 또 푸르다. 그것은 겨울의 추위에 잘 견디지 못한다. 파초에게 겨울은 생명을 위협하는 추위를 뜻하고, 시인에게 겨울은 조국 상실의 시련을 뜻한다. 시인이 파초에 정성을 쏟는 것은 결국 큰 파초 잎이 겨울의 추위 속에서도 푸르고 싱싱하게 생명력을 유지하도록 하기 위해서이다. 파초의 처지가 곧 시인의 처지이므로, 파초가 겨울의 추위를 잘 견디면서 푸른 생명력을 유지하는 것은 곧 시인 자신이 시련을 잘 견뎌 내는 것을 뜻한다. 따라서 시인이 파초에 정성을 쏟는 행위의 의미는, 시인이 자신의 시련을 굳건히 견뎌 내고자 하는 노력인 것이다.

  시인은 고향을 떠나 추운 지방에서 겨울을 맞은 파초를 보고 안쓰러움을 느낀다. 그리고 조국을 상실한 시련 속에 있는 자신의 처지와 흡사하다고 느낀다. 그래서 시인은 파초가 얼어 죽지 않도록 잘 보살핀다. 파초가 겨울의 추위에도 불구하고 푸른 생명을 유지할 수 있는 것과 같이, 시인 자신도 조국 상실의 시련을 잘 견뎌 내고자 한다.

  「파초」를 이해하려면, 시인이 처한 시련이 어떤 것인가를 알아야 한다. 그런데 시 안에는 그것에 대한 직접적인 언급이 없다. 독자들은 파초의 처지를 이해하고 그것으로부터 유추하여 시인의 처지를 이해할 수 있다. 시인에게 겨울이란 고향을 멀리 떠나 시련과 외로움 속에 있음을 뜻하는 것이라고 짐작할 수 있을 뿐이다. 이것만으로 「파초」의 이해가 안 되는 것은 아니지만, 「파초」의 경우는 시인이 처했던 시대 상황을 참조하면 훨씬 분명한 이해가 가능하다. 즉, 시인이 처한 겨울이라는 상황은 조국을 상실한 시련을 뜻하는 것으로 의미가 보다 분명해지는 것이다. 그러므로 학생들에게 이 시를 가르칠 때는, 그 정도의 시대 상황을 설명해 주는 것이 바람직하다. 그러나 지나치게 시대 상황을 강조하면, 학생들이 작품의 내적 질서를 무시하고 무조건 애국심을 노래한 것이라고 상투적으로 이해하기 쉬우므로 조심하는 것이 좋을 듯하다.

  약간의 설명만 해 주면, 「파초」는 중학교 2학년 학생이 이해하기에 어려운 작품은 아니다. 그리고 중학생들이 흥미를 느낄 만한 착상과 문학적 표현도 좀 들어 있다. 그러나 「파초」를 아주 좋은 시, 우리 현대시의 대표작이라고 말하기는 곤란할 듯하다. 그 동안 「파초」는 대표적인 한국 현대시로 존중되어 왔고, 오랫동안 교과서에 실리는 영광을 누렸다. 누군가에 의해 한번 대표작으로 선별되면, 그 후에는 쉽게 대표작으로 굳어져 버리는 것이 우리의 문학 풍토이다. 그 작품이 정말 대표작으로 손색 없는 훌륭한 작품인가를 따져 보려는 노력도 별로 없고, 또 정말 좋은 작품과 그렇지 않은 작품을 섬세하게 분별할 수 있는 비평적 역량도 별로 없기 때문에 그럴 것이다.

내가 보기에 「파초」는 몇 가지 결점이 있는 작품이다. 우선 첫 연이 너무 안일하다. 시적 긴장이 느껴지거나 인상적인 구절을 만들어 내지 못했다. 그리고 비유가 서투르다. 파초의 외로움을 두고 수녀에 비유한 것도 그리 적절치 않고, 정열의 여인에 비유한 것은 더욱 적절치 않다. 이 시의 전체 분위기로 볼 때, 정열의 여인이란 표현은 어울리지 않는다. 한 대상을 두고 두 개 이상의 비유를 사용할 때, 그 비유들은 각기 다른 의미소를 지니면서도 전체적으로는 통일된 인상을 주어야 한다. 그런데 수녀라는 비유와 정열의 여인이라는 비유는 전혀 그렇지 못하다. 또 치맛자락이라는 비유도 그 심상이 시의 의미에 잘 맞는 것이라고 볼 수 없다.

전체적으로 보아, 「파초」는 문학적 매력이 별로 없는 작품이다. 개성적인 사유나 흥미로운 시상도 없고 독특한 표현도 별로 없으며, 문학적 감동을 유발할 만한 울림도 별로 없다. 그냥 평범한 작품이라고 판단된다. 학생들에게 가르칠 가치 그리고 교과서에 실릴 만한 가치가 전혀 없다고 말할 수는 없지만(국어교과서에는 이 작품보다 훨씬 못한 작품이 많다고 판단된다) 될 수 있으면 「파초」보다는 좋은 작품들이 교과서에 실려야 할 것 같다.

좋은 문학작품을 학생들에게 가르치는 것은 문학교육에서 매우 중요한 일이다. 어릴 때부터 좋은 문학작품을 가까이 접하는 것이 가장 좋은 문학교육이다. 잘 가르치는 것은 오히려 그 다음이라 할 수 있다. 학생들은 좋은 문학작품을 계속 읽음으로써 문학의 좋은 가치들을 자신도 모르게 내면화하게 된다. 그리고 좋은 문학에 대한 안목을 기르게 된다. 누구나 하는 말이지만, 문학을 가르치는 목적은 좋은 문학작품 속에 들어 있는 가치들을 내면화시키는 것이지 문학에 관한 지식을 외우는 것이 아니다. 좋은 음악을 어려서부터 즐겨 들으면, 좋은 음악적 감수성이 저절로 체득되듯이, 좋은 문학작품을 어려서부터 자주 접하면 좋은 문학적 감수성이 저절로 체득된다. 그러므로 좋은 작품을 잘 골라서 수준에 맞게 교과서에 싣는 일은, 현재 우리 문학교육이 해야 할 가장 시급하고 필요한 작업이라고 할 수 있다.

가난한 사랑 노래 신경림

가난하다고 해서 외로움을 모르겠는가,
너와 헤어져 돌아오는
눈 쌓인 골목길에 새파랗게 달빛이 쏟아지는데.
가난하다고 해서 두려움이 없겠는가,
두 점을 치는 소리,
방범대원의 호각 소리, 메밀묵 사려 소리에
눈을 뜨면 멀리 육중한 기계 굴러가는 소리.
가난하다고 해서 그리움을 버렸겠는가,
어머님 보고 싶소 수없이 뇌어 보지만
집 뒤 감나무에 까치밥으로 하나 남았을
새빨간 감 바람 소리도 그려 보지만.
가난하다고 해서 사랑을 모르겠는가,
내 볼에 와 닿던 네 입술의 뜨거움,
사랑한다고 사랑한다고 속삭이던 네 숨결,
돌아서는 내 등 뒤에 터지던 네 울음.
가난하다고 해서 왜 모르겠는가,
가난하기 때문에 이것들을
이 모든 것들을 버려야 한다는 것을.

배우기에 적절한 작품인가

신경림의 「가난한 사랑 노래」라는 시는, 중학교 2학년 1학기 국어교과서 중 〈시와 언어〉 단원에 실려 있는 작품이다. 가난한 삶이라도, 또 가난한 삶 속에서 어렵게 살아야 하더라도 인간적인 감정이 똑같이 있음을 노래한다. 이 내용은 중학교 2학년 학생들에게 별로 어려울 것 같지 않다. 그러나 이 시는 별로 좋은 작품이 아니다. 가난에 대해서도 인간적 감정에 대해서도 진실성이 별로 느껴지지 않는 작품이다. 중학생들이 관심을 가질 만하고 또 작품의 완성도도 아주 높아서 문학교육에 효과적인 작품이 많이 있는데도 불구하고, 왜 이런 작품이 교과서에 실려야 했는지 의구심이 든다.

어떻게 가르치고 있는가

이 시를 분석하기 전에 우선 〈단원의 길잡이〉와 〈단원 학습목표〉를 검토해 볼 필요가 있다. 〈단원의 길잡이〉에서는 일상어와 시어의 차이를 예를 들어 설명하고, 이어서 시어의 특징을 다음 세 가지로 정리한다.

첫째, 시에 쓰인 말에는 대개 노래를 부를 때와 같은 운율이 있다.
둘째, 시에 쓰인 말에는 빛깔이나 모양, 소리, 냄새, 맛, 촉감 등과 같은 심상을 나타내는 것이 많다.

 교과서에 실린 문학작품을 어떻게 가르칠 것인가

셋째, 시에 쓰인 말에는 함축적 의미를 지니는 것이 많다.

그리고 〈단원 학습목표〉는 다음과 같다.

① 시어와 일상어의 관계를 시작품을 통하여 이해한다.
② 시와 산문이 어떻게 다른지 알고, 시어의 특징을 이해한다.
③ 한 편의 시에서 시어가 어떤 의미와 역할을 하는가를 안다.
④ 시어를 중심으로 시의 내용을 이해하고 감상할 수 있다.
⑤ 시를 즐겨 읽고, 참다운 삶의 모습과 아름다움을 발견하는 능력을 기른다.

이러한 〈단원의 길잡이〉와 〈단원 학습목표〉는, 현재 우리 문학교육이 지닌 취약점의 한 단면을 여실하게 보여 준다. 여기서 첫 번째로 문제삼을 수 있는 것은, 〈시어〉라는 말이 무얼 뜻하는가이다. 교과서에 의하면 시어란 시에 쓰인 언어이다. 그런데 교과서에서도 말하고 있듯이, 일상어와 시어가 다른 것이 아니다. 현대시에서는 일상어와 구분되는 시어라는 것이 따로 없다. 그런데 왜 시어라는 말을 한 단원의 목표가 되는 개념으로 중시하는 것일까? 그 이유는 아마도 운율, 심상, 함축적 의미가 시의 이해에서 중요한 것이라고 생각했기 때문일 것이다. 그러나 시어가 운율, 심상, 함축적 의미를 갖는다는 말은 어색하다.

시어 또는 시에 쓰인 말이라고 하면 그 크기가 한 단어 또는 한 어절이라는 느낌을 준다. 그렇게 본다면, 시에 쓰인 말에는 대개 운율이 있다라는 말은 옳지 않다. 운율은 한 단어나 어절에서 생기는 것이 아니라 단어들의 조합이나 반복의

규칙성 속에서 생성되는 것이기 때문이다. 심상 또한 한 단어가 지닌 것이라기보다는 어절이나 문장 속에서 더욱 뚜렷이 생성된다. 그러므로 시어에는 심상을 나타내는 것이 많다라는 말도 어색한 문장이 된다.

이런 이유에서 시어라는 개념은 불필요한 개념 나아가 혼란만 초래하는 개념이다. 시어라는 말을 쓰지 말고 그냥 〈시에는 운율이 있고, 시에는 심상이 자주 이용되고, 또 시에는 함축적 의미를 지닌 말이 많이 사용된다〉고 하면 아무 문제도 없다. 시어라는 개념의 불필요성과 혼란은 〈단원 학습목표〉에서 더욱 선명하게 나타난다.

〈단원 학습목표〉를 보면, ①에서 시어와 일상어의 관계를 알아보라고 했다. 이 문제의 답은 〈동일함〉이 아닐까 생각된다. 다만 그것들이 시로 만들어졌을 경우 그 시가 때때로 운율이나 심상을 갖게 된다고 겨우 말할 수 있을 뿐이다. 중학교 2학년 학생들에게 왜 이런 미묘한 문학적 문제가 학습목표가 되어야 하는지 이해할 수 없다. ②는 좀더 쉽게, 〈시와 산문이 어떻게 다른지 알아본다〉 정도로 고치면 좋을 듯하다. ③은 전혀 말이 안 되는 무의미한 진술이다. 가령 〈한 편의 글에서 언어가 어떤 의미와 역할을 하는가〉라고 묻는 거나 마찬가지라고 생각된다. 국어교과서에 이런 비문이 있다는 사실은 한심스럽다. ④도 ③과 별로 다르지 않다. 시의 내용을 이해하고 감상하는 것 자체가 시에 쓰인 말을 통해서 이루어진다. 그러므로 하나 마나 한 소리다. ⑤는 너무 막연하여 문학교육 전체의 목표로 염두에 둘 만한 것이다. 이렇게 막연한 학습목표가 실제 수업에서 어떻게 성취될 수 있을 것인지 알 수가 없다.

세 번째 문제점은, 현행 국어교과서가 좋은 문학작품의 이해와 감상보다도 이러한 학습목표의 성취에 더 큰 비중을 두고 있다는 점이다. 그러나 문학작품의 감상능력은 계단식으로 증진되는 것이 아니다. 더욱이 문학의 이해는 〈시의 화자〉를 이해하고 그 다음에 〈시와 언어〉를 이해하고 그 다음에 〈시와 심상〉을 이해하는 식으로 되지는 않는다. 화자나 언어나 심상에 대한 이해는 어디까지나 문학작품을 제대로 이해하기 위한 수단이요 과정일 뿐이다.

「가난한 사랑 노래」는 비교적 평이한 느낌을 주는 시다. 다시 말해 교사에게 별로 설명의 여지를 남기지 않는 유형의 시라고 할 수 있다. 그런데 현실감각이 두드러지게 나타난 시어를 찾아보자라는 학습활동 문제에 대한 교사용 지도서의 설명이 다음과 같이 되어 있다. 이 문제와 풀이는 「가난한 사랑 노래」의 학습내용 가운데 가장 부적절한 것으로 보인다.

> * 골목길, 방범대원, 호각소리, 메밀묵 사려 소리, 육중한 기계 굴러가는 소리 등
> ; 이 시가 다루고 있는 가난과 사랑의 문제는 그 자체로서도 날카로운 현실 감각 내지 현실 인식에서 비롯되고 있다. 왜냐하면 가난 때문에 사랑에서마저도 쓸쓸히 돌아서야만 하는 경우가 있기 때문이다.

이러한 설명은 교사나 참고서의 주요 교육내용이 된다. 즉 학생들은 주로 4-7행에 대해서 설명을 듣게 된다. 그렇지만 일차적으로 교사용 지도서의 설명이 옳다고 말할 수 없다. 현실감각이라고 하면 현실의 숨은 원리나 이치를 직관적으로 재빨리 파악하는 능력이라고 말할 수 있을 것이다. 이에 비하여 현실 인식이라는

것은 현실 감각이라는 뜻과 함께 현실의 모순에 대한 통찰이라는 뜻을 더 강조하고 있는 말이라고 할 수 있다. 현실 감각이건 아니면 현실 인식이건 간에 「가난한 사랑 노래」라는 작품 속에서 이런 것이 두드러진 부분은 없다고 생각된다. 골목길, 방범대원, 호각 소리, 메밀묵 사려 소리, 육중한 기계 굴러가는 소리 등이 왜 현실 감각과 연관이 되는가 이해할 수 없다. 그리고 시 전체로 보더라도 어떤 특정한 가난의 현실을 노래하고 있는 것이 아니다. 가난 때문에 이루지 못하는 사랑을 노래했다고 해서 다 현실 인식을 보여 주는 것은 아니다. 그것은 언제 어느 때고 삶의 애환으로 존재하는 것이다. 그런 걸 두고 억지로 날카로운 현실 인식이라고 설명하는 것은 분명한 잘못이다. 「가난한 사랑 노래」는 가난에 대한 날카로운 현실 인식을 보여 주는 작품이 결코 아니다. 이 작품은 그냥 가난 또는 가난한 자에 대한 연민을 노래했다고 볼 수 있을 뿐이다. 교사용 지도서에 보면, 이 작품의 주제를 인간적 진실의 따뜻함과 아름다움이라고 했는데, 그 말도 부적절한 듯하다. 특히 인간적 진실이란 것이 무엇인지 모호하다. 이와 관련하여 다음과 같은 설명도 적절한 설명이 되지 못한다.

가난하기 때문에 인간적 정취마저도 버리고 살아야 하는 각박한 도시 젊은이의 삶과 그들의 애환을 노래하고 있다. 이는 시인 자신이 가지고 있는, 현대인의 삶에 대한 따뜻한 연민의 정을 표현한 것이라고 할 수 있다. (중략) 그러나 이 가난은 현대인 모두가 가지고 있는 마음의 가난함이라고 볼 수도 있다. 이렇게 볼 때, 이 시는 삶의 진실이나 사랑, 추억 같은 것들과 멀어져만 가는 현대인의 각박한 삶의 실상을 잘 보여 주고 있는 시가 된다.

 교과서에 실린 문학작품을 어떻게 가르칠 것인가

이 설명은 비약이 심하다. 처음에는 각박한 도시 젊은이의 삶과 애환을 노래했다고 했고, 그 다음에는 현대인의 삶에 대한 연민의 정을 표현했다고 했고, 끝에서는 현대인의 각박한 삶의 실상을 잘 보여 준다고 했다. 말은 다 비슷한 듯하지만, 실제 작품을 염두에 두고 그 뜻을 생각해 본다면 사뭇 달라진다. 이 시에서 현대인의 삶 또는 마음의 가난함 같은 것이 언급되어 있다고 보는 것은 지나친 비약일 것이다. 이 시는 그냥 농촌 출신 젊은이의 고달픈 삶을 노래하고 있을 뿐이다.

정리해서 말하자면, 「가난한 사랑 노래」에서는 날카로운 현실 인식을 찾아 볼 수도 없고, 현대인의 각박한 삶도 드러나 있지 않고, 마음의 가난함도 언급되어 있지 않다. 그러한 해석은 모두 작품을 벗어난 자의적인 해석이며, 학생들에게 아무런 감흥도 전달해 주지 못하는 설명일 것이다. 학생들 스스로 시를 읽으면서 얻은 느낌과 연결되지 않는 설명과 지식들의 강요는 문학교육이 아니다. 문학교육은 학생들이 작품을 읽으면서 얻은 느낌을 구체화하거나 의미화, 질서화하는 것을 도와 주는 일이라고 할 수 있다.

어떻게 가르칠 것인가

그렇다면, 실제 교육 현장에서 중학교 2학년 학생들에게 어떻게 이 시를 설명해야 할까? 「가난한 사랑 노래」는 우선 시의 형식부터 설명하는 편이 좋다. 이 시는 18행의 단연으로 되어 있지만, 5부분으로 선명하게 나누어진다(각 부분은 마침표로 구분된다). 그리고 각 부분의 첫 행은 모두 설의문으로 되어 있고 나머지 행들은 첫 행에서 목적어가 된 대상에 대해서 부연설명하고 있다(다섯 번째 부분은 다소 다르다). 다시 말하면, 네 개의 모티프가 동일한 형식으로 반복된 후, 종결적 의미의 모티프가 마지막에 유사한 형식으로 처리됨으로써 작품의 형식적 안정감을 획득한다. 이처럼 「가난한 사랑 노래」는 형식적 질서가 아름다운 작품이고, 이것이 큰 장점이라고 할 수 있다.

	중심어	내용
1-3행	외로움	너와 헤어져 돌아오는 눈 쌓인 골목길, 달빛
4-7행	두려움	두 점 치는 소리, 호각 소리, 육중한 기계 굴러가는 소리
8-11행	그리움	어머님, 까치감 하나 남은 집 뒤 감나무, 바람 소리
12-15행	사랑	네 입술의 뜨거움, 속삭이던 네 숨결, 네 울음
16-18행	가난	이 모든 것들을 버려야 함

그렇다면 실제 내용이 이러한 형식과 어떻게 관련이 되는지 생각해 보자. 첫째 부분에서 화자는 가난하다고 해서 외로움을 모르겠는가라고 의문을 던지지만 실제로 그 말은 〈가난하지만 나도 외로움을 아는 사람이다〉라는 주장이다. 즉 강한 긍정이다. 이어서 화자가 외로움을 느꼈던 체험의 공간을 제시한다. 두 번째 부분에서는 가난하지만 두려움이 있다고 말한다. 화자는 두려움을 느꼈던 체험의 공간으로 두 점을 치는 소리, 방범대원의 호각 소리, 멀리 육중한 기계 굴러가는 소리를 제시한다. 호각 소리에는 불안이 스며 있다. 그러나 육중한 기계 굴러가는 소리란 무엇을 지칭하는지 모호하다. 야근하는 공장이나 공사장의

기계 소리인가 아니면 전철이나 기차 같은 것이 지나가는 소리일까 알 수 없다. 그리고 왜 그것이 두려움인지도 쉽게 유추가 되지 않는다. 세 번째 부분에서는 그리움을 간직하고 있다고 말하고, 고향과 어머니를 체험의 공간으로 제시한다. 네 번째 부분에서는 사랑을 안다고 말하고, 그 만남과 이별을 체험의 공간으로 제시한다. 종합해서 말하면, 화자는 비록 가난하지만, 외로움, 두려움, 그리움, 사랑과 같은 감정이 매우 절실하다고 말하고 있다. 여기서 우리는 아무리 가난한 사람이라도 우리와 똑같은 감정이 있음을 확인하게 된다.

그런데 다섯 번째 부분에 이르러 화자는 가난하기 때문에 이 모든 것을 버려야 한다는 것을 알고 있다고 말한다. 이 모든 것이란 물론 외로움, 두려움, 그리움, 사랑의 감정일 것이다. 이것은 커다란 반전이다. 지금까지 화자는 비록 가난해도 외로움, 두려움, 그리움, 사랑의 감정이 절실하다고 강조했다. 그러다가 결말에 와서 화자는 그렇게 절실한 감정들이지만, 가난은 그 감정들마저 누리지 못하게 할 만큼 가혹한 것이라고 우리에게 말하는 것이다. 즉, 가난한 사람들은 외로움, 두려움, 그리움, 사랑 등의 인간의 가장 기본적인 감정마저도 위축당하며 살아야 한다는 것이 「가난한 사랑 노래」가 우리에게 주는 가슴 아픈 전언일 것이다. 여기서 우리는 가난한 자들의 고통을 새삼 생각해 보게 되고 나아가 그들에 대한 연민을 느끼게 된다. 대략 이와 같은 것이 「가난한 사랑 노래」의 의미일 것이다.

「가난한 사랑 노래」는 중학교 2학년 학생들이 배우기에 별로 무리가 없는 작품으로 생각된다. 그러나 이 작품이 과연 교과서에 실릴 만큼 좋은 작품인가라는 문제에 대해서는 의문이 든다. 문학교과서는 학생들에게 항상 최고, 최선의 문학 작품을 제시해야 한다. 좋은 작품을 통해서 좋은 감수성과 이해력을 형성해 나가기 때문이다. 「가난한 사랑 노래」가 그렇게 훌륭한 작품이 아니라고 판단되는 이유는 다음과 같다.

첫째, 구체성의 진실이 빈곤하다. 문학의 큰 장점과 비밀은 그 구체성에 있다. 「가난한 사랑 노래」의 경우, 각 부분의 모티프들에 대한 체험 공간들이 너무 상투적이거나 모호하다. 가령 두 번째 두려움의 체험 공간은 모호하며, 그리움과 사랑의 체험 공간은 너무 상투적이어서 절실함이 느껴지지 않는다. 여기서 감동이 올 리가 없다. 그런데도 교과서의 〈학습활동〉에는 이 시가 감동을 주는 이유는 무엇 때문인지 생각해 보자고 학생들에게 억지로 감동을 강요하고 있다. 이런 상황에서는 학생들이 거짓말쟁이가 될 수밖에 없다. 이것은 문학교육이 아니라 반(反)문학교육이다.

둘째, 인간적인 감정으로 왜 외로움, 두려움, 그리움, 사랑만을 제시했는가? 그 넷 가운데서는 두려움이 약간 이질적인 감정인데, 이질적인 감정까지 언급한다면 훨씬 절실한 인간적 감정이 많지 않을까? 너무 사랑에 의존해서 가난을 다소 낭만적으로 처리한 것이 아닌가 하는 느낌도 든다. 즉, 절실한 가난의 고통이나 그 문제점이 제기된다기보다는 그냥 가난과 사랑을 적당히 뒤섞어 감상적으로 처리했다는 혐의가 드는 것이다. 이 점은 학생들에게 가난을 낭만적으로 이해시키는 나쁜 결과를 초래할 수도 있다. 그리고 네 가지 감정이 그냥 병렬적으로만 열거되어 있는데, 그 네 가지 감정의 유기적 상관성에 따른 점층적 열거였다면 시의 의미 구조는 보다 단단해졌을 것이다.

셋째, 다섯 번째 부분의 가난하다고 해서 왜 모르겠는가는 의미상 잘 어울리지 않는다. 앞 부분에서 모두 그런 형식을 반복했기 때문에 마지막 부분에서도 기계적으로 반복한 것으로 보인다. 〈가난하다고 해서 모르겠는가〉라고 하면, 여기에는 〈너희들은 가난한 우리가 이걸 모를 거라고 생각했겠지〉라는 약간의 원망이 들어 있는 표현이다. 다섯 번째 부분은 그 앎의 성격이 나머지 넷과 다르다. 그러므로 다른 표현을 써 주는 것이 좋다.

「가난한 사랑 노래」는 이러한 결점이 있는 작품이다. 그렇다고 아주 형편없는 정도는 아니지만, 이왕이면 신경림의 다른 좋은 작품도 있을 텐데 이처럼 흠이 있는 작품을 교과서에 싣는 것은 학생, 선생, 문학교육 그리고 시인에게까지도 득될 게 없는 일이다.

소설

메밀꽃 필 무렵 이 효 석

줄 거 리

늙은 장돌뱅이 허 생원이 조 선달과 동이와 함께 대화장을 파하고 봉평장으로 가는 하룻 저녁의 일을 그리고 있다. 허 생원은 주막의 충주댁을 놓고 젊은 동이와 갈등을 일으킨다. 그러나 심각하지는 않고 동이는 동이대로 허 생원은 허 생원대로 마음씨가 순박한 사람들이라 곧 화해하고, 달이 밝고 메밀꽃이 아름답게 핀 산길을 걸어 봉평장으로 함께 걸어간다. 아름다운 달밤의 분위기에 취해서 허 생원은 이십여 년 전의 추억을 또다시 회상한다. 그것은 성 서방네 처녀와 물레방앗간에서 우연히 만나 맺은 하룻밤의 인연이다. 허 생원은 그 인연을 못 잊어 봉평장을 빠뜨리는 일이 없다. 그리고 또 동이로부터 출생에 대한 이야기를 듣는다. 아비 없이 동이를 낳은 동이 어머니의 이야기는 허 생원으로 하여금 혹시 동이가 자기 자식이 아닐까 하는 추측을 하게 한다. 개울을 건너다 물에 빠진 허 생원을 동이가 업어 줄 때, 허 생원은 동이에게 애정을 느낀다. 그리고 동이가 나귀를 몰 때, 그가 자신처럼 왼손잡이인 것을 유심히 본다. 동이가 혹시 자기 자식이며, 제천에 산다는 동이 어머니가 혹시 성서방네 처녀일지 모른다고 허 생원은 희망에 설레는 것이다.

배우기에 적절한 작품인가

이효석의 「메밀꽃 필 무렵」은 가장 뛰어난 한국 단편소설의 하나로, 국어교과서(상권)와 10종의 문학교과서에 실려 있다. 허 생원이라는 장돌뱅이의 삶을 통하여, 고달프고 보잘것없는 삶이라 할지라도 거기에 애틋한 추억과 인간적 욕망과 낭만적 그리움이 있음을 아름답게 보여 주는 작품이다. 1936년 『조광』 10월호에 발표되었으므로 60여 년 전의 작품이고 또 그런 만큼 시대 배경이 오늘날과 사뭇 다르지만, 그러나 여전히 빛을 발하고 있다.

줄거리는 단순하지만, 작품의 짜임새는 매우 정교하고 완벽하다. 충주댁, 나귀, 메밀꽃 핀 산길, 달밤, 물레방아, 왼손잡이, 개울물 등의 에피소드들과 모티프들이 잘 어우러져서 간결하면서도 자연스럽게 작품의 의미를 형성하고 있다. 특히 간결한 대화와 상황 처리, 서정적이고 감각적인 묘사, 순박하고도 낙관적인 어조는 이 작품의 미학적 완성도를 한층 높여 준다. 학생들은 이 작품에서 무엇보다도 언어로 만들어진 미학적 공간의 아름다움을 직접 느낄 수 있어야 할 것이다. 고등학생들 수준에서 충분히 이해할 수 있고 또 단편소설의 묘미와 아름다움을 맛볼 수 있다는 점에서 충분히 교과서에 실릴 만한 작품이다.

어떻게 가르치고 있는가

이 작품에 대한 교과서의 〈학습활동〉을 살펴보면, 크게 다섯 가지를 제시하고 있다. 첫째는 인물에 대한 이해이고, 둘째는 사건 전개에 대한 이해이고, 셋째는 배경에 대한 이해이고, 넷째는 현실과의 관련성에 대한 이해이고, 다섯째는 생소한 어휘들에 대한 이해이다. 이에 대한 하위 항목의 문제들이 다소 어색하고 적절치 못한 경우가 있다. 예를 들면 사건 전개의 이해와 관련하여, 동이와의 갈등이 있음으로써 작품의 결말 부분이 더욱 서정적으로 묘사될 수 있었다는 해석은 타당한가라는 문제는 어색하고 부적절한 경우이다. 작품의 첫머리에 나오는 허 생원과 동이의 갈등은 사건 전개상 중요한 의미를 지닌다. 그것은 허 생원의 성격을 드러내는 동시에 작품의 결말을 더욱 극적이고 의미 깊게 만든다. 그러나 그것 때문에 결말 부분이 더욱 서정적으로 묘사될 수 있었다는 것은 이해될 수 없다. 결말 부분은 별로 서정적이지도 않지만, 서정성이 있다고 해도 그것이 첫머리의 갈등 때문이라고는 말할 수 없다.

다섯 가지의 학습활동은 대체로 필요한 것으로 보이지만, 넷째 항목인 현실과의 관련성에 대한 이해는 「메밀꽃 필 무렵」의 이해에 별로 도움이 되지 못하는 것으로 생각된다. 교과서에서 제시한 〈학습활동〉의 넷째 항목은 다음과 같다.

4. 이 작품은 비록 장돌뱅이라는 하층민의 유랑적 삶을 그리기는 하였지만, 그러한 삶 자체에는 별 관심이 없고 오로지 분위기 묘사에만 치중함으로써 작가의 세련된 솜씨만을 드러낸 소설이라고 평가되기도 한다. 이러한 평가를 참고하면서 다음을 공부해 보자.
① 이런 이야기가 특정한 시대의 현실에만 관련이 있는 것인지, 아니면 어느 때나 있을 법한 이야기인지 생각해 보자.

② 문학이 반영하는 현실의 모습은 「수난이대」에서 보는 것과 같은 역사적인 현실의 모습일 수도 있는가 하면, 반면에 이 작품처럼 시대성과는 무관한 인간의 본성과 관련된 모습일 수도 있다는 점을 다른 예를 들어 설명해 보자.

여기서 일차로 문제가 되는 것은, 제시된 평가의 보편타당성이다. 그러한 삶 자체에는 별 관심이 없고 오로지 분위기 묘사에만 치중함으로써 작가의 세련된 솜씨만을 드러낸 소설이라는 평가는 부정적인 뉘앙스가 강하다. 즉, 분위기 묘사에만 치중한 기교적인 작품으로 알맹이가 없다는 비판이 함축되어 있다. 이러한 평가는 무책임할 뿐만 아니라 잘못된 것이기도 하다. 이 작품은 작가의 세련된 솜씨만을 드러낸 소설이 아니라 〈작가의 세련된 솜씨로 보편적 삶의 한 측면을 아름답게 그린 소설〉이다. 하층민의 삶이 겪는 처절한 고난을 묘사하여 시대를 비판해야만 좋은 문학이 되는 것은 아니다. 그렇다면 존재의 심연이나 모순 그리고 사랑과 같은 개인적 감정을 주제로 한 모든 문학작품은 타기의 대상이 되어 버리고, 나아가 우리는 훌륭한 문학 유산의 대부분을 잃어버리고 만다. 이런 점에서 교과서에서 제시된 평가는, 있을 수는 있으나 학생들에게 제시할 만한 보편타당성 있는 평가가 아니다. 이런 평가의 제시는 학생들의 생각을 단순하고 편협하게 만들 가능성이 많다.

「메밀꽃 필 무렵」은 국어교과서의 〈문학과 현실〉이라는 단원에 포함되어 있으며, 이 단원의 목표는 문학작품은 현실의 반영임을 이해하고, 작품을 통해 체험을 확장한다는 것이다. 이러한 학습목표를 존중한다면, 시대성과는 무관한 인간 본성과 관련된 모습을 보여 주는 「메밀꽃 필 무렵」을 이 단원에 포함시킨 것은 적절치 않다. 시대의 현실과 거의 무관한 작품을 통하여 문학작품은 현실의 반영임을 공부한다는 것은 어리석은 일이 아닐 수 없다. 이런 어리석음을 4-②의 학습활동으로 보완하려 하고 있지만, 학생들에게는 오히려 혼란을 줄 수도 있을 것이다.

한 문학교과서는 「메밀꽃 필 무렵」에 대한 〈감상의 길잡이〉를 다음과 같이 제시하고 있다.

이 작품은 〈길과 인연과 유랑(流浪)〉이라는 한국인의 신화적 원형 의식을 짙게 내포하고 있다. 낭만적인 자연 배경과 분위기가 주인공의 추억과 어우러진 아름다운 작품이다. 풍부한 어휘와 장면 묘사로 모국어의 아름다움을 극한에까지 끌어올렸다. 일제 강점기의 사회 현실을 외면한 도피문학이라는 비판을 받으면서도, 위에서 말한 바와 같은 특성 때문에 오래도록 읽히고 있다.

이러한 해설은 감상의 길잡이 역할을 제대로 할 수 없다. 우선 한국인의 신화적 원형 의식이라는 말도 어색하고 더구나 길과 인연과 유랑을 한국인의 원형 의식이라고 말하는 것은 전혀 옳지 않다. 길과 인연과 유랑의 모티프는 세계 어느 나라의 문학 속에서도 발견되는 보편적인 것이다. 그리고 그것은 원형 의식과는 상관이 없는 것이다. 또 이 작품을 두고 모국어의 아름다움을 극한에까지 끌어올렸다고 말하는 것도 지나친 과장이다. 「메밀꽃 필 무렵」의 문체는 물론 아름답다. 그러나 몇 장면에서의 서정적이고 인상적인 묘사의 아름다움을 두고 그렇게 말하는 것은 정확한 언어 구사가 아니다.

교과서에서는 「메밀꽃 필 무렵」이 장돌뱅이를 소재로 삼았으면서도 하층민의 삶 자체에는 별 관심이 없다는 평가를 제시했는데, 이 참고서에서는 한걸음 더 나아가 일제 강점기의 사회 현실을 외면한 도피문학이라는 비판을 제시하고 있다. 이러한 부정적 평가가 중고등학교의 문학교육에서 언급된 것은, 80년대 이후 민중문학운동과 참교육운동의 영향이라고 생각된다. 그 운동은 독재정권에 대한 대응이라는 정치적 사회적 성격이 강한 것이었고, 해방 이후 문학의 사회적 측면을 지나치게 억압한 사회적 분위기에 대한 반발이었다고 할 수 있다. 그런 점에서 나름대로 의의가 없는 것은 아니지만, 다른 한편으로는 문학에 대한 단순하고 편협한 인식을 확산시켰다는 점에서 그 역기능 또한 적지 않았다.* 「메밀꽃 필 무렵」에 대해서 일제 강점기의 사회 현실을 외면한 도피문학이라는 비판은 문학에 대한 단순하고 편협한 인식의 본보기라 할 만하다. 이런 비판은 하기 쉽고 또 명쾌하다. 그리고 문학에 대한 다양한 관점의 하나일 수 있다. 교과서나 참고서의 편찬자들은 학생들에게 다양한 관점을 제공해 주기 위해 이러한 견해도 제시했다고 주장할 것이다. 그러나 실제로는 이러한 견해가 학생들에게 다양한 관점을 열어 주기보다는 편협한 관점으로 몰아갈 가능성이 훨씬 크다. 왜냐하면 학생들에게는 그런 단순하고 명쾌한 견해를 비판적으로 수용할 수 있는 주체적 능력이 거의 없기 때문이다.

참고서들을 살펴보면, 한결같이 작품의 갈래나 주제, 배경, 소재, 성격 등을 간략하게 설명하고 있다. 「메밀꽃 필 무렵」의 갈래에 대한 설명에는 단편소설, 순수소설, 낭만주의소설, 분위기소설 등과 같은 말들이 사용되고 있다. 이 작품

● 문학과 사회 그리고 문학과 현실의 관련성은 매우 중요한 것이다. 그러나 문학의 사회성이란 그렇게 단순한 것이 아니다. 문학이 사회 현실의 여러 모순과 억압에 대하여 책임의식을 지녀야 한다는 것이 곧 문학이 정치적 팸플릿과 같은 것이 되어야 함을 뜻하지는 않는다. 문학에는 문학의 논리가 있으며, 그 논리에 입각하여 사회 현실과 연관을 맺는다. 문학 속의 현실과 실제 현실은 바로 일치하는 것이 아니다. 문학의 논리는 매우 미묘하고 복잡한 것이다. 이 논리에 대한 이해가 없이 문학의 사회성을 강조할 때, 문학은 정치운동에 종속되면서 그 고유한 성격을 상실할 뿐만 아니라 문학의 풍부한 유산과 참된 사회적 기능도 오히려 상실하게 된다. 이런 점에서, 문학이 사회 현실의 여러 모순과 억압을 외면하지 말아야 한다는 명제를 단순하게 이해하고 그것을 잣대로 함부로 문학작품을 평가하는 것은 크게 우려할 만한 일이다.

의 갈래에 대한 설명으로는 단편소설이란 한 마디 말로 충분하다. 나머지 말들은 그 뜻도 모호하고 온당한 개념도 아니다. 특히 「메밀꽃 필 무렵」은 낭만주의소설이라고 볼 수 없으며, 또 분위기소설이란 개념화된 용어도 아니다. 이런 말들은 학생들에게 혼란만 줄 뿐이다.

갈래보다 더 심각한 문제는 작품의 주제이다. 「메밀꽃 필 무렵」의 주제는, 여러 참고서 속에서 다음과 같이 제시된다.

> 인간 본연의 애정
>
> 떠돌이 삶의 애환 속에 펼쳐지는 애욕의 신비성
>
> 장돌뱅이의 삶의 애환과 인간 본연의 애정
>
> 떠돌이 삶의 애환 속에서 펼쳐지는 인간 본연의 애정

「메밀꽃 필 무렵」의 주제를 이런 식으로 파악하는 것은 이 작품의 이해에 거의 아무런 도움도 되지 못한다. 또한 이 작품의 주제를 이런 식으로 말할 수도 없다. 「메밀꽃 필 무렵」이 장돌뱅이의 삶의 애환과 인간 본연의 애정을 다루고 있다고 말하는 것은, 틀렸다고는 할 수 없겠지만 정확한 것은 아니다. 「메밀꽃 필 무렵」에는 허 생원과 조 선달이라는 장돌뱅이의 삶이 지닌 고달픔과 즐거움의 일부가 그려져 있다. 그리고 인간의 본성인 성욕과 사랑에 대한 이야기도 들어 있다. 그렇지만 그것이 이 작품의 주제라고 말하기는 적당하지 않다. 이 작품의 주제는 한두 마디 말로 정리될 수 없을 듯하며, 그것이 이상한 것도 아니다. 문학작품의 주제를 무리하게 한두 마디 구절로 정리해서 암기하도록 하는 문학교육은 개선

되어야 한다.●

「메밀꽃 필 무렵」에는 여러 가지 인상적인 모티프가 효과적으로 사용되고 있는데, 그 하나가 왼손잡이 모티프이다. 작가는 소설의 첫머리에서부터 은근히 허생원이 왼손잡이임을 강조해 둔다. 그것은 마지막 장면에서 허 생원이 동이가 왼손잡이임을 발견하고 반가워하는 것을 정당화시키기 위한 장치이다. 그런데 이왼손잡이 모티프에 관해서는 논란이 많다. 왼손잡이는 유전되는 것이 아님에도불구하고, 그것을 모티프로 삼아 작가는 허 생원과 동이가 부자지간임을 말하고있다는 것이다. 즉, 과학적 사실과 어긋나게 사건을 전개시켰다는 것이다.

작품의 내용이 과학적 사실과 어긋난다는 점에 대해서 국어교과서의 설명은과학적 엄밀성과는 관계없이라는 말로 그냥 무시해 버린다. 이보다는 문학교과서나 참고서의 설명이 보다 친절하고 적절하다.

유전학상으로 볼 때 왼손잡이는 유전되는 게 아니라 습관이라는 점, 또 한국인은 왼손잡이가 5% 정도로 희박하나 미국인은 25% 정도가 왼손잡이라는 통계로 볼 때 이 소설의 이런 설정은 무리라는 논지가 성립된다. 그러나 이 소설에서 허 생원 자신이 왼손잡이(의 유전)에 대해 믿고 있으므로 작품 전개에는 별 무리가 없다.

또 다른 곳에서는 다음과 같이 설명한다.

작중 행위의 진실성 여부는 작품의 내적 상황 논리로 평가해야 한다. 즉, 왼손잡이는 유

● 문학교육 현장에서, 교과서에 실린 문학작품들의 주제는 언제나 간단한 구절로 제시된다. 가령 박목월의 「나그네」의 주제는 〈자연과 어우러진 옛 정경의 아름다움〉이며, 이형기의 「낙화」의 주제는 〈깨끗한 이별의 아름다움〉이며, 이범선의 「학마을 사람들」의 주제는〈어려움을 극복하고 새로운 삶을 개척하려는 우리 민족의 의지〉로 제시된다. 그런데 많은시와 소설의 경우, 주제를 이렇게 간단한 구절로 말하기 어렵다는 데 문제가 있다. 대부분의 문학작품들은 주제를 한두 마디로 말하기 어려울 뿐만 아니라, 한두 마디로 말할 수 있다고 하더라도 그것은 작품의 이해에 별로 도움이 되지 못하는 경우가 대부분이다. 그리고한두 마디의 말로 말하기 어려운 주제를 억지로 말하려고 하다 보니 타당성이 없는 것이 되어 버린다. 위에서 예로 든 「나그네」, 「낙화」, 「학마을 사람들」의 주제 역시 그러하다. 「나그네」의 주제를 〈자연과 어우러진 옛 정경의 아름다움〉이라고 말하는 것은 작품의 이해에 전

전한다고 판단을 하는 주체는 과학적 지식을 충분히 습득하지 못한 허 생원이고, 그의 입장에서는 충분히 그렇게 생각할 만하다.

이러한 설명은 옳은 것이라 할 수 있다. 허 생원은 못 배운 사람이므로 왼손잡이가 유전된다고 믿을 수 있다. 허 생원은 신체의 일부가 닮았다면 그들은 혈연 관계일 것이라고 생각할 만한 사람이다. 그러므로 이 소설에서 왼손잡이가 유전되느냐 안 되느냐는 전혀 문제가 안 된다. 뿐만 아니라 이 작품에서는 왼손잡이가 유전이냐 아니냐를 생각해 볼 필요도 없다. 왼손잡이의 유전 여부를 문제삼는다는 것은, 허 생원과 동이를 부자지간으로 이해한다는 것을 의미한다. 즉, 동이가 허 생원의 아들이라고 단정하는 것이다. 그러나 소설의 어디에도 동이가 허 생원의 아들임을 확인해 주는 내용은 없다. 다만 허 생원 혼자서 동이의 출생 내력을 듣고 동이가 자기 아들일 수도 있다고 믿는 것이다. 허 생원의 믿음조차도 근거가 충분한 것이라기보다는 허 생원의 기대가 과도하게 투사된 믿음, 즉 그렇게 믿고 싶어 하는 믿음이다. 동이가 자기 아들이었으면 좋겠다는 바람 때문에 동이가 자기처럼 왼손잡이임을 발견했을 때 그토록 반가웠던 것이다.

「메밀꽃 필 무렵」의 결말을 허 생원이 아들을 찾은 것으로 이해하는 것은, 이 작품을 잘못 이해하는 것이다. 만약 동이가 허 생원의 아들임이 밝혀졌다면, 그 이야기는 개연성이 부족한 멜로드라마가 되어 버리고 만다. 이 작품은 허 생원이 아들을 찾는 이야기가 아니다. 그보다는 젊은 시절 딱 한 번 맺은 인연의 추억에 의지하여 살아가는 늙은 장돌뱅이의 이야기다. 그러므로 독자들은 동이가 아들이라고 믿는 허 생원의 태도를 따라 믿어서는 안 되고 오히려 그런 허 생원의 태

허 도움이 안 될 뿐만 아니라 타당성도 없다. 문학작품의 주제를 한두 마디로 제시하는 학습방법은 지양되어야 할 것으로 보인다.

도를 통하여 허 생원의 쓸쓸하고 소박한 삶을 이해해야 하는 것이다. 이렇게 이해한다면, 왼손잡이의 유전 여부는 이 작품에서 거론할 필요가 없다.

어떻게 가르칠 것인가

문학작품의 감상과 이해에서 가장 기본적인 것은 모든 낱말과 문장의 정확한 뜻을 알고 그 뉘앙스까지도 파악하는 일이다. 「메밀꽃 필 무렵」에는 요즈음 잘 쓰이지 않는 어휘들이 많이 나온다. 교과서나 참고서에서 이러한 어휘에 주목하고 그 뜻을 풀어 주고 있음은 바람직하다. 보통의 국어사전에 나오는 어휘들은 굳이 그 뜻을 풀어 줄 필요가 없으나, 보통의 국어사전에 잘 나오지 않는 옛말이나 방언, 생소한 어휘들은 교과서에서 그 뜻을 풀어 줄 필요가 있다. 그리고 일상생활 속에서 굳어진 관용적 표현들이나 문학적으로 구사된 비유적 표현들에 대한 섬세한 감응도 문학교육의 중요한 일부이다.

「메밀꽃 필 무렵」에서 가장 인상적인 묘사로 흔히 인용되는 장면은 메밀꽃이 핀 달밤의 산길에 대한 묘사이다.

이지러는졌으나 보름을 가제 지난 달은 부드러운 빛을 흐붓이 흘리고 있다. 대화까지는 칠십 리의 밤길. 고개를 둘이나 넘고 개울을 하나 건너고 벌판과 산길을 걸어야 된다. 길은 지금 긴 산허리에 걸려 있다. 밤중을 지난 무렵인지 죽은 듯이 고요한 속에서 짐승 같은 달의 숨소리가 손에 잡힐

듯이 들리며, 콩포기와 옥수수 잎새가 한층 달에 푸르게 젖었다. 산허리는 온통 메밀밭이어서 피기 시작한 꽃이 소금을 뿌린 듯이 흐붓한 달빛에 숨이 막힐 지경이다. 붉은 대궁이 향기같이 애잔하고, 나귀들의 걸음도 시원하다. 길이 좁은 까닭에 세 사람은 나귀를 타고 외줄로 늘어섰다. 방울 소리가 시원스럽게 딸랑딸랑 메밀밭께로 흘러간다.

이효석의 감각적이고 서정적인 문체가 빛을 발하고 있는 대목이다. 부드러운 빛을 흐붓이 흘리고 있는 달, 산허리에 걸려 있는 길, 짐승 같은 달의 숨소리, 소금을 뿌린 듯 흐붓한 달빛에 숨이 막힐 지경인 메밀꽃, 향기같이 애잔한 붉은 대궁 등등은 달 밝은 산길의 분위기를 실감나게 환기시키는 시적 묘사들이다. 이러한 시적 묘사의 아름다움에 감각적으로 반응할 수 있어야 「메밀꽃 필 무렵」의 감상은 제대로 이루어진다. 학생들에게 이러한 묘사가 주는 느낌을 물음으로써 이 부분에 주목하게 만드는 것도 하나의 방법일 것이다.

그런데 이러한 밤길의 분위기는 단순히 아름다운 배경에 그치는 것이 아니다. 어떤 참고서는 이 배경에 대하여, 서정적 분위기, 인간의 본연적 애정을 부각시킴, 삶의 역정을 암시하고 허 생원과 동이의 혈육관계를 확인시킴 등으로 설명하고 있으나 적절한 설명이라고 볼 수 없다. 이 배경은 아름다운 자연 공간의 한 순간을 그 느낌까지 언어로 표현해내고 있을 뿐만 아니라, 허 생원과 성 서방네 처녀와의 인연을 설명해 주는 역할을 한다.

봉평에서 제일가는 일색인 성 서방네 처녀가 우연히 물레방앗간에서 허 생원과 인연을 맺었다는 것은 그 자체로서는 별로 개연성이 없는 사건이다. 성 서방네가 망해서 처녀는 어디론가 팔려가야 할 처지가 되었다 하더라도 처음 보는 허 생원에게 몸을 허락한다는 것은 좀처럼 납득하기 어려운 일이다. 더구나 허 생원은 장돌뱅이일 뿐만 아니라 얼금뱅이이기 때문에 여자의 관심을 끌지 못하는 인물이다. 그러한 허 생원에게 성 서방네 처녀가 몸을 허락한 것은 특별한 정황이었기 때문이다. 특별한 정황이란 첫째로 집안이 망해서 처녀가 절망 상태였다는 점이고 둘째는 바로 위에서 표현된 달밤의 신비한 분위기다. 보통 때 같았으면 처녀가 허 생원에게 몸을 허락할 까닭이 없겠지만, 집안 걱정 때문에 마음이 극히 혼란스러웠고 또 메밀꽃이 하얗게 핀 달밤의 아름답고 신비한 분위기에 도취되었기 때문에 자기도 모르게 허 생원과 인연을 맺게 된 것으로 이해된다. 보통 때는 일어나지 않는 일이 특별한 분위기 속에서는 발생할 수 있는 것이기 때문에, 짐승 같은 달의 숨소리가 온 누리에 가득한 달밤의 분위기는 성 서방네 처녀의 행동을 있을 수 있는 일로 만들어 주는 것이다. 즉, 달밤의 묘사는 성 서방네 처녀의 행동에 개연성을 주는 것이다.●

그리고 허 생원이 20년 전의 추억을 다시 이야기하도록 하는 역할도 한다.

이제 「메밀꽃 필 무렵」의 전체 의미를 파악해 보자. 우선, 첫 부분은 허 생원과 동이가 충주집 주막에서 다투는 장면이다. 허 생원이 동이에게 일방적인 적개심을 보이는 이 첫 장면은, 허 생원이 동이에게 특별한 애정을 품게 되는 마지막 장면과 대응을 이루면서 작품 전체의 긴장을 유지하게 한다.

허 생원이 동이에게 화를 내는 까닭은 충주집 때문이다. 어린 동이가 벌써부터 술을 마시고 계집에 관심을 두는 것에 대한 책망이라기보다는, 허 생원의 행

● 소설 속의 인물과 사건은 개연성이 있어야 한다. 개연성이란 〈실제로 있을 법함〉 또는 〈그럴 듯함〉을 뜻하는 것으로, 소설의 이해에 중요한 개념이며, 고등학생들이 간단히 이해해 둘 만한 개념이다.

인물과 사건은 그 자체로 개연성을 가질 수도 있고 또 그 자체로는 개연성이 없지만 소설 속에서 개연성을 가질 수도 있다. 예를 들면, 장돌뱅이요 얼금뱅이인 허 생원에게 계집이란 쌀쌀맞고 매정한 것임은 그 자체로 개연성이 있다. 그런 그에게 아름다운 처녀가 처음 만나 몸을 허락했다는 것은 그 자체로 개연성이 없다. 그러나 처녀의 집안 사정과 달밤이라는 신비한 분위기는 처녀로 하여금 순간적으로 그런 행동에 빠지게 만들 수도 있다. 즉, 집안 사정과 달밤의 분위기는 처녀의 행위에 개연성을 만들어 주는 것이다. 이처럼 그 자체로 개연성이 없는 사건을 개연성이 있는 사건으로 만들어 주는 소설적 장치를 〈동기화〉라고 한다.

동은 충주댁의 관심도 끌지 못하는 자신의 못남과 늙음에 대한 한탄을 그런 식으로 나타낸 것이다. 즉 첫 장면에서 제시된 허 생원과 동이의 관계는 동일한 욕망을 지니고 충주집의 환심을 사려는 연적(戀敵)의 관계이다. 그런데 허 생원은 인생의 황혼기를 맞이한 늙은이이고 동이는 이제 한참 나이로서 허 생원의 자식뻘이 된다.

첫 장면에서 설정된 이러한 허 생원과 동이의 관계는 갈등의 관계이며, 불안한 관계로서 어떤 식으로든 해결되어야 하는 것이다. 이 해결의 과정과 결과가 곧 「메밀꽃 필 무렵」의 내용이 된다. 해결의 과정은 대략 네 부분으로 나누어진다.

① 나귀가 아이들에게 봉변당하는 이야기 : 이것은 동이와 허 생원의 적대적 관계를 풀어 주는 역할을 한다. 동이는 허 생원에게 뺨을 맞고 쫓겨났으면서도 허 생원의 나귀가 봉변을 당하고 있음을 허 생원에게 알려줌으로써 그에 대한 애정을 드러낸다. 허 생원은 동이의 애정을 확인하고 마음이 풀리면서 자신의 처지를 다시 깨닫는다. 그러나 이 깨달음은 나귀를 통해서 교묘하게 제시된다. 여기서 늙은 나귀의 초라한 모습은 곧 허 생원 자신의 모습이다. 즉, 나귀는 허 생원의 환유라고 할 수 있다. 나귀는 주제넘게 암놈을 보고 발정을 해서 아이들의 웃음거리가 되는데, 이것은 곧 늙은이 주제에 충주집에 관심을 두는 허 생원이 젊은이에 의해 웃음거리가 되는 것을 뜻한다. 허 생원이 늙은 나귀의 발정에 낯이 뜨거워지는 것은 곧 주막에서 자신이 충주집 때문에 뜻밖의 행동을 한 것에 대한 부끄러움을 느끼는 것을 뜻한다. 다시 말해 충주집에 대한 주책 없는 욕심으로 동이에게 화를 낸 자신의 잘못을 알게 된 것이다. 그러므로 나귀가 아이들에게 봉변당하는 이야기를 통해서, 작가는 허 생원과 동이의 적대적인 연적의 관계를

동기화라는 개념은 소설의 이해에서 중요한 것이지만, 고등학생들이 이 개념을 꼭 알아야 할 필요는 없다고 생각된다. 이 개념을 고등학생들에게 가르치는 것은 또 하나의 문학 지식으로 고등학생들에게 혼란을 주는 일일 수 있다. 그러므로 고등학생들에게는 동기화라는 개념을 제시할 필요 없이, 그냥 이러저러한 사정과 정황 속에서는 그러한 행위가 나올 수도 있다는 설명을 해 주면 될 것 같다.

슬그머니 풀어 주고 있는 것이다.

② 성 서방네 처녀와의 추억 : 허 생원은 충주집에 대한 자신의 욕망이 부끄러운 것임을 나귀를 통해 깨닫게 되었다. 그리고 이제는 볼품없이 늙어 버린 자신의 처지를 다시 한번 인식한다. 그러나 허 생원은 자신의 늙은 처지를 한탄하고 절망하기보다는 아름다웠던 옛 추억을 되살림으로써 위안을 삼는다. 자신의 삶에도 그런 아름다운 사연이 있다는 사실을 소중하게 생각하고 그로부터 위안을 얻는 것이다.

한편, 성 서방네 처녀와의 추억은 허 생원으로 하여금 자신에게 보다 진실되고 소중하고 또 나이에 걸맞는 욕망이 무엇인지를 새삼 환기시켜 주는 역할도 한다. 그것은 젊음을 다 잃어버린 후이긴 하지만 그녀를 다시 만나 안주하고 싶다는 욕망이다. 자기가 성 서방네 처녀를 만났을 때가 동이 나이였다는 사실도, 계집에 대한 동이의 관심을 긍정하게 하는 계기가 된다. 이제 여자를 새로 만나려는 욕망은 동이 나이의 젊은이들에게나 어울리는 일이고 자기에게는 오히려 추억 속의 인연을 찾아 안주하려는 욕망이 어울린다고 느끼는 것이다. 이런 마음에까지 이르게 되면, 허 생원은 동이의 행동을 충분히 이해하게 될 뿐만 아니라 자신의 늙은 처지와 고달픈 삶에 대해서도 포용과 긍정의 태도를 갖게 된다.

③ 동이의 출생 내력 : 그 다음에는 동이의 출생과 가족에 대한 이야기가 이어진다. 이제 추억 속의 인연을 찾아 안주하려는 허 생원의 욕망에 이어서 이러한 이야기가 나오는 것은 아주 자연스럽다. 동이의 출생과 어머니에 대한 이야기는 한 마디로 물레방앗간에서의 인연 후, 성 서방네 처녀의 후일담이라고 해도 될 만한 내용이다. 이런 이야기는, 허 생원으로 하여금 그때 성 서방네 처녀가 아이

를 가졌다면, 그 아이가 지금 동이만한 나이가 되었을 것이라는 생각에 빠지게 하고 더 나아가 동이의 어머니가 바로 성 서방네 처녀일지도 모른다는 기대를 품게 만든다.

④ 허 생원이 물에 빠진 이야기 : 개울을 건너다 허 생원이 물에 빠진다. 이에 동이가 허 생원을 업고 개울을 건너는데, 동이의 등에 업힌 허 생원은 육체의 접촉에 의해 동이에게 강한 애정을 느낀다. 허 생원은 조 선달에게 나귀 생각을 하다 실족해서 물에 빠졌다고 했지만, 실제 이유는 동이의 어머니가 바로 성 서방네 처녀일지도 모른다는, 그래서 그녀를 다시 만나게 될지도 모른다는 혼자 생각에 정신이 팔렸기 때문이다. 다시 말해, 허 생원이 물에 빠진 것은 그가 그런 기대에 얼마나 열중하고 있는가를 간접적으로 드러낸다. 마찬가지로 허 생원이 동이의 등에서 느꼈던 따뜻함도 허 생원의 애틋한 기대를 드러낸다.

이러한 기대는 마지막 장면에서 동이가 왼손잡이임을 발견하고서는 더욱 강해져서 거의 확신에 이른다. 허 생원은 동이가 자신의 아들일 것이며, 다음날 제천에 가면 성 서방네 처녀를 다시 만날 수 있을 것이라고 낙관적으로 믿는다. 끝 부분의 걸음도 해깝고 방울 소리가 밤 벌판에서 한층 청청하게 울렸다라는 묘사가 허 생원의 낙관적 기대를 대변하고 있는 것이다.

이상과 같은 네 부분의 과정을 거침에 따라서 허 생원과 동이의 관계는 갈등이 해소되고 새로운 관계로 안정된다. 처음에는 허 생원과 동이가 나이의 차이에도 불구하고 동일한 욕망을 지닌 대립의 관계였다. 이 대립의 관계는 ① 나귀 사건을 통해 허 생원이 자신의 처지를 알게 됨 ― ② 허 생원에게는 동이 나이만했을 때 맺었던 성 서방네 처녀와의 아름다운 추억이 있음 — ③ 그때 그 처녀가 지금은 동이 어머니와 동이처럼 살고 있을 것이라고 그리워함 — ④ 동이가 자기 자식일 수도 있으며, 그녀와 재회할 수 있을 것이라는 기대를 갖는 과정을 거침으로써, 끝에서는 서로 애정을 지니고 위해 주는 아비와 자식의 안정된 관계로 암시된다. 이러한 관계의 회복을 통하여 삶의 자연적 질서와 그 질서에 순응하는 삶의 아름다움을 보여 주는 작품이 바로 「메밀꽃 필 무렵」이라고 말할 수 있겠다.

이처럼 「메밀꽃 필 무렵」의 숨은 의미는 허 생원과 동이의 관계, 달리 말하면 허 생원이 동이를 어떻게 생각하는가를 살펴봄으로써 제대로 이해될 수 있다. 그러나 이런 식의 이해가 「메밀꽃 필 무렵」을 감상하는 유일한 방식은 아니다. 물론 가장 타당성이 높고 섬세한 이해이긴 하지만, 「메밀꽃 필 무렵」은 조금 다른 식으로 감상될 수도 있다. 또한 이러한 이해는 고등학생들의 감수성과 관심에서는 다소 낯설고 어려운 것일 수도 있다. 고등학생들에게는, 우연히 맺게 된 인연의 신비한 아름다움과 그 추억을 평생 간직하고 살아가는 떠돌이 삶 그리고 아름다운 자연 배경 등으로 이 작품을 감상하는 정도면 충분할 수도 있다. 그러나 문학 교사의 입장에서는 허 생원과 동이의 관계를 통한 좀더 깊은 이해를 지니고 학생들의 반응에 따라 이 작품을 가르쳐야 할 것이다.

1
점 電 41

운수 좋은 날 현 진 건

줄 거 리

김 첨지는 가난한 인력거꾼이다. 아내는 병들어 누워 있다. 비가 추적추적 내리는 겨울날, 오늘만은 나가지 말라는 아내의 애원을 뒤로 하고 김 첨지는 일하러 나간다. 그는 뜻밖에 많은 손님을 태울 수 있었다. 운수가 좋은 날이었던 것이다. 그러나 김 첨지는 집에 있는 아내를 생각하고 불안감에 휩싸인다. 비를 맞으며 일을 많이 해서 몸도 지치고, 불안감 때문에 마음도 혼란스러워 김 첨지는 선술집에서 술을 마시고 호기를 부린다. 그런 후 김 첨지는 아내가 먹고 싶어 했던 설렁탕을 사들고 집으로 돌아오지만, 아내는 죽어 있다.

현진건의 「운수 좋은 날」은 10종의 문학교과서에 실려 있다.* 많은 문학교과서들이 「운수 좋은 날」을 고등학생들이 읽어 봐야 할 소설로 추천하고 있는 셈이다. 1924년 『개벽』 6월호에 발표된 이 작품은, 사실 현진건의 대표작일 뿐 아니라 초기 한국현대소설을 대표할 만한 수작이다.

「운수 좋은 날」은 비교적 세련된 문장과 단편소설의 기법을 구사하고 있는 작품이다. 단순한 내용이지만, 삶의 아이러니와 비극성을 잘 드러내고 있으며, 그것은 고등학생들의 수준에서 이해할 만한 것이다. 그러므로 고등학생들이 문학을 이해하고 또 문학을 통한 삶의 이해를 높이는 데 적절한 작품이라고 생각된다.

그러나 대부분의 문학교과서와 참고서들은 「운수 좋은 날」을 너무 어렵게 가르친다. 그리고 불필요하거나 부적절한 내용도 적지 않다. 이것은 중등학교 문학교육 전반에 나타나는 문제점인 바, 「운수 좋은 날」의 경우도 예외가 아니다.

어떻게 가르치고 있는가

대부분의 문학교과서와 참고서들에서 「운수 좋은 날」은 식민지 시대의 궁핍상을 보여 주는 작품으로 정리된다. 일제 강점기의 빈민층의 생활 모습을 생생하게 그려 놓은 단편소설 또는 식민지 시대의 궁핍한 삶을 극적 아이러니를 통해 형상화한 작품으로 이해되는 것이다. 한 참고서는 〈감상의 길잡이〉에서 이렇게 설명한다.

---

* 그러나 전문을 수록한 교과서는 1종뿐이고, 나머지는 모두 일부분을 수록하고 있다. 그리 길지 않은 작품을 부분만 수록한 것은 이해하기 어렵다. 적어도 단편소설이나 시는 전문을 실어야 할 것이다.

일제 강점하의 굴욕적 상황 아래서 우리 민족이 겪었던 비극적인 삶의 모습을 가난 때문에 병들어 누운 아내를 두고 돈벌이를 나가야만 하는 도시 하층민의 참담한 처지와 그에게 닥친 불행을 통해 반어적으로 표현함으로써 일제 강점하의 우리 민족의 비극성을 대변한다.

또 교과서들은 다음과 같이 설명한다.

당대의 어떤 소설보다도 생생하게 식민지 시대의 궁핍상을 보여 주고 있다. 병들어 누운 아내가 죽음을 예감하고 나가지 말 것을 간청하는데도 나갈 수밖에 없는 인력거꾼은 당대의 전형적인 하층민이다. 이 참담한 처지의 하층 빈민에게는 참된 의미의 운수 좋은 날이란 있을 수 없다.

파국을 향한 긴장 관계의 고조는 끝내 결말에 이르러 통렬한 반어로 끝을 맺는데, 이는 식민지하의 하층민들에게는 운수 좋은 날이 역설적으로 가장 불행한 날이라는 의미를 내포하게 된다.

또 다른 참고서에서는 일제 강점하의 우리 민족의 비극성을 대변한다고 설명한다. 그리고 교과서에서는 김 첨지를 당대의 전형적인 하층민이라고 규정하고 있고, 식민지 시대의 빈민들에게는 운수 좋은 날이란 있을 수 없다고 설명한다. 이러한 설명은 「운수 좋은 날」을 민족적 관점에서 이해하도록 유도한다. 즉, 「운수 좋은 날」은 식민지 시대의 민중들이 얼마나 고생하며 살았는지를 보여 주고 문제삼는 작품이라고 암시되는 것이다. 나아가서는 일제 강점의 부당성과 잔혹성을 제기하는 작품이라고 암시되기도 한다. 이것은 일제시대의 모든 작품을 단순한 민족적 관점에서 파악하려는 잘못된 경향을 다시 한번 보여 주는 것이다. 「운수 좋은 날」의 김 첨지는 어떤 시대의 어떤 집단을 대변하는 인물이 아니라 그냥 어려운 상황에 처한 한 개인일 따름이다. 「운수 좋은 날」에서 식민지 시대의 민족 생존 문제를 거론한다는 것은 지나치다.

물론 「운수 좋은 날」이 식민지 시대의 궁핍상을 보여 준다는 지적은 수긍할 수 있다. 김 첨지의 가난한 삶의 세목이 비교적 생생하게 묘사되어 있기 때문이다. 아마도 가난을 절실하게 체험해 보지 못한 학생들에게 이러한 가난의 모습은 매우 인상적이고 충격적인 것일 수 있고, 따라서 이 소설의 주된 의미를 가난으로 파악할 수도 있을 것이다. 이런 점에서 이 작품에 반영된 당시 하층민의 삶의 고뇌를 이해한다라는 학습목표는 수긍할 수 있다. 그러나 「운수 좋은 날」이 식민지 시대의 궁핍상을 보여 주긴 하지만, 식민지의 현실이나 가난 그 자체가 작품의 주제라고 말할 수는 없다. 참고서에서는 이 작품의 주제를 일제 강점하의 도시 빈민층의 비극적 삶이라고 정리하고 있지만, 그것은 옳지 않다. 이 작품에서 가난은 배경적 상황이다. 이 상황을 통하여 「운수 좋은 날」이 궁극적으로 말하고자 하는 바는 〈삶의 아이러니〉 즉 표면의 행운 뒤에 더 큰 불행이 숨겨져 있을 수도 있다는 사실이다. 즉 시대적 현실이 아니라 삶의 보편적 진실을 문제삼고 있는 것이다. 삶의 아이러니한 측면에 대한 이해를 놓치고 그냥 가난을 묘사한 작품으로 감상하는 데 그친다면, 이것은 「운수 좋은 날」에 대한 타당한 감상이 되지 못한다. 다시 말해, 이 작품을 통해 식민지 시대의 궁핍상을 이해할 수도 있지만 그러나 그것은 부차적인 것이고, 더 중요한 것은 삶의 아이러니한 측면을 이해하는 것이다. 이 작품의 감상에서 초점을 두어야 할 것이 마치 식민지 시대의 궁핍상에 대한 이해인 것처럼 유도하는 것은 잘못된 일이다.

거의 모든 교과서에는 보충학습란이 있어서, 보다 깊이 있는 설명을 해 주고 있다. 그러나 대부분의 보충학습은 부정확하고 불필요한 것이 아닌가 한다. 그것들은 학생들의 이해를 도와주기보다는 오히려 학생들의 이해를 방해하거나 학생들을 혼란스럽게 만드는 것처럼 보인다. 「운수 좋은 날」과 관련된 몇 가지 〈보충학습〉의 사례를 살펴보면 다음과 같다.

> 문학의 사회적 의미와 돈의 기능: 문학의 사회적인 의미를 중시하는 문학사회학은 사회의 본성과 그 개인이 그 사회를 경험하는 방법을 중시한다. 문학이 사회적 현실을 반영한다는 것은, 곧 사회적 가치와 감정의 반영이기도 하다. 그런 점에서 돈이 가지고 있는 사회적인 제 기능과 돈에 대한 감정이나 의식이 반영되는 것은 자연스러운 사실이다. 문학의 사회적 의미가 강조된 작품들, 특히 궁핍한 일제 강점기의 우리 문학작품들에서는 돈의 신통력, 통제력, 사회적 소외 문제들이 흔히 다루어졌다. 예컨대, 현진건의 「운수 좋은 날」, 김유정의 일련의 소설이 그렇다.

매우 모호하고 혼란스런 문장이어서 무슨 뜻인지 정확하게 파악할 수 없다. 아마도 문학작품에는 돈의 의미와 가치를 문제삼는 경우가 많다는 것을 말하고 있는 듯하다. 그러나 이런 문제는 「운수 좋은 날」의 학습과 관련하여 고등학생들에게 꼭 필요한 것이라고 보기 어려우며, 필요한 면이 있다고 하더라도 보다 정확하고 간명하게 그 의미를 설명해 주어야 할 것이다. 또한 돈이 문제가 되는 경우는 일제 강점기의 작품, 특히 현진건이나 김유정의 작품에서뿐만 아니라 최근의 작품에서도 계속해서 나타나고 있다. 그러므로 〈보충학습〉의 설명은 옳은 것이라 할 수 없다.

그리고 〈「운수 좋은 날」에 나타난 돈〉이라는 제목의 〈보충학습〉에서는 이 작품에 대한 논문의 한 단락을 인용해 두고 있는데, 그 내용도 고등학생들에게 적절치 않은 것으로 판단된다.

> 사건 전개의 방법: 김 첨지의 행위가 추보적으로 전개되는 사건의 중간에 들어감으로써, 사건의 정황을 보다 확실히 전달하는 부분에서 요약, 압축에 의한 기교가 나타난다. 이렇게 삽입된 사건들을 부속 사건이라고 하며, 단편소설의 기법상 길게 서술되지 못한다. 발단 부분의 아내에 관한 이야기에서 이런 특성을 살펴볼 수 있다.

이것 역시 모호한 설명이다. 추보식 구성이란 과정이나 시간의 순서에 따라 서술되는 구성을 뜻하는데* 김 첨지의 행위가 그 중간에 들어간다는 말은 이해되지 않는다. 김 첨지의 행위 자체가 추보적으로 서술되고 있기 때문이다. 요약, 압축의 기교가 나타난다는 말도 잘 이해할 수 없으며, 부속 사건이란 개념은 보편적인 용어가 아니다. 그리고 발단 부분의 아내에 관한 이야기가 어떤 특성을 보여 주는지도 분명하지 않다. 한 마디로 잘 이해되지 않아 혼란만 가중시키는 설명인 것 같다.

---

* 〈추보〉라는 어려운 한자말을 꼭 써야 하는지도 의문이다.

갈등의 양상: 이 작품에서의 갈등은 인물의 심리를 중심으로 펼쳐진다. 김 첨지의 심리 내부에서 반복되고 심화된 갈등으로 자리를 잡는다. 〈집〉이라는 구체적인 공간도 갈등의 정도를 나타내는 기준이 된다. 즉, 집과의 거리가 가까워질수록 주인공의 갈등이 심화되고, 멀어질수록 갈등의 해소가 이루어지는 구조를 가지고 있다. 집에서 멀어지는 부분에서 떨칠 수 없는 집 생각으로 갈등이 반복 심화된다. 〈집〉은 김 첨지가 벗어날 수 없는 내면적 공간이다.

이러한 설명 역시 작품의 이해에 도움이 되지 못한다. 이 작품에서 갈등은 별로 중요하지 않다. 갈등은 김 첨지가 돈을 더 벌 것인가 아니면 일찍 집으로 돌아갈 것인가를 망설이는 것에서 나타날 뿐이며, 이 갈등은 심화되고 또 해소됨으로써 주제에 기여한다기보다는 그냥 김 첨지의 상황을 드러낼 뿐이다. 특히 집과 가까워질수록 갈등이 심화되고 멀어질수록 갈등이 해소된다는 설명은 잘못된 것이다. 이 작품에서 〈집〉을 김 첨지의 내면적 공간으로 이해하는 것도 지나친 해석으로 보인다. 그리고 이러한 해석의 시도는 고등학교 문학교육의 공간에서 불필요한 것이며, 작품의 감상을 쓸데없이 어렵게 만드는 일이다. 어떤 작품에서 갈등이 중요하다면, 그것은 갈등이 사건 전개의 추진력이 되고 나아가 그 해소가 사건의 결말이 됨으로써 주제를 구현하는 경우에 한해서이다. 「운수 좋은 날」은 그런 작품이 아니다.

이러한 것들 외에도, 대부분의 보충학습은 이와 비슷한 문제점을 드러낸다. 문학교과서의 지나치게 장황하고 어려운 설명들은 학생들의 작품 감상을 오히려 방해하는 것으로 보인다. 현재 국어교과서와 문학교과서 특히 참고서들은 쓸데없는 설명을 대폭 줄여야 할 것이다. 학생들이 문학작품을 꼼꼼히 읽고 스스로 생각해 보는 것이 문학공부이지, 장황하고 어려운 설명을 읽고 외우는 것은 문학 공부라 할 수 없다.

대부분의 문학교과서들은 친절하게 낱말풀이와 구절풀이를 해 두고 있다. 그러나 국어사전을 찾아보면 쉽게 그 뜻을 파악할 수 있는 낱말들까지 교과서에서 풀이하고 있는 것은 지나친 친절이 아닌가 한다. 학생들이 국어사전을 찾아보는 습관을 지니는 데 방해가 되는 친절일 것이다. 사전을 찾아도 그 뜻이 나오지 않거나 표준말이 아니어서 그 뜻을 잘 파악할 수 없는 낱말들만 풀이를 해 주는 것이 좋을 것이다.

그리고 구절풀이 역시 불필요한 것들이 제법 눈에 띈다. 가령 취중에도 설렁탕을 사 가지고 집에 다다랐다라는 구절에 대하여 만취가 된 몸인데도 불구하고 아내가 먹고 싶어하던 설렁탕을 잊지 않고 사들고 오는 김 첨지의 인간미를 나타낸 구절이다라는 풀이를 하고 있다. 또 그곳을 지배하는 무시무시한 정적—폭풍우가 지나간 뒤의 바다 같은 정적이라는 구절에 대하여 아내가 죽은 뒤의 적막하고 처절한 분위기를 감각적으로 표현하고 있다고 풀이하고 있다. 이러한 풀이는 전혀 불필요한 것이 아닌가 한다. 그런가 하면 잘못된 풀이들도 적지 않다.

＊ 그러자, 그 돈 벌 용기가 병자에 대한 염려를 사르고 말았다.
; 돈이 사람의 의식을 노예화한다는 것을 실증하는 구절이다.

* 정거장까지 가잔 말을 들은 순간에, 경련적으로 떠는 손, 유달리 큼직한 눈, 울 듯한 아내의 얼굴이 김 첨지의 눈앞에 어른어른하였다.

; 아내 걱정을 해야 하는 김 첨지의 심리적 갈등을 영상이 오버랩되는 영화 기법의 묘사를 통해 표현함.

* 거기 마침 마마님이신지 여학생님이신지 — 요새야 어대 논다니와 아가씨를 구별할 수 있던가 — 망토를 잡수시고

; 서구문물의 도입으로 복장도 변하여, 신분에 의한 사회 계층 간의 구분이 없어져서 혼란된 상태를 알 수 있다.

이러한 구절풀이들은 모두 잘못된 것이거나 과장된 것이라 할 수 있다. 그냥 평범하게 이해될 수 있는 구절에 대해서 엉뚱한 설명을 하고 있는 것이다. 그리고 엄격하게 말해서, 이 풀이들은 풀이가 아니다. 구절풀이라고 하면 그 뜻을 설명해야 하는데, 이것들은 그 문장을 통해서 짐작할 수 있는 바를 말하고 있다. 뿐만 아니라 그 내용도 수긍하기 어렵다.

한 교과서의 〈학습활동〉에는 이 작품에 나타난 심리 묘사를 이상의 「날개」와 비교하여 그 차이점과 유사점에 대해 생각해 보고, 이를 토의해 보자라는 문제가 있다. 이 문제를 출제한 사람은 어떤 해답을 예상하고 있었는지 궁금하다. 「운수 좋은 날」과 「날개」의 심리 묘사가 어떤 점에서 같고 어떤 점에서 다른가? 물론 아주 꼼꼼하게 따져 본다면 그 차이점과 유사점을 말할 수 있을지 모른다. 그러나 그것은

소설의 묘사를 전문적으로 연구하는 학자들이나 할 일이다. 고등학생들에게 이런 문제를 내는 것은 무책임한 일이다. 짐작컨대, 문제를 출제한 사람도 분명한 해답을 갖지 않은 채 문제를 낸 것이 아닌가 한다. 비단 이 문제뿐만 아니라, 이런 혐의를 보이는 문제들이 교과서에서 쉽게 발견된다.

한 작품을 읽고 그것의 어떤 면에 대해서 관련성이 높은 다른 작품과 비교해 보는 일은 문학교육에서 긍정적 효과를 기대할 수 있는 하나의 방법이다. 그러나 그것은 쉬운 일이 아니므로, 중등학교의 문학교실에서 그 방법을 사용할 때는 매우 단순하고 분명하게 비교될 수 있는 것에 한정해야 한다. 무턱대고 어떤 작품과 어떤 작품을 비교해서 읽어 보라고 요구해서는 곤란하다. 대부분의 문학교과서들은 한 문학작품을 수록하고 그 뒤에 더 읽을거리를 제시하고 있다.「운수 좋은 날」과 관련하여 문학교과서들은 현진건의「빈처」, 김동인의「감자」, 이효석의「메밀꽃 필 무렵」, 최일남의「쑥」, 현진건의「불」, 유진오의「김 강사와 T 교수」등의 작품을 더 읽을거리로 제시하고 있다. 그런데 어떤 측면이나 이유에서 이런 작품이 선택되었는지 짐작할 수 없다. 학생들에게 더 읽을거리를 제시하려면, 어떤 면에서 그 작품을 더 읽으면 도움이 되는가를 분명히 확인한 후에 해야 할 것이다. 이런 점에서 현재 문학교과서들이 제시하고 있는 더 읽을거리 목록은 심각하게 재검토되어야 할 것으로 판단된다.

지금까지 현행 문학교육 현장에서「운수 좋은 날」이 어떻게 가르쳐지고 있는가를 비판적으로 검토해 보았다. 문학교과서들은 이 작품에 대해서도 많은 설명을 하고 있으며, 그 가운데 상당 부분이 잘못되었거나 불필요한 내용이었다. 그리고 학생들의 작품 이해를 인도하는 〈감상의 길잡이〉나 〈학습활동〉의 내용도 적절치 못한 것이었다. 그것들 가운데 대부분은 차라리 없는 편이 훨씬 좋았을 것으로 생각된다.

사실 문학교육의 주된 학습내용은 작품 자체를 성실하게 읽는 것이 되어야 한다. 작품 자체를 성실하게 읽는다는 것 속에는 낱말이나 구절에 대한 충실한 이해 그리고 감상자의 성의 있는 반응도 포함된다. 문학교육에서 교사의 역할은 매우 중요하지만, 그러나 실질적으로 할 수 있는 일은 매우 적다. 문학교사는 학생들이 작품의 바른 이해에 다가갈 수 있도록 보조해 줄 수 있을 뿐이다. 문학교과서의 설명 역시 마찬가지다. 문학교과서에는 좋은 문학작품이 실려 있어야 하며, 설명은 학생들이 바른 이해에 다가갈 수 있도록 암시하고 자극하는 약간의 보조적 역할을 하는 것으로 충분하다. 작품의 내용과 성격에 따라 필요한 설명의 정도가 다르고, 또 일반적으로 소설보다는 시가 좀더 많은 설명을 필요로 하지만, 어느 경우라도 작품 자체를 성실하게 읽는 것이 문학교육의 주된 학습내용일 수밖에 없다. 그런 점에서 현재 문학교과서들의 설명은 과잉이라고 말할 수 있다.

어떻게 가르칠 것인가

현진건의 「운수 좋은 날」은 비교적 단순하고 쉬운 작품이다. 이 작품에 대해서 교사가 따로 설명해 주어야 할 부분은 별로 없어 보인다. 그냥 학생들이 작품을 충실하게 읽도록 유도해 주면 될 것 같다. 일차적으로 학생들이 낱말, 구절의 뜻과 전체 내용을 충실하게 파악하고 있는가를 확인하고 그 다음에는 어떤 장면이나 삽화가 어떤 의미를 지니는가를 학생들이 이해할 수 있도록 도와주면 될 것이다. 그리고 김 첨지의 행동과 심리를 제대로 이해한다면 「운수 좋은 날」의 학습은 거의 이루어졌다고 말할 수 있을 것이다.

학생들이 「운수 좋은 날」을 학습하면서 유의해야 할 점은 다음과 같은 것들이 아닌가 한다.

첫째, 묘사에 주목한다. 이 작품은 인물과 상황의 묘사가 뛰어나다. 특히 선술집에서의 묘사는 사실감과 함께 박진감이 있다.

둘째, 김 첨지의 행동이 어떤 심리상태에서 나온 것인지를 이해한다. 김 첨지의 행동은 때때로 당혹스럽고 혼란스럽다. 그러나 거기에는 개연성이 있다. 김 첨지가 처한 상황과 그에 반응하는 심리를 이해하면 김 첨지의 행동도 이해가 될 수 있다.

셋째, 이 소설의 묘미는 아이러니에 있다. 가난한 인력거꾼의 아내가 병들고 굶주려 죽었다는 이야기 자체만으로는 소설이 되기 어렵다. 돈을 많이 벌어서 아내에게 밥과 약을 사 줄 수 있는 그날에 아내가 죽고 말았다는 아이러니컬한 상황이 작품의 비극성을 강화하고 나아가 주제를 구현한다. 달리 말해 행운이 찾아오는 줄 알고 즐거워했는데, 알고 보니 그 행운 뒤에 더 큰 불행이 기다리고 있었다는 점이 이 작품의 주제가 된다. 이 주제는 우리 삶의 한 측면을 진실되게 포착한 것이라고 할 수 있다. 학생들은 이를 통하여, 삶에는 이런 어처구니없는 일이 늘 잠복해 있다는 사실을 이해할 수 있을 것이고, 그 이해가 곧 이 작품의 감동과 연결된다.

넷째, 김 첨지가 처한 가난을 이해한다. 이 작품에서 묘사된 김 첨지의 가난은 보통 학생들이 상상하기 어려운 것이다. 학생들은 이를 통하여 세상에는 이처럼 처절한 가난도 있다는 사실을 알게 될 것이며, 이 또한 이 작품을 통해 공부할 수 있는 내용이다. 그러나 이 가난을 너무 식민지 상황과 연결시켜 이해하는 것은 바람직하지 않다. 그렇게 되면 가난에 대한 공부보다는 단순논리로 배우는 역사공부가 되기 쉽다. 문학교육은 서툰 민족의식이나 단순논리의 역사를 배우는 것이 아니라 다른 시대나 다른 사람들의 삶이 어떠한가를 배우는 것이라고 할 수 있다. 김 첨지의 가난을 접하는 것, 그것만으로도 세상공부와 문학공부의 일부가 될 수 있을 것이다.

앞서 말한 네 가지 유의 사항 중에서 교사의 직접적인 설명이 좀더 필요한 사항은 아이러니에 대한 것이다. 우선은 아이러니의 개념을 학생들에게 설명해 주어야 할 것이다. 그러나 너무 복잡하고 전문적인 설명은 고등학생들에게 필요 없을 것이다. 그냥 표면적으로 기대되는 의미와 실질적인 의미가 상반되는 것을 아이러니 또는 반어라고 한다고 가르치면 될 것이다. 그리고 작품 속에 어떤 면을 두고 아이러니라고 하는지 알려 주는 것이 훨씬 중요하다.

「운수 좋은 날」에는 아이러니가 복합적으로, 효과적으로 사용되고 있다. 우선 전체 스토리가 아이러니하다. 김 첨지에게 운수 좋은 날, 즉 뜻밖에 수입이 좋은 날이었는데, 그날이 바로 아내가 죽은 날이 되었다. 김 첨지가 돈을 한푼이라도 더 벌고자 한 것은 아내를 위해서였지만, 그 돈을 벌게 되자 아내가 죽어 버린 것이다. 이러한 스토리 자체가 아이러니한 것이라 할 수 있다. 그리고 이 스토리의 아이러니가 이 작품에서 가장 중요한 아이러니다.

그 다음에 아이러니는 제목에서 발견된다. 작가는 김 첨지가 아내를 잃은 불행한 날을 두고 「운수 좋은 날」이라는 제목을 붙였다. 실제로는 가장 불행한 날이지만 작가는 그 반대의 뜻을 가진 제목을 붙임으로써 아이러니의 효과를 노렸던 것이다.

아이러니는 김 첨지의 태도 특히 아내에 대한 태도에서도 강하게 나타난다. 김 첨지의 마음은 아내에 대한 안쓰러움과 걱정으로 가득하다. 그러나 김 첨지는 아내에게 욕을 하고 또 아내를 매우 거칠게 대한다. 김 첨지의 속 마음과 김 첨지의 겉 태도 사이에 아이러니가 있는 것이다.

이러한 아이러니의 효과 때문에 「운수 좋은 날」은 흥미로운 작품이 된다. 그러나 아이러니가 단순히 재미를 위한 기법은 아니다. 성공적으로 사용된 경우, 아이러니는 직설법보다 드러내고자 하는 상황을 훨씬 설득력 있게 효과적으로 드러낸다. 가령 김 첨지가 병든 아내에게 따뜻한 위로의 말을 하는 것보다 거친 욕설을 퍼붓는 것이 독자들의 연민을 더욱 강하게 자극하고 더 감동을 주게 된다.

현진건의 「운수 좋은 날」은 그 내용이 쉽고 단순하지만, 적지 않은 소설적 미덕을 지닌 좋은 작품이다. 그리고 고등학생의 수준에서 문학공부와 세상공부를 하는 데 적절한 수단이 될 수 있는 작품이다. 이 작품에 대해서 교사가 직접 설명하여 가르칠 내용은 별로 많지 않다. 학생들이 성실하게 작품을 읽고 이해한다면, 교사는 아이러니에 대한 설명을 조금 해 주면 충분하지 않을까 한다. 그 다음에는 학생들이 각자 이 작품을 읽은 소감을 서로 나누어 보는 것으로 이 작품에 대한 공부는 충분할 것으로 생각된다. 이런 작품을 두고 장황하고 어렵고 불필요한 설명을 해서 학생들을 혼란시키는 일은 우리 문학교육 현장에서 시급히 개선되어야 할 것이다.

붉은 산 김동인

줄 거 리

일제시대에 만주에서 있었던 일이다. 만주의 한 오지에 조선 사람 소작인만 한 이십여 호 모여 사는 작은 마을이 있다. 마을 사람들은 모두 온량하고 정직하였으나, 단 한 사람 삵이라는 인물은 달랐다. 그는 됨됨이가 흉포하여 마을 사람들에게 큰 걱정과 피해를 끼친다. 그러나 마을 사람들은 그가 무서워 어쩌지를 못하고 당하기만 한다. 그러던 어느 날 송 첨지라는 사람이 소출이 적다는 이유로 중국인 지주에게 폭행을 당하고 마침내 숨을 거둔다. 마을 사람들은 모두 분개하였지만 중국인 지주에게 항의하지는 못한다. 그러나 삵은 홀로 지주를 찾아가 항의했고, 그 때문에 중국인들에게 폭행을 당해서 죽게 된다. 죽기 직전, 삵은 마을 사람들에게 애국가를 불러 달라고 청한다. 그리고 붉은 산과 흰 옷이 보고 싶다고 말한다. 즉 삵이란 인물은, 그의 평소 행동과는 달리, 가장 용기 있고 가장 애국적인 인물로서 죽는다.

배우기에 적절한 작품인가

김동인의 「붉은 산」은 고등학교 문학교과서에 실려 있는 작품이며, 이전에는 중학교 2학년 국어교과서에 실렸던 적이 있다.[*] 「붉은 산」은 민족주의적인 색채가 강한 작품이다. 그래서 김동인의 작품들 가운데서 다소 예외적인 작품으로 이해된다.[**]

줄거리를 통해서도 쉽게 알 수 있듯이, 이 작품의 상황은 매우 단순하다. 선량한 우리 민족과 나쁜 적이 선명하게 구분된다. 이런 단순한 상황 속에서는 민족주의도 단순하게 이해된다. 자신을 돌보지 않고 용기 있게 나쁜 적에게 대항하는 것이 최선의 민족사랑이 된다. 이런 점에서 본다면 「붉은 산」은 매우 쉬운 작품으로 중학생에게나 적합한 수준이라고 할 수 있을 것이다.

그러나 「붉은 산」에는 단순하지 않은 면도 있다. 선량하고 정직한 마을 사람들은 헌신적인 행동을 취하지 못한다. 그들에게는 용기와 실행력이 없다. 반면 삵이란 인물은 포악하고 나쁜 짓을 일삼지만 목숨을 바쳐 애국적인 행동을 보여 준다. 결국 진정한 애국자는 마을 사람들이 아니라 삵이었다고 「붉은 산」의 결말은 암시한다. 사실 「붉은 산」의 결말은 좀 억지스럽다. 삵이 죽어 가면서 붉은 산과 흰 옷이 그립다고 말하고 애국가를 듣고 싶다고 말하는 것은 개연성이 부족하다. 선량한 마을 사람들을 그렇게 괴롭히면서 살던 인물이 그처럼 강한 조국애를 지니고 있었다는 것은 쉽게 수긍하기 어렵다. 이런 점에서 「붉은 산」을 두고 완성도가 높은 수작이라고 말하기는 곤란하다. 교과서에는 완성도 높은 좋은 작품들만 골라서 수록해야 한다면, 「붉은 산」은 교과서에 실리기에는 흠이 있는 작품일

---

[*] 우리 중등학교 문학교육에서 중학생들이 읽어야 할 문학작품과 고등학생들이 읽어야 할 문학작품의 구분이 분명하지 않다. 이것은 한편으로는 당연한 일이다. 어떤 문학작품이 어떤 연령층에 꼭 적합하다고 단정하기는 어렵다. 그러나 대강의 구분은 해 두어야 할 것 같다. 그렇지 않으면 중학교에서 배운 작품을 고등학교에서 다시 배우게 되는 경우가 생긴다. 「붉은 산」의 경우가 그러하다. 또한 그런 구분이 없다 보니 고등학교나 대학교에서 읽을 만한 작품들이 점점 더 많이 중학교 학생들에게 강요되는 경향이 생긴다. 실제로 중학교에서 선생님들이 학생들에게 추천하는 한국문학작품의 목록을 보면, 중학생들에게 쓸데없는 부담만 주는 작품들이 많다.

[**] 잘 알려진 바와 같이, 김동인은 늘 춘원 이광수를 의식했고, 그의 대척점에서 문학과 세상을 바라보고자 했던 인물이다. 그래서 춘원의 문학이 민족의식을 강조했음에 반하여 동인의 문

것이다.

　그러나 「붉은 산」은 고등학생들의 경우에는 읽어 볼 만한 작품이라고 생각된다. 비록 삵이라는 인물의 개연성에 문제가 있긴 하지만, 이 작품은 고등학생들이 세계와 인간을 이해하는 데 좋은 소재가 될 수 있을 것 같다. 보통 인간은 선한 자와 악한 자로 나뉜다. 선한 자는 항상 훌륭한 행동을 하고 악한 자는 항상 비열하고 나쁜 행동을 한다고 생각된다. 그러나 「붉은 산」에서 삵이란 인물은 이러한 단순한 이분법으로 이해될 수 없다. 삵은 평소에는 악한 인물이었지만, 그의 가슴속에는 남들보다 더 강한 민족사랑이 있었다. 삵은 인간에 대한 단순한 이분법적 이해로는 파악될 수 없는 인물이다. 그런 점에서 삵에 대한 이해는 인간에 대한 이해를 넓혀 준다고 할 수 있다. 「붉은 산」은 이처럼 고등학생들에게 좋은 생각거리를 던져 주는 작품이다. 이 작품의 감상과 교육은, 단순히 민족의식의 고취로 끝나서는 별 의미가 없다. 그보다는 삵이라는 인물을 통하여 세계와 인간에 대한 이해를 넓히는 감상이 되어야 한다.

　「붉은 산」은 개연성의 부족이라는 결점이 있는 작품이고 또 민족의식이라는 관점에서 보면 상황이 너무 단순한 작품이지만, 그러나 삵이라는 인물에 초점을 맞추어 감상한다면 고등학생들이 배우기에 적절한 작품이 된다. 또 민족의식의 고취라는 측면보다는 삵이라는 인물의 이해라는 측면에서 가르칠 때 더 교육적 효과가 높은 작품이다.

학은 민족이나 현실의 문제보다는 보편적 삶이나 미학의 문제를 강조했다. 이런 점에서 「붉은 산」은 다소 예외적이라고 할 수 있다. 그러나 춘원의 소설에서 애국자는 항상 지식인이고 선량한 인물임을 생각한다면, 「붉은 산」의 삵이란 인물은 그와 정반대임을 알 수 있다. 즉, 동인은 「붉은 산」을 통하여, 춘원의 소설에서 지식 있고 모범적인 인물이 애국을 독점하고 있는 것을 비판하려 했는지도 모른다.

문학교과서의 〈이해와 감상의 길잡이〉는 「붉은 산」에 대한 학생들의 이해를 다음과 같이 유도하고 있다.

① 「붉은 산」에서 주인공 〈삵〉은 환영을 보고 있다. 주인공이 환영을 보게 된 것은 그에게 잠재되어 있던 민족 독립의 염원이 강렬하게 드러난 것이며, 여기에 기대어서 작가는 그 당시 조국이 겪는 처절한 현실과 그것을 이기려는 겨레의 의지를 더욱 생생하게 그려내고 있다. (중략) ② 여기서 주인공 삵은 고국을 어쩔 수 없이 떠나 타국에서 곤궁하게 살 수밖에 없었던 실향민을 상징한다. 그러나 그는 송 첨지를 죽인 만주국인 지주에 대해 마음으로만 비분강개하고 대항하지 못하는 마을의 젊은이와 달리, 그에게 복수를 실행함으로써 민족의식을 일깨우는 계기를 마련한다. ③ 삵이 마지막 숨을 밭고랑에서 거둔다는 사실은 밭에 씨앗을 뿌려 작품을 수확하는 것처럼 그의 민족의식이 동족들의 마음에 널리 퍼져 나갈 것을 암시하고 있다. 삵의 죽음을 지켜보면서 삵이 부르는 애국가를 따라 부르는 마을 사람들의 모습에서 이미 그 씨앗이 눈을 틔우고 있음을 보게 되는 것이다.

대부분의 〈감상의 길잡이〉가 그러하듯이, 이 〈이해와 감상의 길잡이〉 역시 제대로 된 길잡이 노릇을 못 하고 있다. ①에서 말하고 있듯이, 주인공 삵은 마지막에 죽어 가면서 붉은 산과 흰 옷의 환영을 본다. 그러나 그것이 잠재되어 있던 민족 독립의 염원이 강렬하게 드러난 것이라고 말하는 것은 적절치 않다. 고국을 떠나 타국에서 떠돌던 인물이 마지막 순간에 고국의 모습을 떠올린다는 것은 자연스런 일이며, 아울러 고국을 그리던 평소 마음의 표현이라고는 할 수 있다. 그러나 그것을 두고 민족 독립의 염원까지 말하는 것은 비약이요 과장이라 하지 않을 수 없다. ②의 내용도 마찬가지다. 삵이 실향민을 상징한다고 했지만, 마을 사람들도 실향민이고 삵도 실향민인데 왜 유독 삵이 실향민을 상징하는지도 알 수 없고, 또 삵의 성격으로 보아서 그런 인물이 실향민을 상징하는 인물이라고 생각하기 어렵다. 평소에는 아주 악하고 나쁜 짓만 하고 다니다가 어느 순간 의기로운 행동을 보여 주는 성격이 곧 실향민의 보편적 성격이라고는 볼 수 없기 때문이다. 그리고 삵의 마지막 행동이 마을 사람들의 민족의식을 일깨우는 역할을 했는지 어떤지는 소설에 나와 있지 않은 내용이다. 소설에 나와 있지 않은 내용을 짐작하여 소설의 의미를 규정하는 일은 타당성이 없는 해석이지만, 문학작품의 해석과 교육에서 자주 발견되는 오류이다. ③의 해석도 지나친 상징적 해석이다. 작품 속에 삵의 허리가 기역자로 뒤로 부러져서 밭고랑 위에 넘어져 있다는 구절이 나온다. 밭고랑이란 별 숨은 의미가 없는 장소의 지정일 뿐이다. 물론 독자의 입장에서는 밭고랑이란 장소에서 민족의식의 파종과 발아와 개화와 수확의 의미를 읽어낼 수도 있다. 그런 알레고리적 해석이 완전히 틀린 것이라고 말할 수는 없다. 그렇지만 그것은 억지스러운 해석이며, 타당성이 아주 낮은 해석이다. 이런 알레고리적 해석은, 창조적인 해석이기는커녕 오히려 비슷한 상황에서 흔히 기대되는 상투적 해석일 뿐이다.

이처럼 교과서가 제시하고 있는 〈이해와 감상의 길잡이〉는 잘못된 길잡이 노릇을 하여 학생들의 감상을 오히려 방해하고 있는 것으로 보인다.

교과서에서 친절하게 구절풀이를 해 놓은 것들 가운데서도 차라리 구절풀이를 하지 않았더라면 더 좋았을 것들이 적지 않다.

  * 삶은 이 동네에는 커다란 암종이었다.
  ; 아무런 도움이 되지 못할 뿐더러 피해만 주는 인물이기 때문이다. 그러나 암종처럼 여겨졌던 그가 마침내 이 마을의 진정한 암종이라고 할 수 있는 만주국 지주를 없앴다는 점에서 반어적(反語的)이라 할 수 있다.

이 풀이는 적절치 못할 뿐만 아니라 내용도 틀렸다. 우선 삶이 만주국 지주를 없앴다는 내용은 소설 속에 나오지 않는다. 그리고 작품 속에는 중국인 지주라고 나오는 것을 굳이 만주국 지주라고 고쳐 말할 까닭이 없다. 삶이 중국인 지주에게 어떤 식으로 항의를 했는지는 짐작으로밖에 알 수가 없다. 아마도 거칠게 항의하다가 심하게 폭행을 당했을 것이다. 정황으로 보아서 중국인 지주를 없앴을 가능성은 거의 없다. 사실 이런 구절은 전혀 풀이가 필요 없다. 학생들은 암종의 뜻만 알면 된다. 그러면 삶을 암종에 비유한 의도를 알게 될 것이다.

이 구절에서 관심을 가져야 할 점은 그 뜻이라기보다는 문법적인 오류이다. 이 문장은 문법적으로 틀린 문장이다. 이 동네에는이라고 했지만 이것은 〈이 동네에서〉라고 고쳐야 정확한 문장이 된다. 교과서에 실린 문학작품의 경우, 원문을 수정해서라도 정확한 문장으로 씌어진 작품들을 수록하여야 할 것이다. 아니라면 적어도 각주를 통해서라도 틀린 문장을 바로잡아 학생들이 정확한 문장에 익숙해지도록 유도하여야 할 것이다.● 학생들이 훌륭한 문학작품에서 문법적으

● 교과서에서 문학작품들의 표기문제는 심각하게 검토하여야 할 대상이다. 고전작품의 경우 원문이 고어나 한자로 되어 있다. 그리고 현대문학이라고 할지라도 한글의 문법적 질서의 취약성 때문에 또한 급격한 표기법과 맞춤법의 변화 때문에 정확하지 못한 표기나 문장들이 자주 발견된다. 현재 대부분의 국어교과서나 문학교과서에서는 문학작품의 원래 표기를 존중하여 그대로 싣고 있지만 이것은 바람직하지 않다고 생각된다. 적어도 중고등학교 교과서에 실리는 문학작품의 경우는 오늘날의 맞춤법과 어휘와 문장으로 정확하게 번역해서(고쳐서) 실어야 마땅할 것이다. 왜냐하면 중고등학생들이 한글 고어를 그렇게 잘 알아야 할 필요가 없을 뿐만 아니라 고전작품을 통해서 학생들이 배워야 할 것은 한글 고어나 한자가 아니라 작품 그 자체이기 때문이다. 그리고 현대문학의 경우도 원래 표기를 통한 섬세한 느낌의 향수는 다소 제약을 받더라도, 그보다 더 중요한 것은 학생들이 정확한 문장을 통해서 언어 능력을 키우는 것이기 때문에 교과

로 틀린 문장이 씌어 있음을 보게 된다면 실망을 하거나 아니면 정확한 언어질서를 경시하게 될지도 모른다. 이것은 국어교육이 아니라 반(反)국어교육이다.

  * 삵이 동구(洞口) 밖에서 피투성이가 되어 죽어 있다는 것이었다.
  ; 삵의 지난밤 행적을 먼저 보여 주지 않고, 아침의 모습을 보여 주어 독자의 호기심을 이끌어 낸다.

이런 풀이도 아무런 소용이 없는 것이다. 굳이 이런 풀이를 하려면 좀 달리해야 한다. 지난밤, 그러니까 삵이 지주에게 항의하는 사건의 현장은 생략하고 아침에 쓰러져 있는 삵의 모습만을 보여 주는 것은 서술의 테크닉이다. 작가는 이런 서술의 테크닉으로 여러 가지 효과를 얻는다. 속도감도 얻고 초점도 얻고 문체의 간명함도 얻는다(독자의 호기심을 이끌어 내는지는 의문이다).

  * 삵의 허리가 기역자로 뒤로 부러져서 밭고랑 위에 넘어져 있는 것을
  ; 그의 허리가 기역자로 부러진 모습은 호미와 낫을 연상시킨다. 그것은 그가 한때는 비록 암종이었으나, 이 마을을 살리기 위한 〈생산적〉 인물이 되었음을 상징하고 있다.

이 풀이 역시 지나치다. 우리 교과서 집필자들이나 참고서 집필자들은 무슨 이유에서인지는 잘 모르겠으나 상징을 지나치게 좋아하는 것 같다. 이 구절에서도 상징적 의미를 찾고 있으나 억지스런 해석으로 보인다. 삵의 허리가 기역자로 뒤로 부러졌다는 것은 단순히 삵이 심하게 다쳤음을 말하고 있을 뿐이며, 또한

서의 문학작품들은 모두 정확한 문장으로 수정한 뒤에 수록되어야 할 것이다. 특히 〈삵은 우리 동네에는 커다란 암종이었다〉와 같이 별다른 문학적 효과도 없이 잘못된 문장은, 최소한 교과서의 문학작품에서는 정확한 문장으로 수정되어야 마땅할 것이다. 다만, 인물들의 성격과 사실감을 드러내는 대화 속의 사투리들은 그대로 두되, 그것도 표준말이 무엇인지 각주를 달아서 알려 주어야 할 것이다.

밭고랑 위에 넘어져 있다는 것은 그곳이 자연스런 장소이기 때문일 뿐이 아닐까? 그 자체로, 산문적으로 이해하면 충분할 것을 무슨 수수께끼 풀 듯이 숨은 의미를 찾아내려 하는 것은 바람직하지 않다. 그리고 삵의 헌신적 행위가 마을을 살리기 위한 것이고 또 그로 인해 삵이 생산적인 인물이 되었다는 것도 이해하기 어렵다. 물론 삵이 지주를 찾아간 것은 민족적 울분에서 나온 의로운 행위였다고 할 수 있다. 그렇지만 그 행위를 통해 삵이 생산적인 인물이 되었다거나, 그 행위가 마을을 살리는 행위였다고 말하는 것은 지나치다.

어떻게 가르칠 것인가

「붉은 산」은, 앞에서 지적한 바와 같이, 매우 단순한 줄거리를 가진 작품이다. 특히 민족주의적 관점에서 바라보면, 「붉은 산」은 실향민이요 소작인인 우리 민족과 이들을 억압하는 중국인 지주 사이의 대립을 선명하게 보여 준다. 그리고 마을 사람들이 불러 주는 애국가 속에서 삵이 죽어 가는 마지막 장면은 그 자체로 민족주의적이다. 참고서를 보면, 이 작품의 주제가 식민지 시대 만주 이주민들의 고통스런 삶과 민족애라고 되어 있다. 수긍할 수 있다. 이 작품은 학생들에게 민족의식의 고취라는 계몽적 효과를 기대할 수 있는 작품이다. 교과서와 참고서의 내용들은 전부가 이러한 관점에서 「붉은 산」을 해석하고 설명한다.

「붉은 산」을 민족주의의 관점에서 이해하는 것은 정당하다. 그렇지만 그 이해는 너무 단순하다. 더구나 교과서나 참고서에서처럼 민족애를 추상적으로 강조할 때 더욱 그러하다. 그것은 심하게 말해서 〈우리 민족이 일치단결하여 적을 쳐부수자〉는 구호가 되어 버리고 만다. 이런 구호도 때로는 필요하겠지만, 적어도 고등학교의 문학교실에서 배울 만한 것은 못 된다. 문학은 구호가 아니다. 문학은 구호로 말할 수 없는 것들을 표현한다. 이 작품을 민족주의의 관점에서 이해하더라도, 그 학습내용은 좀더 구체적인 것이 되어야 한다. 「붉은 산」의 경우, 인물뿐만이 아니라 배경도 주제에 크게 관련된다. 이 작품의 배경은 일제시대의 만주이다. 즉 역사성이 있는 배경이다. 일제시대 많은 사람들은 고향을 등지고 만주 땅으로 이주해야만 했다. 일제의 만주 식민 정책도 있었지만, 그보다 직접적인 이유는 일제의 수탈로 인하여 더 이상 먹고 살길이 없어 낯선 땅을 찾아간 것이었다. 일제의 억압 밑에서 고향에 남아 있던 사람들도 모진 고통을 감내해야 했던 세월이었지만, 특히 만주로 쫓겨간 사람들은 낯선 황무지와 거친 날씨와 굶주림과 산적과 중국인 지주의 횡포 등등에 나라 없는 백성으로서의 설움과 고통을 두 배로 당해야만 했다. 「붉은 산」을 민족주의적 관점에서 배운다면, 그 주요한 학습내용은 이러한 역사적 배경을 이해하는 것이 되어야 할 것이다.

교과서나 참고서에서 학생들에게 제시해야 할 참고자료는 바로 이러한 역사적 배경에 대한 사실들이다. 문학작품을 배운다는 것은, 어떤 측면에서, 과거의 삶을 배운다는 것이기도 하다. 과거의 삶을 구체적으로 이해하게 되는 것, 이것은 문학교육의 중요한 기능이기도 하다. 「붉은 산」은 우리 민족이 어떤 고난과 치욕의 삶을 견뎌 왔는지 그 일단을 보여 주는 작품이다. 이 작품을 계기로, 우리 민족이 겪은 주요한 역사적 체험 중의 하나인 일제시대와 만주 이주의 체험에 대해서 학생들이 공부하고 알게 된다면 그것이 곧 학생들에게 민족의식을 고취시키는 길이기도 하다. 추상적 관념으로서의 애국보다는 이런 역사적 사실에 대한 이해를 통한 민족의식의 자연스런 고취가 보다 바람직한 것임은 두말할 나위도 없다.

문학교과서에 보면, 「붉은 산」과 관련하여 더 읽어야 할 작품으로 윌리엄 포크너의 「소리와 분노」 그리고 선우휘의 「불꽃」을 제시하고 있다. 이 두 작품도 물론 「붉은 산」과 연관해서 읽고 생각해 볼 수 있다. 그러나 너무 막연하다. 그보다는 일제시대 만주 이주 체험을 다룬 글들을 소개하고 그 글들을 학생들이 비교해서 읽게 한다면 더 좋을 것 같다. 가령 최서해의 단편소설 「홍염」, 「탈출기」 그리고 이태준의 단편소설 「농군」 같은 작품이 훨씬 적절하다. 또는 이태준의 산문 가운데 30년대 만주의 한 조선인 정착촌을 둘러보고 그 실상을 적은 「만주기행」이란 글이 있는데, 그런 글을 찾아 읽도록 하면 학생들에게 큰 도움이 될 것으로 생각된다.

「붉은 산」을 민족주의적 관점에서 이해하는 것은 정당하다. 그러나 그것은 너무 단순하다. 「붉은 산」은 약간 다른 관점에서도 이해될 수 있다. 삵의 성격에 초점을 맞추어 읽어 보면 「붉은 산」의 의미는 좀더 풍요로워진다. 사실 이 작품의 내용은 주로 삵의 성격과 마지막 행동의 묘사로 이루어져 있다. 즉, 삵이라는 이해하기 어려운 인물에 대한 기록이라고 할 수 있다. 그러므로 삵의 성격에 초점을 맞추어 이해하는 관점 또한 온당한 것이 될 수 있다.

삵의 성격은 매우 부정적으로 묘사된다. 비교적 평화스런 조선인 마을에 나타나서, 삵은 그 선량한 마을 사람들에게 큰 피해와 고통을 준다. 한 마디로 삵은 그 마을에서 암종과 같은 존재이다. 그런 그가, 송 첨지의 억울한 죽음을 대하고는 홀로 중국인 지주를 찾아가 항의를 하다가 중국인들에게 폭행을 당해서 죽게 된다. 죽으면서 삵은 붉은 산, 흰 옷이 그립다고 말하고 애국가가 듣고 싶다고 말한다. 삵은 그의 평소 행동과는 전혀 상반되게, 의로운 행동을 하였고 또 조국에 대한 사랑을 가슴에 품고 있었던 것이다.

이러한 삵의 성격은, 인간에 대한 상식적인 이해를 넘어서는 것이다. 여기서 이 작품의 긴장이 생기고 의미가 생긴다. 삵이란 인물을 도대체 어떻게 이해해야 할까? 앞서 잠시 언급한 적이 있지만, 삵의 마지막 태도(죽어 가면서 붉은 산과 흰 옷이 그립다고 말하고 또 애국가를 들려 달라고 하는 것)는 좀 억지스럽다. 삵처럼 흉포한 인물이 어떤 극한 상황에서 보통 사람들이 취할 수 없는 용기와 의기를 보여 주는 경우는 가끔 있다. 흉악한 범죄자가 목숨을 걸고 위험에 처한 어린아이를 구했다는 식의 이야기는 드라마에서뿐만 아니라 현실에서도 가끔 만난다. 그런 점에서 삵이 송 첨지의 죽음에 자극을 받아 목숨을 걸고 중국인 지주를 찾아갔다는 것은 충분히 있을 수 있는 일이다.

학생들은 삵의 이야기를 통해서 인간의 복잡한 성격에 대한 이해를 넓힐 수 있다. 일상적으로 나쁜 짓을 많이 하는 사람이라도 선하고 훌륭한 행동을 할 수 있는 가능성이 있는 것이 인간이며, 또한 일상적으로 선한 사람이라도 어떤 경우에는 악한 사람보다 더 나쁘게 될 수 있는 가능성이 있는 것이 인간이라는 점을 알게 된다. 이것은 고등학생들이 자신의 체험을 바탕으로 흥미롭게 더 깊이 생각해 볼 수 있는 주제이다. 뿐만 아니라 삵의 모순된 행동은 더 많은 생각거리를 제공해 준다. 가령,

- 삵이 마지막에 마을 사람들을 대신해서 죽음을 무릅쓰고 중국인 지주에게

항의했다고 해서 삵이 평소에 마을 사람들을 괴롭힌 죄가 용서되거나 정당화될 수 있는가?

- 평소 마을 사람들의 삶에 도움을 주는 사람이 더 필요한 존재인가 아니면 결정적인 순간에 마을 사람들을 위해 목숨을 바칠 수 있는 사람이 더 필요한 존재인가?
- 우리 주변에 삵과 같은 인물이 있다면 우리는 그를 어떻게 할 것인가?
- 홀로 중국인 지주에게 대항하러 간 삵의 행동은 용기 있고 의기로운 것이었지만, 그러나 그 결과는 어떠한가? 마을 사람들에게 단결의 계기를 주고 용기를 주었다는 점에서 긍정적인가 아니면 아무것도 얻지 못하고 자기 목숨만 잃은 무모한 짓이었는가?
- 마지막 행동에서는 강한 민족애를 보여 주었지만, 평소 삵은 같은 민족에게 큰 피해를 끼쳤다. 삵의 이러한 민족애는 실제 민족을 위해서 좋은 면이 많겠는가 아니면 나쁜 면이 많겠는가?

등등의 질문을 학생들에게 던지고, 학생들 스스로 생각하고 토론해 보도록 할 수 있다. 이런 생각거리를 많이 준다는 점에서 「붉은 산」은 고등학생들이 배울 만한 작품이다. 그리고 「붉은 산」은 민족주의적 관점에서만 바라보기보다는 삵의 모순된 성격에 초점을 맞추어 감상할 때 문학교육의 생산성이 더 높은 작품이 아닌가 한다.

논 이야기 채 만 식

줄 거 리

한 생원에게는 원래 스무 마지기의 논이 있었다. 그 논은 그의 부친 한덕문이 평생 동안 피땀 흘려 어렵게 장만한 것이었다. 그러나 동학난 직후, 나쁜 고을 원에게 억울하게 열세 마지기의 논을 빼앗긴다. 고을 원이 한 생원의 부친에게 동학의 누명을 씌워서 논을 빼앗아 버린 것이다. 얼마 후 나라가 망하고 일본의 지배가 시작되었다. 부친과는 달리 한 생원은 좀 헤프고 허황된 성격인지라 곧 큰 빚을 지게 되었고, 마침내 남은 일곱 마지기의 땅을 팔지 않을 수 없게 되었다. 마침 일본인 요시까와가 시세의 곱절로 땅을 사들인다는 말을 듣고 그에게 남은 일곱 마지기의 땅을 팔았다. 그의 속셈은 논 판 돈으로 빚을 갚고 또 남은 돈으로 다시 논을 사는 것이었지만 이미 땅 값이 올라 논을 사지 못하고 남은 돈을 탕진하게 된다. 해방이 되고 일본인들이 쫓겨가자 한 생원은 평소 그의 농담대로 일본인에게 판 땅을 저절로 되찾게 되었다고 흥분한다. 그러나 나라에서 일본인들의 재산을 유상으로 분배한다는 소식을 듣고는 자기 땅을 나라가 마음대로 팔아먹는다고 분개하며 〈독립됐다구 했을 제, 내 만세 안 부르기 잘했지〉라고 말한다.

배우기에 적절한 작품인가

채만식의 「논 이야기」는 수종의 고등학교 문학교과서에 실려 있다. 채만식의 대표작 가운데 한 편이며, 특유의 풍자적인 수법으로 고통스러웠던 우리 근대사의 한 면을 잘 드러내고 있으며 그것을 바탕으로 해방의 의미를 묻고 있는 작품이다. 서사적 시간은 구한말부터 해방 직후까지인데, 이 혼란과 비극의 시기의 사회적 분위기를 효율적으로 요약해서 보여 준다. 단순하고 쉬운 내용이지만, 우리 근대사의 성격을 이해하는 데 효과적인 작품이라 판단된다. 「논 이야기」는 추상적이고 연표적인 역사로서는 잘 배울 수 없는 과거의 삶을 한 생원이라는 구체적인 인물의 삶을 통해서 보여 준다. 문학의 중요한 기능 중의 하나가 과거의 삶에 대해서 이야기해 주는 것이라면, 이 작품은 고등학생들에게 그러한 기능을 해 준다고 말할 수 있다.

한편, 「논 이야기」는 우리의 과거에 대해서 이야기하되 풍자적인 태도로 이야기한다. 풍자는 역사나 현실의 문제점을 드러내는 매우 효과적인 문학적 기법의 하나이다. 고등학생들은 「논 이야기」를 통하여 문학이 현실이나 역사를 어떻게 풍자할 수 있는가를 배울 수 있으며, 또한 그 풍자를 통하여 역사를 이해하는 능력을 키울 수 있다. 이런 점에서 「논 이야기」는 고등학생들이 한 번쯤 읽어 볼 만한 작품이라고 생각된다.

어떻게 가르치고 있는가

　한 문학교과서는 「논 이야기」에 대한 〈감상의 길잡이〉에서 다음과 같은 설명을 하고 있다.

　이 작품은 토지 수탈과 왜곡된 토지 제도는 해방이 되어서도 조금도 달라진 것이 없다는 비판적인 시각에서 출발하고 있다. 농민들에게 독립의 실감이란 민족 해방이니 독립 국가의 건설이니 하는 추상적인 것보다는 농토를 되찾는 일일 것이다. 국가와 정치의 역할은 농민들의 이러한 욕구를 이해하고 실감나는 기쁨을 그들에게 제공하는 것이다. 그러나 해방 직후 정치와 국가는 이 같은 역할을 다하지 못했던 것이 사실이다. 〈오늘부터 도루 나라 없는 백성〉이라는 한 생원의 말에서 볼 수 있듯이, 이 작품은 국민들의 희망과 욕구를 소외시킨 해방 정국을 비판 풍자하고 있다.

　이러한 길잡이의 설명은 몇 가지 점에서 문제가 있다고 생각된다. 우선 「논 이야기」는 토지 수탈이나 토지 제도의 잘못을 문제삼고 있는 작품이라고 보기 어렵다. 「논 이야기」에서 토지, 즉 논은 중요한 소재임에 틀림이 없다. 그러나 작가가 이 작품을 통해서 말하고자 하는 바는 잘못된 토지 제도가 아니다. 한 생원이 논을 잃어버린 것은 잘못된 토지 제도 때문이 아니다. 구한말에 잃어버린 열세 마지기의 논은 나쁜 권력이 빼앗아간 것이었고, 일제시대에 잃어버린 열 마지기의 논은 한 생원 스스로 일본인에게 판 것이다. 토지 문제가 조금이라도 문제가 된다면 그것은 해방 후의 유상 분배 정책이다. 그러나 「논 이야기」가 해방 후의 적산 토지 유상 분배 정책 자체를 비판하고 있지는 않다. 한 생원이 해방 후에 그의 논을 되찾지 못한 것은 그가 이미 그 논을 팔았기 때문이지 잘못된 토지 제도 때문이라고 볼 수는 없다.*

　그 다음, 농민들에게 독립의 실감이란 민족 해방이니 독립 국가의 건설이니 하는 추상적인 것보다는 농토를 되찾는 일일 것이다란 구절도 문제가 된다. 민족 해방과 독립 국가의 건설이 추상적이라고 말할 수는 없다. 「논 이야기」에서도 비교적 자세히 언급되어 있는 바와 같이, 한 생원처럼 나라의 역할에 대해 냉소적인 생각을 갖고 있는 사람에게도 독립은 여러 가지로 일상적 삶에 변화를 가져왔다. 독립은 농민들에게도 중요한 일이고 또 구체적인 일이다. 농민들이라고 해서 그것을 외면하고 무조건 농토를 내놓으라고 요구할 수는 없다.

　그리고 이 작품은 국민들의 희망과 욕구를 소외시킨 해방 정국을 비판 풍자하고 있다는 설명도 잘못된 것이다. 이 설명은 같은 교과서의 다른 곳에서 다음과 같이 설명되기도 한다.

　이 작품은 해방 직후, 토지와 관련된 작은 사건을 통해, 나라를 되찾은 현실에서도 토지를 소유하지 못하는 농민의 좌절감과, 농민의 국가에 대한 분노를 보여 준다. 풍자적인 수법으로 해방 후 혼란된 사회를 비판하고 있다.

　「논 이야기」가 비판과 풍자의 대상으로 삼고 있는 것은 해방 정국의 문제점이라고 볼 수 없다. 그리고 「논 이야기」가 보여 주는 것이 나라를 되찾은 현실에서도 토지를 소유하지 못하는 농민의 좌절감과 농민의 국가에 대한 분노인 것은 아

---

* 물론 해방 후의 적산 토지 유상 분배 정책을 비판적으로 생각할 수도 있다. 경자유전(耕者有田)의 원칙에 입각해서 농민들에게 무상 분배 또는 장기 임대해야 한다는 주장이 있을 수도 있다. 그렇지만 이런 문제는 이 작품의 내용과는 직접적인 관련이 없다.

니다. 작품의 마지막 부분에서 한 생원은 독립됐다고 했을 때 만세 안 부르길 잘했다고 말함으로써 해방 정국에 대한 큰 실망을 토로한다. 이 점을 단순하게 이해하면 작가가 해방 정국을 비판 풍자하고 있다고 잘못 말하게 된다. 그러나 작가가 한 생원이라는 인물을 통하여 비판 풍자하고 있는 대상은, 바로 한 생원과 같이 독립의 의미를 잘못 알고 있는 인물들이다. 즉 이제 나라를 되찾았으니 좋은 나라를 만들기 위해서 무얼 어떻게 해야 할 것인가를 생각하고 책임감을 느껴야 할 텐데 오히려 자기의 허황된 욕심이 채워지지 않는다고 독립 자체를 부정하는 듯한 태도를 지니는 그런 사람들을 비판하고 있는 것이다. 또한 「논 이야기」가 국가를 세우기도 전인 해방 직후에 씌어졌음을 생각하면, 아직 세워지지도 않은 국가를 비판하고 있다는 말은 성립할 수 없다.

「논 이야기」는 풍자소설이며, 풍자소설이란 풍자의 대상이 무엇인지를 제대로 파악하는 것이 곧 작품의 의미를 제대로 이해하는 것이다. 그런데 〈감상의 길잡이〉는 풍자의 대상을 옳게 설명하고 있지 못하다. 감상의 길잡이가 아니라 감상의 방해꾼이 된 셈이다.

같은 문학교과서의 〈보충학습〉에 다음과 같은 설명이 있다.

한국 사람들의 삶은 농경적 생산양식에 의해 이루어진다. 따라서 농토란 곧 우리들의 생활 자체라고 해도 과언이 아니다. 이 작품에서 서술된 시간의 폭은 구한국 시대 말엽부터 해방 직후까지다. 그 사이에 한 농토의 소유권이 세 번이나 바뀌게 된다. 그런데 이런 소유권이 거듭 바꾸어지는 논의 역사가 단순한 경작지로서의 논의 역사만을 기술

<u>하고 있는 것은 아니다</u>. 농업 생산양식에 관련시켜 근대사의 변천과 수난을 암시하고 있는 것이다.

이 설명이 뜻하는 바를 짐작할 수는 있다. 그것은, 한국인들에게 농토는 매우 중요한 것이므로 농토의 역사를 통해서 근대사의 변천과 수난을 효과적으로 드러낼 수 있다는 것이다. 또한 이러한 견해는 수긍할 만한 것이다. 그렇지만 교과서의 설명은 이러한 뜻을 적절한 문장으로 나타내지 못하고 있다. 가령 밑줄 친 문장은 불필요하게 어렵고 모호한 어휘를 사용하고 있다. 여기서 농경적 생산양식이란 부적절하고 부정확한 어휘이다. 특히 생산양식이란 어휘가 왜 사용되어야 하는지 이해할 수 없다. 이런 어휘들은 그 자체로 잘못 사용되고 있을 뿐만 아니라 학생들이 이해하기에도 곤란한 것이다.* 또한 위의 문장 내용은 적어도 반세기 이전의 한국사회에나 해당되는 말이다. 「논 이야기」의 배경이 되는 시대에는 국민의 대다수가 농민이었으니 그렇게 말할 수 있다. 그러나 지금은 농업인구의 비율이 크게 줄었으며, 농경생활은 대다수의 학생들에게 오히려 생소한 것이 되었다. 그러므로 이러한 설명은, 그 시대를 적시하지 않는 한, 옳은 것이라고 말할 수 없고 또 학생들이 이해할 수도 없다.

교과서의 문장은 특히 모범이 될 만한 것이어야 학생들이 그 문장들을 익혀서 좋은 글을 쓸 수 있게 된다. 그러나 현재 교과서의 문장들을 보면 어색한 것이나 잘못된 것들이 적지 않다. 위에 인용한 〈보충학습〉의 설명도 좋지 못한 문장의 예가 될 만한 것이다.

● 교과서나 참고서의 설명들을 보다 보면 쓸데없이 이상한 말을 자주 만나게 된다. 어떤 경우는 풀이를 한다고 하면서 쉬운 내용을 오히려 궁벽하고 어려운 말로 바꾸어 놓고 있다. 그런가 하면 또 어떤 경우는 이상하고 모호한 개념을 억지로 만들어서 사용하고 있다. 가령 「논 이야기」의 마지막에 한 생원이 한 말을 두고, 교과서에서는 〈국가 허무주의〉를 드러낸다고 말한다. 〈국가 허무주의〉라는 말이 성립 가능한지 어떤지는 더 생각해 봐야 하겠지만, 그런 이상한 말로 학생들을 혼란스럽게 할 필요는 전혀 없을 것이다.

 교과서에 실린 문학작품을 어떻게 가르칠 것인가

교과서는 「논 이야기」와 관련하여 학생들의 〈학습활동〉으로 4개의 문제를 제시하고 있다. 이 문제들은 학생들이 작품을 감상하면서 생각해 볼 만한 것이라고는 생각되지만, 그러나 문제를 제시하는 방식은 적절치 못한 것으로 판단된다. 〈학습활동〉 문제 1번은 다음과 같다.

> 풍자의 기본적인 속성은 비판과 공격이다. 이 작품도 부정적인 사회를 그대로 복제하는 것이 아니라, 풍자를 통해 비판한다. 그런데 〈부정〉이 비판되기 위해서는 그 기준으로서 〈긍정〉이 있어야 한다. 이 〈긍정〉이 바로 작품 전체를 끌고 나가는 추진력이다. 그러나 이 〈긍정〉은 작품에 드러나지 않고 숨어 있다. 이는 바로 작가의 세계관 혹은 작가의 이상을 지향하는 어떤 힘으로 볼 수 있다. 즉 부정의 어둠은 작가의 이상이라는 밝음에 대비될 때, 그 본질적 성격이 드러난다. 그렇다면 이 작품에서 비판의 주동력인 작가의 이상은 어떤 것인지 파악해 보자.

이 문제는, 단순한 내용을 이상한 말들을 사용하여 아주 복잡하고 어렵게 표현하고 있다. 전체적으로 비효율적이고 부적절한 문장들이며, 특히 복제, 작가의 세계관 혹은 작가의 이상을 지향하는 어떤 힘, 부정의 어둠, 비판의 주동력 등등은 더욱 어색한 표현들이다. 그리고 비판을 하려면 비판의 기준이 있어야 한다는 말은 맞지만, 적어도 「논 이야기」의 경우에는 그 기준을 따로 생각해 볼 필요는 없다. 그냥 비판 내용을 잘 이해하게 되면 그 기준은 저절로 알게 된다. 이 글을 간명하게 고쳐 보면 다음과 같다.

풍자의 목적은 비판과 공격이다. 이 작품도 풍자를 통하여 우리 근대사의 부정적인 면을 비판한다. 이 비판의 내용은 곧 작가가 지닌 우리 근대사의 부정적인 면에 대한 비판적인 생각이기도 하다. 「논 이야기」를 읽고, 작가가 비판하고 있는 바가 무엇인지를 생각해 보자.

〈학습활동〉의 두 번째 문제는 다음과 같다.

풍자소설은 부정적인 인물을 전면에 내세워 희화화한다. 한 생원은 돈을 받고 판 농토를 되찾으려고 한다는 점에서 정당하지 못하다. 그러나 성격적 결함이 있는 한 생원에 대한 풍자의 의미는 그 인물 자체를 비판하는 데 있는 것이 아니라, 이를 통해 해방의 진정한 의미가 무엇인가를 묻고 있다. 이 작품에서 한 생원이 어떤 성격의 인물로 제시되고 있는지 알아보자.

이 문제는 한 생원의 성격이 어떠한가에 대해서 묻고 있다. 그렇지만 이미 한 생원의 성격이 부정적이라고 먼저 언급해 두고 있다. 답을 먼저 말하고 문제를 던진 셈이다. 「논 이야기」에서 한 생원의 성격을 이해하는 것은 중요하다. 작가는 분명히 한 생원을 부정적으로 보고 있으며, 또한 그를 풍자하고 있다. 이 점을 이해한다면 「논 이야기」가 농민들의 국가에 대한 분노를 보여 준다는 해설이 잘못된 것임을 쉽게 알 수 있을 것이다.

한편 한 생원에 대한 풍자를 통하여 해방의 진정한 의미가 무엇인가를 묻고 있다는 지적은 수긍할 수 있다. 작가는 한 생원이 생각하는 해방의 의미가 잘못

 교과서에 실린 문학작품을 어떻게 가르칠 것인가

되었다고 암시한다. 그렇다면 학생들이 생각해 볼 만한 점은, 한 생원의 태도가 왜 옳지 못한가이다. 이런 까닭에서 두 번째 학습문제는 다음과 같이 두 개의 간단한 문제로 나누는 것이 바람직하다.

> 한 생원은 어떤 성격의 인물인가?
> 땅을 되찾지 못했다고 만세 안 부르길 잘했다고 생각하는 한 생원의 태도를 비판해 보라.

〈학습활동〉의 네 번째 문제는 토론 문제로서 그 내용은 다음과 같다.

> 작품의 마지막 부분에서 한 생원은 〈독립됐다구 했을 때 만세 안 부르기 잘했지〉라고 한다. 여기서 볼 수 있듯이, 한 생원은 냉소를 통해 〈국가 허무주의〉를 드러낼 뿐이지, 문제 극복을 위한 적극적 대응을 보여 주지 못한다. 이 점이 이 작품의 한계라고 한다면 이와 관련하여 적극적인 삶의 방식에 대해 토론해 보자.

앞서도 언급했지만, 우선 국가 허무주의라는 말은 그 자체로 어색한 개념일 뿐 아니라 이 문맥에서 전혀 어울리지 않는 말이다. 그리고 한 생원이 문제 극복을 위한 적극적 대응을 보여 주지 못한다는 지적과 그것이 이 작품의 한계라는 지적은 완전히 잘못되었다. 이미 〈학습활동〉 2번 문제에서도 언급되었듯이, 이 작품에서 한 생원이라는 인물은 어느 정도 부정적인 인물이고 풍자의 대상이다. 인물의 설정 자체가 그렇게 되어 있는 것을 무시하고 그가 적극적 대응을 보여 주지 못한다고 지적하는 것은 말이 되지 않는다. 또 문맥을 융통성 있게 해석하여, 한 생원이 그런 것이 아니라 작가가 문제 극복을 위한 적극적 대응을 작품 속에서 보여 주지 못한다고 이해하더라도 역시 문제가 있다. 문제 극복을 위한 적극적 대응을 보여 주는 작품만이 좋은 작품이 되는 것은 아니다. 수많은 훌륭한 문학 작품들은 문제 극복을 위한 적극적 대응을 보여 주지 않고 문제 자체를 던질 뿐이다. 진지한 문제 제기 자체가 그 문제에 대한 적극적인 대응이 된다. 그러므로 적극적인 대응을 보여 주지 않았다고 해서 그것이 작품의 한계라고 함부로 말할 수는 없다.[*] 특히 「논 이야기」 같은 성격의 작품에 대해서 그런 요구를 하는 것은 잘못이다. 이 〈학습활동〉 문제는 토론 과제로서 적절치 않다.

어떻게 가르칠 것인가

「논 이야기」의 서사적 현재는 해방 직후이지만, 많은 이야기들은 그 이전 즉 구한말과 일제시대에 있었던 일들에 관한 것이다. 학생들은 우선 「논 이야기」를 읽으면서 구한말과 일제시대의 삶에 대해 조금 이해할 수 있게 된다. 어떤 구체적 정황 속에서 과거의 삶에 대한 이해를 높이는 것은 우리가 문학작품을 읽는 중요한 이유 중의 하나이다. 학생들이 「논 이야기」를 읽고 구한말과 일제시대에 대해서 조금 더 이해하게 된다면 그것만으로도 의의가 있다. 구한말에 한 생원이 겪었던 일은 보편적인 사건은 아니라 하더라도 당시의 분위기를 집약적으로 보여 주는 사건이라 할 수 있다. 그리고 한 생원이 일제시대에 겪었던 일들은 대체로 보편적인 체험이라고 말할 수 있을 것이다. 학생들은 이렇게 구체적인 상황을

● 가령 중국작가 루쉰이 쓴 「아Q정전」이란 작품은 중국의 근대사를 비판한 풍자소설이다. 이 작품의 어디에서도 문제 극복을 위한 적극적인 대응을 찾아볼 수 없지만, 이 작품은 근대 중국의 사회와 중국인들의 문제점을 가장 잘 파헤친 훌륭한 작품으로 평가받고 있다.

다룬 이야기들을 통해서 추상적인 역사를 이해하게 된다. 만약 학생들이 「논 이야기」를 읽고 과거의 고통스런 역사에 관심을 갖게 되고 나아가 다른 역사적 자료들을 찾아보게 된다면 그것은 더욱 바람직한 일이다. 고통스러웠던 과거를 알려 주거나 기억하게 해 주는 것은 문학의 중요한 기능 중의 하나이며, 문학교육에서도 신경을 써야 할 부분일 것이다.

그러나 문학작품이 과거의 기록에 그치는 것은 아니므로, 학생들은 작품의 의미를 생각해 보아야 한다. 「논 이야기」의 의미를 파악하기 위해서는 먼저 한 생원의 성격을 잘 이해해야 한다. 앞의 논의에서 한 생원을 부정적 성격의 인물이라고 했지만, 그를 단순하게 나쁜 사람으로 단정지을 수는 없다. 구한말, 아버지를 구하기 위해 고을 원에게 논 열세 마지기를 준 것은 한 생원의 잘못이라고 할 수 없다. 일제시대 때의 한 생원의 행동은 좀 문제가 있다. 경작할 논도 모자라는데 게다가 술과 노름을 좋아하여 큰 빚을 진 것은 그의 잘못도 크다. 그런가 하면 허황한 생각으로 논을 판 것도 잘한 짓이 못 된다. 그러나 이러한 행동들도, 한 생원이 성실하고 사려 깊은 인물이 아님을 보여 줄 뿐이지 그렇게 나쁜 인물이라고 단정할 만한 이유는 되지 못한다. 그 이후, 아들이 징용에 끌려가는 것을 막기 위해 노력한 일들이나 동네 사람들과의 관계 등등은 한 생원이 평범하고 순박한 인물임을 짐작케 해 준다. 이런 점들로 볼 때, 한 생원은 비록 약간 허황하고 욕심을 부리기도 하지만 그래도 평범하고 순박하고 평균적인 인물이라 할 수 있다. 즉 그렇고 그런 장삼이사(張三李四) 가운데 한 명이라고 할 수 있다.

그런데 해방 후의 한 생원의 행동은 조금 유별나다. 특히 자기가 일본인에게 팔아 버린 땅을 되돌려 받지 못함을 억울해하면서 만세 안 부르기 잘했다고 말하는 태도는 평범하다고 말하기 어렵다. 그러나 한 생원이란 인물의 성격으로 보아 전혀 엉뚱한 태도는 아니다. 요시까와에게 논을 팔 때의 한 생원의 속셈을 보건 대, 한 생원은 생각이 좁고 욕심이 많고 좀 어리석은 사람이다. 또한 구한말에 고 을 원에게 원통하게 논 열세 마지기를 빼앗겼던 일은 한 생원으로 하여금 나라라 는 것에 대해서 회의적인 생각을 품도록 하기에 충분하다. 작품 속에서 여러 번 반복되는 한 생원의 생각, 즉 나라 있을 때보다 나라 잃었을 때 나빠진 것이 별로 없다는 생각도 이해가 된다. 그런 한 생원이니만큼 해방을 냉소적으로 여기는 것 도 개연성이 있는 일이다.

  이러한 한 생원의 성격과 행동을 통해서 작가는 우리 근대사를 비판한다. 한 생원과 같은 평범한 백성들에게 구한말과 일제시대는 별로 다를 바가 없다. 한 생원의 개인적인 체험으로만 보면 오히려 일제시대가 더 낫다고 할 수도 있다. 그 시대의 국가 권력이란 백성들을 착취하고 못 살게 굴기 위해 있는 것이지, 백 성들을 위한 것이 아니었다는 것이다. 그러나 「논 이야기」가, 교과서의 설명처럼 해방 후의 정국을 비판하고 있다고 볼 수는 없다. 「논 이야기」는 1946년에 간행 된 『해방문학선집』에 수록되었던 점을 상기할 때, 해방된 후 곧 씌어졌음을 알 수 있다. 아직 건국도 되지 않았고, 모든 것이 혼란스러울 당시에 씌어진 것이다. 아직 나라도 성립되기 전에 나라를 비판할 수는 없으며, 또한 해방 직후의 정국 을 비판하기에는 너무나 이른 시점이었다. 그러므로 「논 이야기」가 우리 근대사 에서 국가 권력의 비정상성을 비판한 것이라면, 그 국가 권력은 구한말과 일제시 대라고 보는 것이 옳다. 즉 「논 이야기」의 일차적인 비판 대상은 구한말과 일제 시대의 비정상적 국가 권력이라고 할 수 있다.

　작가는 한 생원이라는 인물을 통하여 구한말과 일제시대의 비정상적 국가 권력을 비판한다. 그러나 여기에는 좀더 중요한 뜻이 있다. 해방이 되고 나라를 되찾은 감격의 시점에서 가장 시급하고 중요한 일은 좋은 국가의 건설이다. 이것은 해방 직후 우리 민족에게 주어진 지상과제였다. 작가는 구한말과 일제시대를 비판함으로써, 그런 비정상적 국가 권력이 다시 반복되는 비극이 있어서는 안 될 것이라고 경고한다. 즉 새로 찾은 나라가 또다시 그런 비정상적 국가 권력이 된다면, 국민들은 한 생원이 그랬듯이 나라를 원망하고 외면하게 될 것이라고 경고하고 있는 것이다. 바로 이 경고가 「논 이야기」를 쓴 작가의 의도일 것이다.

　「논 이야기」는 우리 근대사를 풍자하기도 하지만, 한 생원이라는 인물을 비판하기도 한다. 한 생원이라는 인물을 묘사하는 작가의 어조는 풍자적이다. 즉 「논 이야기」의 풍자성은 양면의 날을 지닌 칼과 같이, 한쪽으로는 국가 권력을 비판하고 또 한쪽으로는 백성들의 어리석은 태도를 비판한다. 일제시대와 해방 직후의 한 생원의 태도는 풍자의 대상이 된다. 한 생원은 어리석고 자신의 이익만을 추구한다. 요시까와가 빚을 갚지 못한 조선인들에게 가혹한 사형(私刑)을 하고 또 조선인들의 땅을 매점하는 것에 대해서, 그리고 일제 말기 일본의 갖은 착취와 징용 강요에 대해서 전혀 비판적인 안목을 갖지 못한다. 아주 조그만 자신의 이익에만 눈이 어두워 시대를 바라보지도 못하고, 자신의 고통이 어디에서 오는 것인지도 모른다. 심지어는 자신의 허황된 이익이 채워지지 않는다고 독립마저 부정해 버린다. 작가는 이러한 한 생원이란 인물을 풍자함으로써, 해방 후 사회적 분위기를 걱정하고 또 우리 국민들이 지녀야 할 바람직한 태도를 간접적으로 암시한다. 작가가 해방 후 우리 사회를 어떻게 진단하고 있는가는 다음과 같은 글에서 잘 나타난다.

> 역사는 같은 것을 되풀이하지 않느니라고 일러왔다 그러하건만 바야흐로 옛 그 〈치숙〉의 시절을 방불케 함이 없지가 못하다. 저 무력이 강하고 문화가 앞서고 물화가 화려한 침략외세를 승인하고 그를 숭배하고 찬미하고 그에 자진 굴복 아부하고 그에 동화되고 함으로써 일신의 영달을 꾀하고 하는 것이 당당히 신념화하였고, 〈치숙〉의 주인공 〈나〉— 이 〈나〉류의 인물이 위로는 일부 지도자라는 사람네부터 아래로는 주둔 외군의 심부름꾼에 이르기까지 1948년의 오늘에 또 다시 이 땅에 충만하여 있음을 무엇으로 설명하여야 할 것인가. 생각컨대 역사는 같은 것을 되풀이하지 않는다는 말이 빈말이기 아니면 역사가 정녕 아직도 〈치숙〉의 시간에서 벗어나지 못하였음이리라.

이것은 작가가 해방 직후에 쓴 단편들을 모아 1948년에 간행한 단편소설집 『잘난 사람들』의 후기에서 한 말이다. 작가는 여전히 〈치숙〉의 시간을 벗어나지 못하고 있는 해방 직후의 사회적 분위기에 대해서 크게 우려하고 있다. 「논 이야기」에서 한 생원에 대한 풍자도 곧 그러한 사회적 분위기에 대한 우려와 경고라고 이해될 수 있으며, 그의 우려와 경고는 정확한 판단에서 나온 소중한 것이라 생각된다.

한편, 「논 이야기」에서 논은 가장 중요한 소재이므로 그 의미를 생각해 볼 필요가 있다. 해방될 당시까지만 해도 우리 나라는 농업국가였고, 국민들의 대다수가 농촌에서 농업에 종사하였다. 그런 사회에서는 논이 절대적인 중요성을 지닌다. 논은 삶의 터전이고 근거라고 말할 수 있다. 가령 한 생원의 부친은 평생을 피땀 흘려 노력한 결과 논 스무 마지기를 갖게 되었다. 즉 논 스무 마지기가 곧 그의 삶 전체였다. 그런데 이러한 논을 구한말과 일제시대를 거치면서 다 잃어버리게 되었다는 것은, 삶의 터전과 근거 혹은 삶 자체를 박탈당하였음을 뜻하는 것이라고 할 수 있다. 그러므로 「논 이야기」에서 논은 국민들의 삶 전부를 의미하는 제유로 사용된 것이다.

　「논 이야기」는 한 마디로 해방의 의미를 묻고 있는 작품이라고 할 수 있다. 다시 말해 해방을 맞이하여 우리는 무엇을 어떻게 해야 할 것인가를 묻고 있는 작품이다. 먼저 작가는 구한말과 일제시대의 비정상적 국가 권력을 비판한다. 해방 후 새로운 국가는 결코 그런 국가 권력이 되어서는 안 될 것이라는 점은 한 생원의 독립 부정 발언을 통해 강조한다. 그런가 하면 작가는 사회적 분위기 또는 국민들의 태도도 비판한다. 과거의 비참한 역사를 되풀이하지 않기 위해서 모든 국민들이 어떤 태도를 지녀야 할 것인가 또는 어떤 태도를 지니지 말아야 할 것인가를 한 생원의 행동을 통해 간접적으로 제시한다. 이처럼 「논 이야기」는, 당시 해방의 감격에 들떠서 혼란스럽기만 하던 시기에 냉정하게 우리의 모습을 돌아보고 우리의 태도와 할 일을 생각해 본 작품이라는 점에서 의의가 있다.

동백꽃 _{김유정}

줄거리

작품 속의 나는 소작인의 아들이고, 점순이는 마름집 딸이다. 점순이는 나에게 호감을 가지고 있지만, 나는 그런 것을 잘 모른다. 점순이는 감자를 삶아서 몰래 나에게 주지만, 나는 점순이가 나를 업수이 여기는 것이라고 오히려 거절한다. 호의를 거절당한 점순이는 약이 올라서 나의 씨암탉을 못살게 함으로써 복수를 한다. 그리고 또 수탉싸움을 붙여서 나를 화나게 한다. 점순이네 수탉에게 나의 수탉이 형편없이 당하는 꼴을 보고 고추장을 먹여 보기도 했지만 당해내지 못하자 나는 너무 화가 나서 점순이네 수탉을 때려 죽이고 만다. 막상 일이 이렇게 되자 나는 어쩔 줄을 몰라 한다. 이때 점순이는 아무에게도 안 이르겠다며, 나를 안고 동백꽃 덤불 속으로 넘어진다.

배우기에 적절한 작품인가

김유정의 단편소설 「동백꽃」은 고등학교 국어교과서 상권에 실려 있으며, 4종의 문학교과서에도 실려 있다. 「동백꽃」은 순박한 농촌 소년과 소녀의 애정을 아름답게 그린 수작으로, 한국현대문학사에서 고전으로 꼽힐 만한 작품이다. 이 작품은 그 내용이 어렵지 않고 청소년들의 관심을 불러일으킬 만한 것이며 아울러 빼어난 작품이라는 점에서 고등학생들이 배우기에 매우 적절하다고 판단된다.

어떻게 가르치고 있는가

고등학교 국어과 문학 영역 교육과정은 〈문학의 본질〉, 〈문학작품의 이해〉, 〈문학작품 감상의 실제〉로 나누어진다. 이 세 과정에서 제일 중요한 것은 〈문학작품 감상의 실제〉일 것이다. 고등학생들의 수준에서는 〈문학의 본질〉이나 〈문학작품의 이해〉는 실제 작품 감상을 위한 보조적인 의미만 지니면 될 것이고, 따라서 고등학생들은 〈문학의 본질〉이나 〈문학의 이론적 지식〉들에 대해서는 아주 단순한 차원의 이해만 있으면 될 것으로 생각된다. 학생들이 실제 작품을 읽고 이해하고 감상할 수 있는 능력을 키우는 것이 문학교육의 본령이 되어야 할 것이다.

「동백꽃」이 실려 있는 고등학교 국어의 5단원 〈문학의 유형〉에 대한 학습목표는 다음과 같다.

  * 여러 문학작품이 지닌 유형상의 특성과 그 넘나듦을 이해한다.

  * 유형상의 특성에 따라 작품 이해의 방식을 달리하면서 감상한다.

  * 동일한 내용이 형식에 따라 어떻게 달라지는지 이해하면서 듣는다.

  * 설명의 방법에 따라 표현하고 이해한다.

문학 단원의 학습목표는 거의 모두 적절치 않은 듯이 보인다. 여기서도 마찬가지다. 우선 문학의 유형에 대한 이해가 아니라 문학작품의 감상이 주목적이 되어야 한다. 문학작품을 이해하기 위한 보조 수단으로서 문학의 유형을 알면 그만이다. 그리고 유형상의 특성과 그 넘나듦을 이해한다고 했는데, 고등학생들에게 유형적 특성의 넘나듦까지 요구하는 것은 쓸데없는 일이 아닐까? 또 두 번째 목표에서, 작품 이해의 방식을 달리하면서 감상하는 일은 저절로 되는 일이지 의식적으로 되는 일이 아니다. 유형상의 특성에 따라 어떻게 이해 방식이 달라지는가를 명료하게 설명하기란 매우 어려운 일이다. 세 번째 목표도 잘 이해할 수 없다. 이 문제는, 동일한 내용이 여러 유형으로 표현되었을 경우 그것들을 보고 확인하면 그만이다. 네 번째 목표는 비문이다. 표현하고, 이해하는 대상이 무엇인지 분명하지 않기 때문이다. 주체는 아마도 학생들이겠지만, 학생들이 무엇을 표현하고 이해한다는 말인가?

교과서의 〈학습할 원리〉에 보면 이야기의 문학에 대한 설명 중, 이야기는 그 내용이 전형성, 상징성을 지닐 때에 가치가 있다라는 말이 나온다. 이것은 보편타당한 설명이 아니다. 전형성과 상징성의 개념부터 좀 정확히 해 두고 해야 할 말이지만, 전형성과 상징성이 별로 없는 이야기 가운데도 가치 있는 작품이 많다. 가령 「동백꽃」만 하더라도 전형성과 상징성을 지녔다고 말하기 어렵다.

교과서에서 제시하는 「동백꽃」의 학습내용은 〈학습활동〉에 나타나 있다. 대부분의 교육현장에서 「동백꽃」은 학습활동의 내용으로 수업이 이루어지고 있는 것으로 짐작된다. 학습활동은 1. 이야기의 내용, 2. 이야기하는 방식, 3. 이야기하는 시점, 4. 인물 사건 배경, 5. 단어공부로 되어 있는데, 5항을 제외한 각 항의 세부 내용은 다음과 같다.

1 - ① 점순이의 행동은 어떤 심리의 발로였는지 사건을 중심으로 이야기해 보자.

　② 나가 처음부터 끝까지 가지고 있는 관심사는 무엇인지 이야기해 보자.

　③ 작품 속 인물인 점순이와 그 이야기를 하는 나의 생각이 전혀 엉뚱한 데에 이 작품을 읽는 묘미가 있다는 점을 설명해 보자.

2 - ① 이 작품에 쓰인 어휘의 특징을 이야기해 보자.

　② 나가 이야기하는 어조에 나타난 특징을 이야기해 보자.

　③ 문학작품이라고 생각하기 이전에 누군가가 하는 이야기라고 한다면, 이 이야기가 웃음을 자아내는 이유가 무엇인지를 생각해 보자.

3 - ① 중학교에서 공부한 「사랑 손님과 어머니」의 시점과 어떤 관계인지 생각해 보자.

　② 점순이의 시점에서 이 이야기를 바꾸어 간략하게 이야기해 보자.

　③ 이야기하는 사람이 모든 것을 다 알고 있는 상태에서 이야기하는 식으로 바꾼다면, 어떤 이야기가 되겠는지 생각해 보자.

④ 이야기하는 시점의 변화가 작품의 변화에 미치는 영향을 설명해 보자.

4 - ① 나와 점순이의 사람 됨됨이를 설명해 보자.

② 이 이야기에 담긴 주요 사건을 간추리고 그런 일이 벌어진 이유를 말해 보자.

③ 그러한 일은 농촌이라는 배경에 어울리는 이야기라는 점을 설명해 보자.

이야기의 내용에 대한 학습으로는 4-②로 충분할 것 같다. 1-①도 결국 4-②에 포함되는 문제다. 그 외 1-②와 1-③의 문제는 별로 적절하지 못하다. 1-②는 무엇을 묻는 질문인지 모호하고, 1-③은 표현이 서툴 뿐만 아니라(점순이와 나의 생각이 전혀 엉뚱하다기보다는, 나가 점순이의 행동이 지닌 의미를 이해하지 못한다) 이 문제는 2-③과 중복되므로 2항에서 다루는 것이 낫다.

이야기하는 방식에 대한 학습으로 2-①은 어휘적 특성을 묻고 2-②는 작품의 어조를 묻는다. 방언이나 토속어의 사용이 많아 현장감이 높다는 점, 그리고 약간 우둔하고 순박한 화자의 어조가 작품의 효과를 높이고 있다는 점은 「동백꽃」을 읽으면서 알아 두는 것이 필요하다. 적절한 학습내용이라고 하겠다. 2-③ 역시 2-②의 연장선상에서 알아 둘 만한 점이다. 「동백꽃」의 소설적 효과는 이 점에 크게 의존하기 때문이다. 그러나 2-③문제에서 문학작품이라고 생각하기 이전에 누군가가 하는 이야기라고 한다면이라는 조건절이 왜 제시되었는지 이해할 수 없다. 불필요한 조건절이다.

이야기하는 시점 역시 이야기하는 방식의 일부이다. 그러므로 시점 문제도 2항에 포함해도 된다. 3-①은 생각해 볼 수 있는 문제이다. 그러나 화자를 비교해 보라고 해야지 어떤 관계인지 생각해 보자라는 문제는 어색하다. 「사랑 손님과 어머니」의 시점과 「동백꽃」의 시점은 아무 관계도 없다고 말할 수 있기 때문이다. 3-②는 흥미로운, 작품의 이해에 도움이 되는 문제다. 그러나 3-③은 3-②와 별로 다를 게 없는 이상한 문제이고, 3-④는 너무 막연하여 고등학생들이 적절히 소화할 수 없는 문제이다. 따라서 3-③과 3-④는 없는 편이 낫다.

4-①은 인물의 성격을 묻는 문제이다. 그런데 됨됨이라는 어휘는 여기서 적절치 않은 듯이 보인다. 됨됨이라고 하면 보통 성격보다는 성품이나 태도 등을 지칭하는 것이기 때문이다. 정확한 어휘 사용은 국어교육의 기본인데, 교과서가 정확한 어휘를 사용하지 않는다면 그것은 심각한 문제일 것이다. 4-③도 문장이 어색하다. 여기서 그러한 일이 감자 사건과 닭싸움 사건을 뜻한다면 그것은 설명할 필요도 없이 농촌에서 일어날 수 있는 일이다. 그런데 그러한 일이 소녀와 소년의 애정 문제를 뜻한다면 그것은 어디서나 일어날 수 있는 일이다. 그러므로 배경을 이런 식으로 질문하는 것은 어리석다. 〈이 작품의 공간적 계절적 배경에 대해서 설명해 보자〉라는 질문이 적당하다. 「동백꽃」에서는 농촌이라는 공간적 배경 못지 않게 봄이라는 계절적 배경이 중요하다. 인생의 봄인 청춘남녀의 이야기가 만물이 소생하는 봄에 벌어지고 있는 것이다.

교과서에서 제시한 〈학습활동〉 내용은 전반적으로 적절한 것이라 할 수 있다. 그러나 문장 표현이 서툴며, 중복되는 문제가 몇 개 있고, 막연하여 불필요한 문제도 몇 개 있다. 그런데 보다 중요한 점은, 이렇게 되면 학생들의 학습활동이 작품 그 자체보다도 이야기의 방식이나 시점, 아이러니, 배경, 문체의 특징 등등에 치중될 우려가 있다는 것이다. 다시 한번 강조되어야 할 것은, 문학교육이란 학생들이 실제 작품을 열심히 읽고 스스로 정서적 체험을 맛보아야 한다는 점이다.

그것이 바탕이 된 이후에 이러한 지적인 학습활동이 필요할 것이다.

「동백꽃」에 관한 기존의 학습내용 가운데서 또 하나 비판할 점은 사회적 관점을 무리하게 적용하여 「동백꽃」을 해석하고자 하는 점이다. 시중의 한 자습서를 보면, 교과서 〈학습활동〉 문제인 나가 처음부터 끝까지 가지고 있는 관심사는 무엇인지 이야기해 보자에 대한 풀이를 다음과 같이 해 놓고 있다.

> 나의 관심사는 경제적인 문제와 관련이 있다. 즉, 농촌 내의 마름과 소작인이라는 사회적 관계에 의해 어떤 피해를 입지 않을까 하는 것이 나의 주된 관심사이다. 이는 유독 나만이 지닌 개인적인 피해의식이 아니라, 당시의 농촌 사회의 보편적인 것이었다. 그런 만큼 이 소설은 단순한 소년 소녀의 순진한 애정을 그린 작품을 넘어서서 당시 사회 현실의 심각한 일면을 반영하고 있다.

이것은 「동백꽃」이라는 작품의 매력과 의미를 제대로 이해하는 못하는, 엉뚱한 해석이다. 물론 「동백꽃」에는 마름과 소작인의 관계가 나온다. 그러나 그 관계는 나와 점순이의 관계를 좀더 극적으로 만드는 배경적 요소에 불과하다. 어떤 요소가 어떤 의미로 해석될 것인가는 작품 전체의 맥락에서 결정되어야 한다. 「동백꽃」이라는 작품은 순박한 시골의 소년과 소녀가 체험하는 사랑의 감정을 그린 작품이다. 소녀의 부모가 마름이고 소년의 부모가 소작인이라는 점은, 소년과 소녀의 관계를 보다 극적으로 만드는 장식적 요소일 따름이다. 소년이 소녀를 함부로 대할 수 없는 사정을 만들어 주는 배경인 것이다. 이것은 어린아이들끼리

의 갈등을 다룬 이야기에서 흔히 주인집 아들과 셋방살이 집 아들이 등장하는 것
과 흡사하다. 수많은 사랑 이야기들 속에서 두 남녀의 신분적 차이를 중요한 배
경으로 설정한 경우가 허다하다. 그런 배경 때문에 사랑이 더욱 애절하고 낭만적
이 되기 때문이다.

그리고 소작인의 입장에서 어떤 피해를 당하지 않을까 하는 것이 나의 주된
관심사라고 했는데, 이도 수긍할 수 없다. 소년이 그 점에 신경 쓰고 있음은 사실
이다. 그러나 그의 감정과 행동 속에서 피해를 심각하게 고려하고 그에 따라 자
신을 통제하는 태도는 찾아볼 수 없다. 마름과 소작인이라는 사회적 관계가 작용
하고 있기는 하지만, 두 인물의 태도는 그것과 직접적인 상관 없이 사건을 발전
시키는 것이다. 그러므로 이런 작품에서 당시 사회의 심각한 일면을 반영하고 있다
고 해석하는 것은 그 자체로 잘못된 해석일 뿐 아니라, 학생들에게 큰 혼란을 주
는 일이 될 것이다.

어떻게 가르칠 것인가

지금까지 「동백꽃」에 대한 기존의 학습내용들을 비판적으로 검토하는 과정에
서 「동백꽃」을 어떻게 가르칠 것인가에 대한 이야기도 거의 다 나온 듯하다. 지
금까지의 논의를 염두에 두면서, 「동백꽃」을 어떻게 가르치는 것이 바람직한가
에 대해 간략히 언급하면 다음과 같다.

모든 소설 교육에서 그러하지만, 우선 학생들이 「동백꽃」을 꼼꼼하게 읽고 그

사건과 인물의 성격을 파악하도록 해야 한다. 감자 사건-씨암탉 사건-수탉싸움 사건-동백꽃 사건으로 이어지는 사건의 시간적 흐름을 스스로 이해하도록 도와주어야 하며, 점순이가 왜 그런 행동을 하게 되는지 이해하도록 유도해야 할 것이다. 점순이에 대한 이해는 보통의 고등학생들이 매우 쉽게 할 수 있을 것이다. 학생들은 그러한 체험에 익숙할 것이다. 가령 점순이가 닭싸움으로 나를 놀리는 이유는 관심을 끌기 위한 것일 뿐만 아니라 실제로 어떤 모순 감정이나 위장 감정이 작용하고 있기 때문일 것이다. 즉, 자신의 사랑이 거부당한 데 대한 미움의 감정 또한 실제로 있을 것이다. 그 미움의 감정과 사랑의 감정이 구분될 수 없는 것이기 때문에 모순 감정이라고 말할 수 있는 것이다. 이런 점을 자연스럽게 이해시킴으로써, 소설 속의 이야기가 학생들 자신의 문제와 전혀 다른 것이 아님을 알게 하는 것이 중요하다. 오래 전 농촌의 이야기지만, 현재 자신들의 이야기와 별로 다르지 않다는 점을 이해하게 될 때, 학생들의 「동백꽃」에 대한 이해는 거의 충분하다고 할 수 있다.

그 다음으로 중요한 것은, 단어와 어절과 문장의 뜻을 생생하고 정확하게 이해하는 공부이다. 「동백꽃」에는 오늘날의 일상생활에서는 잘 사용되지 않는 말들이 많이 사용된다. 그리고 그 말들의 정확한 뜻을 몰라도 소설은 이해된다. 그러나 소설공부에서 소설에서 쓰인 말공부는 매우 중요한 비중을 차지하며, 그 말공부는 국어공부에서도 큰 비중을 차지한다. 따라서 「동백꽃」에 나오는 생소한 표현들의 정확한 뜻을 공부하는 일은 매우 중요하다. 가령 첫 부분만 보아도 두 놈이 또 얼리었다, 함부로 해내는 것이다, 여지없이 닦아 놓는다, 바짝 바짝 내 기를 올리느라고 등등의 표현들이 나온다. 대강 뜻이야 통하지만, 그 정확한 뜻(말맛까지)을 학생들이 알 수 있도록 해야 한다. 이것은 단순히 「동백꽃」의 주제를 배우는 것을 넘어서서, 말 하나하나에 담긴 삶의 이모저모를 배우는 일이다. 말을 배우는 것이 곧 삶과 세상을 배우는 것이라는 점을 염두에 둘 필요가 있다. 이 점은 의외로 국어교육 현장에서 소홀하게 취급되는 게 아닌가 한다. 말에 대한 이해와 감각을 길러 주지 않고서는 국어교육이 제대로 설 수 없다. 문학작품을 통한 말의 교육이 중요한 까닭도 여기에 있다.

　이상과 같은 두 가지 문제가 충분히 학습된 이후에, 교과서에 나와 있는 〈학습활동〉의 내용 가운데서 필요한 것들, 즉 문체, 어조, 아이러니, 시점과 화자, 배경 등등에 대해서 이해한다면, 이로써 학생들의 「동백꽃」에 대한 공부는 마쳐도 좋을 것이다.

목넘이 마을의 개 ^{황순원}

줄 거 리

서북간도로 유랑을 가는 사람들이 지나가는 목넘이 마을에 어느 날 신둥이 한 마리가 흘러 들어온다. 신둥이는 구차한 몰골로 동네 개들이 남긴 밥 찌꺼기를 얻어 먹으며 겨우 연명한다. 마을 사람들은 신둥이를 미친개라고 잡으려 하나 도망친다. 마을 사람들은 신둥이와 어울렸으므로 동네 개들도 미쳤을 것이라 짐작하고 잡아먹어 버린다. 다시 신둥이가 나타나자 사람들은 몽둥이를 들고 포위해서 잡으려 했지만, 간난이 할아버지는 그 개가 새끼를 밴 것을 알고 살려 준다. 얼마 후 간난이 할아버지는 산 속에서 신둥이가 강아지 다섯 마리를 낳은 것을 발견하고, 먹이를 구해다 주기도 한다. 그리고 좀 컸을 때, 강아지들을 마을 사람들에게 나누어 준다. 결국 목넘이 마을의 개들은 모두 신둥이의 피를 이어받은 셈이다.

배우기에 적절한 작품인가

황순원의 「목넘이 마을의 개」는 1948년 『개벽』 복간호에 발표된 단편소설로
서, 3종의 문학교과서에 앞 부분이 생략된 채 실려 있다. 신둥이라는 한 마리의
떠돌이 개가 한 마을에 들어와서 갖은 고생을 겪고 난 후 마침내 그 마을에 생명
의 뿌리를 내린다는 내용의 이 작품은 끈질긴 생명력의 소중함을 감동적으로 보
여 주는 수작이다. 고등학생들이 쉽게 이해할 수 있을 뿐만 아니라, 그들에게 생
각할 여지를 주는 면이 많다. 따라서 고등학생들이 읽기에 적절하다고 말할 수
있다.

어떻게 가르치고 있는가

「목넘이 마을의 개」는 단편소설이다. 그런데도 3종의 문학교과서는 모두 앞
부분을 생략하고 있다. 비단 이 작품뿐만 아니라 국어교과서와 문학교과서에 실
린 많은 단편소설들은 일부분이 생략되어 있다. 모든 글이 다 그러하겠지만, 특
히 문학작품은 그 자체로 완결된 형식을 지니고 있기 때문에 부분적으로 읽어서
는 온전한 이해와 감상이 불가능한 경우가 대부분이다. 물론 장편소설의 경우,
교과서에 그 전편을 실을 수는 없기 때문에 어떤 부분만을 게재할 수밖에 없다.
그런 경우에는 그 작품의 성격이 잘 드러나는 인상적인 부분, 그러면서도 어느
정도 독자적인 완결성을 지닌 부분을 잘 골라서 실어야 할 것이다. 그렇지만 단

편소설의 경우는 몇 쪽만 더 할애하면 전문을 실을 수 있다. 더구나 단편소설은 어떤 부분이 생략되면 장편소설과 달리 그 의미가 크게 훼손된다. 그러므로 몇 쪽의 지면을 아끼기 위하여 단편소설의 전문을 다 싣지 않는다는 것은 이해하기 어렵다. 한 권의 교과서에 실린 단편소설의 편수를 줄이더라도 전문을 싣는 편이 더 바람직하다.

국어교과서나 문학교과서의 〈단원 학습목표〉가 적절치 못하다는 지적은 이미 다른 작품을 다루면서 지적한 바 있다. 「목넘이 마을의 개」가 포함된 단원의 학습목표 역시 3종의 교과서 모두 문제가 많다고 판단된다. 그 중 한 문학교과서가 제시한 〈단원 학습목표〉는 다음과 같다.

① 해방 후 우리 사회의 각 시대별 변화상을 안다.
② 근대와 현대문학의 변모 양상의 관계를 안다.
③ 동시대의 문학이라는 의미를 내면화한다.
④ 민족 자존과 통일을 위한 문학의 역할을 안다.
⑤ 세계문학과 한국문학의 공통적인 과제를 이해한다.

목표 ①은 우선 문학교과서의 학습목표가 되기 어렵다. 물론 문학작품을 이해하는 것과 그 시대를 이해하는 것은 일정한 상관성이 있다. 그렇지만 해방 후 우리 사회가 어떻게 변화했는가를 아는 것이 문학교육의 목표가 될 수는 없다. 뿐만 아니라 고등학생들 수준에서 각 시대별 변화상을 제대로 안다는 것도 어려운 일이다. 목표 ②는 근대문학과 현대문학의 차이를 말하는 듯하나, 변모 양상의 관계라는 말이 어색하다. 그리고 우리 문학사에서 근대문학과 현대문학의 개념은 그리 뚜렷하지 않다. 때때로 혼동되기도 한다. 언제부터 언제까지의 문학을 근대문학이라고 하고 또 언제부터 언제까지의 문학을 현대문학이라고 하는지 분명하지 않다. 개념이 불분명한 두 대상의 차이를 알아야 한다는 것은 말이 안 된다. 설사 그렇지 않다고 하더라도, 고전문학과 현대문학의 차이 정도는 고등학생들이 알 필요가 있을지 모르나, 근대문학과 현대문학의 차이는 고등학생들 수준에서 불필요한 지식일 것이다. 목표 ③ 역시 문장이 어색하다. 의미를 내면화하라고 요구하고 있는데, 이때 내면화라는 어휘는 적절하지 않다. 그냥 〈동시대의 문학이란 말이 뜻하는 바를 안다〉라고 하는 편이 낫다. 목표 ④는 두 가지 문제점을 지닌다. 첫째는 민족 자존과 통일을 위한 문학의 역할을 간단히 말하기 어렵다는 점이다. 문학과 사회 또는 문학과 민족의 관계는 매우 복잡하여 전문가들이나 관심을 가질 만한 문제지 일반 고등학교 학생들이 관심 가질 만한 문제가 아니다. 둘째는, 문학의 역할을 민족과의 관련성 속에서 강조할 때, 문학에 대한 편협한 생각을 심어 줄 가능성이 크다는 점이다. 문학은 여러 가지 사회적 역할을 지닐 수 있으며, 그 가운데에는 민족을 위한 역할도 포함된다. 단순하게 민족을 위한 역할만을 강조하다 보면, 학생들은 문학을 애국심 고취를 위한 도구로 생각할 수도 있다. 목표 ⑤는 너무 거창하다. 학생들에게는 한국문학의 과제가 무엇인가라는 문제도 지나치다. 학생들이 별로 생각해 볼 필요도 없고, 또 생각할 수도 없는 문제이다. 그런데 세계문학과 한국문학의 공통된 과제를 이해하도록 요구하는 것은 학습의 실질을 생각하지 않는 허황한 목표라 할 수 있다.

이처럼 〈단원 학습목표〉는 문학의 이해를 제대로 유도해 내지도 못하고 또 지나치게 추상적이고 어려운 요구를 담고 있다. 문학을 어떻게 가르칠 것인가에 대한 생각도 부족하고 또 문학 교실의 실제 분위기와 수준도 고려하지 못한 목표인 것이다. 이런 식의 목표는 비단 여기서 언급한 문학교과서뿐만 아니라 거의 모든 국어교과서와 문학교과서에서 발견된다. 문학교육의 목표를 좀더 실제 수업에 맞도록 쉽게 단순화시키고 구체화시켜야 할 것 같다.

그리고 대부분의 교과서에는 각 단원마다 〈단원 학습목표〉가 있고, 단원 속의 각 작품마다 〈소단원 학습목표〉가 또 있다. 더 크게는 〈문학교육 학습목표〉도 있고, 또 〈국어과 학습목표〉도 있다. 이러한 목표들이 위계적으로 질서 있게 짜여져 있는가 하는 점도 문제지만, 목표가 너무 많다는 점도 문제이다. 적절하게 제시된 목표라 할지라도 목표가 너무 많다는 것은 곧 그 목표의 달성 가능성이 희박함을 의미한다. 즉 너무 많은 목표는 저절로 무의미한 목표가 된다. 문학교육 현장에서 학습목표를 줄이는 것도 문학교육의 실질적 개선에 필요한 일이다.

앞서 언급한 문학교과서가 제시한 〈소단원 학습목표〉 즉, 「목넘이 마을의 개」와 관련한 학습목표는 다음과 같다.

① 이 작품에서 개 이야기에 투영된 상징적 의미를 해석해 본다.
② 이 작품의 액자소설적 구조에 대해 알아본다.
③ 이 작품에 담긴 생명 외경 의식을 음미해 본다.

「목넘이 마을의 개」와 관련하여 이러한 학습목표는 대체로 무난하다고 할 수 있다. 그러나 약간의 문제는 있다. ①은 이 작품을 이해하는 데 도움이 된다.「목넘이 마을의 개」는 일차적으로 개 이야기지만, 그 속에 숨은 의미를 충분히 생각해 볼 만한 작품이다. 개의 상징적 의미에 대해서 교과서는 다음과 같이 설명하고 있다.

사람들에게 쫓기는 신둥이는 원시적 생명력을 표상하며 일제의 모진 수탈과 압박을 겪으면서도 끈질기게 삶을 지속하는 우리 민족의 강인함과 그 밑바닥에 흐르는 생명력 회복의 의지를 상징한다.
— 〈작품 감상의 초점〉

이 개는 사람들의 핍박으로부터 자신의 몸을 보호하고 종족을 남겨 대를 잇는 강인한 삶의 형상을 상징하고 있다. 그리고 이는 고난과 역경 속에서도 민족의 전통을 이어 온 백의민족을 암시하는 것으로 볼 수 있다.
— 〈학습보충자료〉

문장이 어색하고, 생명력 회복의 의지, 강인한 삶의 형상, 백의민족 등의 구절이 적절하지는 않지만, 대체로 수긍할 수 있는 설명이다. 그러나 이러한 설명이 너무 앞서서는 곤란하다.「목넘이 마을의 개」란 작품은 무엇보다도 신둥이라는 개에 관한 이야기다. 개 이야기는 개 이야기로 읽어 주어야 마땅하다. 그런 다음에 우리 민족이 처한 상황을 고려하여, 우리 민족도 신둥이라는 개처럼 그렇게 끈질긴 생명력으로 역경을 이겨 낼 것이라는 의미를 생각해 볼 수 있다. 개 이야기를 민족의 이야기로 읽는 것은 우의적 해석이다. 문학의 해석에서 우의적 해석은 때때로 필요한 것이다. 그러나 작품의 충실한 이해를 거치지 않고 우의적 해석을 너무 앞세우면 그 작품으로부터 상투적이고 추상적인 의미만을 얻게 되기 쉽다. 그것은 문학작품의 참된 의미를 상실한 이해이다.

한편, 다른 교과서의 풀이를 보면, 「목넘이 마을의 개」에 대해 한민족의 강인한 생명력과 민족 분단의 극복 이념을 액자식 구성을 통해 현실감 있게 표현한 작품이라고 설명한다. 아예 우의적인 의미를 1차적 의미인 듯 내세우고 있는 것이다. 그리고 분단의 극복 이념까지 말하고 있는데, 이 작품에서 분단 문제를 읽어 내는 것은 무리이다.

학습목표 ②는 이 소설이 액자 형식임을 아는 것이다. 액자소설이란 이야기 속에 또 하나의 이야기가 있되, 속의 이야기가 주된 내용이 되는 소설이다. 고등학생 수준에서는, 이 소설이 액자 형식이라는 점 그리고 액자소설이란 어떤 것이라는 점을 간단히 이해하면 충분할 것이다.

학습목표 ③은 사실상 이 작품의 주제를 이해하는 것이다. 이 작품은 어려운 상황 속에서도 끈질기게 살아남아 새끼들을 퍼뜨린 신둥이라는 개의 이야기이므로, 끈질긴 생명력의 소중한 가치에 대해서 학생들이 잘 생각해 볼 필요가 있다. 그러나 교과서의 설명은 이러한 신둥이의 끈질긴 생명력보다는 간난이 할아버지의 행동에 중점을 둔다.

목넘이 마을의 주민들 중에서 간난이 할아버지는 신둥이를 이해하고 그 핏줄을 이어준 인물이며 이 작품의 1차 서술자가 되고 있다. 이 인물은 사건의 전달자이며 신빙성을 제공해 주는 인물이며 작중의 인물로 기능하기도 한다. 그의 이야기는 전달자로서의 성격과 함께 신둥이를 이해하고 그 대를 이어 주고 있다는 점에서 우리 민족의 강인한 삶을 이어 오게 한 긍정적인 인물로 해석이 가능하다. 또 이 인물은 생명에 대한 외경감을 지닌 인물로 이 작품의 한 주제를 드러낸다.

— 〈학습보충자료〉

간난이 할아버지에 대한 이러한 설명에는 문제가 있다. 1차 서술자라는 말을 어떤 뜻으로 썼는지 잘 알 수 없으나, 간난이 할아버지는 서술자가 아니다. 액자의 서술자는 〈나〉이며, 액자 속 이야기의 서술자는 드러나 있지 않다. 또한 사건의 전달자라는 말도 적절치 않다. 신둥이 이야기의 전달자는 〈나〉이지 간난이 할아버지가 아니다. 간난이 할아버지는 사건에 참여했던 인물이다. 또 간난이 할아버지가 긍정적 인물이긴 하지만, 우리 민족의 강인한 삶을 이어 오게 한 인물이라고 말할 수는 없다. 그리고 이 작품에서 간난이 할아버지는 비교적 중요한 역할을 하긴 하지만, 작품의 주제를 드러낼 만큼 중요한 인물은 아니다. 이 작품의 주인공은 신둥이이고, 간난이 할아버지는 조력자일 뿐이다. 그러므로 간난이 할아버지가 한 주제를 드러낸다는 말은 지나치다. 간난이 할아버지가 〈생명에 대한 외경감〉을 지닌 인물이라고 말할 수는 있다. 그러나 그것은 이 작품에서 그리 비중이 크지 않다. 이 작품에서 중심이 되는 것은 역시 신둥이를 통해 드러나는 끈질긴 생명력이다. 그러므로 학습목표 ③은 〈이 작품을 읽고 끈질긴 생명력이 얼마나 소중하고 강한 것인가를 생각해 보자〉로 고치는 편이 좋다.

  교과서에 실린 문학작품을 어떻게 가르칠 것인가

　「목넘이 마을의 개」를 싣고 있는 문학교과서들은 한결같이 이 작품의 문체적 특성에 대해서 말하고 있다. 한 문학교과서는 묘사나 대화의 사용을 절제한 설화식 서술, 간결하고 세련된 문체가 돋보인다고 했으며, 다른 문학교과서는 〈심층이해〉라는 난에서 문체적 특성을 더욱 자세하게 설명한다.

　이 작품의 특징은 〈설화체 문장〉에 있다. 묘사와 대사를 중시하지 않고 철저히 이야기체로 일관하고 있는 것이다. 이것은 우리 고전소설의 서술 방법에 연결된다. 묘사나 대화보다 이야기로만 소설을 써 나가기 때문에 정확한 문장이 구사되지 않을 수 없다. 그리고 작가는 작품 끝에 덧붙여 놓은 부분에서, 신둥이 이야기를 자기 외가가 있는 목넘이 마을에서 들었다고 했다. 전승되어 오던 신둥이 이야기를 소설로 전환시킨 것이다. 이 점에서도 이 작품은 우리 서사 문학의 전통에 뿌리를 두고 있다.

　「목넘이 마을의 개」를 두고 설화체 문장을 구사하고 있다는 지적은 수긍하기 어렵다. 교과서는 그 근거로 두 가지 사실을 제시한다. 하나는 묘사나 대화가 적다는 것이고, 다른 하나는 전해 오는 이야기를 소설로 옮겼다는 것이다. 그러나 이 작품에서 묘사나 대화가 특별히 적은 것도 아니고, 또 묘사나 대화가 적다고 해서 설화체라고 말할 수도 없다. 설화체라고 하면, 아마도 옛날 이야기체를 두고 하는 말일 것인데, 그것은 마치 이야기꾼이 청중들을 향해 직접 이야기를 하듯이 씌어진 문체일 것이며, 아울러 일정하게 양식화되어 있는 이야기 방식을 뜻하기도 할 것이다. 그럴 경우에 묘사나 대화의 많고 적음이 설화체를 규정짓는 조건이 되지는 않는다. 그리고 전해져 내려오던 이야기를 소설로 전환했다고 해서 다 설화체가 되는 것도 아니다. 뿐만 아니라 신둥이 이야기는 전승되어 오던 이야기라고 말할 수 없다. 그것은 간난이 할아버지와 그의 이웃들이 겪은 체험일 뿐이다. 그 체험조차도 작가의 순수 창작인지 아니면 작가가 어디선가 들은 이야기인지 알 수 없다. 그러므로 그런 면에서 이 작품이 우리 서사 문학의 전통에 뿌리를 두고 있다는 견해도 설득력이 없는 것이다. 이러한 설명은 소설이 허구라는 사실을 잠시 망각하고 있음을 보여 준다. 신둥이 이야기를 외가가 있는 목넘이 마을에서 들었다는 액자의 내용 역시 사실이 아니라 허구라고 이해되어야 마땅하다.

그리고 설화체 문장이 간결하고 세련된 문체일 수는 없다. 옛날 이야기를 하는 식의 문체는 대체로 길고 투박한 것이 된다. 간결하고 세련된 문체는 황순원 소설 일반에 적용될 수 있는 지적이긴 하지만, 이 작품의 문체는 그렇게 간결하다고 말하기는 어렵다. 이 작품의 문체를 굳이 말하라면, 정확하고 깔끔한 문체라고 말할 수 있을 것이다.

문학교과서의 어구풀이 가운데에는 어색하게 그 뜻을 풀어 놓은 곳이 여러 곳 있다. 지적해 보면, 다음과 같은 것들이다.

* 신둥이는 밤에 틈을 타 가지고 와서는 방앗주인이 다 쓸어가지고 간 나머지 겨를 핥곤 했다.
; 사람들이 자신을 해치려는 것을 안 신둥이의 영리함과 끈질긴 생명력이 엿보이는 구절이다.

　이 구절은 그냥 신둥이의 행동을 보여 줄 뿐이다. 여기서 신둥이의 영리함과 끈질긴 생명력을 말하는 것은 지나치다.

　* 오조밥에 열무김치를 먹으면 처녀가 젖이 난다.
　; 처녀가 젖이 난다는 것 같은 불가능한 일에다 비유할 만큼 먹을 것이 없었다는 뜻이다.

　이 옛말의 뜻은 불가능의 의미도 아니고 먹을 것이 없다는 의미도 아니다. 이 말은 처녀가 젖이 날 정도로 오조밥과 열무김치가 맛있고 또 허기진 사람들에게 생기를 불어넣어 주는 반가운 음식이라는 뜻이다. 옛날 먹을 것이 귀할 때, 가난한 사람들은 춘궁기가 되면 거의 굶다시피 하면서 살았다. 그러다가 좁쌀 수확을 하여 밥을 지어 먹게 되면 그것은 참으로 고맙고 반가운 음식이었을 것이다. 그리고 허기졌던 사람들에게 생기를 북돋워 주고 건강을 되찾아 주는 음식이기도 했을 것이다. 이런 상황을 과장해서 만든 말이 바로 이 말이다.

　* 여럿의 몸에서 나오는 것이 합쳐진 것이라는 생각이 들었다.
　; 신둥이가 새끼를 밴 것을 아는 간난이 할아버지가 신둥이의 눈을 보고 느낀 생각을 표현한 것이다. 간난이 할아버지의 생명에 대한 외경심이 나타나 있다.

　풀이의 첫 문장은 그냥 소설 속 구절의 동어 반복에 불과하다. 그냥 읽으면 누구나 다 아는 구절을 괜히 같은 말로 되풀이하고 있는 셈이다. 그리고 두 번째 문장은 지나친 의미 부여이다. 적어도 이 문장에서는 생명에 대한 외경심이 드러나

지 않는다. 외경심은 그 뒤의 문장에서 찾아볼 수 있다.

* 저만큼에 신둥이 개가 이쪽을 지키고 서 있는 것이다, 앙상하니 뼈만 남아 가지고.
: 새끼를 낳은 신둥이의 외형과 새끼를 보호하려는 어미로서의 행동을 묘사한 구절이
다. 고난과 시련을 극복하고 새끼를 낳은 신둥이의 뼈만 남은 앙상한 모습은 곧 일제 강
점기의 핍박과 고난을 극복한 우리 민족을 표상한 것으로 볼 수 있다.

이 역시 별로 풀이가 필요치 않은 구절이다. 그 뜻이 단순하고 명료하기 때문
이다. 그런데 신둥이의 뼈만 앙상하게 남은 모습을 두고 일제 강점기의 핍박과 고
난을 극복한 우리 민족을 표상한 것이라고 설명하는 것은 억지스럽다. 앞서도 말했
지만, 신둥이라는 개의 이야기 전체가 우의적으로 해석될 수 있긴 하지만, 이런
개별적인 구절들을 민족의 표상으로 해석하는 것은 잘못된 것이다. 일단은 그냥
개 이야기로 읽어 주어야 한다.

* 지금 목넘이 마을에서 기르는 개란 개는 거의 다 이 신둥이의 증손자가 아니면
고손자라고 했다.
: 신둥이의 강인한 생명력과 목넘이 마을의 개들이 지닌 피의 동질성을 표현한 구절이
다. 간난이 할아버지의 입을 통해 피의 동질성을 강조한 것은, 이데올로기의 대립을 극
복하고 민족의 동질성 회복을 강조하려는 의도로 볼 수 있다.

이 풀이 역시 잘못된 해석이다. 목넘이 마을의 개들이 거의 신둥이의 후손이

라는 말은, 피의 동질성을 강조한 것도 아니며, 이데올로기의 대립을 극복하고 민족의 동질성 회복을 강조하려는 의도는 더욱더 아니다. 목넘이 마을의 개들이 거의 다 신둥이의 후손임을 밝힌 이 구절은 이 소설에서 중요한 의미를 지닌다. 그것은 신둥이의 승리를 뜻한다. 처음에 신둥이는 마을의 다른 개들에게서도 핍박을 받고 또 마을 사람들로부터도 핍박을 받았다. 그러나 끈질긴 생명력으로 살아남았을 뿐만 아니라 그 마을에 자기 후손들을 퍼뜨리기까지 한 것이다. 달리 말하면, 마을에 뿌리를 내리고 마을의 주인이 된 셈이다. 이를 두고 민족의 동질성 회복을 말하는 것은 전혀 설득력이 없다.

> * 간난이 할아버지가 주가 되어 이야기를 해 나가는 도중 벌써 수삼 년 전 일이라 이야기의 앞뒤가 바뀐다든가 착오가 있으면 여럿이 서로 바로 잡고, 빠뜨리는 대목은 서로 보태 가며 하는 것이었다.
> ; 설화를 구연하는 상황을 제시한 부분으로 소설의 신빙성을 강화하는 기능을 한다.

이것은 설화를 구연하는 상황이 아니다. 설화의 구연은 이야기하는 사람이 혼자서 이야기를 꾸며 할 뿐이다. 이러한 설명은 잘못된 것이므로, 이 작품이 설화체라는 주장의 근거가 될 수 없다. 이것은 그냥 〈나〉가 신둥이 이야기를 들었던 상황을 말하고 있을 뿐이다. 그리고 이 부분이 소설의 신빙성을 강화하는 기능을 한다고 했는데, 별로 그런 것 같지 않다. 쓸데없는 지적으로 학생들에게 혼란만 주는 것으로 보인다.

어떻게 가르칠 것인가

지금까지 「목넘이 마을의 개」에 관한 기존의 학습내용을 비판적으로 검토해 보았다. 이러한 검토의 과정에서, 이 작품을 학생들에게 어떻게 가르쳐야 할 것인가가 대략 제시되었다고 생각한다. 그러나 다시 한번 정리해 보면 다음과 같다.

황순원의 「목넘이 마을의 개」는 별로 어려울 것이 없는 작품이다. 학생들이 이 작품의 내용을 이해하기 위해 알아야 할 것은, 몇 개의 사투리나 낯선 어휘 그리고 구절들이다. 그리고 시대적 배경도 간단히 알아 두는 것이 좋다. 이 작품의 시대적 배경은 일제시대이다. 당시 많은 사람들이 가난을 견디지 못하고 고향을 떠나 만주나 북간도로 떠났다. 일단 이 정도로 간단하게 시대적 배경을 알면 충분하다. 그 다음에는 신둥이라는 개가 어떤 일들을 겪게 되는가에 주의를 기울이며 작품을 읽으면 된다.

「목넘이 마을의 개」는 신둥이라는 개의 이야기다. 민족적 의미를 찾는 우의적 해석이 가능하긴 하나, 그 해석은 뒤로 미뤄 두고 우선은 감동적인 개의 이야기로 읽어야 한다. 학생들은 아마도 텔레비전 드라마나 영화 등을 통해서 감동적인 개 이야기를 많이 접하였을 것이다. 「101마리의 달마시안」, 「베토벤」, 「래쉬」 같은 개를 주인공으로 한 드라마를 보면서 학생들은 굳이 우의적 해석을 하지는 않았을 것이다. 「목넘이 마을의 개」 역시 그런 드라마를 볼 때처럼 감동적인 개의 이야기로 감상하면 된다. 그렇지 않고 우의적 해석을 너무 앞세우면, 학생들은 문학작품의 감상법은 특이하다는 잘못된 선입견을 갖게 되기 쉽다.

「목넘이 마을의 개」는 신둥이라는 개가 아주 어려운 여건 속에서 갖은 핍박을 당하면서도 끈질기게 살아남아 마침내 마을에 자기 새끼들을 퍼뜨리게 되었다는 이야기다. 처음에 신둥이는 낯선 고장에 버려진 개다. 신둥이의 처지는 처절하다. 살아남기 위해서 마을의 개들이 남긴 밥그릇을 핥기도 하고 두엄더미를 뒤지기도 한다. 그러다가 마을의 개들로부터도 핍박을 당하고 또 마을 사람들로부터도 미친개로 오인되어 위협을 당한다. 그러나 신둥이는 죽을 고비를 넘기면서 끈질긴 생명력을 보여 주고 나아가 새끼까지 밴다. 마침내는 신둥이의 새끼들이 목넘이 마을에 널리 퍼지게 된다. 개의 입장에서 생각해 본다면, 떠돌이 개였던 신둥이가 고생 끝에 마을의 주인이 된 셈이다. 신둥이는 어려운 상황을 극복하고 든든하게 삶의 뿌리를 내린 승리자인 것이다. 그러니까 이 작품은 끈질긴 생명력으로 고난을 극복하고 삶의 뿌리를 굳게 내린 감동적인 개의 이야기인 것이다. 여기서 중요한 점은 신둥이의 어떤 미덕이 승리의 원동력이 되었는가 하는 점이다. 그 원동력은 다른 그 무엇이 아니라 바로 끈질긴 생명력이다. 어떤 어려운 상황이라 하더라도 끈질긴 생명력이 있다면, 결국은 최후의 승리자가 된다는 점 그리고 끈질긴 생명력이야말로 다른 어떤 미덕이나 가치보다 소중한 것이라는 점이 작가가 이 작품을 통해서 말하고 있는 바라고 할 수 있다.

이처럼 「목넘이 마을의 개」는 감동적인 개의 이야기로 이해해야 한다. 작가는 신둥이라는 개의 이야기를 통하여 끈질긴 생명력의 소중함을 말하고 있는 것이다. 학생들의 수준에서 이 정도의 이해면 충분할 것이다. 그러나 조금 더 깊이 감상해 본다면, 두 가지를 더 생각해 볼 수 있다.

하나는 제목의 의미를 생각해 보는 것이다. 목넘이 마을이란 이름은, 북쪽 지방으로 가기 위해서는 그 마을을 넘어가야만 하기 때문에 생긴 것이다. 즉 그 마을은 다른 곳으로 가기 위해 꼭 지나야 하는 목인 것이다. 〈목〉이란 말은 일차적으로 사람이나 동물들의 머리 아랫부분을 지칭하지만, 이차적으로는 꼭 지나야 하는 장소 또는 과정이나 단계를 가리킨다. 그러니까 목넘이 마을이란 그런 목이 되는 고개 근방의 마을이란 뜻이다. 목넘이란 말을 비유적으로 생각해 보면, 그것은 어떤 곳에 도달하기 위해 꼭 넘어야 할 어려움이란 말이 될 수 있다. 목넘이를 넘지 못하면, 즉 그 어려움을 극복하지 못하면 도달하고자 하는 곳에 이를 수 없다. 신둥이 개에게는 허기에 지친 떠돌이 개의 상황으로부터 안정된 삶의 상황으로 넘어가는 고비가 바로 목넘이의 어려움이다. 신둥이는 그 어려움을 잘 극복하고 마침내 안정된 삶을 얻는다(그가 직접 얻는 것은 아니라 할지라도 새끼들을 마을에 퍼뜨림으로써 그렇게 된다). 그렇게 될 수 있었던 까닭은 신둥이가 끈질긴 생명력을 지녔기 때문이다. 즉 목넘이는 삶의 고비라 할 수 있고, 그 고비를 넘는 데 가장 소중하게 필요한 것은 끈질긴 생명력인 것이다. 이렇게 생각해 본다면, 「목넘이 마을의 개」라는 제목은 이 작품의 주제와 긴밀한 연관을 갖는다고 말할 수 있다.

또 하나 생각해 볼 수 있는 것은, 신둥이의 처지를 일제시대의 우리 민족의 처지로 생각해 보는 것이다. 당시 고향을 버리고 만주나 북간도로 떠나야 했던 사람들은 말할 것도 없고, 고향땅에 남아 있던 사람들마저도 비루먹은 개인 신둥이의 처지에 충분히 비교될 만한 것이었다. 나라도 잃어버리고 굶기를 밥 먹듯 하면서 처참하게 살았던 우리 민족이었던 것이다. 그러나 절망에 빠지지 않고 끈질긴 생명력으로 버틴다면, 언젠가는 나라도 되찾고 좋은 세상을 만나게 된다는 것을 신둥이의 이야기는 암시해 준다. 신둥이를 우리 민족으로 이해하는 이러한 우의적 해석은 「목넘이 마을의 개」에서 충분히 가능한 해석이다. 작가의 의도도 여기에 있었는지 모른다. 그러나 학생들로서는 꼭 알아야만 하는 해석은 아닐 것이다. 그보다는 학생들이 신둥이라는 감동적인 개의 이야기를 읽고, 보다 일반적인 우의적 해석으로, 사람의 삶도 신둥이의 삶과 별로 다르지 않다는 점을 생각해 보는 편이 더 바람직한 감상의 태도이다. 즉 이 작품을 우의적으로 해석한다고 해도, 그것은 꼭 우리 민족의 일로 생각하기보다는 사람 일반의 일로 생각하는 편이 더 바람직하다. 「목넘이 마을의 개」는 어려운 상황에서도 굴복하지 않고 끈질긴 생명력으로 버틴다면 좋은 때를 맞이할 수 있다는 보다 보편적인 지혜를 담고 있는 작품으로 가르쳐져야 할 것이다.

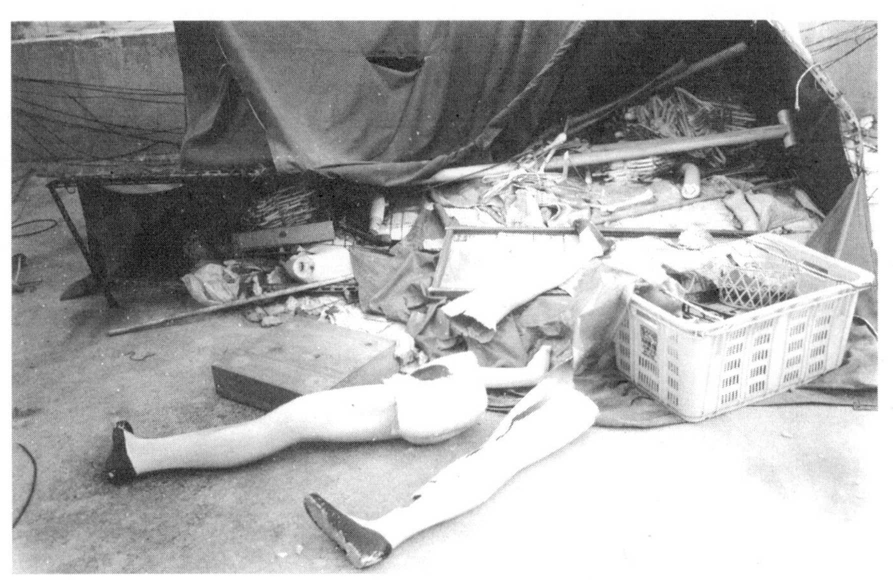

수난이대 _{하 근 찬}

줄 거 리

만도는 전쟁에 나간 아들의 귀향을 마중하러 설레는 마음으로 역에 나간다. 아들에게 주려고 시장에 들러 고등어 한 마리를 사기도 한다. 그러나 기차에서 내린 아들 진수는 한쪽 다리가 없다. 만도는 젊은 시절에 일제에 의해 남양으로 끌려가 한쪽 팔을 잃었는데, 이제 그의 외동아들인 진수가 6·25 전쟁에 나가서 한쪽 다리를 잃은 것이다. 이에 만도는 크게 낙심한다. 그러나 단순하고 낙천적인 만도는, 주막에서 술을 한잔 들이켠 후, 오히려 아들을 위로한다. 만도가 오줌 눌 때 진수는 고등어를 들어 주고, 진수가 외나무다리를 건너야 할 때 만도는 진수를 업어 준다. 아버지와 아들이 힘을 합쳐서 불구의 불편함을 서로 덜어 주는 것이다. 이대에 걸친 전쟁의 수난은 아버지와 아들을 불구로 만들었지만, 이들은 서로 힘을 합하여 그 수난을 견뎌 내는 모습을 보여 준다.

배우기에 적절한 작품인가

「수난이대」는 고등학교 국어교과서 상권 및 문학교과서에 실려 있다. 「수난이대」는 하근찬의 대표작으로, 비극적 현대사의 한 단면을 간명하고도 흥미롭게 보여 주는 작품이다. 앞서 언급한 줄거리에서 보듯이, 이 작품은 그 내용이 아주 단순하다. 그러나 이 작품은 전쟁 때문에 불구가 된 아버지와 아들의 이야기에 그치는 것이 아니라, 일제에 의한 태평양 전쟁과 그리고 6·25 사변이라는 우리 현대사의 수난을 독특한 방식으로 그려 낸다. 즉 불구가 된 아버지와 아들이 서로 힘을 합하여 절망하지 않고 잘 살아간다는 이야기도 의미가 있지만, 동시에 일제시대와 6·25 때의 고난이 평범한 사람들의 삶에 얼마나 큰 비극을 남겼는가를 간명하게 보여 줌으로써 우리 현대사의 비극을 환기시킨다는 의미도 크다. 이런 점에서 「수난이대」는 고등학생들이 읽어 둘 만한 작품으로 판단된다.

그러나 「수난이대」의 정황, 즉 역에 가기 위해서는 용머리재를 걸어 넘고 외나무다리를 건너야 하는 그런 정황은 요즘 학생들에게 낯선 것이다. 그리고 만도의 말과 행동도 이 소설의 시대 배경이 실제보다 더 오래 전이라는 느낌을 준다. 따라서 학생들은, 「수난이대」에서 그려진 아버지와 아들의 이야기가 자신들과는 전혀 상관이 없는 먼 옛날의 이야기라고 느끼기 쉬울 것이다. 불과 한 세대 전의 역사적 비극을 더 먼 과거처럼 느끼게 해 주는 면이 있다는 점은, 고등학교 문학 교육의 범위 안에서 「수난이대」가 지닌 약점이라고 말할 수 있을 것이다. 학생들에게 「수난이대」를 가르치는 교사들은, 이 점을 고려하여 「수난이대」의 이야기가 바로 한 세대 전의 이야기이며, 현재에도 살아 있는 역사임을 강조해 줄 필요

    교과서에 실린 문학작품을 어떻게 가르칠 것인가

가 있을 것이다.

어 떻 게 가 르 치 고   있 는 가

「수난이대」는 고등학교 국어교과서의 〈문학과 현실〉이라는 단원에 수록되어 있다. 〈문학과 현실〉이란 단원에는 하근찬의 「수난이대」 외에, 김광섭의 시 「성북동 비둘기」, 『두시언해』 가운데서 「강촌」과 「절구」, 이효석의 「메밀꽃 필 무렵」 그리고 박지원의 「허생전」 등이 실려 있다. 이러한 작품들 가운데서, 「수난이대」를 제외하고 나머지 작품들은, 정도의 차이는 있지만, 대체로 〈현실〉의 문학적 탐구라고 보기 어렵다. 즉, 〈문학과 현실〉이라는 단원의 성격에 걸맞는 작품 선택이 아니라고 판단된다. 이에 대하여 〈단원의 길잡이〉에서는 다음과 같은 말로 변명하고 있다.

> 문학에 현실이 반영되는 방식은 현실적 갈등을 해결하고자 몸부림치는 경우도 있지만, 이와는 달리 현실에 눈을 주지 않는 듯한 태도를 취하는 경우도 있다. 현실에 무심한 듯한 태도조차도 현실을 대하는 하나의 태도라는 점을 이 단원에 있는 다섯 편의 작품을 통하여 이해할 필요가 있다. 이런 이해를 통하여 인간과 삶에 대한 이해가 깊어지게 된다.

이 설명에 의하면, 현실에 무심한 듯한 태도조차도 현실을 대하는 하나의 태도이기 때문에 현실을 적극적으로 탐구하지 않은 작품도 현실을 반영한다는 것이다. 그러나 이 논리는 적절한 것이 아니다. 이 논리는 참여문학과 순수문학의 논쟁에서 빌려 온 것인데, 주로 정치적인 현실의 문제로부터 초연한 채 순수문학에 몰입하고 있는 것도 일종의 정치적 태도라는 논리의 변형이다. 참여문학뿐만 아니라 순수문학 역시 일종의 정치적 태도를 드러내는 것이라는 주장은 수긍할 수 있다. 그렇지만 문학과 현실의 문맥에서는 이러한 논리가 적용되기 어렵다.

정도의 차이가 크긴 하지만, 어떤 문학작품이라도 현실과 연관이 없다고 말할 수는 없다. 그러나 문학이 현실의 반영이라는 명제를 내세우며 문학과 현실의 연관성을 강조할 때, 그 대상이 되는 문학작품은 현실의 억압적 힘과 모순을 적극적으로 탐구한 것일 수밖에 없다. 즉, 문학에서 현실을 문제삼는 경우, 그 대상 작품은 주로 현실의 억압적 힘이나 모순을 탐구하고 나아가 그와 관련된 삶의 고난과 갈등을 적극적으로 묘사하는 것이 되어야 한다. 그렇지 않고, 가령 황진이의 시조 「동짓달 기나긴 밤—」이나 김소월의 「금잔디」 같은 작품을 대상으로 문학과 현실을 문제삼는다는 것은 아무런 의미가 없다.

물론 〈현실〉이란 것이 무엇인가 그 범주를 명확하게 규정하기는 거의 불가능하다. 황진이가 긴 겨울밤에 님을 그리워하는 것도, 김소월이 노래한 죽은 님 무덤가의 잔디도 현실이라고 말할 수 있다. 그렇지만 그런 것을 굳이 현실이라고 규정하고 나아가 그런 현실과 문학의 연관을 따져 볼 이유가 어디에 있는가? 문학이 현실의 반영이라는 명제 속에는 이미 문학이 현실의 억압적 힘과 모순을 적극적으로 문제삼아야 한다는 전제가 깔려 있다. 그러므로 적어도 〈문학과 현실〉이라는 단원을 설정했으면, 거기에는 현실을 좀더 적극적으로 문제삼는 작품들을 수록했어야 마땅할 것이다.

또 〈단원의 길잡이〉에는 다음과 같이 학습의 순서를 설정해 두고 있다.

이 단원의 교수－학습은 먼저 문학에 나타난 현실이 지닌 두 가지 의미를 이해하고, 그러한 현실 인식이 작품에 어떻게 나타나는가를 안 다음에 실제로 작품을 읽어 그것을 감상하는 순서로 되어 있다. 〈학습할 원리〉를 통하여 그 현실의 개념을 안 다음에 문학 작품에 나타난 현실의 모습을 파악하고, 문학과 현실의 관계를 이해한다. 그러한 현실 인식이 오늘의 〈나〉에게 주는 의미에 대한 생각을 서로 나누는 것이 좋다.

역시 그 뜻이 명료하지 못한 문장들이지만 그래도 대강은 이해할 수 있다. 먼저 여기서 제시된 순서의 타당성을 의심해 볼 수 있다. 〈단원의 길잡이〉가 제시한 순서는, 첫째 문학에 나타난 현실이 지닌 두 가지 의미의 이해, 둘째 그런 현실이 작품으로 나타나는 방식의 이해, 셋째 실제 작품 감상과 그 속에서의 현실 이해로 되어 있다. 어떻게 이런 순서로 교수－학습이 가능한지 알 수 없다. 문학 작품을 읽지도 않고 문학작품에 나타난 현실의 의미나 그것이 나타나는 방식에 대한 이해를 가질 수가 있는가? 필자가 자주 강조하는 바이지만, 문학교육은 귀납적이어야 한다. 많은 문학작품의 감상을 통해서 문학에 관한 일반적인 이해에 도달할 수 있다. 그리고 많은 문학작품 속에 다양하게 그려진 현실 모습을 파악한 후라야 문학과 현실에 대한 일반적 이해도 가능하다. 문학에 관한 연역적이고 일반적인 이해는 사실 중등학교 문학교육의 목적과는 거의 아무런 상관이 없다.

그 다음으로 문제가 되는 것은, 현실의 두 가지 의미 또는 현실의 개념에 대한 것이다. 이에 대해서는 〈학습할 원리〉에서 어느 정도 설명되고 있다. 〈학습할 원리〉의 설명에 의하면, 현실의 두 가지 의미란 삶의 조건으로서의 현실과 역사적 상황으로서의 현실을 말한다. 전자는 인간이 살면서 부딪칠 수밖에 없는 보편적인 상황을 말하고, 후자는 어떤 특정 시대의 사회역사적 상황을 말한다. 황석영의 작품을 예로 들면, 「삼포 가는 길」은 전자의 성격이 강한 작품이고 「객지」는 후자의 성격이 강한 작품이다. 대부분의 문학작품 속에서 이러한 두 가지 현실은 섞여서 나타나게 마련이긴 하지만, 문학 속의 현실을 이렇게 두 가지로 나누어 이해하는 것은 수긍할 수 있다. 그러나 이러한 설명은, 아직 문학작품의 독서량이 많지 않은 고등학생들에게는 불필요하고 너무 어려운 내용이라고 생각된다. 특별히 문학을 전공하는 전문가가 아닌 사람들은 문학과 현실의 상관성에 대한 체계적인 이해가 불필요하다. 그들은 좋은 문학작품을 읽고 그 속에 그려진 현실을 이해하고 그것을 통하여 삶과 세계에 대한 이해의 폭을 넓힐 수 있다면 충분할 것이다. 교과서의 〈학습할 원리〉에서 설명하고 있는 내용은, 그 내용의 정확성도 다소 문제가 되지만, 그보다는 그런 내용이 고등학교 문학교육에서 거의 불필요한 것이라는 점이 더 문제다. 아마도 현재 고등학생들의 문학공부는 작품의 실제적 감상보다 그런 불필요하고 어려운 내용을 충분한 이해도 없는 채로 외우는 데 더 치중되는 것 같다. 이런 잘못된 경향을 국어교과서가 앞장서서 유도하고 있는 셈이다.

다음으로 국어교과서가 제시하고 있는, 이 작품에 대한 〈학습활동〉 문제를 검

 교과서에 실린 문학작품을 어떻게 가르칠 것인가

토해 보기로 하자. 다소 문제가 있다고 판단되는 〈학습활동〉 문제만 추려서 따져 보면, 다음과 같다.

1- ③ 작품의 시작과 결말을 연관지어 보면 작품의 의미가 드러날 수 있다는 관점에서 이 작품이 상징하는 바를 이야기해 보자.

이 문제는 물음이 어색하다. 여기서 제시한 관점은 말할 필요가 없는 관점이다. 모든 작품은 시작과 중간과 끝을 모두 연관지어 보아야 그 의미가 드러난다. 그러므로 작품의 시작과 결말을 연관지어 보면 작품의 의미가 드러날 수 있다라는 말은 무의미한 말이다. 그리고 이 작품이 상징하는 바라고 했는데, 상징이라는 말이 적절치 않다. 그냥 이 작품의 의미일 것이다. 짐작하건대 이 물음은 〈결말 부분의 암시적 의미를 말해 보자〉라는 뜻인 듯한데 아마도 표현을 서툴게 한 것이 아닌가 한다.

한 참고서는 이 문제에 대해 다음과 같은 풀이를 하고 있다.

이 작품의 시작 부분과 결말 부분의 중요한 상징인 〈용머리재〉와 〈외나무다리〉가 미리 제시되고 있다. 만도는 아들 마중을 나가면서 힘들게 용머리재를 올라선다. 이는 만도가 겪는 고통을 상징하고, 또 만도가 과거에 떨어졌던 외나무다리 역시 동일한 기능을 한다. 그런데 결말 부분에서는 두 부자가 힘을 합쳐 어렵게 외나무다리를 건너고, 용머리재가 이를 내려다보고 있다. 이는 시작 부분에서 제시된, 만도와 진수로 대변되는 우리 민족이 겪은 역사적 수난과 연결되어 꿋꿋하게 극복해 나가는 민족의 의지라는 주제의식을 드러내는 것이다.

이 작품에서 외나무다리는 주요한 기능을 한다. 그러나 용머리재는 그냥 배경이 될 뿐인 것 같다. 용머리재를, 만도가 겪는 고통의 상징이라고 보는 것은 무리다. 특히 마지막 문장*에서 이를 민족의 의지로까지 확대 해석하는 것은 지나치다. 이 작품은 그렇게 거창한 작품이 아니다. 이 작품의 가치는, 거창한 민족의 의지나 민족적 전망을 내세우지 않고, 바보처럼 순박하고 아무것도 모르는 착한 사람들에게 비극적 역사가 어떤 상처를 남겼고, 그리고 그 사람들은 그 수난을 어떻게 견뎌 내고 있는가를 보여 주는 데 있다. 여기서 민족의 의지를 말하는 것은, 오히려 이 작품의 이해를 방해하는 것이 된다. 이 문제는 바로 이 작품의 의미와 직결되는 것이기 때문에 뒤에서 보다 자세히 설명하게 될 것이다.

다음 〈학습활동〉 문제는 만도와 진수의 수난을 당대 사회의 전형으로 이해하도록 유도한다.

2-③ (만도의 고통스러운 과거 기억을 되살리는 이야기를 중심으로) 이러한 고통이 당대의 삶을 상징적으로 대표한다는 점에 대하여 설명해 보자.

2-④ (아들을 만난 순간의 절망을 중심으로) 이러한 모습이 당대 사회에서 전형적일 수 있는지 이야기해 보자.

이 두 문제는 결국 동일한 물음이라고 할 수 있다. 즉 만도가 겪은 고통과 진수가 겪은 고통이 당대의 삶을 전형적으로 보여 주는 것인가라는 물음이다. 이러

● 이 문장 역시 정확하지 않다. 〈시작 부분에서 제시된〉이라는 관형구가 꾸미는 말이 무엇인지 모호하다. 아마도 〈역사적 수난〉을 꾸미는 것 같은데, 시작 부분에는 역사적 수난이 제시되지 않았다.

한 물음은 오늘날의 고등학생들이 답하기 불가능한 것이 아닐까 한다. 어떤 인물의 수난이 당대의 전형성을 띠는가 아닌가는 그 시대에 대한 나름대로의 이해가 선행되어야 생각해 볼 수 있다. 일제시대가 어떠했는지, 6·25 전쟁이 어떠했는지 잘 모르는 고등학생들이 만도와 진수의 수난이 당대를 대표하는 전형적인 것인지를 판단할 수는 없다. 오히려 반대가 되어야 한다. 학생들은 이러한 작품들을 통해서 아버지와 할아버지가 살았던 수난의 시대를 조금씩 더 이해하게 된다. 즉, 「수난이대」를 읽고 일제시대와 6·25 전쟁의 역사에 대한 이해의 폭과 구체성을 조금씩 넓혀가게 되는 것이다.

그리고 만도와 진수의 수난이 당대의 삶을 상징적으로 대표한다거나 또는 당대 사회의 전형이라고 말할 수 있을지도 의문이다. 그럴 수 있을 것 같기도 하고 또 그렇지 않은 것 같기도 하다. 어쨌든 상징이나 전형이라는 개념으로 만도와 진수의 수난을 설명하는 것은 적절치 않다. 그보다는 만도와 진수의 수난이 그 시대에 있을 수 있었던 일이며, 그 시대를 드러내 주는 일이라는 식의 이해가 보다 적절할 것이다.

또 교과서는 「수난이대」의 결말이 조화와 화합을 통한 문제 해결이며, 그런 점에서 이 작품이 전통성을 지녔다고 말한다. 다음 물음도 그에 관한 것이다.

4-⑤ (이 작품의 결말을 중심으로) 우리의 전통적인 문제 해결 방식이 조화와 화합을 통한 해결이라는 점과 연관하여 이 작품이 지닌 전통성을 정리해 보자.

이 문제도 물음이 잘못되었다. 조화와 화합이 우리의 전통적인 문제 해결 방

식이라고 전제하고 있지만, 어떤 근거로 그러한가 이해할 수 없다. 상식적으로
생각할 때, 조화와 화합을 통한 문제 해결은 어느 시대 어느 곳에서도 있었고 또
있을 수 있는 것이 아닐까? 결말에서 조화와 화합을 보여 준다고 해서[*] 그 작품
이 전통성을 지녔다고 말하는 것은 억지가 아닐 수 없다. 이 문제에 대해서 참고
서는 다음과 같이 해설하고 풀이한다.

> 우리 민족은 예부터 화합과 조화의 삶을 추구해 왔고, 이것이 전통적인 문제의 해결 방
> 식이었다. 이는 처용가의 내용 구조에서 잘 드러난다. 역신으로 등장하는 부정적 대상
> 을 축출하거나 배제시키려고 하지 않고 화해와 관용의 태도로 그를 물러나게 한다든가,
> 신을 부르고 신을 대접한 후에 신을 보내는 굿의 형식 등에서 이를 잘 볼 수 있다. 관동
> 별곡에서 이미 공부한 대로 우리의 전통적인 문제 해결 방식으로서 이러한 조화와 화합
> 이 어떤 의미를 갖는지도 아울러 생각해 본다.
> 이 작품은 작자가 인식한 삶의 문제와 그에 대한 해결을 긍정적이며 합리적으로 제시하
> 고자 했다. 특히 이 작품이 작자의 미래 지향적인 가치관을 반영하고 있다는 점에서 우
> 리 민족의 고유한 정서와 현실 인식인 정신적인 고양에 의한 갈등의 해소, 이른바 한풀
> 이라고 말하는 태도의 긍정적 의미를 생각해 볼 수 있다.

도대체 무엇을 말하려고 하는가 잘 알 수가 없다. 해설과 풀이가 더 어렵다.
처용가와 굿과 관동별곡이 어째서 화합과 조화를 통한 문제 해결인지 이해할 수
없다. 설사 그런 작품에서 조화와 화합이 강조되었다고 해도, 그 조화와 화합이
란 것이 인류 보편적인 것이지 우리만의 전통이라고 보기는 어렵다. 그리고 삶의

---

[*] 「수난이대」의 결말이 조화와 화합을 보여 준다는 진술도 의심스럽다. 이 작품의 결말은
불구가 된 부자가 서로 도우며 어려움을 헤쳐나가는 모습을 보여 준다. 조화와 화합이란 대
립적인 두 힘 혹은 가해자와 피해자 사이에서 이루어지는 것이다. 「수난이대」에서 가해자는
비극적인 역사이며 피해자는 만도와 진수이다. 피해자끼리 도우며 살아가는 모습을 두고,
조화와 화합의 결말을 보여 준다고 말하는 것은 잘못이 아닐까?

문제와 그에 대한 해결을 긍정적이며 합리적으로 제시했다고 했는데, 어떤 점에서 긍정적이고 합리적인가도 이해할 수 없다. 작가는 부자의 수난을 긍정했는가? 아닐 것이다. 또 작가의 태도에서 합리적이라고 굳이 말할 만한 것이 있는가? 별로 없어 보인다. 더구나 미래 지향적인 가치관, 정신적인 고양에 의한 갈등의 해소, 한풀이라고 말하는 태도의 긍정적 의미 등등의 어려운 말들은 이 작품과는 전혀 관련이 없다고 단정할 수 있다. 이러한 해설과 풀이는 어려울 뿐만 아니라 말도 안 되는 것이어서 학생들을 혼란스럽게 할 뿐인 것 같다.*

어떻게 가르칠 것인가

교과서의 설명들과 참고서를 보다 보면 「수난이대」는 매우 어려운 작품처럼 생각된다. 그러나 「수난이대」는 이해하기 쉬운, 단순한 작품이다. 대부분의 고등학생들은, 아무 설명 없이도 줄거리만 잘 따라가면 그 내용을 파악할 수 있을 것이다.

「수난이대」는 우선 불구가 된 아버지와 아들의 이야기다. 아버지 만도는 젊은 시절에 한쪽 팔을 잃었고, 아들 진수는 한쪽 다리를 잃었다. 기구하고 불행한 삶이 아닐 수 없다. 그러나 아버지와 아들은, 성한 팔을 가진 아들이 아버지의 잃은 팔을 대신해 주고 또 성한 다리를 지닌 아버지가 아들의 잃은 다리를 대신해 주는 모습을 보여 줌으로써, 그 고난에 절망하지 아니하고 굳건하게 살아감을 암시한다. 이것이 「수난이대」의 일차적인 내용이며, 이러한 내용 정도는 보통의 고등

학생 수준에서 쉽게 파악할 수 있는 것이다.

그 다음에 생각해 볼 문제는 외나무다리의 암시적 의미이다. 이 소설에서 외나무다리는 중요한 기능을 한다. 그것은 아들이 외다리로 돌아올 것임을 암시하는 복선이기도 하고, 또 세상살이의 어려움을 암시하는 상징이기도 하다. 만도는 외나무다리를 건너다 빠져서 곤욕을 치른 적이 있다. 그 에피소드는 팔병신으로 세상을 살아가기가 그처럼 서럽고 어렵다는 것을 암시한다. 더구나 아들은 한쪽 다리가 없기 때문에 외나무다리를 건널 수조차 없다. 그런 아들을 아버지가 업어서 외나무다리를 건넌다. 이 마지막 에피소드는, 불구로 살아가기가 외나무다리 건너는 것처럼 어렵지만 그래도 부자가 서로 도우며 절망하지 아니하고 살아간다는 것을 암시한다.

「수난이대」의 이해에서 가장 중요한 점은, 아버지와 아들이 불구가 된 이유이다. 만도는 일제시대에 남양으로 징용 끌려가서 팔을 잃었고, 진수는 6·25 전쟁에 나가서 다리를 잃었다. 이러한 소설적 설정에 의해서 「수난이대」는 단순히 불구가 된 아버지와 아들의 이야기에 그치는 것이 아니라 지난 시대에 우리가 겪었던 수난의 역사에 대한 이야기가 된다. 일제에 의한 태평양 전쟁과 민족 상잔의 6·25 전쟁은 우리 민족에게 엄청난 수난을 안겨 주었다. 작가는 그 두 전쟁 때문에 팔을 잃은 아버지와 다리를 잃은 아들의 비극을 통하여 간접적으로 수난의 역사를 고발한다. 즉, 독자로 하여금 무엇 때문에 만도와 진수 부자가 그와 같이 불구의 몸이 되는 수난을 겪어야 하는가를 생각하게 만드는 것이다. 여기에 이 작품의 가장 중요한 의미가 있다.

　「수난이대」의 이해에서 또 한 가지 눈여겨보아야 할 점은, 등장인물의 성격이다. 교과서와 참고서에는 쓸데없는 많은 설명들이 있지만, 정작 꼭 필요한 만도와 진수의 성격에 대한 설명은 없다. 그러나 만도와 진수 특히 만도의 성격에 대한 이해는 「수난이대」의 깊고 올바른 이해를 위해서 꼭 필요하다. 이 작품에는 만도의 성격을 드러내 주는 장면이 많다. 만도는 손가락으로 마른 코를 풀기도 하고, 주막 여자에게 농을 치며 거드름을 피우기도 하고, 아무데서나 오줌을 누기도 한다. 그런가 하면 외나무다리에 빠졌을 때의 행동은 만도가 매우 순박하고 어리숙한 사람임을 보여 준다. 또 남양으로 끌려갈 때와 도착했을 때의 철없는 모습 또한 그가 어리숙하고 또 아무것도 모르는 낙천적인 사람임을 보여 준다. 특히 징용 끌려가면서도 남태평양 바다의 장엄한 석양을 보고 감탄하기 바쁜 그런 단순한 사람이다. 만도는 역사가 무엇인지, 자기와 자기 아들이 왜 전쟁에 끌려나가야만 하는가를 고민할 줄도 모르는 그런 순박하고 어리숙한 사람인 것이다. 「수난이대」에서 진수에 대한 묘사는 별로 없지만, 그래도 몇 마디의 대화나 풀이 죽어 아버지를 따라가는 모습이나 아니면 문턱에 걸터앉아 국수를 먹는 모습을 보면, 진수 또한 만도처럼 어리숙하고 착한 성격임을 짐작할 수 있다.

　이러한 인물의 성격은 이 작품에서 두 가지 중요한 기능을 한다. 하나는 그들을 불구로 만든 두 번의 전쟁, 즉 수난의 역사의 잔혹성과 부당성을 강조하는 기능이다. 만도는 무엇 때문에 징용에 끌려가야 하는지, 그것이 얼마나 억울하고 분통터지는 일인지도 잘 모른다. 그는 역사가 무엇인지 전쟁이 무엇인지도 모르는 사람이다. 작가는 만도와 같은 성격을 등장시켜, 이런 순박하고 단순한 사람을 희생시키는 전쟁의 잔혹성과 부당성을 은연중에 강조하고 있는 것이다.

그런가 하면 만도의 성격은, 이 소설의 결말에 개연성을 주는 기능을 하기도 한다. 사실 이 소설의 결말은 좀 갑작스럽다. 외동아들이 불구가 되어 돌아왔는데, 만도는 그 절망감을 너무 쉽게 그리고 빨리 극복하고 오히려 아들을 위로하기까지 한다. 다리 불구가 되어 돌아온 아들을 보고 절망감에 빠져 있다가 주막에서 술 한잔 마시고 곧 그 절망감에서 벗어나 주어진 상황을 순순히 받아들인다. 이것은 보통 사람이라면 쉽게 그럴 수 없는 일이다. 즉 그 자체만으로는 개연성이 부족하다. 그러나 만도의 성격이라면 그것이 가능하다. 그는 너무 단순하고 어리숙하고 또 낙천적인 사람이다. 아내를 두고 징용 끌려가면서도 아무렇지도 않았고, 배 멀미에도 잘 견뎠고, 또 철없이 남태평양의 석양에 감탄하기도 하는 그런 사람이다. 그런 성격이기 때문에 아들 진수의 불구에 대해서도 잠시 절망감과 분노를 느꼈지만 술 한잔 마시고는 곧 풀어져서 열심히 살아갈 태도를 보여주는 것이다. 만약 만도의 성격이 이런 식으로 설정되어 있지 않았다면 이 작품은 억지스런 작품이 되고 말았을 것이다.

전체 줄거리를 파악하고 나아가 외나무다리의 암시적 의미, 부자가 불구가 된 이유, 등장인물들의 성격과 그 기능 등을 이해하면 「수난이대」의 감상은 충분할 것이다. 그러나 마지막으로 이 작품의 결말에 대해서 좀더 생각해 보기로 하자.

앞서 말한 대로 아버지가 아들을 업고 외나무다리를 건너는 마지막 장면은, 불구가 되는 수난을 당해도 절망하지 않고 부자가 힘을 합해 열심히 살아갈 것임을 암시한다. 그래서 이 마지막 장면은, 이 소설에서 매우 중요하고 또 감동적인 장면이기도 하다. 그러나 이 마지막 장면을 두고, 우리 수난을 극복해 나가는 민족적 의지를 보여 준다는 식으로 확대 해석하는 것은 곤란하다. 외나무다리의 결말이 민족의 의지가 될 수는 없을 것 같다. 그것은 개인의 태도는 될 수 있지만 민족의 태도가 되기에는 적절치 않다. 개인의 수난이라면 그것은 과거를 잊어버리고 앞으로 살아갈 궁리만 하면 되겠지만, 민족의 수난이요 역사의 문제라면 과거를 그렇게 쉽게 잊어버려서는 안 되기 때문이다. 민족적 차원에서의 극복이란, 망각이 아니라 기억을 통해서 잘못된 역사의 원인을 밝히고 나아가 그런 잘못된 역사가 되풀이되지 않도록 대비하는 것이어야 할 것이다. 이런 점에서, 외나무다리의 결말에서 수난 극복의 민족적 의지를 읽어 내는 것은 타당하지 않다.

부자가 서로 의지해서 난관을 헤쳐 나가는 마지막 장면이 감동적이긴 하지만, 감상의 초점이 너무 거기에만 주어지는 것도 별로 바람직하지 못하다. 그렇게 되면 이 작품은 너무 감상적인 휴먼드라마가 되어 버리고 만다. 이 작품이 값싼 낙관주의에서 벗어날 수 있었던 것은, 두 개의 전쟁과 부자의 불구를 대응시킨 구성 때문이라고 할 수 있다. 순박한 부자를 불구로 만든 잘못된 역사에 감상의 초점을 두고 볼 때, 외나무다리의 결말은 그렇게 긍정적이고 또 낙관적인 것이 아닐 수도 있다. 즉, 엄청난 수난의 역사 속에서 순박한 사람들은 그렇게 참고 견디며 살 수밖에 없다는, 다소 씁쓸한 인식이 담긴 것으로 볼 수도 있다.

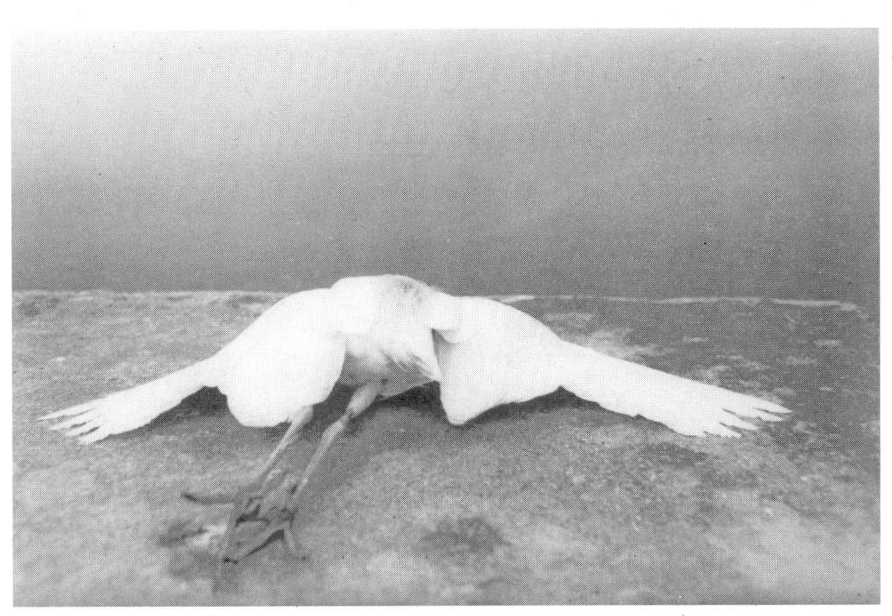

학마을 사람들 이 범 선

줄 거 리

강원도 두메에 학마을이라고 불리는 조그만 마을이 있었다. 오래 전부터 매년 봄이면 학이 그 마을에 찾아와서는 늙은 소나무에 둥지를 틀었다. 마을 사람들은 학을, 자신들의 소원을 들어주고 또 자신들을 지켜 주는 소중한 존재로 여겼다. 그런데 일본에게 나라를 빼앗긴 해부터 학이 날아들지 않았고, 그러자 마을은 피폐해졌다. 해방이 되던 해 학은 다시 날아들었고, 사람들은 크게 기뻐하였다. 다음해에도 학이 날아왔고, 그해 가을에 덕이와 봉네는 혼인을 했다. 그러나 봉네를 좋아하던 바우는 마을을 떠났다. 그 다음 어느 해, 학의 새끼 한 마리가 나무에서 떨어져 죽는 불길한 일이 생기더니, 얼마 후 인민군이 마을에 들어왔다. 바우도 돌아와서 인민위원장이 되었다. 그러나 마을 사람들은 바우 말을 잘 따르려 하지 않았다. 바우는 화가 나서 총으로 학 한 마리를 쏘아 죽였다. 마을 사람들은 크게 걱정했다. 그 다음날로 인민군과 바우는 북으로 쫓겨갔다. 한 마리 남은 학이 새끼 학을 키우고 있었는데, 9월 어느 날 갑자기 사라졌다. 그러자 오랑캐들이 몰려온다는 소식이 전해졌고, 마을 사람들은 모두 마을을 버리고 피난을 갔다. 전쟁이 끝나고 마을 사람들은 갖은 고생 끝에 다시 학마을로 돌아왔지만, 학마을은 폐허가 되어 있었다. 박 훈장은 시체로 발견되었고, 얼마 후 이장도 죽었다. 그러나 마을 사람들은 다시 집을 짓고 농사를 짓기 시작했다. 그리고 덕이와 봉네는, 학이 돌아오길 바라는 마음에서 어린 소나무를 한 그루 심었다.

배우기에 적절한 작품인가

이범선의 단편소설 「학마을 사람들」은 중학교 2학년 국어교과서에 실려 있다. 줄거리를 통해서 이해하면, 「학마을 사람들」은 꽤 길고 복잡한 작품처럼 생각될 수도 있다. 그러나 「학마을 사람들」의 내용은 아주 단순하다. 마을에 나쁜 일이 있을 때는 학이 떠나가고, 좋은 일이 있을 때는 학이 날아온다는 것이 그 내용이다. 그런데 작가는, 마을의 좋은 일과 나쁜 일을 큰 역사적 사건과 결부시키고 있다. 1910년 한일합방이 되던 해부터 학은 날아오지 않았고, 1945년 해방이 되던 해부터 다시 학이 날아왔다. 그러다가 1950년 6·25 전쟁이 발발하던 해는 새끼 학이 떨어져 죽고, 또 바우가 학 한 마리를 죽였다. 또 1·4 후퇴 때에는 학이 날아가 버렸다. 그리고 전쟁으로 인해서 마을이 폐허가 되었다. 이처럼 「학마을 사람들」은 학의 부재를 통하여 일제시대와 6·25 전쟁의 부당성을 말하고 있는 작품이다. 그러나 그 구성이 너무나 단순하다. 어떻게 보면, 나라에 나쁜 일이 생기면 학이 날아오지 않고 나라에 좋은 일이 생기면 학이 날아왔다는 것이 주된 내용이다. 물론 봉네와 덕이와 바우의 갈등이 약간 들어 있지만, 그것도 스스로 이야기를 전개시키는 힘을 갖지 못하고, 학 이야기를 보조할 뿐이다.

「학마을 사람들」에는 갈등을 풀어 가는 주체적인 힘이 없다. 그리고 엄격하게 말해서 갈등다운 갈등도 없다. 그냥 나쁜 일이 생기면 학이 오지 않고, 좋은 일이 생기면 학이 올 뿐이다. 등장인물들은 거기에 수동적으로 반응할 뿐이다. 이런 점에서 「학마을 사람들」이란 작품은 구성이 없는 작품이라고 말할 수도 있다. 사건의 시간적 진행만 있고 인과적 진행이 없는 이야기는, 구성이 없는 거나 마찬가지다.[●] 그렇다고 「학마을 사람들」이 우리 민족의 삶이나 역사에 대해서 어떤 상징성을 띠고 있는 것도 아니고, 또 사실적인 작품도 아니다. 다시 말해 「학마을 사람들」은 우리의 지난 삶과 역사를 보여 주는 데 별로 성공하지 못한 작품이다. 지금까지 「학마을 사람들」이 한국 현대 단편소설의 대표명작으로 존중되었다면, 그것은 잘못된 평가일 것 같다.

뿐만 아니라, 요즘 중학생들에게 「학마을 사람들」의 상황과 배경과 언어는 아주 낯선 것이다. 학생들이 먼 나라의 이야기를 읽는 것과 같은 느낌을 받을 것이고, 나아가 정서적으로 몰입하기도 퍽 어려울 것이다. 그리고 단순한 줄거리임에도 불구하고 무슨 이야기인지 그 의미를 파악하는 데 어려움을 느낄 것이다. 「학마을 사람들」을 이해하기 위해서는 최소한 우리 근대사에 대한 이해가 전제되어야 한다. 즉 일제의 지배와 6·25 전쟁이 우리 민족에게 끼친 고통이 어떤 것인가에 대해서 어느 정도 알고 있어야 한다. 중학교 2학년 학생들 가운데 그러한 이해를 지니고 있는 학생은 많지 않을 것이다. 한 마디로 「학마을 사람들」은 학생들이 흥미를 느낄 수 없는 작품일 것이다.

「학마을 사람들」은 그 자체로 좋은 작품도 아니고, 또 중학생들이 관심을 갖고 흥미를 느낄 만한 작품도 아니다. 그런데도 오랫동안 중학교 국어교과서에 실려 있으며, 더구나 구성이 거의 없다고 말할 수 있는 작품이 〈소설의 구성〉이란 단원에 실려 있다. 이것은 교과서 편찬자들의 문학적 식견이 자격 미달임을 뜻한다고밖에 볼 수 없다. 「학마을 사람들」은 중학교 국어교과서에 싣기에는 적절치 못한 작품이라고 판단된다.

[●] 구성을 플롯(plot)이라고 본다면, 사건의 시간적 나열은 구성이 아니다. 사건과 사건 사이에 필연적 인과성이 있게 연결되어야 비로소 플롯이 된다. 포스터의 널리 알려진 설명에 의하면, 〈왕이 죽고 왕비가 죽었다〉는 스토리이고 〈왕이 죽자 그 슬픔에 못 이겨 왕비도 죽었다〉라고 하면 플롯이 된다. 이렇게 본다면 「학마을 사람들」에서는 학의 부재와 나쁜 일의 발생만 필연적 연관이 있을 뿐 그 외는 모두 평면적인 사건의 시간적 나열에 불과하다. 이런 점에서 「학마을 사람들」은 구성이 없는 작품이라고 말할 수도 있다.

어떻게 가르치고 있는가

국어교과서의 교사용 지도서는 「학마을 사람들」에 대해서 다음과 같이 설명한다.

이 소설은 전후소설의 한 유형에 속한다. 한 마을을 무대로 해서 6·25에 얽힌 이야기를 서술함으로써 6·25의 비극적 성격을 효과적으로 전달하고 있다. 특히, 전쟁이라는 재앙이 평범한 삶을 살아가는 사람들에게 어떻게 영향을 미치고 있는지를 담담하게 서술함으로써 삶과 세계에 대한 성찰의 계기를 마련해 주고 있다.

「학마을 사람들」은 전후소설이라고 말할 수 있다. 왜냐하면 이 작품은 전쟁 후에 씌어진 작품이기 때문이다. 그러나 일반적으로 전후소설이라고 하면, 그 이전의 소설들과는 변별되는 어떤 특성을 보여 주는 작품들을 일컫는다. 전쟁의 참혹과 충격을 겪고 난 이후, 세계와 삶에 대한 이전과는 다른 인식을 보여 주는 작가들을 전후 작가라고 말하고, 그들의 작품을 전후작품이라고 말한다. 이들의 작품에서는 일반적으로 기존의 가치에 대한 부정과 허무의식과 절망감이 짙게 드러난다. 장용학이나 손창섭 같은 작가의 작품들이 그러하다. 어떤 작품을 굳이 전후소설이라고 언급할 때는 이런 특성의 사회적 배경을 강조하기 위해서이다. 그러나 「학마을 사람들」은 이러한 전후소설의 특성을 보여 주지 않는다. 전후소설의 특성을 갖지도 않은 작품을 두고, 그 작품이 전쟁 후에 씌어졌다고 해서 전후소설이라고 말하는 것은, 틀린 말은 아닐지라도, 무의미한 지적이다.

 교과서에 실린 문학작품을 어떻게 가르칠 것인가

또한 「학마을 사람들」이 6·25의 비극적 성격을 효과적으로 전달하고 있다는 지적, 그리고 전쟁의 재앙이 평범한 사람들의 삶에 어떤 영향을 미치는가를 잘 보여 준다는 지적도 동의하기 어렵다. 이 작품에서 6·25 전쟁은, 일제시대와 함께 중요한 배경이 되고 있다. 그렇지만 6·25 전쟁의 참상이 실감나게 그려져 있는 것은 아니며, 그것의 비극적 성격을 파헤치고 있는 것도 아니다. 전쟁과 직접적인 연관이 있는 학마을 사람들의 시련은, 마지막 부분에서 간단히 언급된 피난길의 고생과 폐허가 되어 버린 마을이 전부이다. 인민군이 잠시 학마을을 지배하지만, 그들의 횡포는 그리 심하지 않다. 바우가 학을 쏘아 죽이고, 마을 사람들을 위협한 것이 전부이다. 이런 정도의 전쟁에 대한 묘사나 언급은, 전쟁을 배경으로 하고 있는 소설에서 쉽게 만날 수 있는 것이다. 오히려 「학마을 사람들」은 전쟁을 배경으로 하면서도 전쟁에 대한 묘사나 언급이 적은 편에 속한다. 이런 점에서 「학마을 사람들」은 6·25 전쟁의 참상을 사실적으로 보여 주려는 의도에서 씌어진 작품이 아니다.

한편, 마을을 떠났던 바우가 인민위원장이 되어 마을 사람들과 불화를 일으킨다는 점에서 6·25의 비극적 성격을 생각해 볼 수도 있다. 일반적으로 6·25의 비극적 성격이라고 하면, 그것이 동족상잔의 전쟁이었으며, 민족의 뜻과는 상관없는 대리 전쟁이었다는 점일 것이다. 덕이와 바우는 어릴 때부터 같은 마을에서 사이좋게 자랐다. 두 사람 모두 봉네를 좋아했지만, 봉네는 덕이와 결혼했기 때문에 바우는 마을을 떠났다. 그 후 바우는 인민군이 되어 고향으로 돌아와 덕이와 적대적 관계가 된다. 친구가 적이 되었다는 점은 동족상잔의 비극성을 암시한다고 볼 수도 있다. 그렇지만, 이 작품에서 덕이와 바우의 적대적 관계는 그렇게 심각하지도 않고 또 중심 사건으로 발전하지도 않는다. 바우가 학을 죽인 그 다음날로 바우가 없어져 버림으로써 덕이와 바우의 갈등은 더 이상 작품에 나타나지 않는다. 따라서 「학마을 사람들」이 6·25 전쟁의 비극적 성격을 효과적으로 전달하는 작품이라고 말하는 것은 지나치다.

「학마을 사람들」이 말하고자 하는 바는 우리 민족이 겪은 6·25 전쟁의 참상이 아니다. 또 6·25 전쟁이 지닌 비극적 특성을 밝혀 내고자 하는 것도 아니다. 이 작품은 일제시대와 6·25 전쟁으로 이어지는 우리 현대사의 비극이 순박한 사람들의 삶에 끼친 고통을 말하고자 했으나, 별로 성공적이지 못한 것처럼 보인다. 이런 점에서 교사용 지도서의 설명은 부적절하다. 그리고 삶과 세계에 대한 성찰의 계기를 마련해 주는 작품이라고 했지만, 어떤 면에서 그러한지 알 수 없다.

다음은 교과서의 〈학습활동〉 문제를 살펴보기로 하자.

1. 「학마을 사람들」을 읽고, 소설의 구성과 관련된 다음 물음에 답해 보자.
   ① 이 작품에서 전개된 사건들을 일이 일어난 순서대로 말해 보자.
   ② 이 작품의 중심 사건은 무엇인가?
   ③ 이 작품에 나타난 사건과 사건 사이의 인과관계를 말해 보자.
   ④ 이 작품의 사건 전개 과정을 구성 단계에 따라 나누어 보자.

앞서 지적한 대로 「학마을 사람들」은 구성이 빈약한 작품이므로 구성과 관련하여 공부할 여지가 별로 없다고 할 수 있다. ①번 문제는, 중학교 2학년의 수준에서도 너무 쉬운 문제이다. 이 작품에서 시간적 순서대로 되어 있지 않은 부분은 첫 부분뿐이다. 나머지는 모두 시간적 순서대로 되어 있다. 사건을 시간적 순서대로 파악하는 일은 작품의 이해 과정에서 기본이 되지만, 이 작품에서는 거의 불필요한 일이다. 「학마을 사람들」은 거의 시간적 순서대로 사건이 진행되는 평면적인 작품이다.

②번 문제와 ③번 문제는 답하기가 곤란하다. 이 작품에는 특별히 중심이 될 만한 사건이 없다. 여러 개의 사건들이 시간적 순서대로 나열되어 있을 뿐, 특별히 줄거리를 끌고 가는 사건은 없다. 바우가 마을 떠난 일, 바우가 학을 죽인 일, 학이 나무에서 떨어져 죽은 일, 학이 마을에서 사라진 일, 오랑캐가 쳐들어와 피난을 가게 된 일 등등 그 어느 것도 중심 사건이라고 말할 수 없다. 그리고 이 작품에는 특별히 주목할 만한 인과관계도 발견되지 않는다. 사건들이 소설 내적인 갈등이나 인과관계에 의해서 진행되는 것이 아니라 시간적 순서에 따라서 나열될 뿐이다. 가령 바우와 마을 사람들이 갈등을 일으키는 것도 봉네가 덕이와 결혼했기 때문이라기보다는 우연히 바우가 인민군이 되었기 때문이다. 또 마을 사람들이 피난을 가서 고생을 한 것이나 마을이 불탄 것도 소설 안에서는 그 원인이 되는 일을 찾을 수 없다. 그러므로 「학마을 사람들」에서 사건과 사건의 인과관계를 말하는 것은 무의미하다.

④번의 문제는, 이 작품을 〈발단-전개-위기-절정-결말〉의 단계로 나누어 보라는 뜻인 것 같다. 실제로 시중의 참고서들은 이 작품의 구성을 모두 5단계로 나누고 있다. 그렇지만 어느 단계가 어느 부분까지인가는 약간의 차이를 보인다.* 원래 5단계 구성은 고전적인 드라마에서 흔히 사용되는 구성 방식이다. 처음에

---

* 발단을 113쪽 18줄까지로 나눈 참고서들이 대부분이지만, 116쪽 2줄까지로 나눈 참고서도 있다. 또 전개를 대개 123쪽 8줄까지로 나누고 있지만, 어떤 참고서는 120쪽 21줄까지로 나누고 있다. 일반적으로 참고서의 내용은 거의 차이가 없는데, 작품의 구성 단계 구분에서 이러한 차이를 보이는 것은 예외적이다. 이런 차이가 생기는 까닭은, 이 작품을 5단계 구성으로 구분하는 것 자체가 무리이기 때문일 것이다.

어떤 사건이 발생하고(발단) 그 사건이 좀더 복잡하고 심각하게 얽히고(전개) 그래서 관련된 인물들이 위기에 빠지고(위기) 사건의 긴장이 극도로 고조되고(절정) 이어서 사건이 해결되는(결말) 것이 5단계 구성이다. 이런 구성 방식은 현대소설에서 별로 사용되지 않는다. 중학생들에게 소설의 구성을 가르치면서 이런 구성 방식부터 가르치는 것은 학생들이 모든 소설의 구성은 다 그런 것이라고 잘못 이해할 여지가 있다. 뿐만 아니라, 이런 5단계 구성은 「학마을 사람들」에 전혀 맞지 않는 것이다. 어떤 중심 사건이 있을 때 그에 따라 발단과 전개와 위기가 있는 것이지, 중심 사건도 없는데 그런 것이 있을 수가 없다. 가령 대부분의 참고서는 마을 이장과 서당 훈장이 그들의 손자를 징병에 보내고 낙담한 채 마을 영마루에 앉아 있는 첫 부분, 즉 113쪽 18줄까지를 발단으로 보고 있다. 손자들이 왜놈들의 병정으로 끌려간 사건이 계속해서 다른 사건을 낳고 작품의 줄거리를 끌고 간다면 이 부분을 발단이라고 말할 수 있다. 그러나 「학마을 사람들」에서 이 사건이 다음 사건으로 연결되지 않으므로 발단이라고 할 수 없다. 그 다음 전개가 되는 부분은, 학과 함께 아름답고 평화롭게 살던 옛날 이야기와 일제시대 때 이야기 그리고 해방 후 바우가 마을을 떠날 때까지로 나누고 있다. 이 부분 역시 학마을에 이런 일들이 있었음을 말하고 있을 뿐, 발단의 사건을 이어받아 사건을 더욱 앞으로 전개시키고 있지는 않다. 이런 식으로 「학마을 사람들」의 전체를 살펴보아도 마찬가지다. 「학마을 사람들」을 5단계 구성으로 나누는 것뿐만 아니라, 「학마을 사람들」을 두고 구성을 말하는 것 자체가 무리다.

2. 「학마을 사람들」을 읽고, 다음 물음에 답해 보자.

　① 이 작품의 줄거리를 말해 보자.

　② 이 작품의 배경을 말해 보자.

　③ 이 작품에 나오는 인물의 성격을 말해 보자.

　④ 바우가 왜 마을을 떠났는지 말해 보자.

　⑤ 이 작품의 주제를 말해 보자.

　작품의 줄거리와 배경을 파악하는 일은 소설 읽기의 기본이다. 그러나 ①번 문제는 1-①번 문제와 결국 같은 문제이다. 사건의 시간적 순서를 파악하면 저절로 줄거리가 파악되기 때문이다. 「학마을 사람들」에서 배경을 파악하는 일은 특히 중요하다. 왜냐하면 이 작품은 우리 현대사를 배경으로 하고 있는데, 그에 대한 일정 정도의 지식과 이해가 없으면 이 작품을 이해할 수 없기 때문이다.

　③번 문제는 인물들의 성격에 대해서 묻고 있다. 「학마을 사람들」에는 특별한 개성을 지닌 인물이 등장하지 않는다. 이장, 훈장, 봉네, 덕이, 바우 등 모든 등장인물들이 평범하다. 주인공이라고 내세울 만한 사람도 없다. 그냥 순박하게 살아가는 사람들일 뿐이다. 따라서 이 작품에 나오는 인물들의 성격에 대해서는 말할 것이 없다.

　④번은 간단한 물음이므로 그냥 넘어가고, ⑤번 문제를 생각해 보자. 필자가 자주 강조하는 바이지만, 문학작품의 주제를 한 구절로 말하기 곤란한 경우가 많다. 그래서 시나 소설의 주제를 한 구절로 정리하는 일이 문학교육 현장에서 없어지기를 바란다. 「학마을 사람들」의 경우도 굳이 주제를 한 구절로 정리할 필요

가 없다고 판단된다. 작품의 이해는 한 구절의 주제 정리로 되는 것이 아니다.

참고서들을 보면, 「학마을 사람들」의 주제로 한결같이 민족의 수난과 극복의지를 말한다. 「학마을 사람들」이 민족의 수난에 대해서 이야기하고 있는 것은 분명하다. 그러나 극복의지를 말하는 것은 지나치다. 이 작품에서 등장인물들은 역사나 상황에 대해서 매우 수동적이다. 적극적으로 상황을 바꾸어 보려는 노력이나 생각은 전혀 하지 않는다. 마을의 어떤 사람도 상황을 개선시키려는 행동을 보여 주지 않는다. 마을의 운명을 학에게 맡기고 있으며, 심지어는 자신들의 결혼까지도 학이 정해 준다고 믿는다. 작품의 결말 부분에, 덕이와 봉네는 어린 소나무를 마을에 다시 심는다. 이 행위는 소나무가 커서 학이 찾아오고 마을이 다시 행복하고 풍요로워지기를 갈구하는 희망의 마음을 나타낸다. 그러나 이것을 극복의지라고 말하기는 곤란하다.

한편, 극복의지가 꼭 강해야만 좋은 작품인 것은 아니다. 수난을 다룬 작품이라 하더라도, 그 작품의 성격에 따라서 극복의지가 강조되어야 할 것이 있고 그럴 필요가 없는 것도 있다. 「학마을 사람들」의 경우, 작가는 학과 같이 살고 학을 사랑하는 사람들의 깨끗하고 순박한 삶을 소중하게 그렸다. 비극의 역사는 그런 삶에 고통과 수난을 가했지만, 우리 민족은 여전히 그런 삶을 추구한다는 점을 강조했다. 「학마을 사람들」에서 극복의지의 문제는 별로 중요하지 않다.

 교과서에 실린 문학작품을 어떻게 가르칠 것인가

「학마을 사람들」은 일제 지배와 6·25 전쟁이라는 수난의 역사 속에서 우리 민족이 겪은 고통을 그리고 있다. 그러나 그 참상을 사실적으로 그린 것이 아니라 학을 매개로 해서 우리 민족이 가장 소중하게 생각했던 가치 또는 마음의 고향이 어떤 것이며, 수난의 역사가 그것을 어떻게 황폐화시켰는가를 보여 준다. 그러나 「학마을 사람들」은 썩 잘된 작품도 아니고 또 중학교 2학년들이 읽기에 적합한 작품도 아니다. 특히 〈소설의 구성〉 단원에서 가르칠 만한 작품은 아니다. 따라서 이 작품을 중학교 2학년들에게 어떻게 가르칠 것인가도 어려운 문제이다.

우선 중학교 2학년 수준에서는 이야기 차원에서 소설을 가르치는 것이 좋다고 생각한다. 즉, 어떤 시대의 어떤 사람들은 이런 저런 일들을 겪으면서 살았다고 이해시켜 주는 것이다. 이를 통해서 학생들은 그들의 삶을 간접 체험하고 나아가 세계에 대한 이해를 넓힐 수 있을 것이다. 「학마을 사람들」의 경우도, 이 작품을 통하여 학생들이 지난 시절의 삶의 한 측면을 알게 해 주면 될 것 같다.

「학마을 사람들」의 시간적 배경은 구한말에서부터 6·25 전쟁이 끝났을 때까지 거의 50년 이상의 기간이다. 이 기간 동안 우리 민족은 매우 큰 시련을 겪었다. 나라를 잃고 36년 동안 식민지 백성으로 고통을 당해야 했으며, 3년 동안 동족상잔의 비참한 전쟁을 겪어야 했다. 6·25 전쟁 때는 형제끼리 적이 되어 싸워야 했으며, 많은 사람이 죽고 삶의 터전이 폐허가 되었다. 이러한 비극적인 역사에 대해서 학생들이 어느 정도 이해하고 있어야 한다. 그 이해의 바탕 위에서라야만 「학마을 사람들」의 의미가 이해되기 때문이다.

우리 근대사를 어느 정도 이해한 학생은 학이 언제 마을을 떠나고 언제 마을에 돌아오게 될지 저절로 알게 될 것이다. 학은 나라가 평온할 때는 늘 찾아와 함께 살지만, 나라가 위기에 처했거나 불행에 빠졌을 때는 찾아오지 않는다. 학은 좋은 세상일 때는 날아오고 나쁜 세상일 때는 날아오지 않는, 신비로운 존재로 그려져 있다. 학생들은 여기서 역사와는 다른 이야기 또는 소설의 매력을 느낄 수도 있고, 학의 존재에 대해서 더 깊은 관심을 가질 수도 있을 것이다.

「학마을 사람들」에서 학은 나라의 재앙을 미리 알고 있을 뿐만 아니라, 사람들의 소원을 이루어 주기도 하고 또 혼인을 정해 주기도 한다. 학은 신령스런 힘을 지닌 존재이다. 그래서 사람들은 학이 날아오면 잔치를 하며 즐거워하고, 학을 무엇보다 소중히 여기고 좋아한다. 학과 같이 그 모습이 순결하고 우아한 대상을 존중하고 소중히 여기며, 그것이 선하고 신령스런 힘을 지니고 있다는 믿음은 전통적인 한국인들의 삶에서 흔한 것이다. 오래된 큰 나무가 마을을 보호한다고 믿는다거나 큰 바위에 빌면 소원이 이루어진다고 믿는다거나 또 까치가 울면 반가운 손님이 찾아온다고 믿는 것 등이 다 그러하다.

뿐만 아니라 학은 그 순결한 흰색 때문에 백의민족이라 불리는 우리 민족이 특히 좋아했던 새이다. 기품이 있고 우아한 사람은 학과 같다고 칭송되기도 했다. 학처럼 기품 있고, 순결하고, 평화롭고, 선하게 오래 사는 것이 우리 민족의 전통적인 소망이기도 했다. 이런 점들을 생각하면, 〈학마을〉이란 바로 우리 민족의 마음의 고향과 같은 곳이며, 학마을 사람들의 삶이란 우리 민족이 추구해 온 선하고 아름답고 평화로운 삶이라고 할 수 있다. 이것은 소설의 첫 부분 학마을에 대한 아름다운 묘사와 조금 뒤에 나오는 학마을 사람들의 평화로운 삶에 대한 묘사에서도 짐작될 수 있다.

　학의 의미를 이렇게 이해할 때, 「학마을 사람들」의 의미는 보다 분명해진다. 「학마을 사람들」은 일제시대와 6·25 전쟁이 우리 민족의 삶에 어떤 피해와 고통을 주었는가를 보여 준다. 그렇지만 그 참상을 사실적으로 보여 주는 데 치중하기보다는, 학의 의미를 통해서 잘못된 역사가 훼손한 우리의 가장 소중한 가치가 무엇인지를 말하고자 한다. 비극적 역사는 그냥 사람들을 못살게 만든 것이 아니라, 마음의 고향인 학마을을 파괴해 버렸다는 것이다. 만약 「학마을 사람들」의 장점을 찾는다면 바로 이 점일 것이다.

　「학마을 사람들」에는, 요즘 중학생들에게는 낯설고 이해하기 어려운 부분들이 여럿 있다. 학이 신령스런 힘을 지녔다는 점도 그럴 것이고 몇몇 역사적 사실도 그럴 것이다. 학생들은 일제시대의 징병에 대해서나, 6·25 때 인민군에게 점령당한 마을의 삶에 대해서 그리고 인민군이 해방시켜 주기 위해서 왔다는 말의 의미 등에 대해서 잘 알지 못할 것이다. 바우가 갑작스레 사라진 데 대해서도 의아하게 생각할지 모른다. 이런 것들에 대해서는 교사들의 설명이 필요할 것이다.

　그러나 탄실이가 억쇠 앞에서 〈학이—〉라고 하는 장면이나 봉네가 덕이 앞에서 〈학이—〉라고 하는 장면은 그 자체로 잘 이해가 되지 않는다. 탄실이는 그 말을 하고서는 이웃 마을로 시집을 가 버렸지만, 봉네는 그 말을 하고서는 덕이와 혼인했다. 봉네가 왜 바우가 아니라 덕이와 혼인을 하게 되는지도 충분한 설명이 없다. 박 훈장이 불타 죽은 일도 설명이 부족하여 학생들이 궁금해할 것이다. 또 바우가 학을 죽이는 이유도 별로 설득력이 없다. 이런 점들에 대해서 학생들이 의문을 가지게 되는 것은 바람직하다. 이런 의문을 통해서 학생들은, 작품 속의 사건들이 작품 속에서 설명되고 이해될 수 있어야 한다는 것을 스스로 알게 될 것이기 때문이다. 교사는 학생들의 이런 의문을 억지로 풀어 주려고 하지 말고 그냥 여러 가지 의견을 서로 나누어 보는 것이 좋다. 그리고는 작품 안에서 충분히 설명되어 있지 못함을 알려 주고, 이것이 이 작품의 흠이 된다는 점도 깨닫게 해 주는 것이 좋다.

사랑 손님과 어머니 ^{주요섭}

줄 거 리

옥희는 어머니와 외삼촌과 함께 산다. 아버지는 옥희가 태어나기 한 달 전에 돌아가셨다. 옥희네 집에 아버지의 친구 되는 아저씨가 하숙을 하게 된다. 미혼인 아저씨와 스물네 살의 젊은 과부인 어머니는 서로 관심을 갖게 된다. 아저씨는 옥희를 통해 어머니에 대해서 좀더 알려고 하고, 어머니는 옥희가 아저씨 방에 놀러 갈 때 예쁘게 단장시켜서 놀러 가게 한다거나 아저씨가 좋아하는 달걀을 많이 삼으로써 서로에 대한 호감을 드러낸다. 어느 날 옥희가 유치원에서 꽃을 가져와 아저씨가 준 것이라고 거짓말을 하자 어머니는 당황하면서도 그 꽃을 소중하게 보관한다. 그리고 남편이 죽은 후에 열어 본 적이 없던 풍금을 다시 열고 연주를 하기도 한다. 어머니는 옥희를 통해 전달받은 아저씨의 편지를 받고서는 심각한 갈등에 빠진다. 아저씨에게 이끌리는 인간적 감정과 개가(改嫁)가 나쁘다는 당시의 사회적 관습 그리고 돌아간 남편에 대한 죄책감 속에서 심하게 흔들린다. 그러다가 결국 어머니는 옥희와 단둘이서만 살겠다는 결심을 하고, 아저씨의 구애를 받아들일 수 없다는 의사 표시를 분명히 전달한다. 이에 아저씨는 하숙을 그만두고 옥희네 집을 떠난다.

배우기에 적절한 작품인가

　　주요섭의 「사랑 손님과 어머니」는 중학교 3학년 국어교과서에 실려 있으며, 죽은 남편의 친구인 아저씨와 젊은 과부인 어머니 사이에 잠시 오고 갔던 은밀한 사랑의 감정을 섬세하게 그린 작품이다. 그러나 두 사람의 감정은 직접적으로 드러나지 않고, 여섯 살인 옥희의 관찰을 통해서만 간접적으로 드러난다. 독자들은 옥희가 관찰한 내용만을 가지고, 옥희로서는 그 의미를 알지 못하는 아저씨와 어머니의 행동을 통해서 그들이 지닌 사랑과 갈등의 마음을 짐작하게 된다. 이 짐작이 곧 이 작품의 이해라고 할 수 있다.

　　「사랑 손님과 어머니」는 1930년대에 발표된 작품이며, 시대적 배경도 그 무렵이다. 그 당시에는 사랑의 감정을 함부로 드러낸다거나 개가를 하는 것은 불미스러운 일로 여겨졌다. 심지어는 내외가 심하여 남자와 여자는 서로 말을 나누기도 지극히 조심스러웠다. 작품 속에도 나오지만, 옥희 어머니는 아저씨 방에 상을 내가지도 못하는 것이 당시의 풍속이었다. 이 작품의 이해는 이러한 풍속에 대한 이해를 요구한다. 요즘 학생들에게 이러한 풍속은 매우 낯선 것이겠지만, 이해할 수 없는 것은 아닐 것이다. 또한 이 풍속은 작품의 배경이 될 뿐이지 그 자체로 중요한 것은 아니다. 보다 중요한 것은 그러한 상황 속에서 은밀하고 조심스럽게 드러나는 감정의 미묘함을 이해하는 일이다. 사랑의 감정은 본질적으로 은밀하고 조심스런 측면이 있다. 오늘날과 같이 감정 표현이 자유롭고 개방적인 사회에서도, 이성에 끌리는 마음의 은밀한 설렘과 조심스러움과 망설임에 대한 체험은 보편적인 것이라 할 수 있다. 특히 이성에 대한 관심을 처음 갖기 시작하는 사춘기 중학생들에게 그것은 보다 절실한 것일 수 있다.

이런 점에서 「사랑 손님과 어머니」는 중학교 3학년 학생들이 이해할 수 있고 또 흥미를 느낄 만한 작품으로 생각된다. 아울러 「사랑 손님과 어머니」는 전체적으로 짜임새가 훌륭하기 때문에, 학생들이 소설의 형식을 자연스레 내면화하는 데도 도움이 되는 작품이다.

어떻게 가르치고 있는가

「사랑 손님과 어머니」는 〈소설의 시점〉이란 단원에 「상록수」와 함께 실려 있다. 중등학교 문학교실에서 소설의 시점 문제가 나오면 언제나 언급되는 작품이 「사랑 손님과 어머니」이며, 또 「사랑 손님과 어머니」를 이야기할 때면 언제나 소설의 시점 문제가 빠지지 않는다. 사실 「사랑 손님과 어머니」는 시점의 효과를 잘 살린 작품이라고 할 수 있다. 자칫 뻔한 이야기가 되기 쉬운 소재를 아름다운 작품으로 만들 수 있었던 데에는, 적절하게 선택된 시점의 효력이 컸다. 「사랑 손님과 어머니」에 대한 설명에서 시점의 미학적 효과를 언급하는 것은 당연하다.

그러나 중학교 3학년 문학교실에서, 시점에 대한 지나친 강조는 두 가지 문제점을 드러낸다. 하나는 작품 자체에 대한 이해보다 시점에 대한 이해가 더 강조된다는 점이다. 「사랑 손님과 어머니」라는 작품은 마치 시점에 대한 이해의 보조 자료인 것처럼 취급된다. 이것은 주된 것과 보조적인 것이 뒤바뀐 셈이다. 주된 것은, 학생들이 「사랑 손님과 어머니」를 읽고 그 속에 담긴 인물들의 행동을 이해하고 그 행동 속에 담긴 미묘한 감정을 파악하는 일이다. 즉 문학작품의 감상이 주된 것이다. 시점에 대한 공부는 그러한 감상을 보조해 주는 것일 뿐이다. 시점에 대한 지나친 강조는 학생들로 하여금 「사랑 손님과 어머니」의 의미와 아름다움에 대해서 외면하게 만든다.

또 하나의 문제점은, 중학생들이 과연 소설의 시점에 대해서 그렇게 심각하게 배워야 하는가 하는 점이다. 교과서의 〈단원 학습목표〉는 중학교 3학년 학생들에게 시점의 종류에는 어떤 것들이 있으며, 그들이 작품 속에서 어떤 기능과 역할을 담당하고 있는지를 알도록 요구한다. 시점의 종류는 여러 가지로 분류될 수 있다. 그리고 그 기능과 역할은 작품에 따라서 얼마든지 다를 수 있다. 이런 학습목표는 중학생들에게 무리한 것으로 판단된다. 더욱이, 대부분의 소설이론이 그러하지만, 소설의 시점 역시 독자들이 실제로 작품을 감상하는 데 직접적으로 관여하지 않는다. 독자들은 시점을 거의 의식하지 않고 작품을 읽는다. 독자들에게 필요한 것은 시점이나 구성과 같은 것들에 의해서 만들어진 효과를 향수할 수 있는 능력이지, 시점이론이나 구성이론이 아니다. 중학생들이 「사랑 손님과 어머니」를 배우는 과정에서 시점의 문제가 거론될 수는 있을 것이다. 그렇지만 그 경우라도, 시점에 대한 체계적인 지식을 가르치는 것이 아니라 단순히 이 작품에서 서술자가 아이이기 때문에 더욱 흥미로워졌다는 점을 이해시키는 정도면 충분하지 않을까 한다.

고전소설에서는 시점이나 서술자가 중요하지 않다. 서술자의 성격이 거의 고정되어 있기 때문이다. 거의 모든 고전소설에서 서술자는 작품의 바깥에서 모든 것을 다 알고 있는 듯이 이야기한다. 고전소설의 작가들은 시점이나 서술자를 의식하지 않았다. 시점이나 서술자가 중요한 의미를 갖게 된 것은 근대소설이 성립한 이후이다. 근대소설의 작가들은 시점이나 서술자가 매우 중요한 역할을 한다고 생각하고, 그것을 이용한 소설기법들을 개발했다. 작가들이 서술자를 제한하고 시점을 고정시킴으로써 여러 가지 소설적 효과를 적극적으로 추구했던 것이다.* 소설에서 시점의 문제는 서술자의 문제와 긴밀하게 연관된다. 좀더 정확하게 말하면, 시점의 문제는 서술자의 문제에 포함된다. 시점의 종류는 학자에 따라 다양하게 분류되지만, 결국은 누가 서술을 하느냐의 문제에 귀결된다. 가령 3인칭 관찰자 시점이란 서술자가 이야기 바깥에서 자기가 본 것만을 이야기해 주는 사람이란 뜻이다. 서술자가 사건에 어느 정도 관여하는가, 또 인물과 사건에 대해서 어디까지 알고 있는가, 또 서술자의 지적 수준이 어느 정도인가, 또 서술자의 말을 믿을 수 있는가 등등에 따라서 서술자의 문제는 매우 복잡한 양상을 띤다. 어떤 경우는 서술자가 여럿인 경우도 있다.

「사랑 손님과 어머니」의 서술자는 옥희라는 여섯 살 먹은 소녀이다. 그녀는 서술자이면서 동시에 보조적인 인물이다. 그녀는 자기도 모르는 사이에 사랑 손님과 어머니 사이에서 사랑의 전달자 역할을 한다. 동시에 그녀는 사랑 손님과 어머니의 언행, 표정 등을 관찰해서 우리에게 이야기해 주지만, 그녀 자신은 그 언행이나 표정의 의미를 모른다. 즉 「사랑 손님과 어머니」에서 옥희라는 서술자는 두 사람과 관련된 정보를 가장 많이 가진 사람이면서 동시에 그 정보의 의미를 이해하지 못하는 존재이다. 바로 이 점이 「사랑 손님과 어머니」가 지닌 독특한 시점의 의미이며 소설기법이다. 독자들은 옥희가 전달해 주는 정보를 해독하면

---

* 퍼시 러보크는 1921년에 발간된 그의 『소설기술론』에서 〈소설의 기술에 있어서 방법이라는 복잡한 문제 전체는 시점의 문제, 즉 화자가 스토리에 대해 갖는 관계의 문제에 달려 있다〉고 말했다. 퍼시 러보크 이후, 시점의 문제는 소설기법에서 가장 중요한 것으로 취급되고, 많은 소설이론가들은 여러 가지 방식으로 시점을 이론화하였다. 퍼시 러보크, 『소설기술론』, 송욱 역, 일조각, 1984, 238쪽 참조.

서 이 작품의 의미를 파악하고 즐긴다. 만약 옥희가, 자신이 전달하는 정보의 의미를 모두 알고 있었다면, 독자의 홍미는 아주 줄어들고 말 것이다.

　학생들뿐만 아니라 일반 독자들에게도 「사랑 손님과 어머니」에서 시점의 문제는 이 정도의 이해로 충분하다. 시점이나 서술자에 대한 복잡한 분류나 지식들은 전문가들에게나 필요한 것이다.

　교사용 지도서에서는 「사랑 손님과 어머니」의 주제를 봉건적 관념과 인간적 감정 사이에서 갈등하는 어머니와 그를 연모하는 사랑 손님과의 사랑과 이별이라고 말한다. 틀렸다고는 말할 수 없지만, 이런 식의 주제 정리가 무슨 소용이 있는가 의문이 든다. 그런데 이 말을 조금 바꾸어서, 참고서에서는 봉건적 인습에 의해 좌절된 남녀의 비극적인 사랑이라고 주제를 정리했다. 말이 조금 바뀌었을 뿐이지만, 이렇게 주제를 말하면 그것은 잘못된 것이라는 느낌이 든다. 「사랑 손님과 어머니」에서 어머니가 사랑을 포기한 것은 분명히 사회적 관습의 탓이 크다. 그러나 이 작품에서 작가가 의도한 것은 남녀 간의 자연스런 감정을 억압하는 사회적 관습에 대한 비판이 결코 아니다. 그 사회적 관습은 작품의 배경적 상황을 규정해 줄 뿐이다. 「사랑 손님과 어머니」는, 인간이 사랑의 감정을 처리하는 한 아름다운 방식을 보여 준다. 즉, 「사랑 손님과 어머니」는 사랑의 이야기이지 사회적 관습에 대한 비판이 아니다. 또한 이 작품의 결말이 사랑의 포기이기는 하지만, 이를 두고 비극적인 사랑이라고 말하는 것은 지나치다. 어떻게 보면 「사랑 손님과 어머니」에서 어머니의 태도는 사랑의 포기라기보다는 사랑의 가능성에 대한 포기이다. 사랑 손님과 어머니는 대화를 나눈 적도 없고, 단둘이 대면한 적도 없다.

서로에 대해서 호감을 가지고 있었을 뿐이다. 어머니는 사랑의 가능성을 생각하고 설레기도 했지만 죽은 남편과 딸 옥희를 생각하고 그것을 포기했다. 이것을 두고 비극적 사랑이라고 말하는 것은 적절하지 않다.

어떻게 가르칠 것인가

「사랑 손님과 어머니」에서 시점의 이해보다 더 중요한 것은 사랑 손님과 어머니의 감정에 대한 이해이다. 이 작품에서 사랑 손님과 어머니의 감정은 겉으로 드러나지 않는다. 그들의 감정은 함부로 드러낼 수 없는 것이기도 하지만, 작가 역시 그들의 감정을 독자들에게 직접 알려 주지 않는다. 작가는 옥희라는 순진한 아이를 내세워 옥희의 이야기를 통해 독자들이 짐작하도록 유도하고 있을 뿐이다. 여기에 이 작품의 매력이 있다.

직설적으로 표현되지는 않았지만, 사랑 손님과 어머니의 감정은 섬세하게 그려져 있다. 섬세한 감정의 변화를 읽어 내는 것이 곧 이 작품의 이해요 감상이라고도 말할 수 있다. 사랑 손님과 어머니의 감정이 어떻게 가까워지고 또 갈등을 겪고 마침내 스스로 그 감정을 억압하는가를 살펴보기 위해서는 이 작품을 열한 개의 삽화로 나누어 보는 것이 편리하다. *

① 나와 나의 집안에 대한 소개
② 아저씨의 등장

---

* 다시 한번 지적하지만, 교과서에서 단편소설의 전문을 싣지 않는 것은 이해하기 어려운 일이다. 「사랑 손님과 어머니」의 경우에도 교과서는 전반부만 싣고 있는데, 이로써는 제대로 작품을 이해할 수 없다. 전체 줄거리 속에서라야 부분에 대한 이해도 가능하다.
한편, 「사랑 손님과 어머니」의 삽화를 꼭 열한 개로 나누어야 할 필요는 없다. 더 적게 나눌 수도 있고, 더 많이 나눌 수도 있다. 편의상 열한 개로 나누어 본 것일 뿐이다.

③ 풍금

④ 아저씨의 질문과 어머니의 태도

⑤ 아저씨와의 외출

⑥ 예배당

⑦ 벽장 사건

⑧ 꽃

⑨ 봉투

⑩ 손수건

⑪ 아저씨의 떠남

이러한 열한 개의 삽화 가운데서 처음 세 개는 작품의 상황을 제시해 준다. 즉, 화자인 옥희가 자기 소개를 하고 자기 집안이 어떠한가를 이야기하고 또 아저씨가 어째서 자기 집에 있게 되었는지를 알려 준다. 풍금 이야기도 마찬가지다. 풍금은 옥희 아빠가 사 준 것이며, 그가 죽은 후에 어머니는 한 번도 그 풍금을 치지 않았다는 이야기는 옥희 어머니의 정숙한 성격을 말해 준다. 풍금을 한 번도 열지 않았다는 것은, 남편이 죽은 후 사랑의 감정을 포기하고 살아왔다는 뜻이다. 한편, 이 부분에는 어머니가 아저씨 때문에 달걀을 많이 산다는 이야기가 나온다. 또 직접 상을 들고 가라는 외삼촌의 말에 어머니의 얼굴이 빨개지는 이야기도 나온다. 이것을 두고 어머니가 아저씨에 대한 예사롭지 않은 감정을 숨기고 있는 것이라고 말할 수 있을지도 모른다. 그렇지만 이것은 다만 남편의 친구에 대한 예의요 친절함이며 어머니의 자상하고 정숙한 성격을 암시하는 것으로 이해하는 편이 적절할 것 같다. 꼭 이성적인 감정이 아니더라도 있을 수 있는 일들일 것이다.

아저씨와 어머니가 서로에 대해서 특별한 관심을 갖게 되는 것은 삽화 ④에서부터이다. 아저씨는 옥희를 아주 좋아한다. 아저씨는 어머니도 옥희처럼 곱지, 응 하고 묻기도 하고, 밤에 엄마하고 한 자리에서 자니?라고 묻기도 한다. 그리고 머리도 쓰다듬고 뺨에 입을 맞추기도 한다. 아저씨의 이런 태도 속에는 옥희에 대한 애정 이상의 것이 있음을 짐작할 수 있다. 아저씨에게 옥희가 엄마의 대리인이기도 하다. 이것은 옥희 어머니에게도 마찬가지다. 어머니는 옥희에게 아저씨 방에 자주 가지 못하게 하면서도 가는 것을 굳이 말리지 않는다. 그리고 아저씨 방에 보낼 때는 옥희를 곱게 단장시켜서 보낸다. 어머니의 이러한 태도는 사랑 손님에 대한 어머니의 관심을 간접적으로 드러낸다. 특히 옥희가 아저씨 방에 자주 가는 것을 겉으로는 말리면서도 실제로는 가도록 버려 두는 어머니의 태도는 어머니의 마음 상태를 반영하는 것이라고 볼 수 있다. 이것은 어머니에게도 옥희가 자기의 대리인이 된다는 점을 암시한다. 사랑 손님과 어머니는 옥희를 대리인으로 해서 서로에게 대해서 강한 관심을 드러내고 있는 것이다. 그렇지만 아직 상대에 대한 이러한 관심은 자신들에게조차 의식되지 않는 상태이다.

삽화 ⑤는 옥희와 외출한 아저씨가 난 아저씨가 우리 아빠래믄 좋겠다라는 옥희의 말을 듣고 매우 당황한다는 이야기다. 아저씨가 당황한 이유는, 옥희의 바람이 스스로 억압하고 감추어 두었던 자신의 바람이기도 하기 때문이다. 여기서 독자들은, 어머니에게 이끌리는 감정과 죽은 친구의 아내를 좋아해서는 안 된다는 자기 검열 사이에서 갈등하고 있는 아저씨의 마음을 읽을 수 있다.

삽화 ⑥에서는 어머니에 대한 아저씨의 감정이 조금 더 적극적으로 드러난다. 어머니와 함께 예배당에 간다는 옥희의 말을 듣고 아저씨도 예배당엘 가는 것이다. 그 까닭은 물론 어머니의 모습을 몰래 훔쳐보기 위해서이다. 그러나 옥희를 통해서 아저씨가 예배당에 온 사실을 어머니도 알게 되고, 아저씨는 물론 어머니도 얼굴이 붉어진다. 물론 서로 잘 쳐다보지도 못했지만, 이것은 아저씨의 감정을 어머니가 눈치채게 된 계기이다. 이로써 어머니의 마음속에도 새로운 사랑에 대한 가능성이 열리는 것이다.

아직 어머니의 감정은 거의 드러나지 않았지만, 예배당 사건을 통해서 어머니도 아저씨의 감정을 짐작하게 되고 나아가 새로운 사랑의 가능성을 스스로 생각하게 된다. 이러한 어머니의 마음은 삽화 ⑦에서 나타난다. 옥희가 어머니를 곯려 주려고 벽장에 들어갔다가 잠이 드는 바람에 온 식구가 옥희를 찾아다니게 되는 일이 벌어졌는데, 저녁에 옥희를 찾게 되자 어머니는 옥희를 때리기까지 하면서 격한 감정을 드러낸다. 어머니의 옥희 하나만 바라구 산다. 난 너 하나믄 그뿐이야라는 말 속에는, 잠시 새로운 사랑의 가능성을 생각했던 자기 자신에 대한 질책이 들어 있다. 즉, 새로운 사랑의 가능성에 대한 이끌림과 그래서는 안 된다는 자기 검열 사이에서의 갈등을 보여 주는 것이다. 그러나 아직은 새로운 사랑의 가능성을 완전히 부정하는 것은 아니다. 이 점은 다음 삽화에서 드러난다.

삽화 ⑧은 어머니의 감정을 보다 구체적으로 보여 준다. 유치원에서 가져온 꽃을 옥희가 어머니에게 주면서 아저씨가 준 것이라고 거짓말을 하자, 어머니는 그 꽃을 풍금 위에 놓아 둔다. 그리고 꽃이 시들자 그 꽃잎을 찬송가 갈피에 곱게 끼워 둔다. 뿐만 아니라 남편이 죽은 후에 한 번도 열지 않았던 풍금을 열어서 연주하며 노래를 부르기까지 한다. 풍금을 다시 연주한다는 것은 남편이 죽은 후에 굳게 닫혔던 어머니의 마음이 다시 열렸다는 것을 의미한다. 어머니는 예배당 사건과 꽃 사건 이후에 아름다운 사랑의 감정에 물들어 있는 것이다. 그러나 어머니의 감정은 사회적 관습과 관련된 자기 검열보다 강하지는 못하다. 어머니는 풍금을 아름답게 타다가도 끝내는 울먹이고 옥희야, 너 하나믄 그뿐이다라는 말로 자신의 감정을 스스로 거부한다.

삽화 ⑨는 이 작품의 절정에 해당한다. 홀로 갈등 속에 있던 아저씨가 마침내 어머니에게 사랑의 편지를 보낸 것이다. 옥희를 통해 전달한 하얀 쪽지가 어떤 내용인지는 알 수 없지만, 구애의 고백이라고 짐작할 수 있다. 편지를 받고 난 후, 극도로 불안정하고 혼란스러워진 어머니의 모습에서 그 내용을 알 수 있다. 어느 날 밤 어머니는 아버지의 옷을 다 꺼내서 쓸어 본다. 이것은 사랑에 대한 절실한 감정을 암시한다. 그러면서 새로운 사랑의 가능성을 부정하려는 의지를 암시한다. 어머니는 사랑을 갈구한다. 사랑 손님은 사랑의 손길을 뻗치고 있다. 그 손길을 잡고 싶다. 그러나 어머니는 그 손길을 잡을 수 없다. 대신 과거 남편과의 사랑을 회상한다. 그러면서 자기에게는 남편과의 사랑이 유일한 것임을 스스로에게 강조한다. 옥희와 함께 주기도문을 외우면서 어머니가 시험에 들지 말게 ― 부분을 계속 외는 것은, 어머니가 지금 심한 갈등에 휩싸여 있음을 보여 주는 것이라 할 수 있다. 결국 어머니는 새로운 사랑의 가능성을 포기한다. 다시 한번 엄마는 옥희 하나믄 그뿐이야라고 말하면서 아저씨의 편지에 어떻게 대응할 것인가에 대한 자신의 답을 확인한다. 이 부분은 아저씨에게도 어머니에게도 사랑과 혼돈의 감정이 가장 심하게 요동쳤던 기간이다.

이제 어머니의 마음은 정해졌다. 피어 오르던 사랑의 감정을 부정하고, 개가 할 수 없다는 의지를 실천한다. 이것이 삽화 ⑩의 내용이다. 어머니는 옥희에게 개가를 나쁘게 여기는 세상의 관습을 설명한다. 이는 자신의 감정보다 세상의 관습을 존중할 수밖에 없는 자신의 처지에 대한 확인이기도 하다. 그러고는 손수건 속에 편지를 넣어 아저씨에게 전달한다. 물론 그 편지에는 사랑을 거절하는 내용이 담겨 있을 것이다. 손수건을 보낸 후, 어머니는 마지막으로 구슬프고 고즈넉한 곡조를 타는데, 이는 포기해야만 하는 아름다운 사랑의 감정의 마지막 표현이며 또 그 상실에 대한 애가(哀歌)일 것이다.

마지막으로 삽화 ⑪은 에필로그이다. 아저씨는 하숙을 그만두고 떠난다. 어머니는 마지막으로 남은 달걀을 다 삶아서 아저씨의 여행길에 전한다. 그리고는 옥희와 함께 언덕에 올라가서 멀리 정거장을 바라보면서 떠나는 사랑을 몰래 배웅한다. 집에 돌아와서는 풍금 뚜껑도 닫고, 찬송가 갈피에 넣어 두었던 꽃잎도 버리고, 앞으로 달걀도 사지 않겠다고 말한다. 잠시 열려 있었던 사랑의 감정을 다 정리해 버리는 것이다.

이처럼 「사랑 손님과 어머니」는 평범한 듯한 삽화들을 잘 엮어서 섬세한 사랑의 감정을 잘 표현하고 있는 작품이다. 미세한 감정의 변화뿐만 아니라 그 감정에 대한 태도까지도 정교하게 표현하고 있다. 특히 풍금이라든가 달걀이라든가 꽃과 같은 모티프를 잘 활용하여 어머니의 마음을 효과적으로 드러낼 뿐만 아니라, 작품 그 자체에 아름다운 무늬를 수놓는다.

「사랑 손님과 어머니」는 사랑이라는 미묘한 감정을 문학이라는 언어 형식이 얼마나 정교하게 표현할 수 있는가에 대해서 한 전범을 보여 주는 작품이다. 사랑이라는 감정이 잘 표현될 수 없었던 시대에, 특히 개가가 나쁘게 여겨지던 시대에, 죽은 남편의 친구와의 사랑의 감정이 어떻게 생겨나고 어떻게 증폭되며 어떤 갈등을 통해서 그 감정이 거부되는가를 파악하는 것이 곧 이 작품의 이해이다. 학생들에게 이 작품을 가르칠 때에도 바로 이 점이 주안점이 되어야 할 것이다. 이를 통해서 학생들은 인간의 감정에 대해서뿐만 아니라 인간과 삶과 세상과 그리고 문학의 아름다움에 대해서까지 이해를 넓힐 수도 있을 것이다.